AF599518

Los siete maridos de Evelyn Hugo

Los siete maridos de Evelyn Hugo

TAYLOR JENKINS REID

Traducción de Nora Escoms

Argentina • Chile • Colombia • España
Estados Unidos • México • Perú • Uruguay

Título original: *The Seven Husbands of Evelyn Hugo*
Editor original: Atria Books, un sello de Simon & Schuster, Inc.
Traducción: Nora Escoms

1.ª edición: febrero 2020
4.ª edición en esta colección: enero 2026

Todo el contenido del presente libro, incluidas las imágenes e ilustraciones de cubierta, es original y se encuentra sujeto y protegido por las actuales normativas de Propiedad Intelectual españolas y europeas. Su uso y/o reproducción, ya sea total o parcial, para el entrenamiento de tecnologías o sistemas de inteligencia artificial, así como cualquier tipo de minería de datos, queda terminantemente prohibido. El editor en tanto que titular de los derechos de la obra ejecutará las acciones que considere necesarias ante cualquier uso no autorizado.

Esta es una obra de ficción. Cualquier referencia a hechos históricos, o a personas o lugares verdaderos, se utiliza de manera ficticia. Otros nombres, personajes, lugares y hechos son producto de la imaginación de la autora, y cualquier semejanza con hechos, lugares o personas reales, vivas o muertas, es absolutamente casual.

Reservados todos los derechos. Queda rigurosamente prohibida, sin la autorización escrita de los titulares del *copyright*, bajo las sanciones establecidas en las leyes, la reproducción parcial o total de esta obra por cualquier medio o procedimiento, incluidos la reprografía y el tratamiento informático, así como la distribución de ejemplares mediante alquiler o préstamo públicos.

Copyright © 2017 *by* Taylor Jenkins Reid
Copyright © 2017 *by* Rabbit Reid, Inc.
All Rights Reserved
© de la traducción 2020 *by* Nora Escoms
© 2020, 2025 *by* Urano World Spain, S.A.U.
López de Hoyos, 92, Planta Baja Derecha – 28002 Madrid
www.umbrieleditores.com

ISBN: 979-13-87595-06-7
E-ISBN: 979-13-87557-08-9
Depósito legal: M-1.341-2025

Fotocomposición: Urano World Spain, S.A.U.
Impreso por Romanyà Valls, S.A. – Verdaguer, 1 – 08786 Capellades (Barcelona)

Impreso en España – *Printed in Spain*

Para Lilah.

Arrasa con el patriarcado, querida.

NEW YORK TRIBUNE

Evelyn Hugo subasta sus vestidos

POR PRIYA AMRIT 2 DE MARZO DE 2017

Evelyn Hugo, leyenda del cine e *It Girl* de los años 60, acaba de anunciar que subastará doce de sus vestidos más memorables en Christie's con el fin de recaudar fondos para la investigación del cáncer de mama.

Hugo, de 79 años, ha sido durante mucho tiempo un ícono de glamour y elegancia. Es conocida por su estilo sensual y moderado a la vez, y muchos de sus atuendos más famosos se consideran referentes en la moda y en los anales de Hollywood.

A quienes deseen adquirir algo de la historia de Hugo les interesará, además de los vestidos en sí, el contexto en el que se lucieron. La subasta incluirá el verde esmeralda de Miranda La Conda que Hugo lució en la entrega de los Premios de la Academia de 1959, el violeta de gasa y organdí que se puso para el estreno de *Anna Karenina* en 1962, y el de seda azul marino de Michael Maddax que tenía puesto en 1982 cuando ganó el Oscar por *All for Us*.

Hugo ha protagonizado una cantidad de escándalos en Hollywood, principalmente a raíz de sus siete matrimonios, que incluyen su relación de varias décadas con el productor Harry Cameron. Las dos figuras de Hollywood tienen una hija en común, Connor Cameron, quien sin duda ha influido en la decisión de llevar a cabo la subasta, pues falleció de cáncer de mama el año pasado, poco después de cumplir 41 años.

Hija de inmigrantes cubanos, Hugo nació en 1938 con el nombre de Evelyn Elena Herrera, y se crio en la zona de Hell's Kitchen, en la ciudad de Nueva York. En 1955 ya había llegado a Hollywood, se había vuelto rubia y había adoptado el nombre de Evelyn Hugo. Casi del día a la noche, Hugo pasó a integrar la élite de Hollywood. Fue un personaje destacado durante más de tres décadas, hasta que se retiró a finales de los 80 y se casó con el financiero Robert Jamison, hermano mayor de la actriz Celia St. James, tres veces ganadora del Oscar. Actualmente, ya viuda de su séptimo esposo, Hugo reside en Manhattan.

Con su extraordinaria belleza, ejemplo de glamour y sexualidad audaz, Hugo ha fascinado durante mucho tiempo a los cinéfilos de todo el mundo. Se calcula que esta subasta recaudará más de dos millones de dólares.

—¿Puedes venir a mi despacho?

Miro los escritorios que me rodean y luego nuevamente a Frankie, para corroborar a quién se dirige. Me señalo.

—¿Me hablas a mí?

Frankie tiene muy poca paciencia.

—Sí, Monique, a ti. Por eso he dicho: «Monique, ¿puedes venir a mi despacho?»

—Lo siento, solo he escuchado la última parte.

Frankie se da la vuelta. Tomo mi bloc de notas y la sigo.

Frankie tiene algo que resulta muy llamativo. No diría que se trata de una belleza convencional: sus rasgos son duros y sus ojos están muy separados; no obstante, es imposible mirarla y no admirarla. Con su complexión delgada, su metro ochenta de estatura, su cabello afro corto y su afinidad por los colores vivos y las joyas grandes, cuando Frankie entra a una habitación todos se fijan en ella.

En parte, ella fue el motivo por el que acepté este empleo. La admiro desde que estaba en la facultad de periodismo y leía sus artículos en las páginas de la misma revista que ahora dirige y para la que yo trabajo. Y, para ser sincera, resulta muy inspirador que la directora sea una mujer negra. Siendo yo misma de raza mixta —piel morena clara y ojos pardos heredados de mi padre negro, abundantes pecas en la cara heredadas de mi madre blanca—, Frankie hace que confíe en que algún día yo también podría ser directora.

—Siéntate —me dice mientras se sienta y señala una silla anaranjada que está al otro lado de su escritorio de Lucite.

Me siento tranquilamente y cruzo las piernas. Dejo que Frankie hable primero.

—Bien, hay una novedad curiosa —dice, mirando su ordenador—. La gente de Evelyn Hugo está preguntando por un artículo. Una entrevista exclusiva.

Mi primer instinto es decir: «¡Genial!». Pero también: «¿Y por qué me lo dices a mí?».

—¿Sobre qué en particular? —pregunto.

—Supongo que tendrá que ver con esa subasta de vestidos —responde Frankie—. Entiendo que para ella es muy importante recaudar la mayor cantidad posible de dinero para la Fundación contra el Cáncer de Mama.

—Pero ¿no lo confirman?

Frankie niega con la cabeza.

—Lo único que confirman es que Evelyn tiene algo que decir.

Evelyn Hugo es una de las estrellas de cine más grande de todos los tiempos. No es necesario que *tenga* algo que decir para que la gente le preste atención.

—Esto podría ser muy bueno para nosotros, ¿no? Es decir, es una leyenda viva. ¿No estuvo casada ocho veces o algo así?

—Siete —me corrige Frankie—. Y sí. Esto puede ser inmenso. Y por eso espero que me apoyes en lo que viene.

—¿A qué te refieres?

Frankie respira hondo y me mira con una expresión que me hace pensar que está a punto de despedirme. Pero luego dice:

—Evelyn me ha pedido específicamente que la hagas tú.

—¿Yo?

Es la segunda vez en cinco minutos que me sorprende que alguien tenga interés en hablar conmigo. Necesito aprender a ser más segura. Basta decir que últimamente no me ha ido muy bien en ese aspecto. Aunque, ¿para qué fingir que alguna vez fui muy segura?

—Para serte sincera, yo también reaccioné así —admite Frankie.

Ahora seré *yo* sincera: me ofende un poco. Aunque, obviamente, entiendo que su reacción haya sido esa. Llevo menos de un año trabajando en *Vivant*, haciendo sobre todo publirreportajes. Antes blogueaba para *Discourse*, una web cultural y de actualidad que se autodenomina revista de noticias pero que, en realidad, es un blog con titulares sensacionalistas. Yo escribía principalmente para la sección Vida Moderna, sobre temas que marcaban tendencia y artículos de opinión.

Después de años de trabajo independiente, entrar a *Discourse* me salvó la vida. Pero cuando *Vivant* me ofreció un empleo, no pude evitarlo. No podía dejar pasar la oportunidad de ser parte de una institución, de trabajar entre leyendas del oficio.

Pasé mi primer día junto a paredes decoradas con portadas emblemáticas, capaces de cambiar una cultura: la de Debbie Palmer, la activista por los derechos de las mujeres, posando desnuda en la cima de un rascacielos con Manhattan como fondo, en 1984; la del artista Robert Turner pintando una tela mientras el texto declaraba que tenía sida, en 1991. Me parecía irreal formar parte del mundo de *Vivant*. Siempre había querido ver mi nombre en sus páginas satinadas.

Pero, lamentablemente, en los últimos doce números, no he hecho más que formular las preguntas consabidas a personajes de alta cuna, mientras mis colegas de *Discourse* intentaban cambiar el mundo y se viralizaban. Así que, por decirlo de forma simple, no estoy muy contenta conmigo misma.

—Mira, no es que no nos guste tu trabajo; nos encanta —explica Frankie—. Creemos que tienes un gran futuro en *Vivant*, pero esperaba asignarle esto a uno de nuestros periodistas más experimentados, a alguna de nuestras figuras principales. Por eso quiero ser absolutamente sincera contigo: no propusimos tu nombre al equipo de Evelyn. Les enviamos cinco nombres de los grandes, y nos respondieron esto.

Frankie gira la pantalla de su ordenador hacia mí y me muestra un e-mail de alguien llamado Thomas Welch, quien, supongo, es el publicista de Evelyn Hugo.

De: Thomas Welch

A: Troupe, Frankie

Cc: Starney, Jason; Powers, Ryan

O es Monique Grant o Evelyn no acepta el trato.

Miro a Frankie, atónita. Y, debo admitirlo, un poco deslumbrada al saber que Evelyn Hugo me quiere para algo.

—¿*Conoces* a Evelyn Hugo? ¿Es eso lo que pasa? —me pregunta Frankie mientras vuelve a girar el ordenador hacia su lado del escritorio.

—No —respondo, sorprendida de que me lo pregunte—. He visto algunas de sus películas, pero no soy de su época.

—¿No tienes ninguna relación personal con ella?

Niego con la cabeza.

—Ninguna.

—¿No eres de Los Ángeles?

—Sí, pero la única conexión que podría tener con Evelyn Hugo es que mi padre hubiera trabajado en alguna de sus películas. Él hacía fotografía fija en los platós. Puedo preguntárselo a mi madre.

—Genial. Gracias.

Frankie me mira expectante.

—¿Quieres que se lo pregunte ahora?

—¿Podrías?

Saco mi teléfono del bolsillo y envío un mensaje de texto a mi madre: *¿Papá trabajó en alguna película de Evelyn Hugo?*

Veo aparecer tres puntitos y, cuando levanto la vista, descubro que Frankie intenta espiar mi teléfono. Parece darse cuenta de que está invadiéndome y se echa atrás.

Mi teléfono emite un pitido.

Mi madre responde: *Tal vez. Fueron tantas que es difícil de recordar. ¿Por qué?*

Es una larga historia, le digo, *pero intento averiguar si tengo alguna conexión con Evelyn Hugo. ¿Crees que papá la conoció?*

Mamá responde: *¡Já! No. Tu padre nunca andaba con ningún famoso en el plató. Por más que yo insistía en que nos hiciéramos amigos de algunas celebridades.*

Río.

—Parece que no. Ninguna relación con Evelyn Hugo.

Frankie asiente.

—De acuerdo. Bueno, pues, entonces la otra teoría es que su gente haya elegido a alguien poco influyente para poder controlarte a ti y, por ende, la narración.

Siento que mi teléfono vuelve a vibrar. *Eso me recuerda que quería enviarte una caja con trabajos antiguos de tu padre. Cosas espléndidas. Me encanta tenerla aquí, pero creo que tú la disfrutarás más. Te la enviaré esta semana.*

—Crees que buscan aprovecharse del más débil —comento.

Frankie sonríe levemente.

—Algo así.

—O sea que la gente de Evelyn lee los titulares de noticias, me encuentra como la periodista de menor rango y piensa que puede manipularme. ¿Esa es la idea?

—Me temo que sí.

—¿Y por qué me lo cuentas?

Frankie piensa antes de responder.

—Porque no creo que seas alguien manipulable. Creo que te están subestimando. Y quiero ese reportaje. Quiero que demos que hablar.

—¿Qué me quieres decir? —pregunto, y cambio ligeramente de posición en mi silla.

Frankie golpea las palmas de las manos frente a ella, las apoya en el escritorio y se inclina hacia mí.

—Te estoy preguntando si tienes agallas para estar cara a cara con Evelyn Hugo.

De todas las cosas que habría pensado que me preguntarían hoy, esta probablemente ocuparía el puesto nueve millones. ¿Tengo agallas para estar cara a cara con Evelyn Hugo? No tengo ni idea.

—Sí —respondo por fin.

—¿Eso es todo? ¿Sí?

Quiero esta oportunidad. Quiero hacer esa entrevista. Estoy harta de ser siempre la última de la fila. Necesito ser la primera, alguna vez, en algo, maldita sea.

—¿Sí?

Frankie asiente, pensativa.

—Mejor, pero aún no me convences.

Tengo treinta y cinco años. Hace más de una década que soy periodista. Quiero escribir un libro algún día. Quiero elegir los temas sobre los que escribo. Quiero llegar a ser la primera opción cuando llama alguien como Evelyn Hugo. Y aquí, en *Vivant*, no están aprovechándome. Si quiero llegar adonde me propongo, algo tiene que cambiar. Alguien tiene que apartarse de mi camino. Y tiene que ser rápido, porque esta maldita carrera es lo único que tengo. Si quiero que las cosas cambien, tengo que cambiar mi modo de hacer las cosas. Tal vez drásticamente.

—Evelyn me quiere a mí —razono—. Tú quieres a Evelyn. Me parece que no necesito convencerte, Frankie. Más bien tengo la impresión de que tú necesitas convencerme *a mí*.

Frankie se queda en silencio y me mira por encima de las puntas unidas de sus dedos. Mi intención era imponer respeto. Creo que tal vez me he extralimitado.

Me siento igual que cuando intenté entrenarme con pesas y empecé con las de dieciocho kilos. Cuando uno quiere abarcar demasiado desde el comienzo, resulta obvio que no sabe lo que hace.

Debo contenerme con todas mis fuerzas para no retractarme y deshacerme en disculpas. Mi madre me enseñó a ser amable y servicial. Hace tiempo que pienso que estar civilizado implica cierta sumisión. Pero esa clase de amabilidad no me ha llevado muy lejos. El mundo respeta a las personas que se creen capaces de gobernarlo. Nunca he entendido por qué, pero ya me he cansado de resistirme. Estoy aquí para llegar a ser Frankie algún día, quizás incluso más importante que ella. Para hacer grandes cosas, trabajos importantes de los que pueda enorgullecerme. Para dejar mi impronta. Y hasta ahora no estoy siquiera cerca de lograrlo.

El silencio se prolonga tanto, que llego a creer que voy a ceder; la tensión aumenta con cada segundo que pasa. Pero Frankie cede primero.

—De acuerdo —dice, y extiende la mano al tiempo que se pone de pie.

Extiendo la mía, llena de asombro y de un intenso orgullo. Me aseguro de estrecharle la mano con firmeza. La de ella tiene una fuerza inquebrantable.

—Hazlo bien, Monique. Por nosotros y por ti misma, por favor.

—Lo haré.

Nos separamos y me dirijo a la puerta.

—Tal vez leyó tu artículo sobre el suicidio asistido en el *Discourse* —sugiere Frankie justo antes de que yo salga.

—¿Qué?

—Fue impactante. Tal vez por eso te quiere a ti. Así te encontramos nosotros. Es un artículo excelente. No solo por la cantidad de gente que lo leyó, sino por ti, porque es un hermoso trabajo.

Fue uno de los primeros artículos verdaderamente importantes que escribí por mi propia voluntad. Lo escribí después de que me asignaron un trabajo sobre la popularidad creciente de los microvegetales, especialmente en los restaurantes de Brooklyn. Yo había ido al mercado de Park Slope para entrevistar a un agricultor local, pero cuando le confesé que no entendía el atractivo de las hojas de mostaza, me dijo que su hermana decía lo mismo. Ella había sido muy carnívora hasta el año anterior, cuando había adoptado una dieta vegana, solo orgánica, para luchar contra un cáncer de cerebro.

Mientras conversábamos, me habló de un grupo de apoyo al suicidio con asistencia médica, al que habían entrado él y su hermana, orientado a quienes se encontraban en la fase final de su vida y a sus seres queridos. En el grupo había muchas personas que luchaban por el derecho a una muerte digna. La comida sana no iba a salvarle la vida a su hermana, y ninguno de los dos quería que sufriera más de lo necesario.

Entonces supe que quería, muy profundamente, ser la voz de las personas que integraban ese grupo de apoyo.

Volví a la oficina del *Discourse* y les propuse escribir sobre eso. Creí que me dirían que no, dados mis últimos artículos sobre las tendencias de moda y las críticas sobre las publicaciones de los famosos. Pero me sorprendieron al darme luz verde.

Trabajé incansablemente en ese artículo: asistí a reuniones en sótanos de iglesias, entrevisté a los miembros del grupo, escribí y reescribí, hasta estar segura de que reflejaba el tema en toda su complejidad, tanto la compasión como el deber moral de ayudar a poner fin a la vida de las personas que estaban sufriendo.

Es el artículo que más me enorgullece. Más de una vez, llegué a casa después de un día de trabajo y lo releí, para recordarme lo que soy capaz de hacer y la satisfacción que me da contar la verdad, por difícil que sea aceptarla.

—Gracias —le digo a Frankie ahora.

—Solo digo que tienes talento. Quizá sea por eso.

—Aunque probablemente no lo sea.

—No —admite—. Probablemente no. Pero si escribes bien este artículo, sea lo que sea, la próxima vez sí lo será.

THESPILL.COM

Evelyn Hugo se confiesa

POR JULIA SANTOS 4 DE MARZO DE 2017

Se rumorea que Evelyn Hugo, la sirena, la LEYENDA VIVA, la rubia más bella del mundo, va a subastar algunos de sus vestidos y *además* daría una entrevista, algo que no hace desde hace varias décadas.

POR FAVOR decidme que al fin está dispuesta a hablar de todos esos malditos maridos. (Cuatro, puedo entender; tal vez incluso cinco; seis, si me apuran, pero ¿siete? ¿Siete maridos? Y sin contar que todos sabemos que a comienzos de los 80 tuvo un romance con el senador Jack Easton. Esa chica sí que no se estaba quieta).

Si no va a hacer revelaciones con respecto a sus maridos, esperemos que al menos confiese cómo se hizo esas cejas. Vamos, CUÉNTANOS LA VERDAD, EVELYN.

Cuando vemos fotografías de Evelyn en aquellos tiempos, con su pelo rubio oro, esas cejas rectas como flechas, esa piel bronceada y esos ojos entre marrones y dorados, no podemos más que dejar lo que estamos haciendo y mirarla.

Y no me hagan hablar de ese cuerpo.

Nada de trasero ni de caderas: solo unos enormes senos en una contextura delgada.

Me he pasado toda mi vida adulta entrenándome para tener un cuerpo así. (Nota: Me falta mucho, pero mucho. Tal vez por los espagueti *bucatini* que he almorzado todos los días de esta semana).

Y aquí viene lo único que me hace perder los estribos: Evelyn habría podido elegir a cualquiera para esto. (Ejem, ¿a mí?) Pero eligió a una novata de *Vivant*. Habría podido conseguir a cualquiera. (Ejem, ¿a mí?) ¿Por qué a esa chica, Monique Grant (y no a mí)?

Uf, está bien. Pero me da rabia que no me haya elegido.

Tendré que conseguir trabajo en *Vivant*. Ellos tienen todo lo bueno.

COMENTARIOS:

Hihello565 dice: Ni siquiera la gente de *Vivant* quiere seguir trabajando en *Vivant*. Mandamases corporativos que producen patrañas para atraer publicidad.

Ppppppppppps responde a Hihello565: Sí, claro. Algo me dice que si la revista más sofisticada y respetada del país te ofreciera un empleo, lo aceptarías.

EChristine999 dice: ¿La hija de Evelyn no murió hace poco de cáncer? Creo que leí algo sobre eso. Me partió el alma. A propósito, ¿habéis visto esa foto de Evelyn junto a la tumba de Harry Cameron? Me sentí mal durante meses. Preciosa familia. Qué triste que los haya perdido.

MrsJeanineGrambs dice: Evelyn Hugo no me importa NADA. DEJAD DE ESCRIBIR SOBRE ESA GENTE. Sus matrimonios, sus amoríos y casi todas sus películas demuestran una sola cosa: Puta. *Three a. m.* fue una desgracia para las mujeres. Dedicaos a gente que lo merezca.

SexyLexi89 dice: Evelyn Hugo es quizá la mujer más hermosa de todos los tiempos. ¿Recordáis esa escena de *Boute-en-train* en la que sale del agua desnuda y la cámara hace un fundido a negro justo antes de que se le vean los pezones? Excelente.

PennyDriverKLM dice: ¡Viva Evelyn Hugo por poner de supermoda el pelo rubio con cejas oscuras! Yo te aplaudo, Evelyn.

YuppiePigs3 dice: ¡Demasiado delgada! No es para mí.

EvelynHugoeraunasanta dice: Estamos hablando de una mujer que ha donado MILLONES DE DÓLARES a organizaciones que defienden a las mujeres maltratadas y a la comunidad LGBTQ+, y que ahora va a subastar vestidos para colaborar con la investigación del cáncer, ¿y solo se os ocurre hablar de sus cejas? ¡Venga ya!

JuliaSantos@TheSpill responde a EvelynHugoeraunasanta: Buena observación. MIS DISCULPAS. En mi defensa, quiero decir que ella empezó a ganar millones en los años 60 porque era fantástica para los negocios. Y nunca habría tenido la garra para lograr eso sin su talento y su belleza, y nunca habría sido tan bella sin ESAS CEJAS. Pero está bien, tienes razón.

EvelynHugoeraunasanta responde a JuliaSantos@TheSpill: Uf. Disculpa mi humor de perros. Hoy no he comido. *Mea culpa*. Por si te sirve de algo, creo que *Vivant* no hará esto tan bien como lo habrías hecho tú. Evelyn debería haberte elegido a ti.

JuliaSantos@TheSpill responde a EvelynHugoeraunasanta: Sí, ¿¿¿¿verdad???? ¿Quién es Monique Grant? ¡Qué aburrida! Se la tengo jurada...

Me he pasado los últimos días investigando todo lo posible sobre Evelyn Hugo. Nunca he sido una gran cinéfila, y mucho menos me han interesado las estrellas de Hollywood de antes. Pero la vida de Evelyn —al menos la versión oficial que se tiene ahora— da para diez telenovelas.

Está el matrimonio a corta edad que terminó en divorcio a sus dieciocho años. Luego el romance creado por el estudio y el matrimonio tumultuoso con Don Adler, de la élite de Hollywood. Los rumores de que lo abandonó porque la golpeaba. Su regreso en una película de la Nueva Ola francesa. La fuga apresurada a Las Vegas con el cantante Mick Riva. Su glamoroso matrimonio con el elegante Rex North, que terminó cuando ambos tuvieron romances extramatrimoniales. La bella historia de amor de su vida con Harry Cameron y el nacimiento de la hija de ambos, Connor. Su doloroso divorcio y casi inmediata boda con su antiguo director, Max Girard. Su supuesto romance con el Senador Jack Easton, mucho más joven que ella, que puso fin a su relación con Girard. Y, por último, su matrimonio con el financiero Robert Jamison, que, según se rumoreaba, había sido inspirado por el deseo de Evelyn de contrariar a Celia St. James, su antigua coprotagonista y hermana de Robert. Todos sus maridos han fallecido, por lo que Evelyn es ahora la única que puede aclarar algo de esas relaciones.

Sobra decir que me espera un arduo trabajo si quiero que me cuente algo sobre eso.

Esta noche, después de quedarme en la oficina hasta tarde, vuelvo por fin a casa poco antes de las nueve. Mi apartamento es pequeño. Creo que sería más apropiado definirlo como *una latita de sardinas*. Pero es asombroso lo grande que puede resultar un sitio pequeño cuando faltan la mitad de tus cosas.

Hace cinco semanas que David se fue y aún no he repuesto los platos que se llevó ni la mesa de centro que nos regaló su madre para la boda. Jesús. Ni siquiera hemos llegado al primer aniversario.

Cuando entro y dejo mi bolso en el sofá, me llama de nuevo la atención lo innecesariamente mezquino que ha sido al llevarse la mesa de centro. Su nuevo apartamento en San Francisco estaba totalmente amueblado gracias al generoso arreglo de traslado que le ofrecieron con el ascenso. Sospecho que tiene la mesa en un guardamuebles, junto con la mesita de noche que insistía en que le correspondía y todos nuestros libros de cocina. A esos no los echo de menos. Yo no cocino. Pero cuando llegan cosas con la inscripción «A Monique y David, por muchos años de felicidad», uno considera que la mitad le pertenece.

Cuelgo mi abrigo y pienso, no por primera vez, qué pregunta se acerca más a la verdad: ¿David aceptó el nuevo empleo y se mudó a San Francisco *sin mí? ¿O yo me negué a abandonar Nueva York por él?* Mientras me quito los zapatos, decido una vez más que la respuesta está en algún punto medio. Pero luego vuelvo al mismo pensamiento que me duele como la primera vez: *Se ha ido.*

Pido un *pad thai* por teléfono y entro en la ducha. Abro el agua muy caliente. Me encanta cuando el agua está tan caliente que casi quema. Me encanta el aroma del champú. El lugar en el que soy más feliz bien podría ser bajo una ducha. Aquí, entre el vapor, enjabonada, no me siento Monique Grant, la mujer abandonada. Ni siquiera Monique Grant, escritora postergada. Aquí soy solo Monique Grant, dueña de productos de tocador de lujo.

Cuando ya tengo la piel arrugada por estar bajo el agua, me seco, me pongo un pantalón deportivo y me peino, justo a tiempo para ir a abrirle la puerta al repartidor.

Me siento con el envase de plástico e intento ver la televisión. Trato de desconectarme. Quiero que mi cerebro haga algo, lo que sea, para no pensar en el trabajo o en David. Pero cuando me termino la comida, me doy cuenta de que es en vano, así que me pongo a trabajar.

Todo esto es muy intimidante: la idea de entrevistar a Evelyn Hugo, la tarea de controlar su narración, de intentar impedir que ella controle la mía. Soy propensa a prepararme en exceso. O sería más apropiado decir que siempre he sido un poco avestruz, dispuesta a enterrar la cabeza en la arena con tal de evitar lo que no quiero enfrentar.

Por eso, durante los siguientes tres días, no hago otra cosa que investigar sobre Evelyn Hugo. Paso los días leyendo artículos viejos acerca de sus matrimonios y sus escándalos. Y por la noche, después del trabajo, veo sus películas.

Miro escenas de ella de *Carolina Sunset*, *Anna Karenina*, *Jade Diamond* y *All for us*. Miro el GIF de ella saliendo del agua en *Boute-en-train* tantas veces que, cuando me duermo, vuelvo a verlo una y otra vez en mis sueños.

Y mientras veo sus películas, empiezo a enamorarme de ella, solo un poquito. Entre las once de la noche y las dos de la madrugada, mientras el resto del mundo duerme, su imagen se mueve en mi ordenador portátil, y el sonido de su voz llena mi sala.

No se puede negar que es una mujer de una belleza deslumbrante. La gente suele hablar de sus cejas espesas y rectas y de su cabello rubio, pero yo no puedo apartar los ojos de su estructura ósea. Tiene un mentón fuerte, pómulos altos, y todo se une en sus labios carnosos. Sus ojos son grandes, pero no redondeados, sino más bien con forma almendrada de mayor tamaño que el común. Con su cabello claro, su piel bronceada le da un aire veraniego, pero a la vez elegante. Sé que no es natural ese color de cabello con una piel tan morena, pero no logro quitarme la sensación de que *debería* serlo, de que los seres humanos deberían nacer con ese aspecto.

No me cabe duda de que a eso se debe, en parte, que el historiador cinematográfico Charles Redding dijera una vez que la cara de Evelyn resultaba: «Inevitable. Tan exquisita, casi perfecta, que cuando uno la mira, tiene la impresión de que sus rasgos, en esa combinación, con esas proporciones, tenían que darse tarde o temprano».

Recorto imágenes de Evelyn en los años 50, vestida con jerséis ceñidos y sujetadores en punta; fotos de prensa de ella y Don Adler en los Estudios Sunset poco después de casarse; capturas de ella de comienzos de los 60, con cabello largo y lacio y flequillo suave y espeso, vestida con pantalones muy cortos.

Hay una foto de ella con un bañador, sentada en una playa prístina, con una enorme capelina negra que le cubre la mayor parte de la cara; el sol iluminando su pelo y el lado derecho de su rostro.

Una de mis favoritas es una fotografía en blanco y negro de la entrega de los Golden Globe de 1967. Está sentada junto al pasillo, con el cabello recogido en un peinado flojo. Lleva un vestido de encaje de color claro muy escotado; el escote está controlado, pero es muy revelador, y su pierna derecha asoma por la raja de la falda.

A su lado hay dos hombres sentados, cuyos nombres no han quedado registrados, que la observan mientras ella mira hacia el escenario. El que está junto a ella tiene la mirada puesta en su pecho. El siguiente le mira el muslo. Los dos parecen embelesados y esperanzados de llegar a ver un poquito más.

Tal vez estoy interpretando demasiado esa foto, pero empiezo a advertir algo que se repite: Evelyn siempre te deja con ganas de un poco más. Y siempre te lo niega.

Incluso en su escena de sexo en *Three A.M.*, de 1977, que tanto dio que hablar, en la que ella se retuerce montada sobre Don Adler, pero dándole la espalda, se le ven los pechos completos durante menos de tres segundos. Durante años se rumoreó que las increíbles cifras de taquilla de esa película se debían a que las parejas iban a verla varias veces.

¿Cómo sabe con exactitud cuánto dar y cuánto retener?

¿Y cambiará algo de eso ahora que tiene algo que decir? ¿O va a jugar conmigo como jugó con el público durante años?

¿Será que Evelyn Hugo va a contarme solo lo suficiente como para mantenerme en suspenso, pero sin revelarme nunca nada en realidad?

Me despierto media hora antes de que suene la alarma. Reviso mis e-mails, incluso uno de Frankie que, en la línea del asunto, me grita con mayúsculas: «TENME AL TANTO». Me preparo un pequeño desayuno.

Me pongo un pantalón de vestir negro y una camiseta blanca con mi *blazer* de espiguilla preferido. Me recojo los rizos largos y apretados en un moño sobre la cabeza. Omito las lentillas y elijo mis gafas negras de pasta más gruesas.

Al mirarme en el espejo, observo que tengo el rostro más fino desde que David se fue. Si bien siempre he tenido complexión delgada, cuando aumento de peso se me nota primero en el trasero y en la cara. Y estando con David —durante los dos años de noviazgo y los once meses de casados— aumenté varios kilos. A David le gusta comer. Y mientras él madrugaba para salir a correr, yo me quedaba durmiendo.

Ahora me miro, más delgada y firme, y me siento segura. Me veo bien. Me siento bien.

Antes de salir, tomo la bufanda de pelo de camello que me regaló mi madre en la última Navidad. Luego pongo un pie delante del otro, y así llego al metro, a Manhattan y a la elegante zona residencial.

Evelyn vive muy cerca de la Quinta Avenida, con vistas al Central Park. Por todas mis investigaciones en Internet, sé que además tiene una residencia en la playa cerca de Málaga, en España. Tiene este apartamento desde finales de la década del 60, cuando lo compró con Harry Cameron. Heredó la casa de la playa al fallecer Robert Jamison, hace casi cinco años. *En mi próxima vida, por favor, recordadme que me reencarne en una estrella de cine con buen trasero.*

El edificio de Evelyn, al menos desde el exterior —piedra caliza, de preguerra, estilo *Beaux Arts*— es extraordinario. Incluso antes de que entre, me recibe un portero mayor, buen mozo, de mirada serena y sonrisa bondadosa.

—¿Qué se le ofrece? —me pregunta.

Solo decirlo me da vergüenza.

—Vengo a ver a Evelyn Hugo. Me llamo Monique Grant.

Sonríe y me abre la puerta. Es evidente que me esperaba. Me acompaña al ascensor y pulsa el botón del último piso.

—Que tenga un buen día, señorita Grant —dice, y desaparece al cerrarse las puertas del ascensor.

A las once en punto, toco el timbre del apartamento de Evelyn. Me atiende una mujer de vaqueros y blusa azul marino. Aparenta unos cincuenta años, quizás algunos más. Es asiático-americana, y tiene el cabello lacio, negro azabache, recogido en una cola de caballo. Tiene en la mano una pila de correspondencia a medio abrir.

Sonríe y extiende la mano.

—Debes de ser Monique —dice, mientras extiendo la mía. Parece la clase de persona que realmente disfruta al conocer gente, y ya me cae bien, a pesar de mi promesa estricta de mantenerme neutral hacia todo lo que encuentre hoy.

—Yo soy Grace.

—Hola, Grace —la saludo—. Encantada de conocerte.

—Igualmente. Pasa.

Grace se hace a un lado y me invita a entrar con una señal. Apoyo el bolso en el suelo y me quito el abrigo.

—Puedes ponerlo aquí —dice, al tiempo que abre un armario que está en la entrada del recibidor y me entrega una percha de madera.

Este armario es del tamaño del único baño de mi apartamento. No es ningún secreto que Evelyn Hugo tiene más dinero que Dios. Pero debo concentrarme en no dejarme intimidar por eso. Es hermosa, rica, poderosa, sensual y encantadora. Y yo soy un ser humano común y corriente. De alguna manera, tengo que convencerme de que ella y yo estamos en igualdad de condiciones; si no, esto no va a funcionar.

—Genial —respondo, con una sonrisa—. Gracias.

Acomodo mi chaqueta en la percha, la cuelgo de la barra y dejo que Grace cierre la puerta del armario.

—Evelyn está arriba, preparándose. ¿Puedo ofrecerte algo? ¿Agua, café, té?

—Café, por favor —respondo.

Grace me hace pasar a una sala de estar. Es luminosa y aireada, con estanterías blancas que abarcan del suelo al techo y dos sillones mullidos de color crema.

—Toma asiento —dice—. ¿Cómo te gusta?

—¿El café? —pregunto, insegura—. ¿Con nata? Es decir, con leche también está bien. Pero con nata sería genial. O lo que tengas. —Intento dominarme—. Lo que intento decir es que me gustaría con un poco de nata, si tienes. ¿Se nota que estoy nerviosa?

Grace sonríe.

—Un poco. Pero no tienes por qué preocuparte. Evelyn es muy buena persona. Tiene sus mañas y es reservada, y a veces cuesta un poco acostumbrarse a eso. Pero he trabajado para mucha gente, y créeme que Evelyn es la mejor.

—¿Te pagó para que dijeras eso? —le pregunto. Intento hacer una broma, pero me sale más intencionado y acusatorio de lo que quería.

Por suerte, Grace se ríe.

—Bueno, el año pasado me regaló un viaje a Londres y a París para mí y mi marido como obsequio de Navidad. Así que, indirectamente, sí, supongo que sí.

Jesús.

—Bueno, ya me he decidido. Cuando renuncies, quiero tu empleo.

Grace se ríe.

—Trato hecho. Y enseguida te traigo el café con un poco de nata.

Me siento y reviso mi teléfono móvil. Tengo un mensaje de texto de mi madre, que me desea suerte. Le doy un golpecito para responderle, y estoy absorta en mis intentos de escribir bien la palabra *temprano* sin que el corrector automático me la cambie por *témpano* cuando oigo pasos en la escalera. Me giro y veo a Evelyn Hugo, con sus setenta y nueve años, caminando hacia mí.

Es tan deslumbrante como en cualquiera de sus fotos.

Tiene la postura de una bailarina clásica. Está vestida con pantalones elásticos negros y un jersey largo de color gris y azul marino. Se la ve tan delgada como siempre, y la única manera de saber que se ha retocado la cara es porque, a su edad, nadie puede tener ese aspecto sin la ayuda de un cirujano.

Su piel resplandece y está apenas enrojecida, como si acabara de lavársela. Tiene pestañas postizas, o tal vez se pone extensiones. Sus mejillas, antes angulosas, están un poquito caídas. Pero tienen un leve toque sonrosado, y sus labios tienen un color natural oscuro.

El cabello le llega más abajo de los hombros —una bella mezcla de blanco, gris y rubio—, y los tonos más claros enmarcan su rostro. Estoy segura de que tiene el cabello triplemente teñido, pero el efecto es el de una mujer que está envejeciendo con elegancia y estuvo sentada al sol.

Sus cejas, sin embargo —esas líneas rectas oscuras y espesas que eran su toque característico— han perdido densidad con los años. Y ahora tienen el mismo color que su cabello.

Cuando llega hasta mí, observo que no tiene zapatos sino unas gruesas medias de lana.

—Hola, Monique —me saluda Evelyn.

Me sorprende la informalidad y la confianza con la que dice mi nombre, como si me conociera desde hace años.

—Hola —respondo.

—Soy Evelyn.

Extiende la mano y estrecha la mía. Se me ocurre que es una forma única de poder eso de presentarse sabiendo que todos los presentes, todo el mundo, ya la conoce.

Grace entra con una taza blanca de café sobre un plato blanco.

—Aquí tienes. Con un poquito de nata.

—Muchas gracias —le digo, mientras lo recibo.

—A mí también me gusta así —comenta Evelyn, y me avergüenza admitir que me encanta oír eso. Siento que la he complacido.

—¿Alguna desea algo más? —pregunta Grace.

Niego con la cabeza, y Evelyn no responde. Grace se retira.

—Ven —me dice Evelyn—. Vayamos a la sala de estar para acomodarnos.

Cuando recojo mi bolso, Evelyn me quita el café de la mano y lo lleva por mí. Una vez leí que el carisma es «encanto que inspira devoción». Y no puedo sino pensar en eso ahora, al verla llevar mi café. La combinación de una mujer tan poderosa y un gesto tan pequeño y humilde resulta, sin duda, encantadora.

Entramos a una habitación amplia y luminosa, con ventanales del suelo al techo. Hay sillones tapizados en gris ostra frente a un sofá de un suave azul pizarra. La alfombra es mullida y de un color marfil claro, y al recorrer la estancia con la mirada mientras avanzamos, me llama la atención el piano de cola negro, abierto junto a los ventanales. En las paredes hay dos imágenes en blanco y negro ampliadas.

La que está sobre el sofá es de Harry Cameron en el plató de una película.

La que está encima del hogar es el cartel de la versión de 1959 de *Mujercitas*, donde actuó Evelyn. La imagen se compone de los rostros de Evelyn, Celia St. James y otras dos actrices. Quizá las cuatro fueron famosas en los años 50, pero solo Evelyn y Celia resistieron el paso del tiempo. En la imagen, Evelyn y Celia parecen brillar más que las demás. Pero estoy casi segura de que es porque lo veo en retrospectiva. Estoy viendo lo que quiero ver, porque sé cómo siguió todo después.

Evelyn apoya mi taza de café con su plato en la pequeña mesa laqueada negra.

—Siéntate —dice, al tiempo que se acomoda en uno de los sillones de felpa—. Donde quieras.

Asiento y apoyo mi bolso. Me ubico en el sofá y tomo mi bloc de notas.

—Así que va a subastar sus vestidos —comento, mientras me acomodo. Cliqueo mi bolígrafo, lista para escucharla.

Y entonces Evelyn dice:

—En realidad, fue un pretexto para hacerte venir.

La miro, pensando que debo de haber oído mal.

—¿Cómo?

Evelyn cambia de posición y me mira.

—No hay mucho que decir sobre entregar algunos vestidos a Christie's.

—Entonces…

—Quería que vinieras para hablar de otra cosa.

—¿Qué cosa?

—La historia de mi vida.

—¿La historia de su vida? —repito, atónita, intentando seguirla.

—Quiero contarlo todo.

Si Evelyn lo contara todo sería… no lo sé. Probablemente la noticia del año.

—¿Quiere hacer una declaración total con *Vivant?*

—No —responde.

—¿No quiere contarlo todo?

—No quiero hacerlo con *Vivant.*

—Entonces, ¿por qué estoy aquí?

Estoy más perdida que hace un momento.

—Voy a darte la historia a ti.

La miro, intentando descifrar con exactitud lo que está diciendo.

—¿Va a publicar la historia oficial de su vida, pero no con *Vivant* sino conmigo?

Evelyn asiente.

—Ahora me entiendes.

—¿Qué es exactamente lo que me propone?

Es imposible que me encuentre en una situación en la que una de las personas más interesantes del mundo me ofrece la historia de su vida *porque sí.* Algo se me debe de estar escapando.

—Te contaré la historia de mi vida de un modo que nos beneficiará a ambas. Aunque, para serte sincera, principalmente a ti.

—¿De qué tipo de relato estamos hablando?

¿Será que quiere una reseña superficial? ¿Un artículo sin mucha sustancia para publicar donde ella desee?

—Quiero contarlo todo. Lo bueno, lo malo y lo feo. Cualquier cliché que quieras usar para decir «Voy a contarte la verdad de absolutamente todo lo que he hecho».

Guau.

Me siento una tonta por haber venido pensando que me respondería preguntas sobre sus vestidos. Apoyo el bloc sobre la mesita, frente a mí, y luego dejo suavemente el bolígrafo encima de él. Quiero manejar esto a la perfección. Es como si un ave delicada y bellísima acabara de llegar volando y se hubiera posado en mi hombro, y si no hago exactamente lo correcto, podría ahuyentarla.

—Veamos. Si la entiendo bien, lo que está diciéndome es que le gustaría confesar sus diversos pecados…

La postura de Evelyn, que hasta ahora era muy relajada y más bien desapegada, cambia. Ahora se inclina hacia mí.

—Nunca dije nada acerca de confesar pecados. No dije nada en absoluto sobre mis pecados.

Me echo atrás ligeramente. Lo he fastidiado.

—Discúlpeme —digo—. No elegí bien mis palabras.

Evelyn no responde.

—Lo siento, señora Hugo. Todo esto me resulta un poco surrealista.

—Puedes tutearme —dice.

—De acuerdo, Evelyn, ¿cuál es el siguiente paso? ¿Qué es exactamente lo que vamos a hacer juntas?

Levanto la taza de café, la acerco a mis labios y bebo un sorbito.

—No vamos a hacer un artículo para la portada de *Vivant* —dice.

—Bien, eso lo he entendido —respondo, mientras apoyo la taza.

—Vamos a escribir un libro.

—¿Sí?

Evelyn asiente.

—Tú y yo —agrega—. He leído tu trabajo. Me gusta tu manera de comunicar, clara y concisa. Escribes sin rodeos; yo admiro eso y creo que le vendría bien a mi libro.

—¿Estás pidiéndome que sea la escritora fantasma de tu autobiografía?

Esto es fantástico. Absoluta y decididamente fantástico. Esto sí que es una buena razón para quedarme en Nueva York. Una razón excelente. En San Francisco no pasan estas cosas.

Evelyn vuelve a negar con la cabeza.

—Voy a darte la historia de mi vida, Monique. Voy a contarte toda la verdad. Y tú vas a escribir un libro sobre ello.

—Y lo publicaremos con tu nombre y les diremos a todos que lo escribiste tú. Eso es ser un escritor fantasma.

Vuelvo a levantar mi taza.

—Mi nombre no aparecerá. Yo estaré muerta.

Me atoro con el café, y al hacerlo salpico la alfombra blanca con algunas gotas de un ocre oscuro.

—Dios mío —digo, quizás en voz un poquito alta, al tiempo que dejo la taza—. Acabo de salpicar la alfombra con café.

Evelyn hace un gesto con la mano para restarle importancia al asunto, pero Grace llama a la puerta, la entreabre y asoma la cabeza.

—¿Todo bien?

—Temo que salpiqué la alfombra —explico.

Grace termina de abrir la puerta, entra y viene a mirar.

—Lo siento mucho. Es que me he sorprendido.

Miro a Evelyn, y no la conozco muy bien, pero me doy cuenta de que quiere que me calle.

—No es problema —dice Grace—. Yo me ocuparé.

—¿Tienes hambre, Monique? —pregunta Evelyn, poniéndose de pie.

—¿Perdón?

—Conozco un sitio en esta calle; hacen unas ensaladas muy buenas. Yo invito.

Apenas es mediodía, y cuando estoy nerviosa, lo primero que pierdo es el apetito, pero acepto de todos modos, porque tengo la clara impresión de que en realidad no es una pregunta.

—Excelente —dice Evelyn—. Grace, ¿puedes llamar a Trambino's?

Evelyn me toma del hombro y, menos de diez minutos más tarde, estamos caminando por las aceras muy cuidadas del Upper East Side.

Me sorprende el frío del aire, y observo que Evelyn se envuelve con su abrigo, que cubre su cintura diminuta.

A la luz del sol, las señales de la edad se hacen más visibles. Tiene el blanco de los ojos un poco turbio y la piel de sus manos está volviéndose translúcida. El color azulado de sus venas me recuerda a mi abuela: me encantaba la textura suave y apergaminada de su piel, cómo no recuperaba su forma tras un movimiento.

—Evelyn, ¿cómo que estarás muerta?

Evelyn ríe.

—Lo que digo es que quiero que publiques el libro como una biografía autorizada, con tu nombre, después de mi muerte.

—Bien —respondo, como si fuera perfectamente normal que alguien me dijera eso. Y entonces me doy cuenta de que no, de que es una locura—. No quiero ser indiscreta, pero ¿estás diciéndome que vas a morir?

—Todos vamos a morir, querida. Tú vas a morir, yo voy a morir, ese tipo va a morir.

Señala a un hombre de mediana edad que está paseando un perro negro lanudo. El hombre la oye, ve que está señalándolo y se da cuenta de quién es la mujer que está hablando. La mira y vuelve a mirarla, sorprendido.

Doblamos hacia el restaurante y bajamos los dos escalones hasta la puerta. Evelyn se sienta a una mesa que está en el fondo. Nadie le ha indicado cuál era su mesa. Simplemente sabe adónde ir y da por sentado que todos los demás se adaptarán. Un camarero de pantalones negros, camisa blanca y corbata negra se acerca a nuestra mesa y apoya dos vasos de agua. El de Evelyn no tiene hielo.

—Gracias, Troy —dice Evelyn.

—¿Ensalada variada? —pregunta él.

—Para mí, claro que sí, pero no sé qué va a pedir mi amiga —responde Evelyn.

Tomo la servilleta y me la coloco sobre la falda.

—Una ensalada variada me parece bien, gracias.

Troy sonríe y se retira.

—Te gustará la ensalada variada —dice Evelyn, como si fuéramos dos amigas en medio de una charla común y corriente.

—Bien —digo, intentando reencauzar la conversación—. Cuéntame más sobre ese libro que escribiremos.

—Ya te he dicho todo lo que necesitas saber.

—Me has dicho que voy a escribirlo y que vas a morir.

—Tienes que prestar más atención a la elección de palabras.

Puede que me sienta un poco insegura en esta situación, y quizá no esté exactamente donde quiero estar en mi vida, pero sí sé bastante sobre elección de palabras.

—Debo haberte entendido mal. Te juro que soy muy cuidadosa con las palabras.

Evelyn se encoge de hombros. Esta conversación es intrascendente para ella.

—Eres joven, y toda tu generación usa palabras de gran significado sin pensar mucho en ellas.

—Entiendo.

—Y no te he dicho que fuera a confesar mis *pecados*. Es engañoso e hiriente decir que lo que tengo para contar es un pecado. No me arrepiento de las cosas que hice (al menos, no de las que tú creerías) aunque hayan sido difíciles o puedan parecer repugnantes a la luz del día.

—*Je ne regrette rien* —cito, al tiempo que alzo mi vaso de agua y bebo un sorbo.

—Esa es la actitud —dice Evelyn—. Aunque esa canción se refiere más bien a no arrepentirse porque no se vive en el pasado. A lo que yo me refiero es que hoy volvería a tomar muchas de esas mismas decisiones. Te aclaro que sí hay cosas de las que me arrepiento, pero... no son las cosas sórdidas. No me arrepiento de muchas mentiras que dije ni de haber lastimado a algunas personas. Además, tengo compasión por mí misma. Confío en mí. Fíjate, por ejemplo, cómo te respondí en el apartamento, cuando dijiste que confesaría mis pecados. No te respondí de buen modo, y no estoy segura de que lo merecieras. Pero no me arrepiento. Porque sé que tenía motivos, e hice lo que pude con lo que pensé y sentí para responderte así.

—Cuestionas la palabra *pecado* porque implica que lo lamentas.

Llegan nuestras ensaladas, y sin decir palabra, Troy ralla pimienta sobre el plato de Evelyn hasta que ella alza la mano y sonríe. Yo la rechazo amablemente.

—No puedes lamentar algo y no arrepentirte de ello —explica Evelyn.

—Por supuesto —digo—. Eso lo entiendo. Espero que ahora me des el beneficio de la duda y consideres que estamos de acuerdo. Aunque haya más de una manera de interpretar con exactitud lo que decimos.

Evelyn sujeta su tenedor, pero no hace nada con él.

—A mí me parece muy importante, frente a una periodista que tendrá mi historia en sus manos, decir exactamente lo que quiero y que se entienda como lo pienso —replica Evelyn—. Si voy a contarte mi vida, si voy a decirte lo que realmente ocurrió, la verdad detrás de todos mis matrimonios, las películas que hice, las personas a las que amé, con quiénes me acosté, a quiénes lastimé, cómo me puse en aprietos y adónde me llevó eso, necesito saber que sí me entiendes. Y necesito saber que vas a escuchar *exactamente* lo que intento decirte, sin añadir suposiciones tuyas a mi relato.

Me equivoqué. Esto no es intrascendente para Evelyn. Ella puede hablar de cosas de gran importancia como si no la tuvieran. Pero ahora, en este momento, mientras se toma tanto tiempo para aclarar las cosas, me doy cuenta de que esto es *real.* Esto está ocurriendo. Realmente piensa contarme la historia de su vida, una historia que, sin duda, incluye las verdades más crudas sobre su carrera, sus matrimonios y su imagen. Está colocándose en una posición increíblemente vulnerable. Está dándome mucho poder. No sé *por qué* me lo está dando. Pero eso no cambia el hecho de que está haciéndolo. Y ahora me corresponde demostrarle que soy digna de ello y que trataré su historia como algo sagrado.

Apoyo mi tenedor.

—Está clarísimo, siento haberte tomado a la ligera.

Con un gesto, Evelyn resta importancia a mi disculpa.

—Toda la cultura es ligera. Así son las cosas ahora.

—¿Te importa si te hago algunas preguntas más? Una vez que hayamos empezado, prometo concentrarme únicamente en lo que digas y en cómo lo digas, para que te sientas comprendida de tal modo que no se te ocurra nadie mejor que yo para custodiar tus secretos.

Mi sinceridad la desarma por un instante.

—Puedes empezar —responde, al tiempo que toma un bocado de su ensalada.

—Si voy a publicar el libro después de tu muerte, ¿qué tipo de ganancia económica prevés?

—¿Para mí o para ti?

—Empecemos por ti.

—Para mí, ninguna. Estaré muerta, no lo olvides.

—Ya lo mencionaste.

—Siguiente pregunta.

Me inclino hacia ella con aire conspirador.

—Detesto preguntarte algo tan vulgar, pero ¿de qué plazo estamos hablando? ¿Debo guardarme este libro durante años hasta que tú…?

—¿Hasta que yo muera?

—Pues… sí.

—Siguiente pregunta.

—¿Qué?

—Siguiente pregunta, por favor.

—No has respondido esta.

Evelyn calla.

—Está bien, entonces, ¿qué tipo de ganancia económica hay para mí?

—Una pregunta mucho más interesante, y estaba pensando por qué tardabas tanto en hacerla.

—Bueno, acabo de hacerla.

—Tú y yo nos reuniremos la cantidad de días que sean necesarios, y te contaré absolutamente todo. Luego nuestra relación se terminará, y tendrás la libertad (o, mejor dicho, la obligación) de escribir el libro y vendérselo al mejor postor. Pero al mejor de todos. Insisto en que seas implacable cuando negocies. Una vez que hayas hecho eso, cada centavo que produzca el libro será tuyo.

—¿Mío? —repito, atónita.

—Bebe un poco de agua. Parece que vas a desmayarte.

—Evelyn, una biografía autorizada de tu vida, en la que hablas de tus siete matrimonios...

—¿Sí?

—Un libro así produciría millones de dólares, aunque yo no negociara.

—Pero lo harás —repuso Evelyn, y bebió un sorbo de agua con expresión complacida.

Tengo que preguntárselo. Hace demasiado tiempo que estamos dándole vueltas al asunto.

—¿Por qué diablos harías eso por mí?

Evelyn asiente. Estaba esperando esa pregunta.

—Por ahora, considéralo un regalo.

—Pero ¿por qué?

—Siguiente pregunta.

—En serio.

—En serio, Monique, siguiente pregunta.

Sin querer, se me cae el tenedor sobre el mantel color marfil. La tela absorbe el aceite del aderezo y se vuelve más oscura y translúcida. La ensalada está deliciosa, pero tiene mucha cebolla, y siento que el calor de mi aliento impregna el espacio que me rodea. ¿Qué diablos está pasando?

—No quiero ser desagradecida, pero creo que merezco saber por qué una de las actrices más famosas de todos los tiempos decide sacarme de la oscuridad para convertirme en su biógrafa y darme la oportunidad de ganar millones de dólares con su historia.

—Según el *Huffington Post,* mi autobiografía podría venderse hasta en doce millones de dólares.

—Jesucristo.

—Las mentes curiosas quieren saber, supongo.

Evelyn parece divertirse tanto con esto, parece deleitarse tanto al verme conmocionada, que me doy cuenta de que esto es, al menos en parte, un juego de poder. Le gusta ser displicente respecto de cosas que le cambiarían la vida a otra persona. ¿Acaso no es esa la definición del poder? ¿Observar cómo los demás se matan por algo que para uno no significa nada?

—Doce millones es mucho dinero, no me malentiendas... —aclara, y no es necesario que complete la oración pues lo hago yo en mi mente. *Pero para mí no es mucho.*

—Pero, aun así, Evelyn, ¿por qué? ¿Por qué yo?

Evelyn me mira impasible.

—Siguiente pregunta.

—Con todo el respeto, no me parece justo que no me respondas.

—Estoy ofreciéndote la oportunidad de ganar una fortuna y lanzarte a la cumbre de tu profesión. No necesito ser justa. Y menos aún si vas a definirlo así.

Por un lado, siento que no hay mucho que pensar. Pero a la vez, Evelyn no me ha dado absolutamente nada concreto. Además, podría perder mi empleo si me guardara una historia como esta. Ese empleo es lo único que tengo en este momento.

—¿Puedes darme un tiempo para pensarlo?

—¿Para pensar qué?

—Todo esto.

Evelyn me mira con un levísimo asomo de recelo.

—¿Qué diablos es lo que tienes que pensar?

—Si te he ofendido, te pido disculpas —digo.

Evelyn me interrumpe.

—*No* me has ofendido.

La sola implicación de que yo podría irritarla la irrita.

—Hay mucho que debo considerar —respondo. Podrían despedirme. Ella podría echarse atrás. Mi redacción del libro podría ser un fracaso espectacular.

Evelyn se inclina hacia mí, como para oírme mejor.

—¿Por ejemplo?

—Por ejemplo, ¿cómo voy a llevar esto con *Vivant?* Creen que tienen una exclusiva contigo. En este preciso instante, están llamando a los fotógrafos.

—Le dije a Thomas Welch que no prometiera nada. Si ellos han dado por sentado que harán una portada, es asunto suyo.

—Pero también es mío. Porque ahora sé que no tienes intenciones de avanzar con ellos.

—¿Y?

—¿Y qué hago, entonces? ¿Vuelvo a mi oficina y le digo a mi jefa que no vas a hablar con *Vivant,* que en lugar de eso tú y yo vamos a vender un libro? Van a pensar que fui a sus espaldas, en horario laboral, y les robé la historia.

—Eso no es mi problema —replica Evelyn.

—Pero yo sí debo pensar en eso. Porque es *mi* problema.

Evelyn me entiende. Me doy cuenta de que está tomándome en serio por el modo en que apoya su vaso de agua y me mira directamente, con los antebrazos apoyados en la mesa.

—Aquí tienes una oportunidad de esas que se presentan una vez en la vida, Monique. Te das cuenta, ¿verdad?

—Claro que sí.

—Entonces hazte un favor y aprende a agarrar la vida por las pelotas, querida. No te esfuerces tanto en hacer lo correcto cuando resulta tan dolorosamente obvio cuál es la decisión inteligente.

—¿No crees que debería sincerarme con mis jefes acerca de esto? Pensarán que he conspirado para perjudicarlos.

Evelyn niega con la cabeza.

—Cuando mi equipo te solicitó a ti, tu compañía ofreció a alguien de mayor nivel. Solo accedieron a enviarte cuando les aclaré que eras tú o nadie. ¿Sabes por qué hicieron eso?

—Porque no creen que yo…

—Porque dirigen un negocio. Y tú también. Y en este momento, tienes la oportunidad de hacer que tu negocio prospere como nunca. Tienes que tomar una decisión. ¿Vamos a escribir un libro juntas o no? Debes saber que, si no lo escribes tú, no se lo daré a nadie más. En ese caso, morirá conmigo.

—¿Por qué me contarías la historia de tu vida solo a mí? Ni siquiera me conoces. No lo entiendo.

—No tengo ninguna obligación de hacer que me entiendas.

—¿Qué es lo que buscas, Evelyn?

—Haces demasiadas preguntas.

—He venido a entrevistarte.

—No importa. —Bebe un sorbo de agua, traga y luego me mira directo a los ojos—. Cuando terminemos, no te quedarán preguntas —me dice—. Todas estas cosas que estás tan desesperada por saber, prometo que las responderé antes de que terminemos. Pero no voy a responderlas ni un minuto antes de que yo quiera hacerlo. Yo lo decido. Así va a ser esto.

La escucho y lo pienso, y me doy cuenta de que sería una tremenda imbécil si le dijera que no, sean cuales fueren sus condiciones. No me quedé en Nueva York y dejé que David se marchara a San Francisco porque me guste la Estatua de la Libertad. Lo hice porque quiero llegar tan alto como pueda. Lo hice porque quiero ver algún día mi nombre, el que me dio mi padre, en grandes letras doradas. Esta es mi oportunidad.

—De acuerdo —digo.

—Bien. Me alegra oírlo. —Evelyn relaja los hombros, vuelve a sujetar su vaso de agua y sonríe—. Monique, creo que me caes bien.

Respiro hondo; ahora me doy cuenta de lo superficial que ha sido mi respiración todo este tiempo.

—Gracias, Evelyn. Significa mucho para mí.

Evelyn y yo estamos otra vez en su recibidor.

—Te veré en mi oficina en media hora.

—Está bien —respondo, mientras Evelyn se aleja por el pasillo y se pierde de vista. Me quito la chaqueta y la guardo en el armario.

Debería aprovechar este momento para hablar con Frankie. Si no le envío noticias pronto, empezará a buscarme.

Solo tengo que decidir cómo manejar este tema. ¿Cómo puedo asegurarme de que no intente quitármelo?

Creo que mi única opción es fingir que todo va según lo planeado. Mi único plan es mentir.

Respiro.

Uno de mis primeros recuerdos de cuando era niña es de una ocasión en que mis padres me llevaron a Zuma Beach en Malibú. Aún era primavera, creo. El agua no había llegado a entibiarse lo suficiente.

Mi madre se quedó en la arena a colocar nuestra manta y la sombrilla, mientras mi padre me alzaba y corría conmigo en brazos hacia el mar. Recuerdo que me sentía liviana en sus brazos. Y después me bajó y mis pies quedaron en el agua, y grité que estaba demasiado fría.

Él me dio la razón: *estaba* fría. Pero luego dijo: «Solo inhala y exhala cinco veces. Verás que, cuando termines, ya no te parecerá tan fría».

Lo observé entrar al agua hasta los tobillos. Lo observé respirar. Entonces yo también entré y empecé a respirar con él. Tenía razón, por supuesto. Ya no estaba tan fría.

Después de aquella vez, mi padre respiraba conmigo cada vez que yo estaba al borde de las lágrimas. Cuando me raspaba el codo, cuando mi primo me llamaba Oreo, cuando mi madre me decía que no podíamos tener un perrito, mi padre se sentaba y respiraba conmigo. Tantos años más tarde, todavía me duele pensar en aquellos momentos.

Pero por ahora, sigo respirando, allí mismo, en el recibidor de Evelyn, centrándome como él me enseñó.

Después, cuando me siento más tranquila, saco mi teléfono móvil y llamo a Frankie.

—Monique. —Me atiende al segundo timbrazo—. Cuéntame. ¿Cómo va todo?

—Todo bien —respondo. Me sorprende la calma que refleja mi voz—. Evelyn es todo lo que se puede esperar de un ídolo. Aún espléndida. Carismática como siempre.

—¿Y?

—Y… estamos progresando.

—¿Acepta hablar de otros temas además de los vestidos?

¿Qué puedo decir ahora para empezar a cubrir mis espaldas?

—Bueno, ya sabes que es bastante reacia a hablar de algo que no sea la publicidad para la subasta. Por el momento estoy tratando de no forzar las cosas, de ganar un poco más de su confianza antes de empezar a presionarla.

—¿Va a posar para la portada?

—Aún no puedo saberlo. Créeme, Frankie —digo, y detesto la sinceridad que reflejan mis palabras—, que sé lo importante que es esto. Pero por ahora, lo mejor que puedo hacer es lograr caerle bien para tratar de aumentar mi influencia y defender lo que queremos.

—Ya —responde Frankie—. Obviamente, quiero más que algunas palabritas sobre los vestidos, pero, aun así, eso es más de lo que consiguió de ella cualquier otra revista en décadas, así que…

Frankie sigue hablando, pero ya he dejado de escucharla. Estoy demasiado concentrada en el hecho de que Frankie no va a conseguir ni siquiera esas palabritas.

Y yo conseguiré más, mucho más.

—Tengo que dejarte —le digo—. Ella y yo volveremos a hablar en unos minutos.

Corto la comunicación y exhalo. *Todo bajo control.*

Mientras cruzo el apartamento, oigo a Grace en la cocina. Abro la puerta vaivén y la encuentro recortando tallos de flores.

—Disculpa que te moleste. Evelyn dijo que me espera en su oficina, pero no sé dónde está.

—Ah —dice Grace. Deja las tijeras y se limpia las manos con una toalla—. Te lo enseñaré.

La sigo por una escalera a la planta alta y al estudio de Evelyn. Las paredes están pintadas de un llamativo gris carbón opaco, y la alfombra es de un beis dorado. Los ventanales están flanqueados por cortinas azul oscuro, y en la pared opuesta hay bibliotecas empotradas. Hay un sofá azul grisáceo frente a un enorme escritorio de cristal.

Grace sonríe y me deja esperando a Evelyn. Dejo mi bolso en el sofá y reviso el móvil.

—Tú siéntate en el escritorio —dice Evelyn cuando entra. Me trae un vaso de agua—. Supongo que el modo de hacer esto es que yo hable y tú tomes nota.

—Supongo que sí —respondo, y me siento en la silla del escritorio—. Nunca había intentado escribir una biografía. Al fin y al cabo, no soy biógrafa.

Evelyn me mira con intención. Se sienta frente a mí, en el sofá.

—Déjame explicarte algo. Cuando yo tenía catorce años, mi madre ya había muerto y yo estaba viviendo con mi padre. Cuanto más crecía, más me daba cuenta de que tarde o temprano mi padre intentaría casarme con algún amigo suyo o con su jefe, alguien que pudiera mejorar su situación económica. Y, francamente, cuanto más me desarrollaba, menos segura estaba de que mi padre no fuera a intentar algo él mismo.

»Estábamos tan mal de dinero que robábamos electricidad del apartamento de arriba. En casa había un enchufe que estaba en el circuito de ellos, así que allí enchufábamos cualquier cosa que necesitábamos usar. Si tenía que hacer la tarea del colegio después del anochecer, enchufaba una lámpara y me sentaba allí con mi libro.

»Mi madre era una santa. Lo digo en serio. Era bellísima, cantaba como los dioses y tenía un corazón de oro. Durante años, antes de morir, me decía que saldríamos de Hell's Kitchen e iríamos directamente a Hollywood. Decía que sería la mujer más famosa del mundo y nos compraría una mansión en la playa. Yo tenía la fantasía de que estaríamos las dos juntas en una casa, dando fiestas, bebiendo champán. Entonces se murió, y fue como despertar de un sueño. De pronto, me encontré en un mundo en el que nada de eso iba a suceder jamás. Y tendría que quedarme en Hell's Kitchen para siempre.

»Yo era hermosa, incluso a los catorce años. Sí, ya sé que todo el mundo prefiere a una mujer que no conoce su poder, pero estoy harta de todo eso. Se daban la vuelta para mirarme. No estoy orgullosa de eso. Yo no hice mi cara. No me di este cuerpo. Pero tampoco voy a quedarme aquí sentada y decir: «Ay, no me hagáis sonrojar. ¿De verdad me consideraban guapa?», como si fuera una mojigata.

»Mi amiga Beverly conocía a un tipo llamado Ernie Díaz, un electricista que vivía en su edificio. Y Ernie conocía a un sujeto de la MGM. Al menos, eso se decía. Y un día, Beverly me dijo que se había enterado de que Ernie iba a postularse para construir sistemas de iluminación en Hollywood. Así que ese fin de semana inventé un pretexto para ir a casa de Beverly, y «sin querer» llamé a la puerta de Ernie. Yo sabía muy bien dónde vivía Beverly. Pero llamé a la puerta de Ernie y le pregunté: «¿Has visto a Beverly Gustafson?»

»Ernie tenía veintidós años. No era atractivo, pero tampoco muy feo. Me dijo que no la había visto, pero vi que no me quitaba los ojos de encima. Vi cómo sus ojos empezaban por los míos y luego bajaban lentamente, observando cada centímetro de mi cuerpo; yo tenía puesto mi vestido verde preferido.

»Y entonces Ernie dijo: «Cariño, ¿tienes dieciséis años?», yo tenía catorce, acuérdate. Pero ¿sabes qué hice? Le respondí: «Qué casualidad, acabo de cumplirlos».

Evelyn me mira con intención.

—¿Entiendes lo que quiero decirte? Cuando te dan una oportunidad de cambiar tu vida, debes estar dispuesta a hacer lo que sea con tal de lograrlo. El mundo no te *da* cosas: tú debes *tomarlas.* Si vas a aprender algo de mí, probablemente debería ser eso.

Caray.

—De acuerdo —respondo.

—Nunca fuiste biógrafa, pero a partir de ahora lo eres.

Asiento.

—Entendido.

—Bien —dice Evelyn, y se relaja en el sofá—. Entonces, ¿por dónde quieres empezar?

Tomo mi bloc y miro las palabras garabateadas con las que cubrí las últimas páginas. Hay fechas, títulos de películas, referencias a imágenes clásicas de ella, rumores con signos de interrogación. Y luego, en letras grandes que tracé una y otra vez con mi bolígrafo, oscureciendo cada una hasta cambiar la textura de la hoja, escribí: «¿Quién fue el amor de la vida de Evelyn?».

Esa es la gran pregunta. Ese es el gancho de este libro.

Siete maridos.

¿A cuál quiso más? ¿Cuál fue su *verdadero* amor?

Eso es lo que quiero saber, como periodista y como lectora. El libro no empezará por allí, pero quizás ella y yo sí debamos comenzar por allí. Quiero saber, de todos esos matrimonios, cuál es el más importante.

Miro a Evelyn y la veo incorporarse en su asiento, lista para mí.

—¿Quién fue el amor de tu vida? ¿Fue Harry Cameron?

Evelyn piensa y luego responde lentamente.

—No en ese sentido, no.

—¿En qué sentido, entonces?

—Harry fue mi mejor amigo. Él me inventó. Fue la persona que me dio el amor más incondicional. La persona por la que sentí el amor más puro, creo. Además de mi hija. Pero no, no fue el amor de mi vida.

—¿Por qué no?

—Porque fue otra persona.

—De acuerdo, entonces, ¿quién *sí* fue el amor de tu vida?

Evelyn asiente, como si esta fuera la pregunta que sabía que llegaría, como si la situación estuviera desarrollándose exactamente como sabía que lo haría. Pero luego vuelve a mover la cabeza.

—¿Sabes qué? —dice, al tiempo que se pone de pie—. Se está haciendo tarde, ¿no?

Miro mi reloj. Es media tarde.

—¿Sí?

—Creo que sí —responde, y se dirige hacia mí, hacia la puerta.

—Está bien —digo, mientras me pongo de pie.

Evelyn me rodea con un brazo y me lleva al pasillo.

—Retomemos el lunes. ¿Te parece bien?

—Eh… claro. Evelyn, ¿he dicho algo que te ha ofendido?

Bajamos la escalera.

—No, en absoluto —responde, restando importancia a mis temores—. En absoluto.

Hay una tensión que no logro identificar. Evelyn me acompaña hasta el recibidor. Abre el armario. Extiendo la mano y recibo mi chaqueta.

—¿Aquí mismo? —propone Evelyn—. ¿El lunes por la mañana? ¿Te parece que empecemos a eso de las diez?

—De acuerdo —digo, mientras me pongo la prenda—. Si eso es lo que quieres.

Evelyn asiente. Por un momento mira detrás de mí, por encima de mi hombro, pero no parece estar mirando nada en particular. Luego abre la boca.

—He pasado mucho, muchísimo tiempo aprendiendo a... disfrazar la verdad —dice—. Es difícil romper ese hábito. Creo que he llegado a hacerlo muy bien. Hace un momento, no estaba muy segura de *cómo* decir la verdad. No tengo mucha práctica en eso. Me resulta incompatible con mi supervivencia misma. Pero lo haré.

Asiento, sin saber bien cómo responder.

—Entonces... ¿el lunes?

—El lunes —confirma Evelyn al tiempo que asiente y parpadea largamente—. Para entonces estaré lista.

Hace frío mientras camino de nuevo hacia el metro. Entro con dificultad a un vagón repleto de gente y me sostengo del pasamanos, por encima de mi cabeza. Camino hasta mi apartamento y abro la puerta.

Me siento en el sofá, abro mi ordenador portátil y respondo algunos e-mails. Empiezo a pedir algo para la cena. Y cuando voy a levantar los pies recuerdo que no tengo mesa de centro. Por primera vez desde que David se marchó, no he pensado en él al entrar al apartamento.

Lo que me da vueltas en la mente todo el fin de semana, desde la noche del viernes hasta la noche del sábado y la mañana del domingo en el parque, no es la pregunta: *¿Por qué fracasó mi matrimonio?*, sino: *¿De quién diablos estuvo enamorada Evelyn Hugo?*

Estoy de nuevo en el estudio de Evelyn. El sol entra por los ventanales e ilumina su rostro con tanta calidez que no me deja ver su lado derecho.

Realmente vamos a hacer esto. Evelyn y yo. Sujeto y biógrafa. Y comienza ahora.

Tiene puestos unos *leggins* negros y una camisa azul marino de hombre con un cinturón. Yo, como de costumbre, estoy en vaqueros, camiseta y *blazer*. Me vestí con la intención de quedarme aquí todo el día y toda la noche, de ser necesario. Si ella sigue hablando, estaré aquí, escuchándola.

—Bien —digo.

—Bien —dice Evelyn, en un tono que parece desafiarme a dar el primer paso.

En cierto modo, esto de estar sentada en su escritorio mientras ella está en el sofá se me hace antagónico. Quiero que sienta que estamos en el mismo equipo. Porque lo estamos, ¿verdad? Aunque tengo la impresión de que, con Evelyn, nunca se sabe.

¿Realmente puede decir la verdad? ¿Es capaz de hacerlo?

Me siento en el sillón que está junto al sofá. Me inclino hacia adelante, con el bloc sobre la falda y un bolígrafo en la mano. Saco mi teléfono, abro la grabadora de voz y pulso «Grabar».

—¿Seguro que estás lista? —le pregunto.

Evelyn asiente.

—Todas las personas a las que quise ya murieron. No queda nadie a quien proteger. Nadie por quien mentir, salvo yo. La gente ha seguido muy de cerca los detalles más escabrosos de la historia falsa de mi vida. Pero no es… yo no… Quiero que conozcan la verdadera historia. A la verdadera Evelyn.

—De acuerdo —digo—. Muéstrame a la verdadera Evelyn, entonces. Y yo me ocuparé de que el mundo la conozca.

Evelyn me mira y esboza una sonrisa breve. Me doy cuenta de que he dicho lo que desea oír. Por suerte, lo he dicho en serio.

—Vayamos en orden cronológico —le pido—. Cuéntame más sobre Ernie Díaz, tu primer marido, el que te sacó de Hell's Kitchen.

—Está bien —asiente Evelyn—. Es un punto tan bueno como cualquiera para empezar.

Pobre Ernie Díaz

Mi madre había sido corista en producciones *off Broadway*. Había emigrado de Cuba a los diecisiete años con mi padre. Cuando fui mayor, descubrí que «corista» era también un eufemismo para «prostituta». No sé si ella lo era o no. Me gustaría creer que no, no porque sea vergonzoso sino porque algo sé de lo que es entregar tu cuerpo a alguien cuando no quieres hacerlo, y espero que ella no haya tenido que hacer eso.

Yo tenía once años cuando ella murió de neumonía. Obviamente, no tengo muchos recuerdos suyos, pero sí recuerdo que olía a vainilla barata y que hacía un caldo gallego delicioso. Nunca me llamó Evelyn, solo *mija*, lo que me hacía sentir muy especial, como si yo fuera suya y ella, mía. Por encima de todas las cosas, mi madre quería ser estrella de cine. Estaba convencida de que, si lograba entrar al mundo de las películas, podría sacarnos de allí y alejarnos de mi padre.

Yo quería ser como ella.

Muchas veces he deseado que, en su lecho de muerte, hubiera dicho algo conmovedor, algo que pudiera llevar siempre conmigo. Pero no supimos lo enferma que estaba hasta que todo terminó. Lo último que me dijo fue: «Dile a tu padre que estaré en la cama».

Después de su muerte, yo lloraba solo en la ducha, donde nadie podía verme ni oírme, donde no podía distinguir dónde terminaban mis lágrimas y empezaba el agua. No sé por qué hacía eso. Solo sé que, al cabo de unos meses, pude ducharme sin llorar.

Y luego, el verano posterior a su muerte, empecé a desarrollarme.

Mis pechos empezaron a crecer, y no paraban. A mis doce años tuve que hurgar entre las cosas de mi madre para ver si encontraba un sujetador que me sirviera. El único que encontré era demasiado pequeño, pero me lo puse de todas formas.

Cuando cumplí trece años, medía un metro setenta y tres, tenía el cabello castaño oscuro y brillante, piernas largas, piel morena clara y unos pechos que estiraba los botones de mis vestidos. Los hombres me miraban cuando caminaba por la calle, y algunas chicas de mi edificio ya no querían estar conmigo. Me sentía sola. Sin madre, con un padre violento, sin amigos, y con una sexualidad en mi cuerpo para la cual mi mente no estaba preparada.

El cajero de la tienda de la esquina era un chico llamado Billy. Tenía dieciséis años y era el hermano de la chica que se sentaba a mi lado en el colegio. Un día de octubre, fui a la tienda a comprar caramelos y me dio un beso.

Yo no quería que me besara. Lo empujé para apartarlo, pero me aferró del brazo.

—Vamos, no seas así —me dijo.

El local estaba vacío. Sus brazos eran fuertes. Me sujetó con más fuerza. Y en ese momento, supe que iba a quitarme lo que quería, se lo permitiera yo o no.

Así que tenía dos opciones. Podía hacerlo gratis. O podía cambiarlo por caramelos.

Durante los siguientes tres meses, me llevé lo que quería de aquella tienda. Y a cambio, lo veía todos los sábados por la noche y le permitía quitarme la camiseta. Nunca sentí que tuviera mucha alternativa en ese asunto. Que me desearan significaba que tenía que satisfacer. Al menos, así lo veía por entonces.

Recuerdo que me dijo, en la oscuridad de la trastienda atestada, con mi espalda contra un cajón de madera: «Tienes poder sobre mí».

Se había convencido de que yo tenía la culpa de que me deseara.

Y yo le creía.

Mira lo que les hago a estos pobres chicos, pensaba. Pero al mismo tiempo: *Este es mi valor, mi poder.*

Por eso, cuando me dejó —porque se aburrió de mí, porque había encontrado a otra que lo entusiasmaba más— sentí un profundo alivio y una sensación muy real de fracaso.

Había otro chico así, para quien me quitaba la camiseta porque creía que era mi deber, hasta que caí en la cuenta de que podía ser yo quien eligiera.

Yo no quería a cualquiera: ese era el problema. Para decirlo sin rodeos, empecé a descubrir mi cuerpo rápidamente. No necesitaba a los chicos para sentirme bien. Y esa comprensión me dio un gran poder. No me interesaba nadie desde lo sexual. Pero sí quería *algo.*

Quería irme lejos de Hell's Kitchen.

Quería irme de mi apartamento, lejos del aliento a tequila y la mano pesada de mi padre. Quería alguien que me cuidara. Quería una casa bonita y dinero. Quería escapar, irme lejos de mi vida. Quería ir adonde mi madre me había prometido que llegaríamos algún día.

Hollywood tiene algo: es un lugar, pero también un sentimiento. Si huyes allí, puedes dirigirte hacia el sur de California, donde siempre brilla el sol y hay palmeras y naranjos en lugar de edificios sucios y aceras llenas de mugre. Pero también huyes hacia la vida tal como la muestran las películas.

Huyes hacia un mundo que es moral y justo, donde los buenos ganan y los malos pierden, donde el dolor al que te enfrentas solo es un esfuerzo que te hará más fuerte, para que al final tu victoria sea aún mayor.

Me llevaría varios años darme cuenta de que la vida no es más fácil tan solo porque sea más glamorosa. Pero no habrías podido convencerme de eso a mis catorce años.

Entonces me puse mi vestido verde favorito, el que ya empezaba a quedarme pequeño. Y llamé a la puerta del muchacho que, según me habían dicho, se iría a Hollywood.

Por su expresión, me di cuenta de que Ernie Díaz se alegró de verme.

Y por eso cambié mi virginidad: por un billete a Hollywood.

Ernie y yo nos casamos el 30 de enero de 1953 y pasé a ser Evelyn Díaz. Por entonces yo tenía apenas quince años, pero mi padre firmó los papeles. Tengo que creer que Ernie sospechaba que yo era menor de edad. Pero le mentí descaradamente y se conformó con eso. No era feo, pero tampoco muy leído ni simpático. No iba a tener muchas posibilidades de casarse con una chica hermosa. Creo que él lo sabía. Creo que lo sabía hasta el punto de aprovechar la oportunidad cuando se le presentó.

Algunos meses más tarde, Ernie y yo subimos a su Plymouth '49 y fuimos rumbo al oeste. Nos alojamos en casa de unos amigos suyos mientras él empezaba a trabajar como asistente de operador. Pronto ahorramos lo suficiente para mudarnos a un apartamento. Estábamos en la calle Detroit y De Longpre. Yo tenía ropa nueva y el dinero alcanzaba para hacer carne asada los fines de semana.

Supuestamente, yo debía terminar el instituto. Pero Ernie no iba a revisar mis boletines de calificaciones, y yo sabía que el colegio era una pérdida de tiempo. Había ido a Hollywood a hacer una sola cosa, y la haría.

En lugar de ir a clase, todos los días iba a almorzar al Café Formosa y me quedaba hasta la *happy hour*. Había reconocido el lugar por las revistas de cotilleos. Sabía que allí iban los famosos. Estaba justo al lado de un estudio de cine.

El edificio rojo con letras cursivas y toldo negro pasó a ser el sitio al que iba todos los días. Sabía que era una táctica pobre, pero era la única que tenía. Si quería ser actriz, alguien tenía que descubrirme. Y no estaba segura de cómo podía lograr eso, salvo frecuentar los lugares en los que podía encontrar a la gente del cine.

Por eso, iba allí todos los días a tomarme una cocacola.

Lo hice con tanta frecuencia y durante tanto tiempo que llegó un momento en que el barman se hartó de fingir que no sabía a qué estaba jugando yo.

—Mira —me dijo como a las tres semanas—, si quieres quedarte aquí sentada a esperar a que aparezca Humphrey Bogart, allá tú. Pero tendrás que hacer algo útil. No voy a dejar que ocupes un asiento tanto tiempo solo por un refresco.

Era un hombre mayor, de unos cincuenta años, pero tenía cabello oscuro y abundante. Las arrugas de su frente me recordaban a mi padre.

—¿Qué quiere que haga? —le pregunté.

Me preocupaba un poco que quisiera pedirme algo que yo ya le había entregado a Ernie, pero me dio un bloc y me dijo que empezara a tomar pedidos.

Yo no tenía idea de cómo ser camarera, pero no pensaba decírselo.

—De acuerdo —le respondí—. ¿Por dónde empiezo?

Señaló las mesas y la fila apretada de reservados.

—Aquella es la mesa uno. Cuenta a partir de allí y sabrás los demás números.

—De acuerdo —dije—, entendido.

Me levanté del taburete y empecé a dirigirme a la mesa dos, donde había tres hombres de traje conversando, con los menús cerrados.

—Oye —me dijo el barman.

—¿Sí?

—Eres un bombón. Te apuesto cinco dólares a que lo consigues.

Tomé diez pedidos, confundí los sándwiches de tres personas y gané cuatro dólares.

Cuatro meses más tarde, entró Harry Cameron, que por entonces era un joven productor de los Estudios Sunset, para reunirse con un ejecutivo del estudio de al lado. Pidieron un bistec cada uno. Cuando les llevé la cuenta, Harry me miró y dijo: «Jesús».

Dos semanas más tarde, tenía un contrato con los Estudios Sunset.

Fui a casa y le dije a Ernie que no podía creer que alguien de los Estudios Sunset se interesara en mí, que no valía nada. Le dije que haría eso de ser actriz solo por diversión, para pasar el tiempo hasta que empezara mi verdadero trabajo de ser madre. Una mentira colosal.

Por entonces yo tenía casi diecisiete años, aunque Ernie aún creía que era mayor. Estábamos a finales de 1954. Y todas las mañanas me levantaba e iba a los Estudios Sunset.

No tenía el más ínfimo conocimiento de actuación, pero estaba aprendiendo. Trabajé como extra en un par de comedias románticas. Tuve un pequeño papel en una película de guerra. «¿Y por qué no habría de hacerlo?». Eso era lo que tenía que decir.

Hacía de enfermera que atendía a un soldado herido. En la escena, el médico acusaba al soldado de flirtear conmigo, y yo replicaba: «¿Y por qué no habría de hacerlo?». Lo dije como una niñita en una obra escolar, con un ligero acento de Nueva York. Por aquel entonces, muchas de mis palabras tenían acento. Hablaba inglés como neoyorquina, y español, como estadounidense.

Cuando salió la película, Ernie y yo fuimos a verla. A Ernie le pareció divertido que su pequeña esposa tuviera un papelucho en una película.

Yo nunca había ganado mucho dinero, y ahora estaba ganando lo mismo que Ernie después de su ascenso a asistente principal. Así que le pregunté si podía usarlo para pagarme unas clases de actuación. Esa noche le había preparado arroz con pollo, y no me quité el delantal a propósito para plantear el tema. Quería que me viera inofensiva y doméstica. Me pareció que llegaría más lejos si él no se sentía amenazado. Me irritaba tener que preguntarle cómo podía gastar mi propio dinero. Pero no veía otra opción.

—Claro —respondió—. Me parece inteligente hacer eso. Así mejorarás y, quién sabe, tal vez algún día llegues a protagonizar una película.

Por supuesto que llegaría.

Tuve ganas de darle un buen puñetazo.

Pero más adelante entendí que Ernie no tenía la culpa. Ernie no tenía la culpa de nada. Yo lo había engañado. Y después me enfadaba si no se daba cuenta de quién era yo en realidad.

Seis meses más tarde, era capaz de decir una frase con sinceridad. No era una gran actriz, pero sí lo suficientemente buena.

Había participado en tres películas más, todos papeles de una sola aparición. Me enteré de que buscaban gente para el papel de la hija adolescente de Stu Cooper en una comedia romántica. Y decidí que lo quería.

Entonces hice algo que muy pocas actrices de mi nivel se habrían atrevido a hacer. Llamé a la puerta de Harry Cameron.

—Evelyn —dijo, sorprendido de verme—. ¿A qué debo el placer de esta visita?

—Quiero el papel de Caroline —le dije—. En *Love Isn't All.*

Harry me indicó que me sentara. Era apuesto, para ser ejecutivo. La mayoría de los productores eran gordos, y muchos estaban quedándose calvos. Pero Harry era alto y delgado. Era joven. Yo sospechaba que no me llevaba ni diez años. Usaba trajes que le quedaban a la perfección y siempre complementaban sus ojos celestes. Tenía un aire del medio oeste, no tanto por su aspecto sino por su forma de abordar a las personas, primero con amabilidad y luego con actitud fuerte.

Harry era uno de los únicos hombres del estudio que no miraba directamente mis pechos. De hecho, eso me molestaba, como si yo tuviera la culpa de no llamar su atención. Eso demuestra que, si le dices a una mujer que su único valor es ser deseable, lo creerá. Yo lo creía incluso antes de cumplir dieciocho años.

—No voy a mentirte, Evelyn. Ari Sullivan nunca te aprobará para ese papel.

—¿Por qué no?

—No das el tipo.

—¿Y eso qué quiere decir?

—Nadie creería que eres la hija de Stu Cooper.

—Pero podría serlo.

—No, no podrías.

—¿Por qué?

—*¿Por qué?*

—Sí, quiero saber por qué.

—Te llamas Evelyn Díaz.

—¿Y qué?

—No puedo ponerte en una película y tratar de que no se note que eres mexicana.

—Soy cubana.

—Para el caso, es lo mismo.

No era lo mismo, pero no valía la pena intentar explicárselo.

—Está bien —le dije—. ¿Y la película con Gary DuPont?

—No puedes hacer un papel protagonista con Gary DuPont.

—¿Por qué no?

Harry me miró como preguntándome si realmente quería que me lo dijera.

—¿Porque soy *mexicana?* —le pregunté.

—Porque para la película necesitamos una chica rubia.

—Yo podría ser una chica rubia.

Harry me miró.

Insistí.

—Quiero ese papel, Harry. Y sabes que puedo hacerlo. Soy una de las chicas más interesantes que tenéis en este momento.

Harry rio.

—Eres audaz, debo reconocerlo.

La secretaria de Harry llamó a la puerta.

—Disculpe la interrupción, señor Cameron, pero lo esperan en Burbank a la una.

Harry miró su reloj.

Hice un último intento.

—Piénsalo, Harry. Soy buena, y puedo ser aún mejor. Pero estás desperdiciándome con estos papeluchos.

—Sabemos lo que hacemos —replicó, poniéndose de pie.

Yo también me puse de pie.

—¿Cómo ves mi carrera de aquí a un año, Harry? ¿Haciendo un papel de profesora que solo dice tres líneas?

Harry pasó a mi lado, abrió la puerta y salimos.

—Veremos —respondió.

Había perdido la batalla, pero decidí ganar la guerra. Entonces la próxima vez que vi a Ari Sullivan en el comedor del estudio, dejé caer mi bolso delante de él y «sin querer» lo miré mientras me agachaba a recogerlo. Hizo contacto visual conmigo, y después me alejé como si no quisiera nada de él, como si no tuviera idea de quién era.

Una semana después, fingí que me había perdido en las oficinas ejecutivas y me topé con él en el pasillo. Era un sujeto corpulento, pero le quedaba bien. Tenía ojos pardos tan oscuros que era difícil distinguir sus iris, y una sombra de barba permanente. Pero tenía una sonrisa bonita. Y en eso me concentré.

—Señora Díaz —me saludó. Me sorprendió (y a la vez, no) que supiera mi nombre.

—Señor Sullivan —respondí.

—Por favor, llámame Ari.

—Bueno, hola, Ari —dije, y le rocé el brazo con la mano.

Yo tenía diecisiete años. Él, cuarenta y ocho.

Esa noche, después de que su secretaria se retirara, yo estaba acostada en el escritorio de Ari con la falda a la altura de la cadera y la cara de él entre mis piernas. Resultó ser que Ari tenía una fijación con complacer oralmente a muchachas menores de edad. Al cabo de unos siete minutos, fingí estallar de placer. No podría decirte si fue bueno o no. Pero me sentía feliz de estar allí, porque sabía que así conseguiría lo que quería.

Si disfrutar el sexo significa que sea placentero, entonces he tenido mucho sexo que no disfruté. Pero si lo definimos como quedar conformes con lo que conseguimos a cambio, no fueron muchas ocasiones las que detesté.

Al salir, vi la hilera de Oscars que Ari tenía en su oficina. Me dije que algún día yo también ganaría uno.

Love Isn't All y la película de Gary DuPont en la que yo había querido participar se estrenaron con diferencia de una semana. *Love Isn't All* fue un fracaso. Y Penelope Quills, la mujer que había conseguido el papel que yo quería junto a Gary, tuvo críticas pésimas.

Recorté una de las críticas de Penelope y se la envié por correo interno a Harry y a Ari, con una nota que decía: «Conmigo habría sido un éxito».

A la mañana siguiente, recibí en mi caravana una nota de Harry: «De acuerdo, tú ganas».

Harry me llamó a su oficina y me dijo que lo había hablado con Ari, y que tenían dos posibles papeles para mí.

Podía hacer el de una heredera italiana como cuarta protagonista en una película romántica de guerra. O podía hacer de Jo en *Mujercitas.*

Yo sabía lo que implicaría hacer de Jo. Sabía que Jo era blanca. Y, aun así, quería ese papel. No me había acostado con alguien para dar solo un pasito.

—Jo —pedí—. Quiero a Jo.

Y así puse en movimiento la máquina del estrellato.

Harry me presentó a la estilista del estudio, Gwendolyn Peters. Gwen me tiñó de rubio y me cortó el pelo a la altura de los hombros. Dio forma a mis cejas. Me depiló el pico de viuda. Me reuní con un nutricionista, que me hizo bajar exactamente tres kilos, más que nada empezando a fumar y reemplazando algunas comidas por sopa de repollo. Me reuní con un profesor de locución, que borró mi acento neoyorquino y desterró el español.

Y luego, claro, estaba el cuestionario de tres páginas que tuve que completar sobre mi vida hasta entonces. ¿A qué se dedicaba mi padre? ¿Qué me gustaba hacer en mi tiempo libre? ¿Tenía mascotas?

Cuando entregué mis respuestas sinceras, el encuestador lo leyó en una sentada y dijo: «Ah, no, no, no. Esto no sirve. A partir de ahora, tu madre murió en un accidente y te crio tu padre. Él trabajaba en la construcción en Manhattan, y los fines de semana, en verano, te llevaba a Coney Island. Si alguien te lo pregunta, te gustan el tenis y la natación, y tienes un san Bernardo llamado Roger».

Posé para, por lo menos, cien fotos publicitarias. Yo con mi nuevo pelo rubio, mi figura más delgada y mis dientes más blancos. No te creerías las situaciones en las que me hicieron posar. Sonriendo en la playa, jugando al golf, corriendo por la calle tirada por un san Bernardo que alguien pidió prestado a una decoradora. Había fotos de mí echando sal a un pomelo, tirando con arco y flecha, subiendo a un avión de *atrezo*. Y no me hagas hablar de las fotos de las fiestas de fin de año. Era un día tórrido de verano y yo estaba sentada con un vestido de terciopelo rojo, junto a un árbol de Navidad encendido a pleno, simulando abrir una caja que contenía un gatito.

Los encargados del vestuario cumplían al pie de la letra las órdenes de Harry Cameron, y mi atuendo siempre incluía un jersey ajustado, abotonado de la manera indicada.

Yo no había sido bendecida con una silueta de reloj de arena. Mi trasero era plano como una pared. Se le habría podido colgar un cuadro. Lo que interesaba a los hombres era mis pechos. Y las mujeres admiraban mi rostro.

Sinceramente, no sé bien en qué momento caí en la cuenta del rumbo exacto que estábamos tomando. Pero fue en algún punto durante esas semanas de sesiones fotográficas.

Estaban diseñándome para ser dos cosas opuestas, una imagen complicada que era difícil de analizar, pero fácil de aceptar. Supuestamente yo era ingenua y erótica a la vez. Como si fuera demasiado pura para entender los pensamientos impuros que tenían otros sobre mí.

Era todo mentira, claro. Pero me resultaba fácil. A veces pienso que la diferencia entre una actriz y una estrella es que la estrella se siente cómoda al ser exactamente lo que el mundo quiere que sea. Y yo me sentía cómoda aparentando inocencia y sugestión.

Cuando se revelaron las fotos, Harry Cameron me llamó a su oficina. Yo sabía de qué quería hablar. Sabía que aún faltaba una pieza para completar el rompecabezas.

—¿Qué te parece Amelia Dawn? Suena bien, ¿no crees? —me dijo. Estábamos sentados en su oficina: él, en su escritorio, y yo, en la silla.

Lo pensé.

—¿Y algo que dé las iniciales EH? —pregunté. Quería acercarme lo más posible al nombre que me había dado mi madre, Evelyn Herrera.

—¿Ellen Hennessey? —Negó con la cabeza—. No, demasiado estirado.

Lo miré y le vendí la idea que había tenido la noche anterior, como si acabara de ocurrírseme.

—¿Qué te parece Evelyn Hugo?

Harry sonrió.

—Suena francés —respondió—. Me gusta.

Me puse de pie y estreché su mano, con el rostro enmarcado por mi pelo rubio, al que aún no me acostumbraba.

Giré el pomo de la puerta, pero Harry me detuvo.

—Hay una cosa más —dijo.

—Dime.

—Leí tus respuestas a las preguntas de la entrevista. —Me miró a los ojos—. Ari está muy conforme con los cambios que has hecho. Cree que tienes un gran futuro. El estudio considera que sería buena idea que empezaras a tener algunas citas, que te vieran por la ciudad con jóvenes como Pete Greer y Brick Thomas. Quizás incluso Don Adler.

Don Adler era el actor con más éxito de Sunset. Sus padres, Mary y Roger Adler, eran dos de las estrellas más grandes de los años 30. Era de la realeza de Hollywood.

—¿Eso será un problema para ti? —preguntó Harry.

No iba a mencionar directamente a Ernie, porque sabía que no era necesario.

—Ningún problema —respondí—. En absoluto.

Harry asintió. Me entregó una tarjeta de presentación.

—Llama a Benny Morris. Es abogado, está en los bungalós. Llevó la anulación del matrimonio de Ruby Reilly con Mac Riggs. Él te ayudará.

Fui a casa e informé a Ernie que lo abandonaba.

Lloró durante seis horas seguidas, y más tarde, ya de madrugada, cuando estábamos acostados, dijo:

—Bien. Si eso es lo que quieres.

El estudio le pagó una compensación, y le dejé una nota muy sentida en la que le decía cuánto me dolía dejarlo. No era cierto, pero sentía que se lo debía, que era mejor terminar el matrimonio del mismo modo que había empezado: fingiendo que lo quería.

No estoy orgullosa de lo que le hice; no me pareció banal el modo en que lo lastimé. Ni entonces ni ahora.

Pero también sé cuánto necesitaba salir de Hell's Kitchen. Sé lo que se siente al no querer que tu padre te mire mucho, por si decide que te odia y entonces te golpea, o bien decide que te quiere un poquito demasiado. Y sé cómo es ver tu futuro por delante: el marido que no es más que otra versión de tu padre, entregarte a él en la cama cuando es lo último que deseas, preparar solo bizcochos y maíz enlatado para la cena porque no tienes dinero para comprar carne.

Así que, ¿cómo puedo condenar a esa chica de catorce años que hizo lo que pudo para salir de la ciudad? ¿Y cómo puedo juzgar a la de dieciocho años que salió de ese matrimonio cuando se sintió segura?

Ernie volvió a casarse con una mujer llamada Betty que le dio ocho hijos. Creo que falleció a comienzos de los 90, con muchos nietos. Usó la compensación del estudio para el primer pago por una casa en Mar Vista, no muy lejos de los estudios de la Fox. Nunca supe nada más de él.

Entonces, si nos guiamos por el criterio de que el fin justifica los medios, creo que vale decir que no me arrepiento.

—Evelyn —dice Grace, que entra a la habitación—. Tienes una cena con Ronnie Beelman en una hora. Solo quería recordártelo.

—Ah, cierto —responde Evelyn—. Gracias. —Una vez que Grace sale, se vuelve hacia mí—. ¿Qué te parece si seguimos mañana? ¿A la misma hora?

—Sí, está bien —respondo, y empiezo a recoger mis cosas. Se me ha dormido la pierna izquierda, y la golpeo contra el suelo de madera para despertarla.

—¿Cómo lo ves hasta ahora? —pregunta Evelyn mientras se pone de pie y me acompaña a la salida—. ¿Podrás escribir una historia con esto?

—Puedo hacer cualquier cosa —le digo.

Evelyn ríe y contesta:

—Así se habla.

—¿Cómo va todo? —pregunta mi madre en cuanto atiendo el teléfono. Dice «todo», pero sé que lo que quiere decir es *¿Cómo va tu vida sin David?*

—Bien —respondo, mientras dejo mi bolso en el sofá y camino hacia la nevera.

Al principio, mi madre me había advertido que tal vez David no era lo mejor para mí. Hacía unos meses que estábamos saliendo cuando lo llevé a casa, a Encino, el día de Acción de Gracias.

Le gustó que fuera amable, que se ofreciera a poner y a quitar la mesa. Pero por la mañana, en nuestro último día en la ciudad, antes de que él despertara, mi madre me dijo que se preguntaba si David y yo teníamos una conexión significativa. Dijo que no la «veía».

Le respondí que no tenía por qué verla. Que yo la *sentía.*

Pero su pregunta se me quedó grabada. A veces, era un susurro en mi mente; otras veces, un eco resonante.

Cuando la llamé, poco más de un año después, para contarle que nos habíamos comprometido, tenía la esperanza de que mi madre viera lo bueno que era, lo bien que cabía en mi vida. David hacía que todo pareciera fácil, y en aquel tiempo, eso me parecía muy valioso y poco común. No obstante, me preocupaba que volviera a expresar su inquietud, que me dijera que estaba cometiendo un error.

No lo hizo. De hecho, solo me brindó apoyo.

Ahora me pregunto si lo hizo más por respeto que por aprobación.

—He estado pensando… —dice mi madre mientras abro la puerta de la nevera—. O, mejor dicho, se me ha ocurrido un plan.

Saco una botella de Pellegrino, la cesta plástica de tomates cherry y el paquete aguado de *mozzarella burrata*.

—Ay, no —digo—. ¿Qué has hecho?

Mi madre ríe. Siempre me ha encantado su risa. Es una risa muy despreocupada, muy juvenil. La mía nunca es igual. A veces es fuerte; a veces, como un susurro. Otras veces me río como un anciano. David decía que mi risa de anciano era la más verdadera, porque nadie en su sano juicio *querría* sonar así. Ahora intento recordar cuándo fue la última vez que ocurrió eso.

—Todavía no he hecho nada —responde mi madre—. Es solo una idea por ahora. Pero estoy pensando que quiero ir a visitarte.

Por un momento no digo nada: sopeso los pros y los contras mientras mastico el enorme bocado de queso que acabo de llevarme a la boca. Contra: va a criticar toda la ropa que me vea puesta. Pro: va a preparar macarrones con queso y pastel de coco. Contra: cada tres segundos, va a preguntarme si estoy bien. Pro: al menos durante unos días, cuando llegue a casa, este apartamento no estará vacío.

Trago.

—Está bien —respondo por fin—. ¡Qué buena idea! Puedo llevarte a ver algún espectáculo, si quieres.

—Ah, gracias al cielo —dice—. Ya he reservado el billete.

—Mamá… —rezongo.

—¿Qué? Si me hubieras dicho que no, habría podido cancelarlo. Pero no lo has hecho, así que está bien. Estaré allí en unas dos semanas. Te va bien, ¿no?

Yo sabía que ocurriría esto desde el año pasado, cuando mi madre se retiró parcialmente de la docencia. Durante décadas, encabezó el departamento de ciencias de un instituto privado, y en cuanto me contó que iba a retirarse y a conservar solo dos clases, supe que ese tiempo y esa atención que estaba liberando tendrían que ocuparse en algo.

—Sí, está bien —respondo, al tiempo que corto los tomates y los rocío con aceite de oliva.

—Solo quiero asegurarme de que estás bien —me explica mi madre—. Quiero estar allí. No deberías...

—Lo sé, mamá —la interrumpo—. Lo sé. Entiendo. Gracias. Por venir. Será divertido.

No sería necesariamente *divertido*. Pero sí sería bueno. Como ir a una fiesta cuando has tenido un mal día. No tienes ganas de ir, pero sabes que deberías. Sabes que, aunque no te diviertas, te hará bien salir de casa.

—¿Recibiste el paquete que te envié?

—¿Paquete?

—Con las fotos de tu padre.

—Ah, no —respondo—. No me ha llegado.

Nos quedamos calladas un momento, hasta que mi madre se exaspera por mi silencio.

—Ay, por Dios, estuve esperando que tocaras el tema, pero ya no aguanto más. ¿Cómo te está yendo con Evelyn Hugo? —pregunta—. ¡Me muero por saberlo, y no me dices nada!

Me sirvo el Pellegrino y le cuento que Evelyn es muy franca pero que, a la vez, es difícil saber lo que piensa. Y luego le comento que no va a darme la entrevista para *Vivant*. Que quiere que escriba un libro.

—No lo entiendo —dice mi madre—. ¿Quiere que escribas su biografía?

—Sí —respondo—. Y aunque estoy muy entusiasmada, hay algo raro en esto. Es decir, no creo que haya pensado siquiera hacer un artículo con *Vivant*. Creo que lo que hizo fue...

Me interrumpo, porque no he decidido con exactitud lo que intento decir.

—¿Qué?

Lo pienso un poco más.

—Usar a *Vivant* para llegar a mí. No lo sé muy bien. Pero Evelyn es muy calculadora. Algo se trae entre manos.

—Bueno, no me sorprende que quiera que lo hagas tú. Tienes talento. Eres brillante...

Me exaspera lo previsible que es mi madre, pero aun así la aprecio.

—No, ya lo sé, mamá. Pero hay algo más. Estoy convencida de eso.

—Parece un mal presentimiento.

—Eso creo.

—¿Debería preocuparme? —pregunta mi madre—. Digo, ¿a *ti* te preocupa?

Yo no lo había pensado de manera tan directa, pero supongo que mi respuesta es no.

—Creo que me intriga demasiado para preocuparme —respondo.

—Bueno, pero no dejes de contarle a tu madre los detalles jugosos. Al fin y al cabo, sufrí veinticuatro horas de parto por ti. Lo merezco.

Río, y mi risa sale, solo un poquito, como la de un anciano.

—Está bien —digo—. Te lo prometo.

—Bien —dice Evelyn—. ¿Estamos listas?

Está otra vez en su asiento. Yo estoy en mi sitio, en el escritorio. Grace nos ha traído una bandeja con *muffins* de arándanos, dos tazas blancas, una jarra de café y una cremera de acero inoxidable. Me pongo de pie, me sirvo el café, le añado la nata, regreso al escritorio, pulso «Grabar» y digo:

—Sí, lista. Adelante. ¿Qué pasa después?

Maldito Don Adler

Mujercitas resultó ser una zanahoria que me ponían delante. Porque en cuanto me convertí en «Evelyn Hugo, joven y rubia», Sunset quiso que hiciera toda clase de películas. Tontas comedias sentimentales.

A mí no me molestaba, por dos razones. Una, que no tenía otra opción porque no era yo quien repartía las cartas. Y dos, que mi carrera estaba despegando. Rápidamente.

La primera película que me dejaron protagonizar fue *Father and Daughter.* La grabamos en 1956. Ed Baker hacía el papel de mi padre viudo, y los dos nos enamorábamos al mismo tiempo. Él, de su secretaria, y yo, de su aprendiz.

Por entonces, Harry estaba insistiéndome en que saliera de vez en cuando con Brick Thomas.

Brick había sido un niño prodigio, estrella de la matiné, y te juro que se creía poco menos que el mesías. Cuando me acercaba, tenía la sensación de que iba a ahogarme en la cascada de egolatría que se desprendía de él.

Un viernes por la noche, Brick y yo quedamos, junto con Harry y Gwendolyn Peters, a pocas calles de Chasen's. Gwen me dio un vestido, medias de seda y zapatos de tacón alto. Me recogió el cabello. Brick apareció con camiseta y vaqueros, y Gwen le dio un traje elegante. Recorrimos las seis calles que faltaban para llegar en el flamante Cadillac Biarritz carmesí de Harry.

La gente nos sacaba fotos incluso antes de que bajáramos del coche. Nos llevaron a un reservado circular, donde nos sentamos muy juntos. Yo pedí un Shirley Temple.

—¿Cuántos años tienes, cariño? —me preguntó Brick.

—Dieciocho —respondí.

—Ah, seguro que tenías mi foto en tu pared, ¿eh?

Tuve que apelar a todo mi autocontrol para no arrojarle mi bebida a la cara. En lugar de eso, le sonreí con toda la amabilidad que pude y dije:

—¿Cómo lo sabías?

Mientras estábamos sentados allí juntos, los fotógrafos no dejaban de retratarnos. Nosotros simulábamos no verlos y actuábamos como si estuviéramos riendo juntos, tomados del brazo.

Una hora más tarde, estábamos de nuevo con Harry y Gwendolyn, vistiéndonos otra vez con nuestra ropa habitual.

Justo antes de despedirnos, Brick se volvió hacia mí y sonrió.

—Mañana va a haber muchos rumores sobre nosotros —dijo.

—Ya lo creo.

—Avísame si quieres hacerlos realidad.

Debería haberme callado. Debería haberme limitado a sonreír. Pero repliqué:

—Puedes esperar sentado.

Brick me miró, rio y luego se despidió con un gesto de la mano, como si no acabara de insultarlo.

—¿Quién se cree que es ese tipo? —dije. Harry ya me había abierto la puerta y estaba esperando que subiera al coche.

—*Ese tipo* nos hace ganar mucho dinero —respondió, mientras yo me sentaba.

Harry subió al otro lado y giró la llave para encender el motor, pero no lo puso en marcha de inmediato. Me miró.

—No digo que coqueteesdemasiado con estos actores si no te gustan —dijo—. Pero sería bueno para ti, si alguno te gustara, que las cosas fueran más allá de una o dos salidas. Al estudio le gustaría. Y también a los fans.

Yo había creído, ingenuamente, que ya no tendría que fingir que me gustaba que cada hombre que se me cruzara en el camino me prestara atención.

—Bueno —respondí, bastante malhumorada—. Lo intentaré.

Y aunque sabía que era lo mejor que podía hacer por mi carrera, me costó sonreír en las citas con Pete Greer y Bobby Donovan.

Hasta que Harry me concertó una cita con Don Adler, y se me olvidó por qué alguna vez me había desagradado la idea.

Don Adler me invitó a Mocambo, que era, sin duda, el club más concurrido de la ciudad, y pasó a buscarme por mi apartamento.

Cuando abrí la puerta, lo vi allí, con un bonito traje y un ramo de lirios. Era un poco más alto que yo con tacones altos. Cabello castaño claro, ojos de color avellana, mandíbula cuadrada y la clase de sonrisa que, cuando la veías, te hacía sonreír. Era la sonrisa por la que había sido famosa su madre, pero ahora en un rostro más apuesto.

—Para ti —dijo, con un asomo de timidez.

—Vaya —respondí, al tiempo que aceptaba las flores—. Son preciosas. Pasa, pasa. Las pondré en agua.

Yo tenía puesto un vestido de cóctel azul zafiro de cuello barco y el pelo recogido en un *chignon.* Saqué un florero del armario bajo la encimera y abrí el grifo.

—No era necesario que hicieras todo esto —dije, mientras Don me esperaba de pie en mi cocina.

—Bueno —respondió—, quise hacerlo. Hacía tiempo que perseguía a Harry para que nos presentara. Así que era lo menos que podía hacer para que te sintieras especial.

Puse las flores sobre la encimera.

—¿Nos vamos?

Don asintió y me tomó de la mano.

—Vi *Father and Daughter* —comentó, cuando estábamos en su descapotable, rumbo a Sunset Strip.

—Ah, ¿sí?

—Sí, Ari me mostró un corte preliminar. Él piensa que será un gran éxito. Piensa que *tú* serás un gran éxito.

—¿Y tú qué crees?

Estábamos parados en un semáforo rojo en Highland. Don me miró.

—Creo que eres la mujer más preciosa que he visto en mi vida.

—Oh, no digas eso —respondí. Y sin querer me reí, y hasta me sonrojé.

—De verdad. Y además, tienes mucho talento. Cuando terminó la película, miré a Ari y le dije: «Esa es la chica que necesito».

—Mentira —dije.

Don levantó la mano.

—Palabra de honor.

No hay absolutamente ninguna razón para que un hombre como Don Adler me afectara de manera tan diferente al resto de los hombres del mundo. No era más apuesto que Brick Thomas ni más serio que Ernie Díaz, y podía ofrecerme el estrellato, lo quisiera yo o no. Pero estas cosas van en contra de toda lógica. En última instancia, yo lo atribuyo a las feromonas.

A eso y al hecho de que, al menos al principio, Don Adler me trataba como a una persona. Muchos ven una flor hermosa y corren a cortarla. Quieren tenerla en la mano, poseerla. Quieren que la belleza de la flor sea suya, tenerla en su poder, bajo su control. Don no era así. Al menos, no al principio. Don se conformaba con estar cerca de la flor, con mirarla, con apreciar, simplemente, cómo *era* la flor.

Y eso es lo que tiene casarse con alguien así, con alguien como Don Adler en aquel entonces. Tú le dices: «Esta cosa preciosa que hasta ahora te conformaste con apreciar, ahora es tuya».

Don y yo nos divertimos toda la noche en el Mocambo. Fue toda una escena. En el exterior había una multitud, como sardinas apretadas que intentaban entrar. Adentro estaba lleno de famosos. Mesas y más mesas llenas de famosos, techos altos, funciones increíbles y pájaros por todas partes. Pájaros de verdad, en jaulas de cristal.

Don me presentó a algunos actores de la MGM y de Warner Brothers. Conocí a Bonnie Lakeland, que acababa de lanzarse por su cuenta y había triunfado con *Money, Honey.* En más de una oportunidad, oí que se referían a Don como «el príncipe de Hollywood», y me pareció encantador cuando, a la tercera vez que alguien dijo eso, Don se volvió hacia mí y susurró: «Me subestiman. Uno de estos días seré el rey».

Don y yo nos quedamos en el Mocambo hasta bien pasada la medianoche y bailamos hasta que nos dolieron los pies. Cada vez que terminaba una canción, decíamos que íbamos a sentarnos, pero cuando empezaba la siguiente nos negábamos a salir de la pista.

Me llevó a casa. A esa hora, las calles estaban desiertas y las luces se habían atenuado en toda la ciudad. Cuando llegamos a mi apartamento, me acompañó hasta mi puerta. No pidió entrar. Solo dijo:

—¿Cuándo puedo verte otra vez?

—Llama a Harry y concierta una cita —le respondí.

Don apoyó la mano en la puerta.

—No —dijo—. De verdad. Tú y yo.

—¿Y las cámaras? —pregunté.

—Si tú las quieres, bien —respondió—. Si no, yo tampoco.

Sonrió con aire dulce y provocador.

Reí.

—Está bien —dije—. ¿Qué te parece el viernes?

Don lo pensó un segundo.

—¿Puedo decirte la verdad?

—Si es necesario.

—El viernes por la noche tengo que ir al Trocadero con Natalie Ember.

—Ah.

—Es por el nombre. Por el apellido Adler. Sunset está intentando exprimirme toda la fama que pueda.

Meneé la cabeza.

—No creo que sea solo por el nombre —repuse—. He visto *Brothers in Arms.* Estuviste genial. A todo el público le encantaste.

Don me miró con timidez y sonrió.

—¿De verdad lo crees?

Reí. Él sabía que era verdad; solo le gustaba que se lo dijera.

—No voy a darte la satisfacción —respondí.

—Ojalá me la dieras.

—Basta ya —lo reprendí—. Ya te he dicho cuándo estoy libre. Haz lo que te parezca.

Se irguió y me escuchó como si le hubiera dado una orden.

—De acuerdo, cancelaré lo de Natalie, entonces. El viernes te paso a buscar a las siete.

Sonreí y asentí.

—Buenas noches, Don —le dije.

—Buenas noches, Evelyn —respondió.

Empecé a cerrar la puerta, y él alzó la mano para detenerme.

—¿Lo has pasado bien esta noche? —me preguntó.

Pensé en qué decir, en cómo decirlo. Y entonces perdí el control, feliz de que, por primera vez, me entusiasmara alguien.

—Ha sido una de las mejores noches de mi vida —respondí.

Don sonrió.

—Para mí también.

Al día siguiente, apareció nuestra foto en la revista *Sub Rosa* con el epígrafe: «Don Adler y Evelyn Hugo hacen una gran pareja».

F*ather and Daughter* fue un éxito rotundo. Y como muestra del entusiasmo de Sunset por mi nueva personalidad, anunciaron mi participación en el comienzo de la película con la frase «Con la presentación de Evelyn Hugo». Fue la última y única vez que mi nombre figuró debajo de la marquesina.

La noche del estreno, pensé en mi madre. Sabía que, de haber podido estar allí conmigo, habría estado radiante. *Lo logré*, quería decirle. *Las dos logramos salir de allí.*

Cuando a la película le fue bien, pensé que Sunset le daría luz verde a *Mujercitas*. Pero Ari quiso que Ed Baker y yo actuáramos juntos en otra película lo antes posible. Por aquel entonces no hacíamos secuelas. Básicamente, volvíamos a hacer la misma película con otro nombre y con un concepto ligeramente distinto.

Así fue como comenzamos a filmar *Next Door.* Ed hacía el papel de mi tío, que me había acogido tras la muerte de mis padres. Pronto los dos nos enredábamos en sendos romances con la viuda que vivía al lado y su hijo.

En aquel momento, Don estaba grabando una película de suspense en el estudio, y venía a visitarme todos los días cuando paraban para almorzar.

Yo estaba perdidamente enamorada y excitada por primera vez.

Me animaba en cuanto lo veía y siempre encontraba motivos para tocarlo, para mencionarlo cuando no estaba.

Harry estaba harto de oírme hablar de él.

—Ev, cariño, te lo digo en serio —me dijo Harry una tarde en su oficina mientras bebíamos algo—. Me tienes hasta aquí arriba con Don Adler.

Por ese entonces, yo visitaba a Harry una vez al día, solo para ver cómo estaba. Siempre fingía ir por algún tema de trabajo, pero ya entonces sabía que era lo más parecido a un amigo que tenía.

Claro que me había hecho amiga de muchas otras actrices de Sunset. Ruby Reilly, en particular, era una de mis preferidas. Era alta y delgada, su risa era dinamita y tenía un aire de rebelde. Jamás medía sus palabras, pero era capaz de conquistar a casi todo el mundo.

A veces Ruby y yo, y algunas de las otras chicas del estudio, almorzábamos juntas y charlábamos de las últimas novedades, pero sinceramente, las habría arrojado a todas delante de un tren con tal de conseguir un papel. Y creo que ellas habrían hecho lo mismo conmigo.

Es imposible lograr una relación estrecha si no hay confianza. Y habríamos sido idiotas si hubiéramos confiado las unas en las otras.

Pero Harry era diferente.

Harry y yo queríamos lo mismo. Queríamos que Evelyn Hugo fuera un nombre famoso. Además, nos caíamos bien.

—Podemos hablar de Don, o de cuándo le van a dar la luz verde a *Mujercitas* —repuse, provocándolo.

Harry rio.

—No depende de mí. Ya lo sabes.

—Bueno, ¿y por qué Ari no se decide?

—No te conviene hacer *Mujercitas* ahora —explicó Harry—. Es mejor que esperes unos meses.

—Pero yo quiero hacerla ahora.

Harry meneó la cabeza, se puso de pie y se sirvió otro vaso de whisky escocés. No me ofreció un segundo Martini, y supe que era porque sabía que yo no debería haber bebido siquiera el primero.

—Podrías llegar a ser muy importante —dijo Harry—. Lo dice todo el mundo. Si a *Next Door* le va tan bien como a *Father and Daughter* y tú y Don seguís así, podrías llegar a ser muy famosa.

—Lo sé —respondí—. Cuento con eso.

—Es mejor que *Mujercitas* se estrene cuando la gente piense que sabes hacer una sola cosa.

—¿Qué quieres decir?

—Tuviste un gran éxito con *Father and Daughter.* La gente sabe que puedes ser graciosa. Sabe que eres adorable. Sabe que les gustaste en esa película.

—Claro.

—Ahora vas a volver a hacerlo. Vas a demostrarles que puedes recrear la magia. Que tienes más de un talento.

—Está bien…

—Supón que haces una película con Don. Al fin y al cabo, no paran de publicar fotos de los dos bailando en Ciro's o en el Trocadero.

—Pero…

—Déjame terminar. Tú y Don hacéis una película. Una romántica para la *matiné,* por ejemplo. Algo que haga que todas las chicas quieran ser tú, y que todos los chicos quieran estar contigo.

—Bien.

—Y justo cuando todos piensan que te conocen, que «entienden» a Evelyn Hugo, haces el papel de Jo. Vas a impactarlos. Entonces el público va a pensar: «Yo sabía que ella era algo especial».

—Pero ¿por qué no puedo hacer *Mujercitas* ahora, y que piensen eso *ahora?*

Harry meneó la cabeza.

—Porque tienes que darles tiempo para que apuesten por ti. Tienes que darles tiempo para que te conozcan.

—Lo que dices es que debo ser previsible.

—Digo que debes ser previsible y luego hacer algo imprevisible; así te querrán siempre.

Lo escuché, lo pensé.

—Solo lo dices para convencerme —concluí.

Harry se rio.

—Mira, ese es el plan de Ari. Te guste o no. Quiere verte en algunas películas más antes de darte *Mujercitas.* Pero sí va a dártela.

—Está bien —dije.

En realidad, ¿qué otra opción tenía? Mi contrato con Sunset era por tres años más. Si les causaba muchos problemas, tenían la opción de rescindirlo en cualquier momento. Podían prestarme a otro estudio, obligarme a aceptar proyectos, darme licencia sin paga, lo que se te ocurra. Podían hacer lo que quisieran. Yo les pertenecía.

—Ahora tu trabajo —dijo Harry— es ver si puedes llegar a algo en serio con Don. Os conviene a los dos.

Reí.

—Ah, ahora sí quieres hablar de Don.

Harry sonrió.

—No quiero quedarme aquí sentado escuchándote decir que es un sueño de hombre. Eso es aburrido. Pero sí quiero saber si los dos estáis dispuestos a hacerlo oficial.

Don y yo habíamos sido vistos por la ciudad, nos habían fotografiado en todos los clubes de moda de Hollywood. Cena en Dan Tana's, almuerzo en el Vine Street Derby, tenis en el Beverly Hills Tennis Club. Y sabíamos lo que hacíamos al mostrarnos en público.

Yo necesitaba que el nombre de Don se mencionara en las mismas oraciones que el mío, y Don necesitaba demostrar que pertenecía al Nuevo Hollywood. Las fotos de nosotros dos en una cita doble con otras estrellas contribuían mucho a solidificar su imagen de hombre de mundo.

Pero él y yo nunca hablábamos de eso. Porque de verdad nos hacía felices estar juntos. El hecho de que además favoreciera nuestra carrera nos parecía un beneficio adicional.

La noche del estreno de su película *Big Trouble,* Don pasó a recogerme con un elegante traje oscuro y con un estuche de Tiffany en la mano.

—¿Y esto? —le pregunté. Yo tenía puesto un Christian Dior con estampado floral en negro y púrpura.

—Ábrelo —respondió Don, sonriendo.

En el interior había un anillo gigantesco de platino y diamantes, trenzado a los lados y con una gema cuadrada en el medio.

Contuve una exclamación.

—¿Estás...?

Yo sabía que eso pasaría tarde o temprano, aunque fuera tan solo porque Don se moría de deseos de acostarse conmigo. Yo venía resistiéndome a pesar de sus insinuaciones muy abiertas. Pero cada vez se me hacía más difícil. Cuanto más nos besábamos en sitios oscuros, cuanto más nos encontrábamos a solas en una limusina, más me costaba apartarlo.

Nunca había sentido ese anhelo físico. Nunca había sentido esa ansia de que me tocaran... hasta que llegó Don. Estaba a su lado y me invadía una desesperación de sentir sus manos sobre mi piel desnuda.

Y me encantaba la idea de hacer el amor con alguien. Había tenido relaciones sexuales, pero nunca habían significado nada para mí. Con Don, quería *hacer el amor.* Yo lo *amaba.* Y quería que hiciéramos las cosas bien.

Y aquí estaba: una propuesta de matrimonio.

Extendí la mano para tocar el anillo, como para cerciorarme de que estaba sucediendo de verdad. Don cerró el estuche antes de que alcanzara a tocarlo.

—No estoy pidiéndote que te cases conmigo —dijo.

—¿Qué?

Me sentí una tonta. Me había permitido soñar demasiado. Allí estaba yo, Evelyn Herrera, pavoneándome como si mi nombre fuera Evelyn Hugo y pudiera casarme con una estrella del cine.

—Al menos, todavía no.

Intenté disimular mi decepción.

—Como quieras, entonces —dije, y me aparté para recoger mi cartera de fiesta.

—No te pongas de mal humor —me pidió Don.

—¿Quién está de mal humor? —repliqué. Salimos de mi apartamento y cerré la puerta.

—Voy a proponértelo esta noche —explicó con voz casi contrita—. En el estreno. Delante de todo el mundo.

Me ablandé.

—Solo quería asegurarme... Quería saber... —Don tomó mi mano y se apoyó en una rodilla. No volvió a abrir el estuche. Solo me miró con sinceridad—. ¿Vas a aceptar?

—Será mejor que nos vayamos —dije—. No puedes llegar tarde a tu propia película.

—¿Vas a aceptar? Es lo único que necesito saber.

Lo miré a los ojos y respondí:

—Claro que sí, tonto. Estoy loca por ti.

Me abrazó y me besó. Me dolió un poco. Sus dientes chocaron contra mi labio inferior.

Iba a casarme. Esta vez, con alguien a quien quería. Con alguien que me hacía sentir como simulaba sentirme en las películas.

¿Qué podía estar más lejos de aquel triste apartamentucho de Hell's Kitchen?

Una hora más tarde, en la alfombra roja, en medio de un mar de fotógrafos y publicistas, Don Adler se puso de rodillas.

—Evelyn Hugo, ¿quieres casarte conmigo?

Lancé una exclamación y asentí. Se puso de pie y me colocó el anillo en el dedo. Luego me alzó y me hizo girar en el aire.

Cuando volvió a bajarme, vi a Harry Cameron en la entrada del cine, aplaudiéndonos. Me guiñó un ojo.

Sub Rosa

4 de marzo de 1957

¡Don y Ev, juntos para siempre!

Aquí está la primicia, amigos: ¡la pareja del momento en Hollywood, Don Adler y Evelyn Hugo, camino al altar!

El soltero más codiciado ha elegido para casarse nada menos que a la chispeante estrellita rubia. Se los ha visto muy acaramelados por toda la ciudad, y ahora se han decidido a hacerlo oficial.

Se rumorea que Mary y Roger Adler, los orgullosos padres de Don, están más que felices de que Evelyn se incorpore a la familia.

Pueden estar seguros de que esta boda será el acontecimiento de la temporada. Con una familia hollywoodense tan glamorosa y una novia tan bella, van a ser la comidilla de la ciudad.

Tuvimos una boda preciosa. Una fiesta con trescientos invitados, organizada por Mary y Roger Adler. Ruby fue mi dama de honor. Mi vestido era de tafetán con cuello redondo, recubierto de encaje veneciano, con mangas hasta las muñecas y falda larga de encaje. Era un diseño de Vivian Worley, la directora de vestuario de Sunset. Me peinó Gwendolyn, con el cabello recogido en un peinado sencillo pero impecable, al cual iba sujeto el velo de tul. En realidad, no hubo mucho de la boda que hubiéramos planeado nosotros; casi todo estuvo controlado por Mary y Roger, y el resto, por Sunset.

De Don, se esperaba que hiciera las cosas tal como sus padres querían. Incluso en ese momento me di cuenta de que estaba ansioso por salir de la sombra de ellos, por eclipsar el estrellato de sus padres con el propio. Lo habían criado con la idea de que el único poder que valía la pena perseguir era la fama, y lo que me encantaba de él era que estaba dispuesto a llegar a ser la persona más poderosa en cualquier habitación, a conseguir que todos lo adoraran.

Y aunque nuestra boda había sido manejada por otros, sentíamos que nuestro amor y nuestro compromiso mutuo eran sagrados. Cuando Don y yo nos miramos a los ojos, nos tomamos de las manos y dimos el sí en el Beverly Hills Hotel, sentimos que estábamos solo nosotros dos, a pesar de estar rodeados por medio Hollywood.

Hacia el fin de la noche, cuando ya éramos marido y mujer, Harry me llevó aparte. Me preguntó cómo me sentía.

—Soy la novia más famosa del mundo —le respondí—. Me siento estupendamente bien.

Harry rio.

—¿Vas a ser feliz? —preguntó—. ¿Con Don? ¿Va a cuidarte bien?

—No me cabe duda de eso.

Desde el fondo de mi corazón, yo estaba convencida de que había encontrado a alguien que me entendía, o que al menos entendía a la persona que yo intentaba ser. A mis diecinueve años, pensaba que Don era mi final feliz.

Harry me abrazó y dijo:

—Me alegro por ti, nena.

Lo tomé de la mano antes de que se apartara. Yo había bebido dos copas de champán y me sentía osada.

—¿Cómo es que tú nunca intentaste nada? —le pregunté—. Hace ya algunos años que nos conocemos, y nunca un beso, ni siquiera en la mejilla.

—Si quieres, te daré un beso en la mejilla —respondió Harry, sonriendo.

—No me refería a eso, y lo sabes.

—¿Querías que hubiera algo entre nosotros? —me preguntó.

Harry Cameron no me atraía. A pesar de que era un hombre categóricamente atractivo.

—No —dije—. No lo creo.

—¿Pero querías que yo sí lo deseara?

Sonreí.

—¿Y qué si así era? ¿Está tan mal? Soy actriz, Harry, no lo olvides.

Harry rio.

—Es como si tuvieras escrito en la frente un cartel que dice: «actriz». Lo recuerdo cada día.

—Entonces, ¿por qué, Harry? ¿Cuál es la verdad?

Harry bebió un sorbo de su escocés y me soltó.

—Es difícil de explicar.

—Haz la prueba.

—Eres joven.

No le di importancia a eso.

—Parece que a la mayoría de los hombres no les importa una pequeñez como esa. Mi propio marido me lleva siete años.

Miré hacia donde estaba Don, bailando con su madre en la pista. Aun a los cincuenta años, Mary era una belleza. Había alcanzado la fama en la época de las películas mudas, y había llegado a hacer algunas habladas antes de retirarse. Era alta e intimidante, con un rostro más llamativo que otra cosa.

Harry bebió otro sorbo de su escocés y apoyó el vaso. Estaba pensativo.

—Es una historia larga y complicada. Pero digamos, simplemente, que nunca fuiste mi tipo.

Por el modo en que lo dijo, me di cuenta de que intentaba decirme algo. A Harry no le interesaban las chicas como yo. A Harry no le interesaban las chicas, punto.

—Eres mi mejor amigo en todo el mundo, Harry —le dije—. ¿Lo sabes?

Sonrió. Tuve la impresión de que lo hacía porque estaba encantado y, a la vez, aliviado. Se había confesado, aunque vagamente. Y yo le demostraba aceptación, aunque indirectamente.

—¿De veras? —preguntó.

Asentí.

—Pues entonces tú serás la mía.

Alcé mi copa hacia él.

—Los mejores amigos se cuentan todo —agregué.

Harry sonrió y levantó su vaso.

—No lo creo —replicó, con una sonrisa—. Ni por un minuto.

Llegó Don y nos interrumpió.

—¿Te importaría mucho, Cameron, si bailara con mi esposa?

Harry alzó las manos en gesto de rendición.

—Es toda tuya.

—Así es.

Tomé la mano de Don y me hizo girar en la pista. Me miró a los ojos. Me miró de verdad, me *vio* de verdad.

—¿Me quieres, Evelyn Hugo? —preguntó.

—Más que a nada en el mundo. ¿Y tú me quieres, Don Adler?

—Amo tus ojos, y tus pechos, y tu talento. Amo que no tengas nada de trasero. Amo todo en ti. Así que, si te dijera que sí, sería poco.

Reí y lo besé. Estábamos rodeados de gente en la pista atestada. Su padre, Roger, estaba fumando un puro con Ari Sullivan en un rincón. Me sentía a un millón de kilómetros de mi vida anterior, de la antigua Evelyn, aquella chica que había necesitado a Ernie Díaz.

Don me atrajo hacia él, acercó los labios a mi oído y susurró.

—Tú y yo. Seremos los reyes de esta ciudad.

Llevábamos dos meses casados cuando empezó a golpearme.

Seis semanas después de nuestra boda, Don y yo fuimos a Puerto Vallarta a filmar una película dramática. Se llamaba *One More Day*, y trataba sobre una chica rica, Diane, que pasaba el verano con sus padres en su casa de veraneo, y un muchacho del lugar, Frank, que se enamoraba de ella. Obviamente, no podían estar juntos porque los padres de ella no aprobaban la relación.

Las primeras semanas de mi matrimonio con Don habían sido de una dicha casi absoluta. Compramos una casa en Beverly Hills y la hicimos decorar con mármol y lino. Casi todos los fines de semana dábamos fiestas junto a la piscina, y bebíamos champán y cócteles toda la tarde y hasta entrada la noche.

Don hacía el amor como un rey, verdaderamente. Con la seguridad y el poder de alguien que tiene a su cargo toda una flota de hombres. Yo me derretía debajo de él. En el momento indicado, habría hecho cualquier cosa que él quisiera.

Era como si hubiera accionado un interruptor en mí. Un interruptor que me llevó de ser una mujer que veía al sexo como una herramienta, a ser una mujer que sabía que hacer el amor era una necesidad. Yo necesitaba a Don. Necesitaba que me viera. Bajo su mirada, yo cobraba vida. Estar casada con él me había mostrado otro lado de mí misma, un lado que apenas empezaba a conocer. Un lado que me gustaba.

Cuando llegamos a Puerto Vallarta, pasamos algunos días en la ciudad antes de empezar el rodaje. Alquilamos una embarcación y salimos a navegar. Nos zambullimos en el mar. Hicimos el amor en la arena.

Pero cuando empezamos a grabar y las tensiones diarias de Hollywood empezaron a agrietar nuestro capullo de recién casados, me di cuenta de que las cosas estaban cambiando.

La última película de Don, *The Gun at Point Dume,* no tenía mucho éxito de taquilla. Era la primera vez que hacía un *western,* su primer papel protagonista en una película de acción. *PhotoMoment* acababa de publicar una crítica que decía: «Don Adler no es John Wayne». *Hollywood Digest* escribió: «Adler parece un imbécil con un revólver en la mano». Me di cuenta de que eso le molestaba, lo hacía dudar de sí mismo. Una parte importante de su proyecto de vida era establecerse como figura masculina de acción. Su padre, en general, había hecho papeles de hombre serio en comedias descabelladas: un payaso. Don se proponía demostrar que era un vaquero.

Y no lo ayudó el hecho de que yo acabase de ganar un Premio del Público a la Mejor Promesa del Cine.

El día que grabamos el último adiós, la escena en la que Diane y Frank se besan por última vez en la playa, Don y yo despertamos en nuestro bungalow alquilado, y me dijo que le preparara el desayuno. Escucha bien: no me *pidió* que le preparara el desayuno. Me ladró una orden. A pesar del tono, llamé a la criada.

Era una mexicana llamada María. En nuestro primer día allí, yo no sabía si debía hablar con los lugareños en español. Entonces, sin haber tomado una decisión formal, empecé a hablar a todo el mundo en un inglés lento y pronunciando las palabras con exageración.

—María, ¿podrías por favor prepararle el desayuno al señor Adler? —dije al teléfono. Luego me volví hacia Don y le pregunté—: ¿Qué quieres? ¿Café y huevos?

En Los Ángeles, nuestra criada, Paula, le preparaba el desayuno todas las mañanas. Ella sabía con exactitud cómo le gustaba. En ese momento me di cuenta de que nunca me había fijado en eso.

Frustrado, Don tomó la almohada, la puso sobre su cara y gritó.

—¿Qué bicho te ha picado? —le pregunté.

—Si no vas a ser la clase de esposa que prepara el desayuno, al menos podrías saber cómo me gusta.

Se escapó al baño.

Me molestó, pero no me sorprendió del todo. Pronto había descubierto que Don era amable solo cuando estaba contento, y solo estaba contento cuando ganaba. Yo lo había conocido en una buena racha; me había casado con él cuando estaba en ascenso. Pero estaba aprendiendo rápidamente que Don, el dulce, no era el único Don.

Más tarde, en nuestro Corvette alquilado, Don salió del aparcamiento marcha atrás y luego puso rumbo al plató, que estaba a diez calles.

—¿Estás listo para hoy? —le pregunté, intentando levantarle el ánimo.

Don se detuvo en el medio de la calle. Se volvió hacia mí.

—Soy actor profesional desde antes de que tú nacieras.

Eso era verdad, aunque por un tecnicismo. Siendo un bebé, había participado en una de las películas mudas de Mary, pero no había vuelto a actuar en una película hasta los veintiún años.

Había varios coches detrás del nuestro. Estábamos obstaculizando el tráfico.

—Don… —dije, para indicarle que avanzara. No me prestó atención. La camioneta blanca que estaba detrás de nosotros empezó a salirse de la fila para intentar pasarnos.

—¿Sabes lo que me dijo Alan Thomas ayer? —dijo Don.

Alan Thomas era su nuevo agente. Alan había estado alentándolo para que se fuera de los Estudios Sunset, para que se lanzara por su cuenta. Muchos actores estaban manejando solos su carrera. Para las grandes estrellas, eso implicaba más dinero. Y Don estaba poniéndose inquieto. No dejaba de hablar de ganar por una sola película más de lo que sus padres habían ganado en toda su carrera.

Cuídate de los hombres que necesitan demostrar algo.

—Que la gente anda preguntando por qué aún te haces llamar Evelyn Hugo.

—¿A qué te refieres? Cambié mi nombre legalmente.

—En la marquesina. Debería decir «Don y Evelyn Adler». Eso es lo que dicen.

—¿Quién dice eso?

—La gente.

—¿Qué gente?

—Piensan que tú llevas los pantalones.

Apoyé la cabeza en las manos.

—Don, eso es una tontería.

Otro coche nos pasó, y vi que nos habían reconocido. Estábamos a pocos segundos de que la revista *Sub Rosa* publicara toda una página sobre la discusión de la pareja favorita de Hollywood. Probablemente diría algo como: «¿Problemas entre los Adler?»

Sospeché que Don había imaginado los titulares al mismo tiempo que yo, porque arrancó el coche y seguimos el viaje. Cuando llegamos al plató, le dije:

—No me puedo creer que hayamos llegado casi cuarenta y cinco minutos tarde.

Y Don respondió:

—Bueno, somos los Adler. Podemos llegar tarde.

Me resultó absolutamente repugnante. Esperé hasta que estuviéramos en la caravana de él para decirle:

—Cuando hablas así, pareces un imbécil. No deberías decir esas cosas donde alguien pueda oírte.

Don estaba quitándose la chaqueta. En cualquier momento llegarían los de vestuario. Yo debería haberme callado la boca y haberme retirado a mi caravana. Debería haberlo dejado en paz.

—Me parece que tienes una impresión equivocada, Evelyn —dijo Don.

—¿Por qué dices eso?

Se me acercó hasta quedar justo delante de mí.

—No somos iguales, amor. Y siento si lo has olvidado porque he sido tan bueno contigo.

Me quedé muda.

—Creo que esta debería ser tu última película —prosiguió—. Creo que es hora de que tengamos hijos.

Su carrera no estaba resultando como él quería. Y si él no iba a ser la persona más famosa de su familia, no pensaba dejar que esa persona fuera yo.

Lo miré y respondí:

—Absoluta. Mente. No.

Y me dio una bofetada en la cara. Fuerte, rápida, dura.

Terminó incluso antes de que me diera cuenta de lo que acababa de ocurrir. Me ardía la cara por el golpe que apenas podía creer que había recibido.

Si nunca te han dado una bofetada, te diré algo: es humillante. Más que nada, porque se te llenan los ojos de lágrimas, aunque no quieras llorar. La conmoción y la fuerza misma del golpe estimulan los conductos lagrimales.

Es imposible recibir una bofetada y permanecer impasible. Lo único que puedes hacer es quedarte quieta, con la mirada fija al frente, mientras se te enrojece la cara y se te llenan los ojos de lágrimas.

Así que eso hice.

Lo mismo que hacía cuando mi padre me golpeaba.

Me toqué la mandíbula y sentí que la piel se calentaba bajo mi mano.

El asistente de dirección llamó a la puerta.

—Señor Adler, ¿la señora Hugo está con usted?

Don no podía hablar.

—Un minuto, Bobby —respondí.

Me impresionó la serenidad de mi voz, la seguridad que reflejó. Parecía la voz de una mujer a la que nadie había golpeado jamás.

No tenía ningún espejo a mano. Don estaba de espaldas a los espejos y yo no alcanzaba a verlos. Le mostré mi mandíbula.

—¿Está roja? —le pregunté.

Don apenas podía mirarme. Pero echó un vistazo y asintió.

Parecía un chico avergonzado, como si acabara de preguntarle si había sido él quien había roto la ventana del vecino.

—Sal y dile a Bobby que tengo un percance femenino. Le dará vergüenza y no se atreverá a preguntar nada más. Luego dile al de vestuario que te vea en mi camerino, y que Bobby le diga a la mía que venga aquí en media hora.

—Está bien —dijo; tomó su chaqueta y salió.

Apenas cerró la puerta, me encerré y me dejé caer contra la pared. Las lágrimas empezaron a salir a raudales en cuanto no hubo nadie para verlas.

Me había alejado cinco mil kilómetros del lugar en el que había nacido. Había encontrado una manera de estar en el lugar indicado en el momento indicado. Había cambiado mi nombre. Mi pelo. Mis dientes y mi cuerpo. Había aprendido a actuar. Me había hecho amiga de las personas indicadas. Me había casado con alguien de una familia famosa. Casi todo el país conocía mi nombre.

Y aun así...

Y aun así...

Me levanté del suelo y me sequé los ojos. Me recompuse.

Me senté ante el tocador, con tres espejos bordeados de luces ante mí. ¡Qué tontería haber pensado que, si alguna vez me encontraba en el camerino de una estrella del cine, eso significaría que no tendría problemas!

Momentos después, Gwendolyn llamó a la puerta para peinarme.

—¡Un segundo! —grité.

—Evelyn, tenemos que darnos prisa, ya vamos con retraso.

—¡Un segundo, nada más!

Me miré al espejo y me di cuenta de que no podría quitarme el enrojecimiento. La pregunta era si podía confiar en Gwen. Y decidí que sí, tenía que hacerlo. Me puse de pie y abrí la puerta.

—Ay, querida —dijo—, qué mal estás.

—Lo sé.

Me miró con más atención y comprendió lo que veía.

—¿Te has caído?

—Sí —respondí—. Así es. Me caí. Contra la encimera. Me golpeé la mandíbula.

Las dos sabíamos que era mentira.

Y hasta el día de hoy, no sé si Gwen me preguntó si me había caído para evitarme la necesidad de mentir o para alentarme a no decir nada.

Por aquel entonces, yo no era la única mujer golpeada. Muchas mujeres estaban pasando por lo mismo que yo. Para esas cosas había un código social, y la primera regla era callarse.

Una hora después, me acompañó al plató. Debíamos grabar una escena frente a una mansión, en la playa. Don estaba sentado en su silla, con las cuatro patas de madera clavadas en la arena, detrás del director. Corrió a recibirme.

—¿Cómo te encuentras, querida? —me preguntó, con voz tan animada, tan consoladora, que por un momento pensé que se le había olvidado lo que había pasado.

—Estoy bien. Hagamos esto.

Ocupamos nuestros lugares. El técnico de sonido nos colocó los micrófonos. Los asistentes se aseguraron de que estuviéramos bien iluminados. Aparté todo de mi mente.

—¡Un momento, un momento! —gritó el director—. Ronny, ¿qué pasa con la jirafa…? —Distraído en una conversación, se apartó de la cámara.

Don cubrió su micrófono y luego apoyó una mano en mi pecho para cubrir el mío.

—Evelyn, lo siento muchísimo —me susurró al oído.

Me eché atrás y lo miré, estupefacta. Nunca nadie me había pedido disculpas por haberme golpeado.

—Nunca debí ponerte una mano encima —dijo. Sus ojos se estaban llenando de lágrimas—. Siento mucha vergüenza de mí mismo. Por haberte hecho daño. —Parecía muy dolido—. Haré lo que sea para que me perdones.

Tal vez, después de todo, la vida que yo creía tener no era tan mala.

—¿Puedes perdonarme? —preguntó.

Tal vez todo era un error y no significaba que nada tuviera que cambiar.

—Claro que sí —respondí.

El director volvió corriendo a la cámara. Don se apartó y quitó las manos de los micrófonos.

—Y… ¡acción!

Don y yo fuimos nominados para los Premios de la Academia por *One More Day*. Y creo que el consenso general era que no importaba cuánto talento tuviéramos. A la gente le encantaba vernos juntos.

Hasta el día de hoy, no tengo ni idea de si alguno de los dos realmente estuvo bien en esa película. Es la única de todas las que grabé que no tolero volver a ver.

Un hombre te golpea una vez y te pide disculpas, y piensas que nunca volverá a suceder.

Pero luego le dices que no estás segura de querer tener familia, y te golpea otra vez. Te dices que es comprensible. Que se lo dijiste en un tono un poco grosero. Pero que sí quieres tener familia algún día. En serio. Solo que no estás segura de cómo combinarlo con tus películas. Pero deberías haber sido más clara.

A la mañana siguiente, te pide disculpas y te trae flores. Se pone de rodillas.

La tercera vez, no os ponéis de acuerdo entre ir a Romanoff's o quedaros en casa. Lo cual, te das cuenta cuando te empuja contra la pared, en realidad tiene que ver con la *imagen* pública de tu matrimonio.

La cuarta vez es después de que los dos perdáis en la entrega de los Oscar. Tienes puesto un vestido de seda verde esmeralda, con un solo hombro. Él tiene un chaqué. Bebe demasiado en las fiestas posteriores, como quien lame sus heridas. Estás en el asiento delantero del coche, en la entrada de la casa, a punto de entrar. Él está alterado porque ha perdido.

Le dices que está bien.

Él replica que no lo entiendes.

Le recuerdas que tú también has perdido.

Él dice:

—Sí, pero tus padres son basura de Long Island. De ti, nadie espera nada.

Sabes que no deberías, pero respondes:

—Soy de Hell's Kitchen, imbécil.

Él abre la puerta del coche aparcado y te empuja hacia afuera.

A la mañana siguiente, cuando viene arrastrándose y llorando, ya no le crees. Pero ahora *es lo que haces.*

Así como arreglas el desgarro en tu vestido con un imperdible, o la grieta en una ventana, con cinta aislante.

En esa parte me había quedado estancada, en la parte en la que aceptas las disculpas porque es más fácil que abordar la raíz del problema, cuando Harry Cameron vino a mi camerino a darme la buena noticia. *Mujercitas* tenía luz verde.

—Estaréis tú como Jo, Ruby Reilly como Meg, Joy Nathan como Amy, y Celia St. James hará el papel de Beth.

—¿Celia St. James? ¿De los Estudios Olympian?

Harry asintió.

—¿Por qué ese ceño fruncido? Creí que estarías encantada.

—Sí —respondí, volviéndome más hacia él—. Lo estoy. Absolutamente.

—¿No te gusta Celia St. James?

Le sonreí.

—Esa perra adolescente va a actuar mucho mejor que yo.

Harry echó la cabeza hacia atrás y rio.

Celia St. James había sido noticia unos meses antes. A los diecinueve años, había hecho el papel de una viuda y madre joven en una película de guerra. Todos estaban seguros de que la nominarían el año próximo. Exactamente la clase de persona que querría el estudio para el papel de Beth.

Y exactamente la clase de persona que Ruby y yo detestaríamos.

—Tienes veintiún años, estás casada con la mayor estrella de cine del momento y acaban de nominarte para un Oscar, Evelyn.

Harry tenía razón, pero yo también. Celia iba a ser un problema.

—Está bien. Estoy lista. Voy a ofrecer la mejor actuación de mi vida, y cuando la gente vea la película, dirá: «¿Beth? ¿Qué Beth? Ah, ¿la hermana del medio, la que se muere? ¿Qué pasa con ella?».

—No me cabe la menor duda —dijo Harry, y me apoyó el brazo en el hombro—. Eres fabulosa, Evelyn. Todo el mundo lo sabe.

Sonreí.

—¿En serio lo crees?

Eso es algo que todos deberían saber sobre las estrellas. Nos gusta que nos digan que nos adoran, y que lo repitan. Años más tarde, la gente siempre se me acercaba y me decía: «Seguro que no querrá oírme parlotear sobre lo fantástica que es», y yo siempre digo, como en broma: «Bueno, una vez más no molesta». Pero lo cierto es que los elogios son como una adicción. Cuantos más recibes, más necesitas.

—Sí —respondió—. En serio lo creo.

Me puse de pie para darle un abrazo, pero al hacerlo, la luz dio en mi pómulo, la parte inflamada justo bajo mi ojo.

Observé cómo la mirada de Harry recorría mi cara.

Vio el leve hematoma que estaba disimulando, vio el morado y el azul bajo la superficie de mi piel, a pesar del maquillaje.

—Evelyn… —dijo. Acercó el pulgar a mi rostro, como si necesitara palparlo para saber que era real.

—Harry, no.

—Voy a matarlo.

—No, no lo harás.

—Somos los mejores amigos, Evelyn. Tú y yo.

—Lo sé —dije—. Lo sé.

—Tú dijiste que los mejores amigos se cuentan todo.

—Y cuando lo dije, tú sabías que era mentira.

Le mantuve la mirada.

—Déjame ayudarte —pidió—. ¿Qué puedo hacer?

—Puedes asegurarte de que las tomas diarias me hagan ver mejor que a Celia, mejor que a todas.

—No me refería a eso.

—Pero eso es todo lo que puedes hacer.

—Evelyn...

No me inmuté.

—No hay nada que hacer, Harry.

Entendió a qué me refería. Yo no podía dejar a Don Adler.

—Podría hablar con Ari.

—Lo quiero —repliqué, al tiempo que me apartaba y me colocaba los pendientes.

Era la verdad. Don y yo teníamos problemas, pero mucha gente los tenía. Y Don era el único hombre que había encendido algo en mí. A veces yo misma me odiaba por desearlo, por alegrarme cuando me prestaba atención, por seguir necesitando su aprobación. Pero así era. Lo amaba y lo quería en mi cama. Y quería seguir en el candelero.

—No se hable más.

Un momento después, alguien más llamó a la puerta. Era Ruby Reilly. Estaba grabando una película dramática en la que hacía de una joven monja. Llegó con una túnica negra y toca blanca. Tenía la toca en la mano.

—¿Te has enterado? —me preguntó Ruby—. Bueno, claro que te has enterado. Harry está aquí.

Harry rio.

—Los ensayos comienzan dentro de tres semanas.

Ruby le dio un golpe juguetón en el brazo.

—¡No, esa parte no! ¿Te has enterado de que Celia St. James hará de Beth? Esa cualquiera nos va a dejar en ridículo a todas.

—¿Ves, Harry? —dije—. Celia St. James va a fastidiarlo todo.

La mañana que empezamos los ensayos para *Mujercitas*, Don me despertó con el desayuno en la cama. Media naranja y un cigarrillo encendido. Me pareció muy romántico, porque era exactamente lo que yo quería.

—Buena suerte hoy, cariño —me dijo, mientras se vestía y se dirigía a la puerta—. Sé que le demostrarás a Celia St. James lo que es ser una actriz de verdad.

Sonreí y le deseé un buen día. Me comí la naranja y dejé la bandeja en la cama para ducharme.

Cuando salí de la ducha, nuestra criada, Paula, estaba en el dormitorio, limpiando. Estaba recogiendo la colilla de mi cigarrillo del edredón. Yo la había dejado en la bandeja, pero debía de haberse caído.

Yo era muy descuidada en casa.

Mi ropa de la noche anterior estaba en el suelo. Mis zapatos estaban sobre la cómoda. Mi toalla estaba en el lavabo.

Paula tenía mucho trabajo, y era evidente que yo no le caía muy bien.

—¿Podrías hacer eso más tarde? —le dije—. Lo siento mucho, pero tengo prisa por llegar al plató.

Sonrió con amabilidad y salió.

En realidad, yo no tenía prisa. Solo quería vestirme, pero no pensaba hacerlo delante de Paula. No quería que viera que tenía un hematoma, morado amarillento, en las costillas.

Nueve días antes, Don me había empujado por la escalera. Incluso al contarlo ahora, después de tantos años, siento la necesidad de defenderlo. De decir que no fue tan malo como parece. Que estábamos llegando al pie de la escalera, y él me dio un empujón que me hizo rodar por cuatro escalones y fui a parar al suelo.

Lamentablemente, lo que detuvo mi caída fue la mesa que estaba junto a la puerta, donde poníamos las llaves y la correspondencia. Caí contra ella con mi costado izquierdo, y el asa del primer cajón me dio en las costillas.

Cuando dije que tal vez me había fracturado una costilla, Don dijo: «Oh, no, querida. ¿Estás bien?», como si no me hubiera empujado él.

Como una idiota, le respondí:

«Creo que estoy bien».

Ese hematoma no iba a borrarse pronto.

Un momento después, Paula volvió a entrar.

—Disculpe, señora Adler, olvidé el…

Perdí los nervios.

—¡Por Dios, Paula! ¡Te pedí que te fueras!

Dio media vuelta y salió. Y lo que me irritó más que nada fue que, si ella iba a vender una historia a los medios, ¿por qué no esa? ¿Por qué no iba y le contaba al mundo que Don Adler golpeaba a su mujer? ¿Por qué, en lugar de eso, tenía que ir a por *mí?*

Dos horas más tarde, estaba en el plató de *Mujercitas*. Lo habían convertido en una cabaña de Nueva Inglaterra, con nieve en las ventanas y todo.

Ruby y yo estábamos unidas en nuestra lucha para que Celia St. James no nos robara la película, a pesar de que cualquiera que haga el papel de Beth deja al público pañuelo en mano.

No puedes decirle a una actriz que la marea alta eleva todos los barcos. Para nosotras, no funciona así.

Pero el primer día de ensayo, mientras Ruby y yo estábamos en el área de servicios de comida bebiendo café, quedó claro que Celia St. James no tenía idea de lo mucho que todas la odiábamos.

—¡Dios mío —dijo, acercándose a Ruby y a mí—, qué miedo tengo!

Llevaba unos pantalones grises y un jersey rosa pálido de mangas cortas. Tenía una cara infantil, como la de una chica común y corriente. Ojos celestes grandes y redondos, pestañas largas, labios con el arco de Cupido pronunciado y el pelo rojo fresa. Era la simplicidad perfeccionada.

Yo tenía la clase de belleza que las mujeres sabían que nunca podrían imitar. Los hombres sabían que nunca podrían acercarse siquiera a una mujer como yo.

Ruby tenía una belleza distinguida y distante. Ruby era elegante. Ruby era *chic*.

Pero la belleza de Celia daba la impresión de que podías tenerla en tus manos, como que, si jugabas bien tus cartas, quizá podrías llegar a casarte con una chica como Celia St. James.

Tanto Ruby como yo éramos conscientes del poder que da la accesibilidad.

Celia tostó una rebanada de pan en la mesa, la untó con mantequilla de cacahuete y le dio un bocado.

—¿De qué diablos tienes miedo? —le preguntó Ruby.

—¡No tengo ni idea de lo que estoy haciendo! —exclamó Celia.

—Celia, no esperes que creamos esta actitud de «¡Ay, qué vergüenza!» —dije.

Me miró. Y me miró de una forma que me hizo sentir como si nunca nadie me hubiera mirado. Ni siquiera Don.

—Eso hiere mis sentimientos —protestó.

Me sentí un poco mal. Pero no pensaba demostrarlo.

—No lo he dicho en serio —repliqué.

—Sí, lo has dicho en serio —repuso Celia—. Creo que eres un poco cínica.

Ruby, mi amiga en las buenas, fingió oír que la llamaba el asistente de dirección y se retiró.

—Es que me cuesta creer que una mujer que todo el mundo piensa que será nominada el año próximo esté dudando de su capacidad para hacer de Beth March. Es el papel más jugoso de esta historia y el más querido por el público.

—Si es algo tan seguro, ¿por qué no lo elegiste tú? —me preguntó.

—Tengo demasiada edad, Celia. Pero gracias.

Celia sonrió, y me di cuenta de que había caído en su juego.

En ese momento empezó a caerme bien Celia St. James.

—Retomémoslo aquí mañana —propone Evelyn. Hace tiempo que se ha puesto el sol. Miro alrededor y veo los restos del desayuno, el almuerzo y la cena esparcidos por la habitación.

—Está bien —respondo.

—A propósito —añade, mientras empiezo a recoger mis cosas—, hoy mi publicista recibió un e-mail de tu editora. Le preguntaba por una sesión de fotografías para la portada de junio.

—Ah —digo. Frankie me ha llamado ya varias veces. Sé que tengo que llamarla, ponerla al tanto de esta situación. Pero… no sé muy bien qué voy a hacer.

—Supongo que no le has contado el plan —prosigue Evelyn.

Guardo mi ordenador en el bolso.

—Aún no.

Odio el ligero tono avergonzado que me sale al decirlo.

—No es problema —dice Evelyn—. No estoy juzgándote, si eso es lo que te preocupa. Dios sabe que no soy ninguna defensora de la verdad.

Río.

—Harás lo que tengas que hacer —concluye.

—Sí —respondo.

Pero aún no sé con exactitud qué es eso.

Cuando llego a casa, me espera un paquete de mi madre junto a la puerta de mi edificio, ya en el interior. La recojo y veo que es increíblemente pesada. Acabo empujándola con el pie por el suelo de baldosas. Luego la alzo por la escalera, de a un escalón cada vez. Y la arrastro hasta mi apartamento.

Cuando abro la caja, veo que contiene algunos de los álbumes de fotos de mi padre.

Cada uno tiene su nombre, James Grant, estampado en relieve en la esquina inferior derecha.

Nada puede impedir que me siente allí mismo, en el suelo, y examine las fotos una por una.

Hay fotografías de gente en el plató: directores, actores famosos, extras aburridos, asistentes de dirección… de todo. A mi padre le encantaba su trabajo. Le encantaba tomar fotos a personas que no estaban prestándole atención.

Recuerdo que una vez, más o menos un año antes de morir, aceptó un trabajo de dos meses en Vancouver. Mi madre y yo fuimos a visitarlo dos veces allá, pero hacía mucho más frío que en Los Ángeles y él pasaba mucho tiempo en el trabajo. Le pregunté por qué. ¿Por qué no podía trabajar en casa? ¿Por qué había tenido que aceptar ese trabajo?

Me dijo que quería trabajar en cosas que lo hicieran sentir vivo. Y agregó: «Tú también debes hacer eso, Monique. Cuando seas mayor. Debes buscar un trabajo que te haga sentir que tu corazón es grande, no pequeño. ¿Entiendes? ¿Me prometes que harás eso?». Extendió la mano y yo se la estreché, como si estuviéramos sellando un compromiso de negocios. Yo tenía seis años. Cuando tenía ocho, lo habíamos perdido.

Siempre guardé en mi corazón lo que él me dijo. Pasé mis años de adolescencia con una intensa presión de hallar una pasión, algo que me expandiera el alma de alguna manera. No era nada fácil. En secundaria, mucho después de que nos despidiéramos de mi padre, probé con teatro y orquesta. Probé participar en el coro. Probé con fútbol y debate. En un momento de lo que me pareció una revelación, probé con fotografía, con la esperanza de que aquello que expandía el corazón de mi padre hiciera lo mismo con el mío.

Pero la primera vez que sentí algo cercano a una expansión en mi pecho fue cuando me asignaron redactar un perfil de uno de mis compañeros, en el primer curso de la universidad. Me gustaba escribir sobre personas reales. Me gustaba buscar maneras evocadoras de interpretar el mundo real. Me gustaba la idea de conectar a las personas contando sus historias.

Decidí seguir esa parte de mi corazón y entré en la facultad de periodismo de la Universidad de Nueva York. Eso me llevó a hacer unas prácticas en una emisora pública de radio. Siguiendo esa pasión, trabajé por mi cuenta para blogs vergonzosos; vivía al día, con lo justo. Más tarde entré en *Discourse*, donde conocí a David, que estaba trabajando en el rediseño del sitio; de allí pasé a *Vivant*, y ahora, a Evelyn.

Una pequeñez que me dijo mi padre un día frío en Vancouver ha sido, esencialmente, la base de la trayectoria de toda mi vida.

Por un instante, me pregunto si le habría hecho caso si no hubiera muerto. ¿Me habría aferrado tanto a cada palabra suya si hubiera podido darme más consejos?

Al final del último álbum, encuentro algunas instantáneas que no parecen ser de un plató. Son de una parrillada. Reconozco a mi madre en el fondo de algunas. Y luego, al final, hay una de mí con mis dos padres.

No puedo tener más de cuatro años. Estoy comiendo una porción de pastel con la mano, mirando directamente a la cámara, en brazos de mi madre, y mi padre nos rodea a las dos con un brazo. En aquel entonces, la mayoría de la gente aún me llamaba por mi primer nombre, Elizabeth. Elizabeth Monique Grant.

Mi madre daba por sentado que cuando fuera mayor me llamarían Liz o Lizzy. Pero a mi padre siempre le había encantado el nombre Monique y no podía evitar llamarme así. Yo solía recordarle que mi primer nombre era Elizabeth, y él me respondía que mi primer nombre era el que yo quisiera. Cuando falleció, mi madre y yo tuvimos claro que debía ser Monique. Al honrarlo con ese pequeño detalle, parecía que nuestro dolor se aplacaba muy ligeramente. Así fue como el nombre con el que él me llamaba cariñosamente pasó a ser mi verdadero nombre. Y mi madre me recordaba a menudo que mi nombre era un regalo de mi padre.

Al mirar esta foto, me llama la atención la preciosa pareja que hacían mis padres. James y Angela. Sé lo que les costó hacer una vida, tenerme a mí. Una mujer blanca y un hombre negro a comienzos de los años 80; ninguna de las dos familias estaba muy contenta con esa relación. Nos mudamos muchas veces antes de la muerte de mi padre, buscando un vecindario en el que mis padres se sintieran cómodos, en casa. Mi madre no se sentía bienvenida en Baldwin Hills. Mi padre no se sentía cómodo en Brentwood.

La primera vez que conocí a una persona de aspecto similar al mío fue en el colegio. Era una chica de nombre Yael. Su padre era dominicano, y su madre, israelí. Le gustaba jugar al fútbol. A mí me gustaba disfrazarme. Rara vez estábamos de acuerdo. Pero me gustaba el hecho de que, cuando alguien le preguntaba si era judía, ella respondía: «Soy medio judía». Nadie más que yo conociera era *medio* algo.

Durante mucho tiempo, me sentí como si tuviera dos mitades.

Después murió mi padre, y sentí que era una mitad de mi madre, y la otra, perdida. Una mitad de la que me siento arrancada, sin la cual me siento incompleta.

Pero ahora, al ver esta foto de los tres juntos en 1986, yo con una sudadera, mi padre con una camiseta polo y mi madre con chaqueta de tela vaquera, parecemos un grupo indivisible. No me veo como mitad de una cosa y mitad de otra, sino como algo entero, de ellos. Me veo querida.

Echo de menos a mi padre. Lo echo de menos todo el tiempo. Pero en momentos como este, cuando estoy al borde de hacer por fin un trabajo que quizá me expanda el corazón, desearía al menos poder enviarle una carta, contarle lo que estoy haciendo. Y que él pudiera responderme.

Ya sé lo que me escribiría. Algo como: «Estoy orgulloso de ti. Te quiero». Pero igualmente me gustaría recibirla.

—Bien —digo. Mi lugar en el escritorio de Evelyn ha llegado a ser mi segundo hogar. He llegado a contar con el café de Grace por la mañana. Ha reemplazado el que solía comprar en Starbucks—. Retomemos donde nos quedamos ayer. Estás a punto de comenzar con *Mujercitas*. Adelante.

Evelyn ríe.

—Parece que ya tienes pillado el truco —observa.

—Aprendo rápido.

Una semana después de empezar los ensayos, Don y yo estábamos en la cama. Él estaba preguntándome cómo iba todo, y yo admití que Celia era tan buena como yo había pensado.

—Bueno, *The People of Montgomery County* va a ser otra vez número uno esta semana. Otra vez estoy a pleno. Y mi contrato termina a fin de año. Ari Sullivan está dispuesto a hacer lo que yo quiera con tal de conformarme. Así que solo tienes que pedirlo, nena, y *¡puf!*, la vuelan de la película.

—No —le dije, mientras apoyaba la mano en su pecho y la cabeza en su hombro—. No importa. Yo soy la protagonista. Ella es actriz de reparto. No voy a preocuparme demasiado. De todas formas, tiene algo que me gusta.

—Tú tienes algo que a mí me gusta —replicó, y me puso encima de él. Y por un momento, todo lo que me preocupaba se desvaneció por completo.

Al día siguiente, cuando paramos para almorzar, Joy y Ruby fueron a buscar ensaladas de pavo. Celia se me acercó.

—Por casualidad, ¿no quieres salir a tomar un batido? —me preguntó.

Al nutricionista de Sunset no le habría gustado que yo tomara un batido. Pero ojos que no ven, corazón que no siente.

Diez minutos más tarde, estábamos en el Chevy 1956 rosa bebé de Celia, rumbo al Hollywood Boulevard. Celia conducía muy mal. Me aferré al picaporte de la puerta como si pudiera salvarme la vida.

Se detuvo en el semáforo de Sunset Boulevard y Cahuenga.

—Estaba pensando en ir a Schwab's —dijo con una sonrisa.

Schwab's era el sitio al que iba todo el mundo durante el día. Y todos sabían que Sidney Skolsky, de *Photoplay*, se instalaba allí a trabajar casi todos los días.

Celia quería que la vieran allí. Quería que la vieran conmigo.

—¿A qué estás jugando? —le pregunté.

—No estoy jugando —respondió, falsamente ofendida de que yo sugiriera semejante cosa.

—Vamos, Celia —dije, levantando la mano como para que no dijera tonterías—. Llevo en esto algunos años más que tú. Eres tú la que acaba de caer del nido. No te confundas.

El semáforo se puso verde, y Celia pisó el acelerador.

—Soy de Georgia —dijo—. De las afueras de Savannah.

—¿Y?

—Que no me caí del nido. Me reclutó allí un tipo de la Paramount.

Me resultó un tanto intimidante —quizás hasta amenazador— que alguien hubiera viajado para convencerla. Yo había llegado a la ciudad por mi sangre, sudor y lágrimas, y a Celia, Hollywood había ido a buscarla incluso antes de que fuera conocida.

—Puede ser —admití—. Pero igualmente sé a lo que estás jugando, querida. Nadie va a Schwab's por los batidos.

—Escucha —dijo, y su tono de voz cambió ligeramente, se hizo más sincero—. Me vendría bien que publicaran una o dos notas sobre mí. Si voy a ser protagonista pronto, necesito que mi nombre empiece a sonar.

—¿Y todo esto de los batidos es solo una treta para que te vean conmigo?

Me parecía ofensivo. Me sentía usada y subestimada a la vez.

Celia meneó la cabeza.

—No, en absoluto. Quería tomar un batido contigo. Y después, cuando hemos salido del estudio, he pensado: «Deberíamos ir a Schwab's».

Celia frenó abruptamente en el semáforo de Sunset y Highland. En ese momento me di cuenta de que esa era su manera de conducir. Con pie de plomo en el acelerador y en el freno.

—Dobla a la derecha —le dije.

—¿Qué?

—Que dobles a la derecha.

—¿Por qué?

—Celia, hazme el favor de doblar a la derecha antes de que abra esta puerta y salte del coche.

Me miró como si me hubiera vuelto loca, lo cual no era de extrañar. Acababa de amenazar con suicidarme si no ponía el intermitente.

Dobló a la derecha en Highland.

—En el semáforo, dobla a la izquierda —indiqué.

Sin hacer preguntas, puso el intermitente. Luego tomó Hollywood Boulevard y le dije que aparcara en una calle lateral. De allí, caminamos hasta CC Brown's.

—Aquí tienen mejor helado —dije cuando entramos.

Estaba poniéndola en su lugar. No pensaba dejar que me fotografiaran con ella a menos que yo lo quisiera, a menos que fuera mi idea. No iba a dejar que me manipulara alguien menos famoso que yo.

Celia asintió, acusando el golpe.

Nos sentamos, y el sujeto que atendía el mostrador se nos acercó y se quedó mudo por un momento.

—Eh… —dijo—. ¿Quieren un menú?

Meneé la cabeza.

—Yo ya sé lo que quiero. ¿Celia?

Ella lo miró.

—Un batido de chocolate, por favor.

Observé cómo fijó los ojos en ella, cómo ella se inclinó ligeramente hacia adelante con los brazos juntos, destacando sus pechos. No parecía consciente de lo que hacía, y eso lo cautivó aún más.

—Y yo quiero uno de fresa —dije.

Cuando el hombre me miró, sus ojos se abrieron aún más, como si quisiera verme toda entera de una vez.

—¿Usted es… Evelyn Hugo?

—No —respondí; luego sonreí y lo miré a los ojos. Fue una respuesta irónica y provocativa, con el mismo tono y la misma inflexión que había usado innumerables veces cuando me reconocían en la ciudad.

El hombre se alejó a toda prisa.

—Tranquilito, pajarito —dije, mirando a Celia, que tenía los ojos fijos en el mostrador reluciente—. De paso, vas a tomar un batido mejor.

—Te has enfadado —observó—. Por lo de Schwab's. Lo siento.

—Celia, si vas a ser tan importante como obviamente quieres llegar a ser, tienes que aprender dos cosas.

—¿Cuáles son?

—Primero, debes transgredir los límites de la gente y no sentirte mal por ello. Nadie va a darte nada si no lo pides. Hiciste el intento. La respuesta fue no. Supéralo.

—¿Y lo segundo?

—Cuando uses a la gente, hazlo bien.

—No estaba tratando de usarte…

—Sí, Celia. Y no me molesta. Yo no lo pensaría dos veces antes de usarte a ti. Y no esperaría que tú lo hicieras antes de usarme a mí. ¿Sabes cuál es la diferencia entre nosotras dos?

—Hay muchas diferencias entre nosotras dos.

—¿Sabes a cuál me refiero en particular? —insistí.

—¿A cuál?

—Que yo sé usar a la gente. No me molesta la idea de usar a la gente. Y toda esa energía que gastas en tratar de convencerte de que *no* estás usando a la gente, yo la invierto en hacerlo mejor.

—¿Y estás orgullosa de eso?

—Estoy orgullosa de dónde he llegado gracias a eso.

—¿Estás usándome? ¿Ahora?

—Si así fuera, nunca te darías cuenta.

—Por eso te lo pregunto.

El joven del mostrador volvió con nuestros batidos. Fue como si necesitara darse ánimo tan solo para dárnoslos.

—No —aseguré a Celia cuando se retiró.

—¿No qué?

—No estoy usándote.

—Bueno, qué alivio —respondió Celia. Me pareció dolorosamente ingenua, cómo me creyó con tanta facilidad. Yo estaba diciéndole la verdad, pero aun así...

—¿Sabes *por qué* no estoy usándote? —le pregunté.

—Esto va a estar bueno —dijo Celia, mientras bebía un sorbo de su batido.

Reí, sorprendida por la apatía y la velocidad con que había hablado.

Celia ganaría más Oscars que nadie en nuestro círculo de entonces. Y siempre por papeles intensos, dramáticos. Pero yo siempre pensé que sería estupenda para la comedia. Era muy rápida.

—No estoy usándote porque no tienes nada que ofrecerme. Al menos, todavía no.

Dolida, Celia bebió otro sorbo de su batido. Entonces me incliné y bebí un sorbo del mío.

—No creo que eso sea verdad —repuso—. Admito que eres más famosa que yo. Eso pasa cuando una está casada con el Capitán Hollywood. Pero aparte de eso, estamos iguales, Evelyn. Tú has tenido un par de actuaciones buenas. Yo también. Y ahora estamos juntas en una película, que las dos aceptamos porque queremos un premio de la Academia. Y seamos sinceras: en ese aspecto, te llevo cierta ventaja.

—¿Por qué?

—Porque soy mejor actriz.

—¿Cómo lo sabes?

Celia se encogió de hombros.

—No es algo que se pueda medir, supongo. Pero es cierto. He visto *One More Day*. Eres muy buena. Pero yo soy mejor. Y sabes que soy mejor. Por eso tú y Don casi me apartasteis del proyecto.

—No es cierto.

—Sí lo es. Me lo contó Ruby.

No me enfadé con Ruby por contar a Celia lo que yo le había comentado, así como uno no puede enfadarse con un perro porque le ladra al lechero. Es su naturaleza.

—Muy bien. Entonces eres mejor actriz que yo. Y sí, Don y yo hablamos de hacer que te echaran. ¿Y qué? No es nada del otro mundo.

—Pues justamente a eso voy. Yo tengo más talento que tú, y tú eres más poderosa que yo.

—¿Y?

—Que tienes razón: no sé usar a la gente. Así que voy a probar otro enfoque. Ayudémonos.

Bebí otro sorbo de mi batido, levemente intrigada.

—¿Cómo? —pregunté.

—Despues de rodar, te ayudaré con tus escenas. Te enseñaré lo que sé.

—¿Y yo te acompaño a Schwab's?

—Y tú me ayudas a hacer lo que hiciste. A llegar a ser una estrella.

—Pero y después, ¿qué? —pregunté—. ¿Terminamos las dos famosas y con talento? ¿Compitiendo por cada trabajo que se presenta?

—Supongo que es una opción.

—¿Y la otra?

—Me caes muy bien, Evelyn.

La miré de reojo.

Se rio de mí.

—Sé que eso no es algo que la mayoría de las actrices digan en serio en esta ciudad, pero yo no quiero ser como la mayoría de las actrices. De verdad, me caes bien. Me gusta verte en la pantalla. Me gusta que, en cuanto apareces en una escena, no puedo ver otra cosa. Me gusta que tu piel sea demasiado morena para tu pelo rubio, que las dos cosas no concuerden pero que, aun así, en ti parecen tan naturales. Y, para serte sincera, me gusta que seas así de calculadora y horrible.

—¡No soy horrible!

Celia rio.

—Ah, sí que lo eres. ¿Intentar que me despidieran porque crees que te haré sombra? Horrible. Es horrible, Evelyn. ¿Y andar por ahí jactándote de cómo usas a la gente? Terrible. Pero me gusta cuando hablas de eso. Me gusta tu franqueza, tu descaro. Aquí hay tantas mujeres que mienten en todo lo que dicen y hacen... Me gusta que mientas solo cuando eso te ayuda a conseguir algo.

—Me parece que en esa larga lista de elogios hay muchos insultos —observé.

Celia asintió.

—Sabes lo que quieres, y lo consigues. No creo que nadie en esta ciudad dude de que, uno de estos días, Evelyn Hugo va a ser la estrella más grande de Hollywood. Y no porque eres atractiva. Es porque decidiste ser inmensa, y ahora vas a serlo. Yo quiero ser amiga de una mujer así. Eso es lo que digo. Amiga de verdad. No como esa Ruby Reilly, que te apuñala por la espalda y habla de ti cuando no miras. Hablo de amistad. Que cada una sea mejor, viva mejor, porque nos conocemos.

La miré, pensativa.

—¿Tenemos que peinarnos mutuamente y esas cosas?

—Sunset tiene empleados para que hagan eso. Así que no.

—¿Tengo que escucharte hablar sobre tus problemas con los hombres?

—Nada de eso.

—¿Qué, entonces? ¿Decidimos pasar tiempo juntas y tratamos de apoyarnos?

—Evelyn, ¿nunca has tenido amigos?

—Por supuesto que he tenido amigos.

—¿Un amigo de verdad, un amigo íntimo?

—Tengo un amigo de verdad, gracias.

—¿Quién es?

—Harry Cameron.

—¿Harry Cameron es tu amigo?

—Es mi mejor amigo.

—Bueno, muy bien —dijo Celia, y extendió la mano para que yo la estrechara—. Yo seré tu segunda mejor amiga, después de Harry Cameron.

Tomé su mano y se la estreché con firmeza.

—Muy bien. Mañana te llevaré a Schwab's. Y después podemos ensayar juntas.

—Gracias —dijo, y me miró con una sonrisa radiante, como si acabara de conseguir todo lo que quería en el mundo. Me abrazó, y cuando nos separamos, el hombre del mostrador estaba mirándonos.

Pedí la cuenta.

—La casa invita —respondió, lo cual me pareció una grandísima tontería, porque si alguien debe recibir comida gratis, no son los ricos.

—¿Puede decirle a su marido que me encantó *The Gun at Point Dume?* —dijo el hombre cuando Celia y yo nos levantamos para salir.

—¿Qué marido? —respondí, con el tono más esquivo posible.

Celia rio, y la miré con una gran sonrisa.

Pero lo que en realidad estaba pensando era: *No puedo decirle eso. Pensará que estoy burlándome de él, y me pegará.*

Sub Rosa

22 de junio de 1959

FRÍA, FRÍA EVELYN

¿Por qué a una hermosa pareja que tiene una maravillosa casa de cinco dormitorios no le interesa llenarla de niños? Habría que preguntárselo a Don Adler y a Evelyn Hugo.

O quizá solo a Evelyn.

Don quiere un bebé, y por supuesto, todos estamos esperando con ansiedad que la prole de esas dos bellas personas haga su entrada a este mundo. Sabemos que cualquier criatura que tengan será una belleza.

Pero Evelyn se está negando.

En lugar de hijos, Evelyn no habla más que de su carrera, que incluye su nueva película: *Mujercitas.*

Es más, Evelyn ni siquiera hace el intento de mantener la casa limpia ni de atender los pedidos más simples de su esposo, y ni se molesta en tratar bien al personal doméstico.

¡En lugar de eso, va a Schwab's con solteras como Celia St. James!

El pobre Don está en su casa, deseando tener un hijo, mientras Evelyn sale a divertirse.

En esa casa, todo es *Evelyn, Evelyn, Evelyn.*

Y deja un marido *muy* insatisfecho.

—¿Cómo es posible? —exclamé, al tiempo que arrojaba la revista sobre el escritorio de Harry. Pero, por supuesto, él ya la había visto.

—No es tan malo.

—Tampoco es bueno.

—No, es cierto.

—¿Por qué nadie se ocupó de esto? —pregunté.

—Porque *Sub Rosa* ya no nos hace caso.

—¿Cómo que no?

—No les importa la verdad ni el acceso a las estrellas. Imprimen lo que se les da la gana.

—Pero les importa el dinero, ¿no?

—Sí, pero ganan mucho más pontificando sobre los detalles de tu matrimonio que lo que podemos pagarles.

—¿Los Estudios Sunset no pueden pagarles más?

—Por si no te has dado cuenta, no estamos ganando tanto como antes.

Mis hombros cayeron. Me senté en una de las sillas que había frente al escritorio de Harry. Alguien llamó a la puerta.

—Soy Celia —anunció a través de la puerta.

Me acerqué y la abrí.

—Supongo que has visto el artículo —dije.

Celia me miró.

—No es tan malo.

—Tampoco es bueno —repliqué.

—No, es cierto.

—Gracias. Estoy frente a un par de ases.

Celia y yo habíamos terminado de grabar *Mujercitas* la semana anterior. Al día siguiente de terminar, habíamos ido las dos, junto con Harry y Gwendolyn, a celebrarlo con bistecs y cócteles a Musso & Frank.

Harry nos había dado a Celia y a mí la buena noticia de que Ari pensaba que las dos éramos candidatas a ser nominadas.

Todas las noches, después de grabar, Celia y yo nos quedábamos hasta tarde en mi caravana y ensayábamos nuestras escenas. Celia era toda método. Intentaba «convertirse» en su personaje. Esa no era mi manera de hacerlo. Pero sí me enseñó a buscar momentos de verdadera emoción en circunstancias falsas.

Eran tiempos extraños en Hollywood. Era como si hubiera dos carriles paralelos al mismo tiempo.

Estaban los estudios, con sus actores y sus dinastías. Y, por otro lado, el Nuevo Hollywood, que empezaba a cautivar al público, actores de método en películas duras, con antihéroes y finales agridulces.

Antes de esas noches con Celia, en las que compartíamos un paquete de cigarrillos y una botella de vino para la cena, yo no había prestado atención a esa corriente nueva.

Pero la influencia que ella tuvo sobre mí fue buena, porque Ari Sullivan pensaba que yo podía ganar un Oscar. Y eso hizo que Celia me gustara aún más.

Nuestras salidas semanales a sitios concurridos como Rodeo Drive ya no me parecían un favor. Lo hacía de buen grado, y atraía la atención a ella solo porque disfrutaba su compañía.

Así que, sentada en la oficina de Harry, fingiendo estar furiosa con los dos por no ser solidarios, supe que estaba con mis dos personas preferidas.

—¿Qué dice Don sobre esto? —preguntó Celia.

—Seguro que está buscándome por todo el estudio.

Harry me miró con preocupación. Sabía lo que podía pasar si Don leía ese artículo estando de mal humor.

—Celia, ¿hoy tienes grabación? —preguntó.

Celia negó con la cabeza.

—*The Pride of Belgium* empieza la próxima semana. Solo tengo pruebas de vestuario, después del almuerzo.

—Cambiaré el horario de esas pruebas. ¿Por qué no os vais de compras tú y Evelyn? Podemos llamar a *Photoplay* y avisarles de que estaréis en Robertson.

—¿Y que me vean por la ciudad con una soltera como Celia St. James? —dije—. Parece el ejemplo perfecto de lo que no debería hacer.

Mi mente seguía repasando a toda velocidad el contenido de aquel estúpido artículo. *Ni se molesta en tratar bien al personal doméstico.*

—Esa rata —dije, cuando até cabos, y di un puñetazo sobre el apoyabrazos de la silla.

—¿De qué hablas? —preguntó Harry.

—De mi maldita empleada doméstica.

—¿Crees que ella habló con *Sub Rosa?*

—Estoy segura de que habló con *Sub Rosa.*

—Bueno, considérala despedida —respondió Harry—. Puedo enviar a Betsy hoy mismo a tu casa para que la despida. Cuando llegues, ya se habrá ido.

Pensé en mis opciones.

Lo último que necesitaba era que el país no quisiera ver mis películas porque no quería darle un bebé a Don. Sabía, por supuesto, que la mayoría de los espectadores jamás lo dirían. Tal vez ni siquiera se dieran cuenta de que lo *pensaban.* Pero leerían algo así, y la próxima vez que se estrenara alguna película mía, pensarían que había algo en mí que nunca les había gustado, pero no podían definir qué era.

La gente no se solidariza ni se encariña con una mujer que se coloca en primer lugar. Y tampoco respeta a un hombre que no es capaz de mantener a raya a su esposa. Así que Don tampoco quedaba bien parado.

—Necesito hablar con Don —dije, poniéndome de pie—. Harry, ¿puedes pedirle al doctor Lopani que me llame a casa esta tarde? ¿A eso de las seis?

—¿Por qué?

—Necesito que me llame, y cuando atienda Paula, tiene que parecer muy serio, como si tuviera que comunicarme algo muy importante. Tiene que parecer preocupado, para que ella quede intrigada.

—De acuerdo...

—Evelyn, ¿qué estás tramando? —preguntó Celia, mirándome.

—Cuando yo reciba el teléfono, tiene que decir exactamente esto —dije; saqué un papel y empecé a escribir.

Harry lo leyó y pasó el papel a Celia. Ella me miró.

Alguien llamó a la puerta, y sin esperar respuesta, entró Don.

—Te he buscado por todas partes —dijo. En su voz no había ira ni afecto. Pero yo conocía a Don, y sabía que con él no había medias tintas. La falta de calidez era un frío helado—. Supongo que has leído esta porquería.

Tenía la revista en la mano.

—Tengo un plan —respondí.

—Más te vale que tengas un plan. Más vale que alguien tenga un plan. No pienso andar por esta ciudad como si fuera un estúpido calzonazos. Cameron, ¿qué ha pasado aquí?

—Estoy ocupándome, Don.

—Bien.

—Pero, mientras tanto, creo que deberías oír el plan de Evelyn. Me parece importante que estés de acuerdo antes de que proceda.

Don se sentó frente a Celia. La saludó con una inclinación de cabeza.

—Celia.

—Don.

—Con todo respeto, ¿les parece un tema que debamos hablar los tres? —preguntó.

—No hay problema —dijo Celia, y se puso de pie.

—No —intervine, y la detuve con la mano—. Quédate.

Don me miró.

—Es mi amiga.

Don puso cara de impaciencia y se encogió de hombros.

—Bien, ¿cuál es el plan, Evelyn?

—Voy a simular un aborto espontáneo.

—¿Para qué diablos...?

—Si la gente piensa que no quiero darte un hijo, va a odiarme, y probablemente a ti te perderá el respeto —expliqué, a pesar de que era exactamente eso lo que sucedía entre nosotros. Ese era nuestro gran problema, por supuesto. Había mucha verdad en todo eso.

—Pero si creen que no podéis sentirán pena por los dos —concluyó Celia.

—¿Pena? ¿Cómo que pena? No quiero que me tengan lástima. En la pena no hay poder. La pena no vende películas.

Entonces habló Harry:

—Ya lo creo que las vende.

A las seis y diez, cuando sonó el teléfono, Paula atendió y luego corrió al dormitorio para avisarme que me llamaba el médico.

Tomé la llamada con Don a mi lado.

El doctor Lopani leyó el libreto que habíamos escrito para él.

Eché a llorar con todas mis fuerzas, por si acaso Paula había decidido no meterse en nuestros asuntos por una vez.

Media hora más tarde, Don bajó e informó a Paula que teníamos que despedirla. No lo hizo con amabilidad; de hecho, la enfadó bastante.

Porque ella *podía* acudir a la prensa amarilla para contarles que sus empleadores acababan de perder un embarazo. Pero con *seguridad* lo contaría cuando sus empleadores acababan de despedirla.

Sub Rosa

29 de junio de 1959

¡BENDICIONES PARA DON Y EVELYN! ¡LAS NECESITAN!

La pareja que lo tiene todo pero no puede tener lo que de verdad quiere...

En el hogar de Don Adler y Evelyn Hugo, las cosas no son lo que parecen. Puede parecer que Evelyn está desalentando a Don en lo que respecta a tener familia, pero la verdad resulta ser muy diferente.

Porque todo este tiempo pensábamos que Evelyn estaba rechazando a Don, pero resulta que estaba trabajando horas extras. Evelyn y Don ansían tener un pequeño Don y una pequeña Evelyn correteando por la casa, pero la naturaleza no los ha tratado bien.

Parece que cada vez que se encuentran «en la dulce espera», las cosas salen mal... una tragedia que les ha ocurrido este mes por tercera vez.

Enviemos nuestros mejores deseos a Evelyn y a Don.

Esto demuestra, amigos, que el dinero no puede comprar la felicidad.

La noche siguiente a la publicación del nuevo artículo, Don no estaba convencido de que hubiera sido el mejor plan, y Harry estaba ocupado, pero no quería decir con qué, y yo sabía que eso significaba que tenía una cita.

Y yo quería celebrarlo.

Entonces Celia vino a casa y compartimos una botella de vino.

—No tienes asistenta —observó Celia, mientras buscaba un sacacorchos en la cocina.

—No —dije, con un suspiro—. El estudio todavía no ha terminado de examinar a todas las candidatas.

Celia encontró el sacacorchos, y le entregué una botella de cabernet.

Nunca había pasado mucho tiempo en la cocina, y me resultaba casi surrealista estar allí sin alguien que mirara por encima de mi hombro, se ofreciera a prepararme un sándwich o buscara lo que yo necesitaba en ese momento. Cuando eres rica, hay partes de tu casa que no sientes como tuyas. Para mí, una de esas partes era la cocina.

Revisé mis propios armarios, intentando recordar dónde estaban las copas de vino.

—Ah —dije cuando las encontré—. Toma.

Celia miró lo que estaba alcanzándole.

—Esas copas son de champán.

—Ah, cierto —dije, y las guardé donde las había encontrado. Teníamos otros dos tamaños. Mostré a Celia una de cada tamaño—. ¿Cuál?

—La más redonda. ¿No sabes de copas?

—Ni de copas, ni de fuentes, no sé nada. No olvides, querida, que soy una nueva rica.

Celia rio mientras servía el vino.

—Antes no podía comprármelas, y ahora soy tan rica que alguien se ocupa de eso por mí. Nunca estuve en una situación intermedia.

—Me encanta eso de ti —comentó Celia, al tiempo que tomaba una copa llena y me la entregaba. Sostuvo la otra para sí—. Yo siempre he tenido dinero. Mis padres se portan como si en Georgia hubiera una nobleza reconocida. Y todos mis hermanos, salvo el mayor, Robert, son como mis padres. Mi hermana Rebecca piensa que el hecho de que yo actúe en películas es una vergüenza para la familia. No tanto por lo de Hollywood sino porque estoy «trabajando». Dice que es indecoroso. Los quiero y los odio. Pero así son las familias, supongo.

—No lo sé —digo—. Yo… no tengo mucha familia. Nada, en realidad.

Mi padre y los demás parientes que tenía en Hell's Kitchen no habían logrado contactar conmigo, si lo habían intentado. Y yo no había perdido una sola noche de sueño pensando en ellos.

Celia me miró. No parecía sentir lástima por mí ni sentirse incómoda por haberse criado con todo lo que a mí me faltaba.

—Más razón para admirarte tanto —dijo—. Todo lo que tienes lo conseguiste sola. —Celia acercó su copa a la mía y la chocó con un tintineo—. Por ti —brindó—. Porque eres absolutamente imbatible.

Reí y luego bebí con ella.

—Ven —dije, y salimos de la cocina para pasar a la sala de estar. Apoyé mi copa en la mesita de café con patas horquilla y me acerqué al tocadiscos. Saqué *Lady in Satin,* de Billie Holiday, del fondo de la pila. Don detestaba a Billie Holiday. Pero Don no estaba.

—¿Sabes que su verdadero nombre es Eleanora Fagan? —comenté a Celia—. Billie Holiday es mucho más bonito.

Me senté en uno de nuestros sofás azules con capitoné. Celia se sentó en el que estaba frente a mí. Plegó las piernas debajo de su cuerpo y apoyó la mano libre en sus pies.

—¿Y el tuyo? —preguntó—. ¿De verdad te llamas Evelyn Hugo?

Tomé mi copa de vino y confesé la verdad.

—Herrera. Evelyn Herrera.

Celia no reaccionó en realidad. No dijo «Ah, conque sí eres latina» ni «Yo sabía que era falso», como yo temía que estuviera pensando. No dijo que eso explicaba por qué mi piel era más oscura que la suya o la de Don. De hecho, no hizo ningún comentario hasta que dijo:

—Precioso nombre.

—¿Y el tuyo? —le pregunté. Me puse de pie y me acerqué a su lado del sofá, para acortar la distancia entre nosotras—. Celia St. James…

—Jamison.

—¿Qué?

—Cecelia Jamison. Ese es mi verdadero nombre.

—Es un nombre estupendo. ¿Por qué te lo cambiaron?

—Yo lo cambié.

—¿Por qué?

—Porque parece el nombre de una chica que podría vivir en la casa de al lado. Y yo siempre quise ser la clase de chica que hace que alguien se sienta afortunado tan solo de verla. —Echó la cabeza hacia atrás y terminó su vino—. Como tú.

—Oh, cállate.

—Tú, cállate. Sabes muy bien lo que eres. Cómo afectas a los que te rodean. Yo mataría por tener esos pechos y labios carnosos como los tuyos. Te basta aparecer en un lugar totalmente vestida para que la gente piense en desvestirte.

Sentí que me sonrojaba al oírla hablar así de mí. De cómo me veían los hombres. Nunca había oído a una mujer hablar así de mí.

Celia me quitó la copa de la mano y bebió lo que quedaba en ella.

—Necesitamos más —dijo, al tiempo que agitaba la copa en el aire.

Sonreí y llevé las dos copas a la cocina. Celia me siguió. Se recostó contra mi encimera de fórmica mientras yo servía el vino.

—La primera vez que vi *Father and Daughter,* ¿sabes lo que pensé? —dijo. Ahora se oía a Billy Holiday como a lo lejos, en el fondo.

—¿Qué? —pregunté, mientras le entregaba su copa. La aceptó y la apoyó un momento; luego subió de un salto a la encimera y recogió la copa. Tenía unos pantalones capri azul oscuro y una blusa de cuello alto sin mangas.

—Pensé que eras la mujer más hermosa de toda la creación y que las demás no teníamos ninguna posibilidad.

Bebió de una vez la mitad del contenido de la copa.

—Mentira, no pensaste eso —dije.

—Sí, eso pensé.

Bebí un sorbo de mi vino.

—No tiene sentido —le dije—. Que me admires como si tú fueras diferente. Eres bellísima, sin duda. Con esos grandes ojos azules y esa figura de reloj de arena... Creo que las dos juntas somos un espectáculo para los hombres.

Celia sonrió.

—Gracias.

Terminé mi copa y la apoyé en la encimera. Celia lo tomó como un desafío e hizo lo mismo con la suya. Cuando terminó, se enjugó la boca con las puntas de los dedos. Nos serví más.

—¿Cómo aprendiste a hacer todas esas cosas turbias y solapadas? —preguntó Celia.

—No tengo idea de lo que estás diciendo —respondí, esquiva.

—Eres más lista de lo que demuestras.

—¿Yo?

A Celia se le estaba poniendo la piel de gallina, así que sugerí que volviéramos a la sala, donde hacía menos frío. Se habían levantado los vientos del desierto y habían enfriado aquella noche de junio. Cuando yo también empecé a sentir frío, le pregunté si sabía encender el fuego.

—He visto cómo se hace —dijo, encogiéndose de hombros.

—Yo también. He visto cómo lo hace Don. Pero nunca lo he hecho.

—Podemos hacerlo —repuso—. Podemos hacer cualquier cosa.

—¡Muy bien! —dije—. Ve a abrir otra botella de vino, y yo empezaré a intentar adivinar cómo se hace esto.

—¡Buena idea!

Celia se quitó la manta de los hombros y corrió a la cocina.

Me arrodillé frente al hogar y empecé a remover las cenizas. Luego tomé dos leños y los acomodé en forma perpendicular.

—Necesitamos papel de periódico —dijo Celia cuando volvió—. Y he decidido que no tiene sentido seguir usando copas.

Levanté la vista y la vi bebiendo de la botella.

Reí, tomé el periódico que estaba sobre la mesa y lo arrojé hacia la chimenea.

—¡O mejor aún! —dije; corrí a la planta alta y recogí el ejemplar de *Sub Rosa* que decía que yo era una perra frígida. Volví corriendo y se lo mostré—. ¡Quememos esto!

Arrojé la revista al hogar y encendí una cerilla.

—¡Eso! —exclamó—. Quema a esos imbéciles.

Las páginas se ondularon con el fuego, duraron un momento y luego se consumieron. Encendí otra cerilla y la arrojé dentro.

De alguna forma, conseguí algunas ascuas, y luego, una llama muy pequeña al encenderse parte del periódico.

—Bien —dije—. Me parece que esto va bien.

Celia se acercó y me entregó la botella de vino. La acepté y bebí un sorbo.

—Bebe un poco más, estás quedándote atrás —dijo, cuando intenté devolvérsela.

Reí y me llevé otra vez la botella a los labios.

Era un vino caro. Me gustaba beberlo como si fuera agua, como si tal cosa. *Las chicas pobres de Hell's Kitchen no pueden beber este vino como si no fuera nada.*

—Bueno, bueno, dámela —dijo Celia.

En broma, sujeté más la botella.

Celia apoyó su mano en la mía. Tiró con la misma fuerza que yo. Y luego dije:

—Está bien, es todo tuyo.

Pero lo dije demasiado tarde y solté la botella demasiado pronto.

El vino se derramó sobre su blusa blanca.

—Dios mío —exclamé—. Lo siento.

Sujeté la botella, la apoyé en la mesa, agarré su mano y la llevé a la planta alta.

—Te prestaré una blusa. Tengo una perfecta para ti.

La llevé al dormitorio y directamente a mi armario. La vi mirar alrededor, observando el ambiente de la habitación que compartía con Don.

—¿Puedo preguntarte algo? —dijo, con voz ligera, soñadora. Tuve la sensación de que iba a preguntarme si creía en los fantasmas o en el amor a primera vista.

—Claro —respondí.

—¿Y prometes decirme la verdad? —insistió, mientras se sentaba en una esquina de la cama.

—No necesariamente —dije.

Celia rio.

—Pero adelante, pregúntame y veremos.

—¿Lo amas? —preguntó.

—¿A Don?

—¿A quién más?

Lo pensé. Alguna vez lo había amado. Lo había amado mucho. Pero ¿seguía amándolo?

—No lo sé —dije.

—¿Es todo por la publicidad? ¿Estás con él solo por su apellido?

—No —respondí—, no lo creo.

—Entonces, ¿por qué?

Me acerqué y me senté en la cama.

—Es difícil decir si lo amo o no, o si estoy con él por tal o cual razón. Lo amo, y muchas veces lo odio. Y estoy con él por su apellido, pero también porque nos divertimos. Antes nos divertíamos mucho, y ahora también, a veces. Es difícil de explicar.

—¿Te satisface?

—Sí, mucho. A veces tengo tanto deseo de estar con él que me da vergüenza. No sé si está bien que una mujer desee tanto a un hombre como yo deseo a Don.

Don me enseñó que era capaz de amar a alguien y de desearlo. Pero también me enseñó que puedes desear a alguien, aunque esa persona no te guste, que puedes desearla *especialmente* cuando no te gusta. Creo que ahora lo llamarían sexo con odio. Pero es un término muy grosero para una experiencia muy humana, muy sensual.

—Olvida que te lo he preguntado —dijo Celia, mientras se ponía de pie. Me di cuenta de que estaba molesta.

—Buscaré la blusa —dije, y me dirigí al armario.

Era una de mis blusas preferidas, de una tela de color lila que tenía cierto brillo plateado. Pero no me quedaba bien. Apenas podía abotonármela a la altura del pecho.

Celia era más menuda que yo, más delicada.

—Toma —le dije, mientras se la ofrecía.

Ella la sujetó y la miró.

—El color es precioso.

—Lo sé —respondí—. La robé del plató de *Father and Daughter.* Pero no se lo cuentes a nadie.

—Espero que sepas, a estas alturas, que todos tus secretos están a salvo conmigo —repuso Celia, mientras empezaba a desabotonar su blusa para probarse la mía.

Creo que, para ella, fue una frase cualquiera. Pero para mí, fue muy importante. No porque la hubiese dicho ella, creo, sino porque cuando la dijo, me di cuenta de que le creía.

—Sí —dije—. Lo sé.

La gente piensa que la intimidad tiene que ver con el sexo.

Pero tiene que ver con la verdad.

Cuando te das cuenta de que puedes contarle tu verdad a alguien, cuando puedes mostrarte a alguien, cuando te desnudas delante de alguien y su respuesta es «Conmigo estás a salvo». Eso es intimidad.

Y en ese aspecto, ese momento con Celia fue el más íntimo que había tenido con alguien en toda mi vida.

Me sentí tan agradecida que tuve ganas de abrazarla y no soltarla más.

—No sé si será mi talla —comentó Celia.

—Pruébatela. Seguro que te queda bien, y si es así, es tuya.

Quería regalarle muchas cosas. Quería que todo lo mío fuera suyo. Me pregunté si eso era lo que se sentía al querer a alguien. Yo ya sabía lo que era estar *enamorada* de alguien. Lo había sentido y lo había actuado. Pero *amar* a alguien. Sentir cariño por esa persona. Unir tu suerte a la suya y pensar: *Pase lo que pase, lo enfrentaremos juntos.*

—Está bien —dijo Celia. Arrojó la blusa sobre la cama. Mientras se quitaba la que tenía puesta, observé la palidez de la piel que se extendía sobre sus costillas. Noté la blancura de su sujetador. Reparé en el modo en que sus pechos, en lugar de levantarse con el sujetador como los míos, daban la impresión de que el sujetador era apenas un adorno.

Seguí el caminito de pecas oscuras que subía por su cadera derecha.

—Epa, hola —dijo Don.

Me sobresalté. Celia ahogó una exclamación y volvió a ponerse la blusa a toda velocidad.

Don se echó a reír.

—¿Qué diablos pasa aquí? —bromeó.

Lo miré y respondí:

—Absolutamente nada.

PhotoMoment

2 de noviembre de 1959

UNA CHICA DIVERTIDA

¡Celia St. James sí que está adquiriendo notoriedad en la ciudad! Y no solo porque está demostrando ser una excelente actriz. La chica de Georgia sabe hacer amistades.

La más llamativa de estas es la estrellita preferida de todos, Evelyn Hugo. A Celia y a Evelyn se las ha visto por toda la ciudad, de compras, hablando, y hasta han encontrado tiempo para una o dos rondas de golf femenino en el Beverly Hills Golf Club.

Y para mejorar las cosas aún más, parece que las amigas van a tener muchas citas dobles en el futuro cercano. A Celia se la vio en el Trocadero nada menos que con Robert Logan, que es muy amigo del marido de Evelyn, Don Adler.

Un acompañante apuesto, amistades glamorosas, y se habla de que puede ganar una estatuilla... ¡Qué buen momento para Celia St. James!

—No quiero hacer esto —dijo Celia.

Tenía puesto un vestido negro con un profundo escote en V. Era la clase de vestido con el que yo jamás podría salir de casa; si lo hiciera, me arrestarían por prostitución. Llevaba también un collar de diamantes que Don había persuadido a Sunset de que le prestara.

Sunset no se dedicaba a ayudar a las actrices independientes, pero Celia quería los diamantes, y yo quería que tuviera todo lo que quisiera. Y Don quería que yo tuviera todo lo que quisiera, al menos la mayor parte del tiempo.

Don acababa de protagonizar su segundo western, *The Righteous,* tras haber convencido con mucho esfuerzo a Ari de que le diera otra oportunidad. Esta vez, sin embargo, las críticas eran muy diferentes. Don se había «puesto los pantalones». Estaba convenciendo a todos, en su segundo intento, de que era formidable en las películas de acción.

El resultado de esto fue que Don tenía la película número uno del país, y Ari Sullivan le daba lo que le pidiera.

Así fue como esos diamantes fueron a parar al cuello de Celia, con el gran rubí del centro apoyado encima de sus pechos.

Yo me había vestido otra vez de verde esmeralda. Era un color que empezaba a ser característico en mí. Esta vez, tenía un vestido de piel de seda con hombros descubiertos, cintura ajustada, falda ancha y un bordado de cuentas en el escote. Tenía el pelo suelto y las puntas cepilladas hacia adentro.

Miré a Celia, que estaba observándose en el espejo de mi tocador, intentando acomodar su cabello cardado.

—Tienes que hacer esto —le dije.

—Pero no quiero. ¿Eso no cuenta?

Recogí mi cartera, que hacía juego con mi vestido.

—No mucho —respondí.

—Tú no eres mi jefa, ¿sabes? —protestó.

—¿Por qué somos amigas? —le pregunté.

—¿La verdad? Ni siquiera lo recuerdo.

—Porque el conjunto de las dos es más que la suma de nuestras individualidades.

—¿Y qué pasa con eso?

—Que cuando se trata de qué papeles aceptar y cómo representarlos, ¿quién sabe más?

—Yo.

—Y cuando es el estreno de nuestra película, ¿quién sabe más?

—Supongo que tú.

—Supones bien.

—Es que lo odio, Evelyn —rezongó Celia. Estaba estropeándose el maquillaje.

—Deja ese pintalabios —le dije—. Gwen te dejó bellísima. No hay que estropear lo que está perfecto.

—¿No me has oído? He dicho que lo odio.

—Por supuesto que lo odias. Es una rata.

—¿No hay nadie más?

—A estas horas, no.

—¿Y no puedo ir sola?

—¿A tu propio estreno?

—¿Por qué no podemos ir juntas tú y yo?

—Yo iré con Don. Tú vas con Robert.

Celia frunció el ceño y se volvió hacia el espejo. La vi entornar los ojos y fruncir los labios, como pensando en lo enfadada que estaba.

Recogí su cartera y se la entregué. Era hora de irnos.

—Celia, ¿quieres terminarla? Si no estás dispuesta a hacer lo necesario para que tu nombre aparezca en los periódicos, ¿qué demonios haces aquí?

Se puso de pie, me arrancó la cartera de la mano y salió. La observé bajar mi escalera, llegar a mi sala de estar con una gran sonrisa y correr a los brazos de Robert como si se creyera la salvadora de toda la humanidad.

Me acerqué a Don, siempre tan elegante con su esmoquin. No cabía duda de que iba a ser el hombre más apuesto en la función. Pero estaba cansándome de él. ¿Cómo es eso que suelen decir? ¿Detrás de cada mujer hermosa, hay un hombre que está harto de tirársela? Pues también funciona al revés. Nadie menciona esa parte.

—¿Nos vamos? —dijo Celia, como si estuviera deseosa por presentarse en el teatro del brazo de Robert. Era una gran actriz. Nadie lo ha negado nunca.

—No quiero perder un solo minuto más —respondí; sujeté a Don del brazo y me sostuve como si mi vida dependiera de ello. Él miró mi brazo y luego a mí, como si estuviera gratamente sorprendido por mi gesto afectuoso.

—Vayamos a ver a nuestras mujercitas en *Mujercitas* —dijo Don. Estuve a punto de darle una buena bofetada. Le debía una o dos. O quince.

Nuestros coches nos recogieron y nos llevaron al Grauman's Chinese Theater.

Habían cerrado algunas partes del Hollywood Boulevard para nuestra llegada. El conductor se detuvo justo frente al teatro, detrás de Celia y Robert. Éramos los últimos en una fila de cuatro coches.

Cuando una película tiene cuatro estrellas femeninas y el estudio quiere montar un gran espectáculo, se asegura de que todas lleguen al mismo tiempo, en cuatro vehículos distintos, acompañadas por cuatro solteros codiciados; salvo que, en mi caso, el soltero codiciado era mi marido.

Nuestros acompañantes descendieron primero, esperaron junto a la puerta y nos ofrecieron una mano. Yo esperé hasta que bajó Ruby, luego Joy, y luego Celia. Esperé un segundo más que ellas. Y entonces salí, sacando primero una pierna, a la alfombra roja.

—Eres la más hermosa de todas las mujeres que están aquí —me susurró Don al oído cuando me incorporé a su lado. Pero yo ya sabía que él me consideraba la más hermosa de las que estaban allí. Sabía con toda certeza que, si así no fuera, no habría estado conmigo.

Los hombres rara vez estaban conmigo por mi personalidad.

No quiero decir que las chicas encantadoras deban sentir lástima por las bonitas. Solo digo que no es muy agradable que te quieran por algo que no es mérito tuyo.

Los fotógrafos empezaron a llamarnos mientras entrábamos, una avalancha de palabras que se mezclaban en mi cabeza. «¡Ruby! ¡Joy! ¡Celia! ¡Evelyn!», «¡Señor y señora Adler! ¡Por aquí!».

Apenas podía oírme pensar con el bullicio de las cámaras y la multitud. Pero hice lo que hace mucho tiempo me entrené para hacer: simulé que por dentro estaba en perfecta calma, como si fuera de lo más cómodo verme tratada como un tigre en el zoológico.

Don y yo nos agarramos de la mano y sonreímos para todos los flashes. Al final de la alfombra roja, había algunos hombres con micrófonos. Ruby estaba hablando con uno de ellos. Joy y Celia estaban con otro. El tercero me acercó su micrófono a la cara.

Era un sujeto bajo, de ojos pequeños y nariz bulbosa, enrojecida por el alcohol. Un rostro para la radio, como dicen.

—Señorita Hugo, ¿está entusiasmada por el estreno de esta película?

Reí con toda la amabilidad que pude para disimular la estupidez que estaba preguntándome.

—He esperado toda mi vida para hacer el papel de Jo March. Estoy tremendamente entusiasmada por este estreno.

—Y parece que la grabación le ha traído una buena amistad —observó.

—¿Cuál?

—Usted y Celia St. James. Parece que sois buenas amigas.

—Ella es maravillosa. En persona y en la película. No me cabe duda.

—Parece que ella y Robert Logan se están llevando muy bien.

—Bueno, eso tendría que preguntárselo a ellos. No lo sé.

—Pero ¿no los presentó usted?

En ese momento, intervino Don.

—Creo que ya son suficientes preguntas —dijo.

—Don, ¿cuándo vais a formar una familia con su mujer?

—He dicho que era suficiente, amigo. Y es suficiente. Gracias.

Don me empujó ligeramente para que siguiéramos.

Llegamos a las puertas, y observé cómo entraban Ruby y su acompañante, seguidos por Joy y el suyo.

Don abrió la puerta y me esperó. Robert sostuvo la otra puerta para Celia.

Entonces se me ocurrió una idea.

Sujeté la mano de Celia y nos dimos la vuelta.

—Saluda a la multitud —dije, sonriendo—. Como si fuéramos las malditas reinas de Inglaterra.

Celia esbozó una gran sonrisa e hizo exactamente lo mismo que yo. Nos quedamos allí, de negro y verde, pelirroja y rubia, una, toda trasero y la otra, todo pechos, saludando a la gente como si fueran nuestros súbditos.

Ruby y Joy no estaban. Y la gente rugía por *nosotras.*

Nos dimos la vuelta y entramos al teatro. Nos dirigimos a nuestros asientos.

—Gran momento —comentó Don.

—Sí.

—En unos meses, ganarás por esta película, y yo ganaré por *The Righteous*. De allí en adelante, nadie podrá pararnos.

—También van a nominar a Celia —le susurré al oído.

—La gente va a salir de ver esta película hablando de ti —repuso—. No me cabe duda.

Miré más allá y vi a Robert susurrando algo al oído de Celia. Ella reía como si él realmente estuviera diciéndole algo gracioso. Pero fui yo quien le consiguió esos diamantes, quien le consiguió esa estupenda foto de nosotras dos que al día siguiente saldría en los periódicos. Mientras tanto, ella se comportaba como si Robert fuera el ser más encantador. Y yo no podía pensar más que en el hecho de que él no sabía sobre la hilera de pecas que ella tenía en la cadera. Yo la había visto, y él, no.

—Tiene mucho talento, Don.

—Bah, deja ya de hablar de ella —rezongó Don—. Estoy harto de oír su nombre todo el tiempo, maldita sea. No deberían preguntarte por ella. Deberían preguntarte por *nosotros*.

—Don, yo...

Levantó la mano como para callarme, habiendo decidido, incluso antes de que yo llegara a decir algo, que lo que yo iba a decir, fuera lo que fuese, no le servía.

Se atenuaron las luces. Se hizo silencio. Empezaron a pasar los créditos. Y apareció mi rostro en la pantalla.

Todo el público clavó los ojos en mí en la pantalla, mientras yo decía: «¡La Navidad no será Navidad sin regalos!».

Pero en cuanto Celia dijo: «Tenemos a padre y a madre, y a nosotras», supe que todo había terminado para mí.

Todo el mundo iba a salir de ese teatro hablando de Celia St. James.

Al comprender eso, debería haber sentido miedo, o envidia, o inseguridad. Debería haberme propuesto superarla haciendo correr la voz de que Celia era una mojigata o que se acostaba con todo el mundo. Al fin y al cabo, esa era la manera más rápida de destrozar la reputación de una mujer: sugerir que no ha logrado dar la impresión de ser *sexualmente satisfactoria* sin parecer *deseosa de satisfacción sexual.*

Pero en lugar de pasar la siguiente hora y cuarenta y cinco minutos lamiéndome las heridas, la pasé conteniendo una sonrisa.

Celia iba a ganar un Oscar. Eso estaba claro como el agua. Y no me provocaba envidia. Me ponía contenta.

Cuando Beth murió, lloré. Después me extendí por encima de Don y Robert y apreté con afecto la mano de Celia.

Don me miró con exasperación.

Y pensé: *Más tarde buscará un pretexto para golpearme. Pero será por esto.*

Yo estaba de pie en medio de la mansión de Ari Sullivan, en lo alto de Benedict Canyon. Don y yo habíamos hecho el viaje por las calles sinuosas hasta llegar allí sin hablar mucho.

Sospechaba que él había llegado a la misma conclusión que yo al ver a Celia en esa película. Que a nadie le importaba nada más.

Cuando nuestro chófer nos dejó y entramos a la casa, Don dijo: «Tengo que buscar el baño», y desapareció.

Busqué a Celia pero no la encontré.

Me encontré rodeada por una cantidad de perdedores y fracasados que esperaban codearse conmigo mientras bebían sus cócteles azucarados y hablaban de Eisenhower.

—¿Me disculpa? —dije a una mujer que tenía un horrible corte de pelo tipo burbuja y no paraba de hablar del Diamante Hope.

Las mujeres que coleccionaban joyas poco comunes parecían iguales a los hombres que estaban desesperados por tener una noche conmigo. Para ellos, el mundo no era más que objetos: lo único que querían era poseer.

—Ah, aquí estás, Ev —dijo Ruby cuando me encontró en el pasillo. Tenía dos cócteles verdes en la mano. Su voz parecía algo indiferente, difícil de interpretar.

—¿Te lo estás pasando bien? —le pregunté.

Miró por encima de su hombro, sujetó con una mano los pies de las dos copas y luego me tiró del codo, y al hacerlo se le volcó un poco de bebida.

—Ay, Ruby —dije, sin disimular mi molestia.

Señaló con la cabeza hacia el lavadero, que estaba a nuestra derecha.

—¿Qué demonios...?

—¿Quieres abrir la maldita puerta, Evelyn?

Abrí la puerta, Ruby entró y me llevó con ella. Luego volvió a cerrar.

—Toma —me dijo, y me entregó uno de los cócteles en la penumbra—. Se lo llevaba a Joy, pero puedes quedártelo. De todas formas, hace juego con tu vestido.

Mientras mis ojos se habituaban a la falta de luz, acepté la bebida.

—Tienes *suerte* de que haga juego con mi vestido. Acabas de derramar casi la mitad sobre él.

Ahora que tenía una mano libre, Ruby tiró de la cadena y encendió la luz. El cuartito se iluminó y me dolieron los ojos.

—Esta noche no tienes absolutamente nada de decoro, Ruby.

—¿Crees que me preocupa lo que pienses de mí, Evelyn Hugo? Escucha, ¿qué vamos a hacer?

—¿Con qué?

—¿Cómo que con qué? Con Celia St. James, claro.

—¿Qué pasa con ella?

Ruby bajó la cabeza con frustración.

—Evelyn, ya basta.

—Ha hecho una interpretación excelente. ¿Qué podemos hacer? —respondí.

—Esto es exactamente lo que le dije a Harry que ocurriría. Y él dijo que no.

—Bueno, pero ¿qué quieres que haga yo?

—Tú también estás perdiendo. ¿O no te das cuenta?

—¡Por supuesto que me doy cuenta! —Me importaba, obviamente. Pero también sabía que aún podía ganar el premio a la mejor actriz. Celia y Ruby estarían compitiendo por el premio a la mejor actriz de reparto—. No sé qué decirte, Ruby. Teníamos razón con respecto a Celia. Tiene talento, es preciosa y encantadora, y cuando alguien te supera, a veces es bueno reconocerlo y seguir con tu vida.

Ruby me miró como si la hubiera abofeteado.

Yo no tenía nada más que decir, y ella estaba en el paso y me bloqueaba la salida. Así que me llevé la copa a los labios y la vacié de dos tragos.

—Esta no es la Evelyn que conozco y respeto —me reprochó Ruby.

—Vamos, Ruby, termina ya con esto.

Ruby bebió lo que quedaba en su copa.

—La gente anda diciendo toda clase de cosas sobre ella y tú, y yo no lo creía. Pero ahora... no lo sé.

—¿La gente anda diciendo cosas como cuáles?

—Ya sabes.

—Te aseguro que no tengo ni la más mínima idea.

—¿Por qué haces las cosas tan difíciles?

—Ruby, me has traído a un lavadero contra mi voluntad, y estás ladrándome sobre cosas que no puedo controlar. No soy yo la difícil.

—Es *lesbiana,* Evelyn.

Hasta ese momento, los sonidos de la fiesta que nos rodeaba habían llegado apagados, pero con claridad. Pero cuando Ruby dijo lo que dijo, cuando oí la palabra *lesbiana,* mi corazón empezó a latir con tanta fuerza que no oía otra cosa que mi pulso. No estaba prestando atención a lo que salía de la boca de Ruby. Solo capté algunas palabras, como *chica, pervertida* y *torcida.*

Sentía la piel del pecho caliente. Me ardían las orejas.

Hice lo que pude para calmarme. Y cuando lo logré, cuando me concentré en las palabras de Ruby, oí por fin el resto de lo que ella intentaba decirme.

—Y, a propósito, deberías fijarte más en lo que hace tu marido. Está en el dormitorio de Ari y una arpía de la MGM se la está mamando.

Cuando me dijo eso, no pensé: *Oh, Dios mío. Mi marido me engaña.* Pensé: *Tengo que encontrar a Celia.*

Evelyn se levanta del sofá, toma el teléfono y pide a Grace que nos encargue la cena en el restaurante mediterráneo de la esquina.

—¿Monique? ¿Qué quieres tú? ¿Carne o pollo?

—Pollo, creo. —La observo, esperando que vuelva a sentarse y reanude el relato. Pero cuando se sienta, se limita a mirarme. Ni reconoce lo que acaba de contarme ni admite lo que yo sospecho desde hace algún tiempo. No me queda otra opción que ser directa—. ¿Lo sabías?

—¿Qué cosa?

—¿Que Celia St. James era lesbiana?

—Estoy contándote la historia tal como fue desarrollándose.

—Bueno, sí —digo—. Pero…

—Pero ¿qué?

Evelyn está tranquila, con perfecto aplomo. Y no distingo si es porque sabe lo que sospecho y al fin está dispuesta a contar la verdad o porque me equivoco por completo y no tiene idea de lo que estoy pensando.

No estoy segura de querer preguntárselo antes de saber la respuesta.

Los labios de Evelyn están unidos en una línea recta. Sus ojos están concentrados directamente en mí. Pero, mientras espera que yo hable, reparo en que su pecho se eleva y baja con rapidez. Está nerviosa. No siente tanta seguridad como quiere demostrar. Al fin y al cabo, es actriz. A estas alturas, yo ya debería saber que, con Evelyn, lo que se ve no es siempre lo que es.

Entonces le planteo la pregunta de un modo que le permita decirme tanto, o tan poco, como esté dispuesta a decir.

—¿Quién fue el amor de tu vida?

Evelyn me mira a los ojos, y sé que necesita un empujoncito más.

—Está bien, Evelyn. De verdad.

Esto es importante. Pero sí está bien. Ahora las cosas no son como antes. Aunque debo admitir que tampoco hay una ausencia absoluta de riesgo.

Pero aun así...

Puede decirlo.

Puede decírmelo.

Puede admitirlo libremente. Aquí. Ahora.

—Evelyn, ¿quién fue tu gran amor? Puedes decírmelo.

Evelyn mira por la ventana, inhala profundamente y responde:

—Celia St. James.

La habitación se queda en silencio mientras Evelyn se permite oír sus propias palabras. Y luego sonríe, una sonrisa radiante, amplia, profundamente sincera. Ríe un poco para sí y luego vuelve a concentrarse en mí.

—Siento que he pasado toda mi vida amándola.

—Entonces este libro, tu biografía... ¿estás dispuesta a revelarte como una mujer homosexual?

Evelyn cierra los ojos un momento, y al principio pienso que está sopesando lo que acabo de decirle, pero cuando vuelve a abrirlos, me doy cuenta de que está intentando procesar mi estupidez.

—¿No has escuchado una sola palabra de todo lo que te he contado? Amé a Celia, pero también, antes de ella, amé a Don. De hecho, estoy segura de que, si Don no hubiera resultado ser semejante imbécil, probablemente nunca habría sido capaz de enamorarme de nadie más. Soy bisexual. No ignores una mitad de mí para poder encerrarme en una categoría, Monique. No hagas eso.

Eso me duele. Mucho. Sé lo que se siente cuando los demás dan algo por sentado con respecto a uno, cuando lo etiquetan según lo que a ellos les parece que es. Me he pasado la vida intentando explicar a la gente que, aunque parezco negra, soy raza mixta. Durante toda mi vida, he sido consciente de la importancia de dejar que las personas se definan a sí mismas, en lugar de reducirlas a rótulos.

Y ahora voy y hago a Evelyn lo que tantas veces me han hecho a mí.

Su romance con una mujer me indicó que era lesbiana, y no me tomé el tiempo de esperar que ella me dijera que era bisexual.

De esto se trata, ¿no es así? Por eso le preocupa tanto que la entiendan y elige sus palabras con tanto cuidado. Porque quiere que la vean tal como es, con todos sus matices y tonos de gris. De la misma forma en que yo quiero que me vean.

Así que el error fue mío. Me equivoqué. Y a pesar de mi deseo de olvidarlo o de reducirlo a nada, sé que en este momento lo mejor que puedo hacer es pedir disculpas.

—Lo siento —digo—. Tienes toda la razón. Debería haberte preguntado cómo te identificas en lugar de dar por sentado que lo sabía. Así que déjame hacer otro intento. ¿Estás dispuesta a revelarte, en las páginas de este libro, como una mujer bisexual?

—Sí —responde, asintiendo—. Sí, así es.

Evelyn parece complacida con mis disculpas, aunque aún un poquito indignada. Pero seguimos con lo nuestro.

—¿Y cómo te diste cuenta? —le pregunté—. ¿De que estabas enamorada de ella? Al fin y al cabo, habría sido igual de fácil que, al enterarte de que a ella le interesaban las mujeres, no te dieras cuenta de que te interesaba ella.

—Bueno, me ayudó el hecho de que mi marido estuviera arriba, engañándome. Porque las dos cosas me dieron unos celos terribles. Me puse celosa cuando me enteré de que Celia era gay, porque eso significaba que estaba, o había estado, con otras mujeres, que yo no era la única en su vida. Y estaba celosa de que mi marido estuviera arriba con otra mujer en la misma fiesta en la que estaba yo, porque era una situación vergonzosa y amenazaba mi modo de vida. Yo estaba viviendo en un mundo en el que creía que podía estar cerca de Celia y lejos de mi marido sin que ninguno de los dos necesitara nada de nadie más. Era como una enorme burbuja que acababa de estallar.

—Imagino que, en aquel tiempo, no habrá sido fácil llegar a esa conclusión: estar enamorada de alguien de tu mismo sexo.

—¡Claro que no! Tal vez, si me hubiera pasado la vida resistiéndome a los sentimientos hacia otras mujeres, habría tenido algo de lo que asirme. Pero no fue así. A mí me enseñaron que debían gustarme los hombres, y había descubierto, aunque solo por un tiempo, el amor y el deseo con un hombre. El hecho de que quería estar con Celia todo el tiempo, de que ella me importaba al punto de valorar su felicidad más que la mía, de que me gustaba recordar aquel momento en que había estado frente a mí sin su blusa… bueno, si unes todas esas piezas y sumas uno más uno, el resultado es: estoy enamorada de una mujer. Pero por aquel entonces, al menos en mi caso, yo no tenía esa ecuación. Y si ni siquiera te das cuenta de que hay una fórmula para aplicar, ¿cómo diablos vas a encontrar la respuesta?

Prosigue.

—Yo creía que al fin tenía una amistad con una mujer. Y creía que mi matrimonio se estaba yendo a la mierda porque mi esposo era un imbécil. Y, a propósito, esas dos cosas eran verdad. Solo que no toda la verdad.

—¿Y qué hiciste?

—¿En la fiesta?

—Sí, ¿a quién fuiste a buscar primero?

—Bueno —responde Evelyn—, uno de los dos vino a buscarme a mí.

Ruby me dejó allí, junto a la secadora, con una copa vacía en la mano.

Yo tenía que volver a la fiesta. Pero me quedé allí, paralizada, pensando: *Sal de aquí.* No podía girar el pomo de la puerta. Hasta que la puerta se abrió por sí sola. Era Celia. Y detrás de ella, la fiesta bulliciosa e iluminada.

—Evelyn, ¿qué estás haciendo?

—¿Cómo me has encontrado?

—Me encontré con Ruby, y me dijo que podía encontrarte aquí, bebiendo en el lavadero. Creí que era un eufemismo.

—No lo era.

—Ya lo veo.

—¿Te acuestas con mujeres? —le pregunté.

Conmocionada, Celia cerró la puerta.

—¿De qué hablas?

—Ruby dice que eres lesbiana.

Celia miró por encima de mi hombro.

—¿Qué importa lo que diga Ruby?

—¿Lo haces?

—¿Ahora vas a dejar de ser mi amiga? ¿De eso se trata?

—No —respondí, meneando la cabeza—. Claro que no. Yo... nunca haría eso. Jamás.

—¿Entonces, por qué me lo preguntas?

—Quiero saberlo, eso es todo.

—¿Por qué?

—¿No te parece que tengo derecho a saberlo?

—Depende.

—¿Entonces lo eres? —insistí.

Celia apoyó una mano en el pomo de la puerta, preparándose para salir. Instintivamente, me extendí y le sujeté la muñeca.

—¿Qué haces? —preguntó.

Me gustó sentir su muñeca en mi mano. Me gustó que su perfume impregnara todo aquel cuartito. Me adelanté y la besé.

No sabía lo que hacía. Y cuando digo eso, me refiero a que no controlaba del todo mis movimientos y no era *físicamente* consciente de cómo besarla. ¿Debía besarla como besaba a los hombres, o de otra manera? Tampoco entendía el alcance emocional de mis actos. No comprendía del todo lo que significaban ni el riesgo que implicaban.

Yo era una mujer famosa besando a otra mujer famosa en la casa del presidente del mayor estudio de Hollywood, rodeada de productores, estrellas y quizá más de una decena de personas que transmitían cotilleos a la revista *Sub Rosa.*

Pero, en ese momento, lo único que me importó fue que sus labios eran suaves. Su piel no tenía ninguna aspereza. Lo único que me importó fue que ella también me besó, que apartó la mano de la puerta y la apoyó en mi cintura.

Olía a flores, como a polvo de lilas, y sus labios estaban húmedos. Su aliento era dulce, mezclado con sabor a cigarrillos y crema de menta.

Cuando se apoyó contra mí, cuando nuestros pechos se tocaron y su pelvis rozó la mía, no pude pensar sino en que no era tan distinto, y a la vez, era completamente diferente. Ella tenía protuberancias donde Don era plano, y era plana donde Don tenía protuberancias.

Y, sin embargo, esa sensación de tu corazón en el pecho, de que tu cuerpo te pide más, de que te pierdes en el aroma, el sabor y el tacto de otra persona… todo era igual.

Celia se apartó primero.

—No podemos quedarnos aquí adentro —dijo. Se enjugó los labios con el dorso de la mano, y luego frotó la parte inferior de los míos con el pulgar.

—Espera, Celia —le pedí, tratando de retenerla.

Pero salió y cerró la puerta.

Cerré los ojos, sin saber muy bien cómo recobrar la compostura, cómo aquietar mi cerebro.

Inhalé. Abrí la puerta y subí los escalones de dos en dos.

Abrí todas las puertas de la planta alta hasta que encontré a quien buscaba.

Don estaba vistiéndose, empujando los faldones de su camisa dentro de los pantalones, mientras una mujer de vestido dorado con cuentas se ponía los zapatos.

Eché a correr. Y Don me siguió.

—Hablemos de esto en casa —dijo, tomándome del codo.

Me solté y fui en busca de Celia. No había señales de ella.

Harry entró por la puerta del frente, con el rostro fresco y aspecto sobrio. Corrí hasta él y dejé a Don en la escalera, acorralado por un productor achispado que quería hablarle de un melodrama.

—¿Dónde estuviste toda la noche? —pregunté a Harry.

Sonrió.

—Eso me lo voy a guardar.

—¿Puedes llevarme a casa?

Harry me miró y luego miró a Don, que seguía en la escalera.

—¿No te vas con tu marido?

Negué con la cabeza.

—¿Él lo sabe?

—Si no lo sabe, es un imbécil.

—Está bien —dijo Harry, y asintió con seguridad y sumisión. Lo que yo quisiera: eso haría él.

Me acomodé en el asiento delantero del Chevy de Harry, y cuando empezó a retroceder, Don salió de la casa. Corrió hasta mi lado del coche. No bajé la ventanilla.

—¡Evelyn! —gritó.

Me gustó la forma en que el cristal apagaba su voz y daba la impresión de que estaba más lejos. Me gustó poder decidir si escucharlo o no a pleno volumen.

—Lo siento —dijo—. No es lo que crees.

Mantuve los ojos al frente.

—Vámonos.

Estaba poniendo a Harry en un aprieto, obligándolo a tomar partido. Pero debo reconocer que no se le movió un pelo.

—¡Cameron, no te atrevas a llevarte a mi mujer!

—Don, hablémoslo por la mañana —respondió Harry por la ventanilla, y luego aceleró hacia los caminos del cañón.

Cuando llegamos a Sunset Boulevard y mi pulso se había normalizado, me volví hacia Harry y empecé a hablar. Cuando le conté que Don había estado arriba con otra mujer, asintió como si no hubiera esperado menos.

—¿Por qué no te sorprende? —le pregunté mientras cruzábamos la esquina de Doheny y Sunset, el mismo lugar donde empezaba a apreciarse la belleza de Beverly Hills. Las calles se hacían más anchas y estaban bordeadas de árboles, los jardines estaban cuidados al dedillo y las aceras estaban limpias.

—Don siempre ha tenido debilidad por las mujeres a las que acaba de conocer —explicó Harry—. No estaba seguro de si tú lo sabías. Ni de si te importaba.

—No lo sabía. Y sí me importa.

—Bueno, en ese caso, lo siento —dijo; me miró brevemente y volvió a concentrarse en el camino—. Debería habértelo contado.

—Supongo que hay muchas cosas que no nos contamos —repuse, mirando por la ventanilla. Había un hombre paseando su perro por la calle.

Yo necesitaba a alguien.

En ese momento, necesitaba un amigo. Alguien a quien contarle mis verdades, alguien que me aceptara, que me dijera que yo iba a estar bien.

—¿Y si lo hiciéramos? —propuse.

—¿Si nos contáramos la verdad?

—Si nos contáramos todo.

Harry me miró.

—Yo diría que es una carga que no quiero imponerte.

—Para ti también podría ser una carga —repliqué—. Yo también tengo trapos sucios.

—Tú eres cubana, y eres una perra calculadora y sedienta de poder —dijo Harry, sonriéndome—. Esos secretos no son tan malos.

Eché la cabeza hacia atrás y reí.

—Y ya sabes lo que soy yo —añadió.

—Sí.

—Pero, por ahora, puedes negarlo de manera creíble. No tienes por qué verlo ni oír hablar de ello.

Harry dobló a la izquierda, hacia la llanura en lugar de las colinas. Estaba llevándome a su casa y no a la mía. Tenía miedo de lo que fuera a hacerme Don. Y yo también, un poco.

—Creo que estoy lista para eso. Para ser una amiga de verdad —dije.

—No estoy seguro de que sea un secreto que quiero que tengas que guardar, querida. Es un tema difícil.

—Yo creo que ese secreto es mucho más común que lo que fingimos tú o yo —repuse—. Creo que quizá todos tenemos al menos un poquito de ese secreto dentro de nosotros. Creo que tal vez yo también lo tengo.

Harry dobló a la derecha y tomó el acceso a su cochera. Apagó el motor y se volvió hacia mí.

—Tú no eres como yo, Evelyn.

—Tal vez sí, un poquito —dije—. Y quizá Celia también.

Harry se volvió hacia el volante, pensativo.

—Sí —dijo por fin—. Quizá Celia también.

—¿Lo sabías?

—Lo sospechaba —respondió—. Y también sospechaba que... sentía algo por ti.

Me sentí como si fuera la última persona en el mundo en enterarme de lo que ocurría delante de mis narices.

—Voy a dejar a Don —anuncié.

Harry asintió; no estaba sorprendido.

—Me alegro —dijo—. Pero espero que seas consciente de todo lo que eso implica.

—Sé lo que hago, Harry.

Me equivocaba. No sabía lo que hacía.

—Don no va a aceptarlo sin pelear —señaló Harry—. Es lo único que digo.

—¿Entonces debo continuar con esta farsa? ¿Dejar que se acueste con quien quiera y me golpee cada vez que tenga ganas?

—De ninguna manera. Sabes que yo jamás diría eso.

—¿Qué, entonces?

—Quiero que estés preparada para lo que vas a hacer.

—Ya no quiero hablar de esto —dije.

—Muy bien —respondió Harry. Abrió la puerta de su lado y bajó del coche. Dio la vuelta hasta mi lado y me abrió la puerta.

—Ven, Ev —dijo, bondadoso. Extendió la mano—. Ha sido una larga noche. Necesitas descansar.

De pronto me sentí muy cansada, como si hubiera bastado que él lo señalara para que tomara conciencia del cansancio que sentía. Seguí a Harry hacia la entrada de su casa.

La sala tenía pocos muebles, pero estaba bien decorada, en madera y cuero. Las hornacinas y las puertas eran arqueadas, y las paredes eran completamente blancas. En la pared había un solo cuadro, un Rothko rojo y azul que estaba colgado sobre el sofá. Entonces se me ocurrió que Harry no era productor en Hollywood por el dinero. Tenía una bonita casa, sí, pero no había en ella nada ostentoso, nada para figurar. Para él, era simplemente un lugar en el que dormir.

Harry era como yo. Se dedicaba al cine por la gloria. Porque lo mantenía ocupado, importante, con la mente ágil.

Harry, como yo, se había dedicado al cine por el ego.

Y los dos teníamos la suerte de haber encontrado en él nuestra humanidad, aunque aparentemente de manera inesperada.

Los dos subimos la escalera curva y Harry me acomodó en su cuarto de huéspedes. La cama tenía un colchón fino y una gruesa manta de lana. Me quité el maquillaje con agua y jabón; luego Harry me bajó suavemente la cremallera del vestido y me prestó uno de sus pijamas.

—Estaré al lado, si necesitas algo —dijo.

—Gracias. Por todo.

Harry asintió. Se apartó, pero enseguida se volvió otra vez hacia mí mientras yo abría la cama.

—No tenemos los mismos intereses, Evelyn —dijo—. Tú y yo. Te das cuenta, ¿verdad?

Lo miré, intentando decidir si me daba cuenta o no.

—Mi trabajo consiste en hacer que el estudio gane dinero. Y si tú haces lo que el estudio quiere, entonces mi trabajo es hacerte feliz. Pero más que nada, lo que Ari quiere es…

—Hacer feliz a Don.

Harry me miró a los ojos. Lo entendí.

—Está bien —le dije—. Comprendo.

Harry sonrió con timidez y cerró la puerta al salir.

Cualquiera pensaría que me pasé la noche dando vueltas en la cama, preocupada por el futuro, por lo que significaba haber besado a una mujer, por decidir si realmente debía abandonar a Don.

Pero para eso está la negación.

A la mañana siguiente, Harry me llevó a mi casa. Yo esperaba una pelea, pero cuando llegué, Don no estaba.

En ese preciso momento supe que nuestro matrimonio se había terminado, y que la decisión —la que yo creía que me correspondía— ya había sido tomada.

Don no estaba esperándome, no tenía pensado luchar por mí. Don se había ido a otra parte, me había dejado antes de que yo pudiera dejarlo.

En lugar de Don, en el umbral de mi puerta, estaba Celia St. James.

Harry esperó en la entrada del aparcamiento hasta que llegué donde estaba ella. Me di la vuelta y le hice señales de que podía irse.

Cuando se fue, y mi hermosa calle arbolada quedó tan silenciosa como se puede esperar en Beverly Hills apenas pasadas las siete de la mañana, tomé la mano de Celia y la hice pasar.

—No soy… —dijo Celia cuando cerré la puerta—. Pero… había una chica en secundaria, mi mejor amiga. Y ella y yo…

—No quiero que me lo cuentes —la interrumpí.

—Está bien —dijo—. Pero… no soy… no soy anormal.

—Ya sé que no eres anormal.

Me miró, intentando comprender lo que yo quería de ella, lo que debía confesar.

—Esto es lo que sé —dije—. Sé que yo quería a Don.

—¡Lo sé! —exclamó, a la defensiva—. Sé que quieres a Don. Siempre lo he sabido.

—Dije que lo *quería.* Pero creo que hace ya un tiempo que no lo quiero.

—De acuerdo.

—Ahora, la única persona en la que pienso eres tú.

Dicho eso, subí la escalera e hice las maletas.

Pasé una semana y media escondida en el apartamento de Celia, en el purgatorio. Todas las noches, Celia y yo dormíamos la una al lado de la otra en su cama, castamente.

Durante el día, me quedaba en su apartamento y leía libros, mientras ella se iba a trabajar en su nueva película para Warner Brothers.

No nos besábamos. De vez en cuando, nos demorábamos un poco cuando nuestros brazos se rozaban, cuando nuestras manos se tocaban, sin mirarnos nunca a los ojos. Pero en mitad de la noche, cuando las dos ya estábamos aparentemente dormidas, sentía su cuerpo contra mi espalda y me arrimaba a ella, sentía la tibieza de su vientre contra mí, su mentón en el hueco de mi cuello.

Algunas mañanas, despertaba junto a un mechón de su pelo e inhalaba profundamente, intentando aspirar lo más posible de ella.

Sabía que quería volver a besarla. Sabía que quería tocarla. Pero no sabía con exactitud qué debía hacer ni cómo encararlo. Era fácil pensar que aquel beso en el lavadero en penumbras había sido algo fortuito. Ni siquiera me costaba tanto convencerme de que lo que sentía por ella era simplemente platónico.

Mientras me permitiera pensar en Celia solo *a veces*, podía intentar convencerme de que no era real. Los homosexuales eran inadaptados sociales. Y aunque no consideraba que eso los hiciera malas personas —al fin y al cabo, quería a Harry como a un hermano— no estaba preparada para ser una de ellos.

Por eso me dije que la chispa que había entre Celia y yo era tan solo una peculiaridad nuestra. Lo cual resultaba convincente siempre y cuando no fuera más que eso.

A veces la realidad te sorprende como un balde de agua fría. Otras veces simplemente espera con paciencia hasta que se te agota la energía que inviertes en negarla.

Y eso fue lo que me ocurrió un sábado por la mañana, cuando Celia estaba en la ducha y yo estaba preparando huevos.

Alguien llamó a la puerta, y al abrirla, vi el único rostro que me alegraba ver de ese lado del umbral.

—Hola, Harry —lo saludé, y me acerqué para darle un abrazo, con cuidado para que mi espátula no chorreara sobre su fina camisa informal.

—¡Qué sorpresa! —exclamó—. ¡Estás cocinando!

—Ya ves —respondí, al tiempo que me hacía a un lado y lo invitaba a entrar—. Debe de estar volando algún cerdo. ¿Quieres unos huevos?

Lo llevé hacia la cocina. Espió la sartén.

—¿Te sale bien el desayuno? —preguntó.

—Si lo que quieres saber es si los huevos estarán quemados, la respuesta es: probablemente.

Harry sonrió y puso un sobre grande y pesado sobre la mesa del comedor. El *plaf* que hizo al caer sobre la madera fue la única pista que necesité para saber lo que contenía.

—Déjame adivinar —dije—. Voy a divorciarme.

—Parece que sí.

—¿Por qué causa? Supongo que sus abogados no marcaron la casilla de adulterio ni de crueldad.

—Por abandono del hogar.

Alcé las cejas.

—Qué listo.

—La causa no importa. Lo sabes.

—Sí, lo sé.

—Deberías leerlo bien, hacerlo leer por un abogado. Pero hay una cosa importante.

—Dime.

—Te quedas con la casa y con tu dinero y la mitad del de él.

Miré a Harry como si estuviera intentando venderme el Puente de Brooklyn.

—¿Por qué hace eso?

—Porque te prohíben que hables con nadie, nunca, sobre nada de lo que ha ocurrido durante tu matrimonio.

—¿Él también lo tiene prohibido?

Harry negó con la cabeza.

—No por escrito, no.

—¿O sea que yo no puedo hablar, pero él puede cotillear por toda la ciudad? ¿Por qué piensa que voy a aceptar eso?

Harry bajó la mirada un momento, y luego me miró avergonzado.

—Sunset va a rescindir mi contrato, ¿verdad?

—Don no te quiere en el estudio. Ari piensa prestarte a la MGM y a Columbia.

—Y después, ¿qué?

—Y después estás sola.

—Pues qué bien. Puedo hacer eso. Celia es independiente. Me conseguiré un agente, como ella.

—Puedes hacer eso, sí —dijo Harry—. Y creo que deberías hacer el intento, pero...

—Pero ¿qué?

—Don quiere que Ari te quite el apoyo para los Oscars, y Ari aceptó. Creo que va a prestarte y, a propósito, hará que te pongan en películas que van a fracasar.

—No puede hacer eso.

—Sí puede. Y lo hará, porque Don es la gallina que puso el huevo de oro. A los estudios no les está yendo bien. La gente ya no va tanto al cine; está esperando el próximo episodio de

Gunsmoke. Sunset va en caída libre desde que nos vimos obligados a vender nuestros cines. Nos mantenemos a flote gracias a estrellas como Don.

—Y a estrellas como yo.

Harry asintió.

—Pero (y lamento decírtelo, pero creo que es importante que veas todo el contexto) Don lleva mucha más gente al cine que tú.

Me sentí pequeñita.

—Eso duele.

—Lo sé —admitió Harry—. Y lo siento.

El agua dejó de correr en el baño, y oí que Celia salía de la ducha. Por la ventana entraba la brisa. Quería cerrarla, pero no me moví.

—Así que eso es todo. Si Don no me quiere, no me quiere nadie.

—Si Don no te quiere, no quiere que nadie más te tenga. Sé que es una diferencia muy sutil, pero…

—Pero es vagamente tranquilizadora.

—Bien.

—Entonces, ¿cuál es la idea? ¿Don me destroza la vida y compra mi silencio con una casa y menos de un millón de dólares?

—Eso es mucho dinero —repone Harry, como si tuviera importancia, como si me ayudara.

—Sabes que no me importa el dinero —replico—. Al menos, no es lo más importante.

—Lo sé.

Celia salió del baño vestida con una bata, con el cabello mojado y lacio.

—Ah, hola, Harry —lo saludó—. Enseguida vengo.

—No te apures por mí —respondió Harry—. Ya me iba.

Celia sonrió y entró al dormitorio.

—Gracias por traérmelo —dije.

Harry asintió.

—Lo hice una vez y puedo volver a hacerlo —le dije, mientras caminábamos hacia la puerta—. Puedo reconstruirlo todo desde cero.

—Jamás he dudado de tu capacidad para hacer lo que se te ocurra. —Harry apoyó la mano en el pomo de la puerta, listo para salir—. Me gustaría que... Espero que podamos seguir siendo amigos, Evelyn. Que aún podamos...

—Oh, cállate —lo interrumpí—. Somos los mejores amigos. Podemos o no contarnos todo. Eso no cambia. Todavía me quieres, ¿verdad? ¿Aunque esté a punto de caer en desgracia?

—Sí.

—Y yo aún te quiero a ti. Así que no se hable más.

Harry sonrió, aliviado.

—De acuerdo —dijo—. Tú y yo.

—Tú y yo, los mejores.

Harry salió del apartamento, y lo observé bajar a la calle y subir a su coche. Luego me di la vuelta y apoyé la espalda en la puerta.

Iba a perder todo sobre lo que había construido mi vida.

Todo menos el dinero.

Aún me quedaba el dinero.

Y eso ya era algo.

Y entonces caí en la cuenta de que me esperaba algo más, algo que yo quería y que ahora podía tener.

Allí, con la espalda apoyada en la puerta del apartamento de Celia, a punto de divorciarme del favorito de Hollywood, me di cuenta de que al mentirme sobre lo que yo quería estaba gastando más energía de la que tenía.

Por eso, en lugar de seguir preguntándome qué significaba y en qué me convertiría, me puse de pie y entré en la habitación de Celia.

Aún estaba con su bata, secándose el cabello frente al tocador.

Me acerqué a ella, la miré a esos increíbles ojos azules y le dije:

—Creo que te quiero.

Entonces sujeté el cinturón de su bata y tiré de él.

Lo hice despacio. Tan despacio que ella habría podido detenerme un millón de veces antes de que se soltara. Pero no lo hizo.

Se irguió en el asiento, me miró con más audacia y apoyó una mano en mi cintura.

Apenas el cinturón cayó, los lados de su bata se abrieron, y allí estaba ella, desnuda y sentada frente a mí.

Su piel era pálida y suave. Sus pechos eran más turgentes de lo que yo había imaginado, y sus pezones eran rosados. Su vientre plano se redondeaba apenas por debajo del ombligo.

Y cuando mis ojos llegaron a sus piernas, las abrió ligeramente.

Por instinto, la besé. Apoyé las manos en sus pechos y los toqué como quería hacerlo, y luego, como me gustaba que me tocaran a mí.

Cuando ella gimió, me excité.

Me besó el cuello y la parte superior del pecho.

Me quitó la blusa por encima de la cabeza.

Me miró, mis pechos descubiertos.

—Eres preciosa —dijo—. Aún más de lo que había imaginado.

Me sonrojé y me tomé la cabeza con las manos, avergonzada de sentirme tan insegura, tan inexperta.

Celia me quitó las manos de la cara y me miró.

—No sé lo que estoy haciendo —confesé.

—No importa —respondió—. Yo sí.

Esa noche, Celia y yo dormimos desnudas, abrazadas. Ya no simulamos tocarnos sin querer. Y cuando desperté por la mañana con su pelo en mi rostro, inhalé, con fuerza y con orgullo.

Entre esas cuatro paredes, no teníamos vergüenza.

Sub Rosa

30 de diciembre de 1959

ADLER Y HUGO: ¡KAPUT!

¿Don Adler, el soltero más codiciado de Hollywood?

¡Don y Evelyn han dicho basta! Después de dos años de matrimonio, Don le ha pedido el divorcio a Evelyn Hugo.

Nos apena ver separarse a los tortolitos, pero mentiríamos si dijéramos que nos sorprende. Se rumorea que la carrera de Don va en franco ascenso, y Evelyn tenía un poco de envidia y rencor.

Por suerte para Don, acaba de renovar su contrato con los Estudios Sunset —lo cual habrá puesto muy contento a su mandamás Ari Sullivan— y tiene planeado participar en tres películas este año. ¡A Don no se le escapa una!

Mientras tanto, aunque la última película de Evelyn, *Mujercitas,* es un éxito de taquilla y ha tenido estupendas críticas, Sunset la ha retirado de la próxima filmación de *Jokers Wild* y la ha reemplazado por Ruby Reilly.

¿Será que a Evelyn se le ha acabado su tiempo en Sunset?

—¿Cómo lo hiciste para mantenerte tan segura, tan firme en tu decisión? —pregunto a Evelyn.

—¿Cuando Don me dejó? ¿O cuando mi carrera se fue a la mierda?

—Las dos cosas, supongo. Tenías a Celia, es decir que es un poco diferente, pero aun así…

Evelyn ladea ligeramente la cabeza.

—¿Diferente de qué?

—¿Eh? —pregunto, distraída en mis pensamientos.

—Dijiste que yo tenía a Celia, o sea que era un poco diferente —aclara Evelyn—. ¿Diferente de qué?

—Disculpa —digo—. Estaba… distraída.

Momentáneamente, dejé que mis problemas se infiltraran en lo que debería ser una conversación unidireccional.

Evelyn niega con la cabeza.

—No es necesario que te disculpes. Solo explícame a qué te referías, ¿diferente de qué?

La miro y comprendo que acabo de abrir una puerta que ahora no puedo cerrar.

—De mi propio divorcio inminente.

Evelyn sonríe, casi como el Gato de Cheshire.

—Esto se pone interesante —observa.

Me molesta su actitud despreocupada hacia mi vulnerabilidad. La culpa es mía por haber tocado el tema. Pero bien podría tratarlo de manera más benigna. Me he expuesto a ella. He dejado una herida al descubierto.

—¿Ya has firmado los papeles? —pregunta Evelyn—. ¿Tal vez con un corazoncito sobre la *i* de Monique? Es lo que haría yo.

—Supongo que no tomo el divorcio tan a la ligera como tú —replico. Me sale de mal modo. Pienso en suavizar el tono, pero... no lo hago.

—No, claro que no —responde con más bondad—. Si lo hicieras, a tu edad, serías una cínica.

—¿Y a la tuya? —le pregunto.

—¿Con mi experiencia? Sería realista.

—Eso, de por sí, ya es sumamente cínico, ¿no crees? El divorcio es pérdida.

Evelyn menea la cabeza.

—La pérdida es el dolor que te produce. El divorcio es un papel.

Bajo la mirada y veo que he estado garabateando un cubo una y otra vez con mi bolígrafo azul. Empieza a perforar la hoja. No levanto el bolígrafo ni lo empujo más. Simplemente sigo trazando con tinta las líneas del cubo.

—Si ahora estás sufriendo, te compadezco profundamente —dice Evelyn—. Te lo digo con todo respeto. Es algo que puede partir a una persona en dos. Pero yo no sentí ese dolor cuando Don me dejó. Tan solo sentí que mi matrimonio había fracasado. Y son cosas muy diferentes.

Cuando Evelyn dice esto, detengo el bolígrafo donde está. La miro. Y me pregunto por qué yo necesitaba que Evelyn me dijera eso.

Me pregunto por qué nunca se me había cruzado por la mente esa clase de distinción.

Por la noche, mientras camino hacia el metro, veo que Frankie me ha llamado ya dos veces hoy.

Espero hasta que llego a Brooklyn y voy caminando por la calle hacia mi edificio para responderle. Son casi las nueve, así que decido enviarle un mensaje de texto: *Acabo de salir del apartamento de Evelyn. Disculpa que sea tan tarde. ¿Quieres que hablemos mañana?*

Tengo la llave en mi cerradura cuando me llega la respuesta de Frankie: *Esta noche está bien. Llámame en cuanto puedas.*

Me pongo impaciente. No debería intentar engañar a Frankie.

Apoyo mi bolso. Camino por el apartamento. ¿Qué voy a decirle? Según lo veo yo, tengo dos opciones.

Puedo mentirle y decirle que todo va bien, que todo marcha viento en popa para la edición de junio y que estoy logrando que Evelyn hable de cosas más concretas.

O puedo decirle la verdad y arriesgarme a que me despida.

A estas alturas, empiezo a ver que quizá no sea tan malo si me despide. Tendré un libro para publicar en el futuro, con el cual seguramente ganaré millones de dólares. Eso, a su vez, podría darme la oportunidad de hacer más biografías de famosos. Y después, con el tiempo, podría buscar mis propios temas, escribir sobre lo que yo quiera con la seguridad de que cualquier editor lo compraría.

Pero no sé cuándo se va a vender este libro. Y si mi verdadera meta es llegar a escribir sobre lo que yo quiera, la credibilidad es importante. Si me despidieran de *Vivant* porque les robé un titular mayúsculo, no se reflejaría bien en mi reputación.

Antes de que llegue a decidir con exactitud cuál será mi plan, el teléfono suena en mi mano.

Frankie Troupe.

—¿Hola?

—Monique —dice Frankie, con voz entre deferente e irritada—. ¿Cómo van las cosas con Evelyn? Cuéntame todo.

Sigo buscando la forma de que Frankie, Evelyn y yo salgamos de esto con lo que queremos. Pero de pronto me doy cuenta de que lo único que puedo controlar es que *yo* consiga lo que *yo* quiero.

¿Y por qué no?

Realmente.

¿Por qué no debería ser yo quien salga ganando?

—Frankie, hola. Disculpa que no haya podido atenderte antes.

—Está bien, está bien —dice Frankie—. Siempre que estés consiguiendo buen material.

—Así es, pero lamentablemente, Evelyn ya no tiene interés en compartirlo con *Vivant.*

El silencio que se produce en la línea resulta ensordecedor. Y termina con un «¿Qué?» llano, sin entonación.

—Llevo días tratando de convencerla. Por eso no podía responder tu llamada. He estado explicándole que tiene que hacer la entrevista para *Vivant.*

—Si no tenía interés, ¿por qué nos llamó?

—Me quería a mí —respondo. No agrego ninguna explicación. No digo: *Me quería a mí por tal motivo* ni *Me quería a mí y lo siento mucho.*

—¿Nos usó para llegar a ti? —exclama Frankie, como si fuera el peor insulto que se pudiera concebir. Pero lo cierto es que Frankie me usó para llegar a Evelyn, o sea que...

—Sí —digo—. Creo que sí. Tiene interés en hacer una biografía completa. Escrita por mí. Le he dicho que sí con la esperanza de hacerla cambiar de idea.

—¿Una *biografía?* ¿Vas a tomar nuestra entrevista y convertirla en un libro?

—Es lo que quiere Evelyn. He estado intentando convencerla de que no lo hagamos así.

—¿Y pudiste? —pregunta Frankie—. ¿Pudiste convencerla?

—No —respondo—. Aún no. Pero creo que tal vez lo consiga.

—De acuerdo —dice Frankie—. Haz eso, entonces.

Esta es mi oportunidad.

—Creo que puedo conseguir una tremenda entrevista a Evelyn Hugo que tendrá muchas repercusiones —digo—. Pero si la consigo, quiero un ascenso.

Oigo escepticismo en la voz de Frankie.

—¿Qué clase de ascenso?

—Quiero ser editora independiente. Ir y venir como me plazca. Elegir sobre qué escribo.

—No.

—En ese caso, no tengo ningún incentivo para convencer a Evelyn de que le dé una entrevista a *Vivant*.

Prácticamente puedo oír a Frankie sopesando sus opciones. Está callada, pero no hay tensión. Es como si no esperara que yo hable hasta que ella decida lo que va a responderme.

—Si nos consigues una entrevista de portada —dice por fin—, y si *además* ella acepta posar para una sesión de fotografías, te haré redactora independiente.

Pienso en lo que me ofrece, y mientras estoy pensando, Frankie prosigue.

—Tenemos una sola editora independiente. No me parece correcto desplazar a Gayle del puesto que se ganó. Tú deberías poder entender eso. Lo que puedo ofrecerte es que seas redactora independiente. No controlaré demasiado los temas que elijas para escribir. Y si pronto demuestras que puedes hacerlo bien, ascenderás como todo el mundo. Es lo justo, Monique.

Lo pienso un momento más. Redactora independiente me parece razonable. De hecho, me parece fantástico.

—De acuerdo —digo. Y luego me arriesgo un poquito más. Porque Evelyn dijo, cuando empezó todo esto, que tengo que insistir en que me paguen bien. Y tiene razón—. Y quiero un aumento acorde con el puesto.

Me resulta chocante oírme pedir dinero de manera tan directa. Pero relajo los hombros cuando oigo a Frankie responder:

—Sí, claro, está bien. —Exhalo—. Pero quiero que me confirmes mañana —añade—. Y quiero que se programe la sesión de fotografía para la próxima semana.

—Está bien —digo—. Cuenta con ello.

Antes de cortar la llamada, Frankie agrega:

—Me has impresionado, pero también me has hecho enfadar. Por favor, haz que esto resulte tan beneficioso que pueda perdonarte.

—No te preocupes —respondo—. Lo haré.

A la mañana siguiente, cuando entro a la oficina de Evelyn, estoy tan nerviosa que me suda la espalda y se me está formando un río diminuto a lo largo de la columna vertebral.

Grace apoya una bandeja con fiambre, y no puedo dejar de mirar los pepinillos agridulces mientras Evelyn y Grace hablan sobre Lisboa en verano.

En cuanto Grace se retira, me vuelvo hacia Evelyn.

—Tenemos que hablar —le digo.

Se ríe.

—Francamente, me parece que no hacemos otra cosa.

—Digo que tenemos que hablar sobre *Vivant*.

—Está bien —dice—. Habla.

—Necesito tener una idea de cuándo podría publicarse este libro.

Espero que Evelyn responda. Espero que me dé algo, *lo que sea,* que parezca una respuesta.

—Te escucho —dice.

—Si no me das una idea realista de cuándo se podría vender este libro, corro el riesgo de perder mi trabajo por algo que podría ocurrir dentro de varios años. Décadas, incluso.

—Sí que eres optimista, piensas que viviré muchos años.

—Evelyn —digo, algo descorazonada de ver que no me toma en serio—. Necesito saber cuándo se va a publicar esto, o bien prometer a *Vivant* un fragmento para incluirlo en la edición de junio.

Evelyn piensa. Está sentada con las piernas cruzadas en el sofá, frente a mí, con unos pantalones estrechos negros de punto, blusa gris sin mangas y un cárdigan blanco muy grande.

—Está bien —dice, mientras asiente—. Puedes darles un fragmento, la parte que prefieras, para la edición de junio. Con la condición de que dejes de insistir con esto del plazo de publicación.

No dejo que se me note la alegría. Estoy a mitad de camino. No puedo descansar hasta que llegue a la meta. Tengo que insistir. Tengo que pedir y estar dispuesta a que me diga que no. Tengo que saber lo que valgo.

Al fin y al cabo, Evelyn quiere algo de mí. Me necesita. No sé por qué ni para qué, pero sí sé que, si no fuera así, yo no estaría aquí sentada. Para ella, lo valgo. Lo sé. Y ahora tengo que aprovechar eso. Tal como lo haría ella en mi lugar.

Así que allá voy.

—Tienes que aceptar una sesión fotográfica. Para la portada.

—No.

—No es negociable.

—Todo es negociable. ¿No has conseguido ya bastante? He aceptado que publiquen un fragmento.

—Tú y yo sabemos lo valioso que sería tener imágenes tuyas actuales.

—He dicho que no.

Bien. Allá voy. Puedo hacerlo. Solo tengo que hacer lo que haría Evelyn. Tengo que hacer lo que hace Evelyn Hugo mejor que Evelyn Hugo.

—O aceptas la sesión de fotos, o me retiro.

Evelyn se adelanta en el sofá.

—¿Cómo dices?

—Tú quieres que escriba la historia de tu vida. Yo quiero escribir la historia de tu vida. Pero mis condiciones son estas. No voy a perder mi trabajo por ti. Y para no perder mi trabajo, necesito entregar una entrevista a Evelyn Hugo con fotos para la portada.

Así que o me convences de perder mi empleo por esto, para lo cual tendrías que decirme *cuándo* se podría publicar este libro, o aceptas esto. Esas son tus opciones.

Evelyn me mira, y tengo la impresión de que soy más de lo que esperaba. Y eso me hace sentir bien. Se me está formando una sonrisa que me cuesta contener.

—Estás divirtiéndote con esto, ¿verdad? —observa.

—Intento proteger mis intereses.

—Sí, pero además lo haces bien, y sospecho que estás disfrutándolo un poco.

Dejo salir por fin la sonrisa.

—Estoy aprendiendo de la mejor.

—Sí, así es —dice Evelyn. Frunce la nariz—. ¿La portada?

—La portada.

—Muy bien. La portada. Y a cambio de eso, a partir del lunes, quiero que estés aquí en todo momento. Quiero contarte todo lo que tengo que contar lo antes posible. Y en adelante, cuando no te responda una pregunta la primera vez, no vuelvas a hacérmela. ¿Trato hecho?

Me pongo de pie, rodeo el escritorio para llegar hasta Evelyn y extiendo la mano.

—Trato hecho.

Evelyn se ríe.

—Mírate —dice—. Sigue así, y tal vez algún día llegues a ser la reina de tu parte del mundo.

—Vaya, gracias —respondo.

—Sí, sí, sí —dice, no de mal modo—. Siéntate y empieza a grabar. No tengo todo el día.

Hago lo que me dice, y luego la miro.

—Bien —digo—. Estás enamorada de Celia, te divorciaste de Don y parece que tu carrera se va a la mierda. ¿Qué sucede después?

Evelyn tarda un segundo en responder, y en ese momento tomo conciencia de que ha aceptado lo que había jurado no hacer jamás: una foto para la portada de *Vivant*... con tal de que yo no me retire.

Evelyn me quiere para algo. Y mucho.

Y ahora, por fin, empiezo a sospechar que debería asustarme.

Ingenuo Mick Riva

Photo Moment

1 de febrero de 1960

EVELYN, EL VERDE NO TE SIENTA BIEN

El jueves pasado, Evelyn Hugo asistió a la entrega de los Premios del Público de 1960 del brazo del productor Harry Cameron. Con un vestido de cóctel de seda verde esmeralda, no deslumbró como antes. El color distintivo de Evelyn empieza a resultar aburrido.

Mientras tanto, Celia St. James estaba bellísima con un vestido de tafetán abotonado en la delantera, de color azul con bordado de cuentas. Le dio una vuelta de tuerca glamorosa y fresca al típico look de día.

Pero la fría Evelyn no le dirigió la palabra a su otra mejor amiga. Evitó a Celia toda la noche.

¿Será que Evelyn no soporta que, esa noche, Celia haya recibido el premio a la Personalidad Femenina Más Prometedora? ¿O que Celia haya sido nominada para el Oscar a Mejor Actriz de Reparto por su papel en *Mujercitas*, mientras que Evelyn no obtuvo siquiera una mención?

Parece que Evelyn Hugo está verde de envidia.

Ari me eliminó de todas las producciones de Sunset y empezó a ofrecerme en préstamo a Columbia. Después de que me vi obligada a hacer dos comedias románticas olvidables —las dos tan malas que era inevitable que fracasaran estrepitosamente—, los otros estudios tampoco querían tener mucho que ver conmigo.

Don apareció en la portada de *Life,* saliendo con elegancia del mar y sonriendo como si fuera el mejor día de su vida.

Cuando llegó el día de la entrega de los Premios de la Academia 1960, yo era oficialmente persona no grata.

—Sabes que yo te llevaría —dijo Harry cuando llamó esa tarde para preguntarme cómo estaba—. Solo tienes que decirlo y pasaré a recogerte. Seguro que tienes un vestido bellísimo para ponerte, y yo seré la envidia de todos, contigo del brazo.

Yo estaba en el apartamento de Celia, preparándome para salir antes de que llegaran la encargada de vestuario y la maquilladora. Ella estaba en la cocina, bebiendo agua con limón y sin comer nada para poder entrar en el vestido.

—Sé que lo harías —respondí—. Pero tú y yo sabemos que, si te pones de mi parte en este momento, no le harás ningún bien a tu reputación.

—Pero lo digo en serio —insistió Harry.

—Lo sé. Pero tú también sabes que soy demasiado lista para aceptar tu invitación.

Harry rio.

—¿Tengo los ojos hinchados? —me preguntó Celia cuando terminé de hablar con Harry. Los abrió mucho y me miró fijamente, como si eso me ayudara a responderle.

Yo no vi prácticamente nada fuera de lo común.

—Están preciosos. De todos modos, sabes que Gwen te dejará fabulosa. ¿Qué es lo que te preocupa?

—Ay, por Dios, Evelyn —exclamó Celia, bromeando—. Creo que todas sabemos lo que me preocupa.

La sujeté de la cintura. Tenía puesta una fina combinación de satén con bordes de encaje. Yo tenía un jersey de mangas cortas y pantalones cortos. Ella tenía el pelo mojado. Cuando Celia tenía el pelo mojado, no olía a champú. Olía a arcilla.

—Vas a ganar —le dije, atrayéndola hacia mí—. Ni lo dudes.

—Tal vez no. Podrían dárselo a Joy o a Ellen Mattson.

—Antes de dárselo a Ellen Mattson, lo arrojarían al Río Los Ángeles. Y Joy, pobrecita, no tiene ninguna oportunidad a tu lado.

Celia se sonrojó, apoyó brevemente la cabeza en las manos y luego me miró.

—¿Soy insoportable? —preguntó—. ¿Obsesionándome con esto? ¿Haciendo que me tranquilices? Cuando tú estás…

—¿Cuesta abajo?

—Iba a decir «en la lista negra».

—Si eres insoportable, quiero ser yo quien te soporte —respondí; luego la besé y sentí el sabor del zumo de limón en sus labios.

Miré mi reloj —sabía que la peluquera y la maquilladora llegarían en cualquier momento— y tomé mis llaves.

Celia y yo estábamos esforzándonos mucho por evitar que nos vieran juntas. Era diferente cuando solo éramos amigas, pero ahora que teníamos algo que esconder, tuvimos que empezar a esconderlo.

—Te quiero —le dije—. Creo en ti. Mucha suerte.

Cuando giré el pomo de la puerta, me llamó.

—Si no gano —dijo, mientras su cabello goteaba en los finos tirantes de su combinación—, ¿me seguirás queriendo?

Pensé que era una broma, hasta que la miré directo a los ojos.

—Aunque fueras una doña nadie que vive en una caja de cartón, yo te querría —le respondí. Nunca había dicho eso. Nunca lo había sentido.

Celia me miró con una sonrisa radiante.

—Yo también. Con caja de cartón y todo.

Horas más tarde, en la casa que antes compartía con Don pero que ahora podía decir que era toda mía, me preparé un Cape Codder, me senté en el sofá, encendí el televisor y sintonicé la NBC, para ver a todos mis amigos y a la mujer a la que quería caminar por la alfombra roja en el Teatro Pantages.

En la pantalla, todo parece más glamoroso. Lamento darte la noticia, pero en persona, el teatro es más pequeño, la gente es más pálida y el escenario es menos imponente.

Todo está preparado para que los espectadores que lo ven desde su casa se sientan como intrusos, como si fueran una mosca en la pared de un club al que no pueden entrar. Y me sorprendió ver el efecto que producía en mí, lo fácil que fue creerlo, incluso para alguien que hasta hace poco estaba en el centro de todo eso.

Ya me había bebido dos copas y estaba ahogándome en la pena por mí misma cuando anunciaron el premio a la Mejor Actriz de Reparto. Pero apenas la cámara enfocó a Celia, juro que me espabilé y junté las manos con todas mis fuerzas por ella, como si cuanto más las apretara, más oportunidades tuviera de ganar.

—Y el premio es para… Celia St. James por *Mujercitas*.

Salté de mi asiento y grité por ella. Y luego se me llenaron los ojos de lágrimas al verla caminar hacia el escenario.

La veía allí, de pie ante el micrófono, con la estatuilla en la mano, y me sentía como hipnotizada. Por su fabuloso vestido de cuello barco, sus pendientes de diamantes y zafiros, y ese rostro suyo, absolutamente perfecto.

—Gracias a Ari Sullivan y a Harry Cameron. Gracias a mi agente, Roger Colton. A mi familia. Y al increíble elenco que tuve la suerte de integrar, a Joy y a Ruby. Y a Evelyn Hugo. Gracias.

Cuando dijo mi nombre, me llené de orgullo, alegría y amor. Desbordaba de felicidad por ella. Y entonces hice algo terriblemente tonto. Besé el televisor.

Besé el rostro de Celia en tonos de gris.

Oí el *clinc* antes de sentir el dolor. Y cuando Celia saludó a la multitud y bajó del escenario, caí en la cuenta de que me había mellado un diente.

Pero no me importó. Estaba demasiado feliz. Demasiado entusiasmada por felicitarla y decirle lo orgullosa que estaba.

Me preparé otro cóctel y me obligué a ver el resto del espectáculo. Anunciaron el Premio a la Mejor Película, y mientras pasaban los créditos, apagué el televisor.

Sabía que Harry y Celia estarían fuera toda la noche. Así que apagué las luces y subí a acostarme. Me quité el maquillaje. Me apliqué crema facial. Aparté las mantas. No me gustaba vivir sola.

Celia y yo lo habíamos hablado y habíamos llegado a la conclusión de que no podíamos vivir juntas. Ella estaba menos convencida, pero yo me mantenía firme en mi decisión. Aunque mi carrera estaba en su peor momento, la de ella estaba mejor que nunca. No podía permitir que la arriesgara por mí.

Tenía la cabeza apoyada en la almohada, pero mis ojos estaban bien abiertos cuando oí llegar un vehículo. Miré por la ventana y vi que Celia bajaba de un coche y saludaba al conductor. Traía un Oscar en la mano.

—Qué cómoda estás —observó Celia, cuando llegó al dormitorio.

—Ven aquí —le dije.

Se notaba que había bebido varias copas. Me encantaba verla achispada. Era ella misma pero más alegre, tan chispeante que a veces me preocupaba que se fuera flotando.

Corrió varios pasos y saltó a la cama. La besé.

—Estoy muy orgullosa de ti, cariño.

—Te he echado de menos toda la noche —dijo.

Aún tenía el Oscar en la mano, y se notaba que era pesado; a cada rato se le volcaba sobre el colchón. El espacio donde iría su nombre estaba en blanco.

—No sé si este era para mí —agregó, sonriendo—. Pero no quise devolverlo.

—¿Por qué no estás celebrándolo? Deberías estar en la fiesta de Sunset.

—Solo quería celebrarlo contigo.

La atraje hacia mí. Se quitó los zapatos.

—Sin ti, esto no significa nada —dijo—. Todo lo que no eres tú es una mierda.

Eché la cabeza hacia atrás y me reí.

—¿Qué le ha pasado a tu diente? —me preguntó.

—¿Se nota mucho?

Celia se encogió de hombros.

—Supongo que no. Creo que he memorizado cada centímetro de ti.

Hace apenas unas semanas, había estado acostada junto a Celia y había dejado que me mirara, que observara cada parte de mi cuerpo. Me había dicho que quería recordar cada detalle. Decía que era como estudiar un cuadro de Picasso.

—Me da vergüenza —respondí.

Celia se incorporó, intrigada.

—Besé el televisor —expliqué—. Cuando ganaste. Te besé en la tele, y me partí el diente.

Celia lanzó una carcajada ruidosa. La estatuilla cayó sobre el colchón con un golpe sordo. Luego se acomodó encima de mí y me rodeó el cuello con los brazos.

—Eso es lo más adorable que ha hecho alguien desde el comienzo de la humanidad.

—Seguramente mañana a primera hora pediré una cita al dentista.

—Seguramente.

Recogí su Oscar. Lo observé con atención. Yo también quería uno. Y de haberme quedado un poco más con Don, tal vez habría conseguido uno esa noche.

Celia aún tenía puesto el vestido; los zapatos se los había quitado hacía rato. Se le estaba soltando el cabello. Tenía el pintalabios medio borrado. Sus pendientes seguían brillando.

—¿Has hecho alguna vez el amor con alguien que haya ganado un Oscar? —preguntó.

Había hecho algo muy cercano a eso con Ari Sullivan, pero no me pareció el mejor momento para contárselo. De todas formas, la intención de la pregunta era saber si yo alguna vez había experimentado un momento como ese. Y, sin duda, la respuesta era que no.

La besé y sentí sus manos en mi cara, y luego la observé mientras se quitaba el vestido y se metía en mi cama.

Mis dos películas fueron un fracaso. Para una romántica que hizo Celia, se agotaban las entradas. Don protagonizó una exitosa película de suspense. Las críticas de *Jokers Wild* elogiaban a Ruby Reilly diciendo que era «asombrosamente perfecta» e «indudablemente incomparable».

Yo aprendí a hacer pan de carne y a plancharme los pantalones.

Hasta que vi *Sin aliento.* Salí del cine, fui directa a casa, llamé a Harry Cameron y le dije:

—Tengo una idea. Me voy a París.

Celia iba a filmar una película en Big Bear durante tres semanas. Yo sabía que no podía ir con ella, y tampoco visitarla en el plató. Ella insistía en que vendría a casa todos los finales de semana, pero me parecía demasiado arriesgado.

Al fin y al cabo, ella era una chica soltera. Yo temía que la opinión popular se acercara demasiado a la pregunta *¿Qué le espera a una chica soltera en su casa?*

Por eso decidí que era el momento justo para ir a Francia.

Harry tenía algunos contactos con cineastas de París. Hizo algunas llamadas a escondidas por mí.

Algunos de los productores y directores con quienes me reuní me conocían. Con otros, era obvio que me recibían como un favor a Harry. Y luego estaba Max Girard, un prometedor director de la Nueva Ola, que nunca había oído hablar de mí.

—Eres *une bombe* —me dijo.

Estábamos sentados en un bar tranquilo de Saint-Germain-de-Près, en París. Nos habíamos acomodado en un reservado, en el fondo. Era poco después de la hora de cenar, y yo no había tenido oportunidad de comer. Max estaba bebiendo un Bordeaux blanco. Yo había pedido una copa de tinto.

—Eso parece un cumplido —respondí, y bebí un sorbo.

—No sé si había conocido a una mujer tan atractiva —dijo, mirándome fijamente. Hablaba con tanto acento francés que tuve que inclinarme hacia él para entenderlo.

—Gracias.

—¿Sabes actuar? —preguntó.

—Mejor de lo que me ves.

—No puede ser.

—Así es.

Vi que Max estaba maquinando algo.

—¿Estás dispuesta a hacer una prueba?

Con tal de conseguir un papel, yo estaba dispuesta a limpiar baños.

—Si es para un buen papel… —respondí.

Max sonrió.

—Es un papel espectacular. Es un papel para una estrella de cine.

Asentí lentamente. Cuando estás esforzándote tanto para no mostrarte ansiosa, tienes que contener cada parte de tu cuerpo.

—Envíame el guion, y hablaremos —le dije; terminé mi copa de vino y me puse de pie—. Lo siento mucho, Max, pero debo irme. Que tengas una noche maravillosa. Ya hablaremos.

De ninguna manera iba a quedarme sentada en un bar con un hombre que nunca había oído hablar de mí y dejar que pensara que yo tenía todo el tiempo del mundo.

Mientras me retiraba, sentía sus ojos sobre mí, pero salí de aquel bar con toda la seguridad que tenía… la que, a pesar de mi situación, era bastante. Luego volví a mi habitación del hotel, me puse el pijama, pedí algo de comida al servicio a la habitación y encendí el televisor.

Antes de acostarme, le escribí una carta a Celia.

Mi querida CeCe:

Por favor, nunca olvides que el sol sale y se pone con tu sonrisa. Al menos, así es para mí. Eres lo único que vale la pena venerar en este mundo.

Con todo mi amor,
Edward

La doblé en dos y la guardé en un sobre dirigido a ella. Luego apagué la luz y cerré los ojos.

Tres horas más tarde, me despertó el sonido estridente de un teléfono que sonaba en la mesita de luz.

Atendí, irritada y medio dormida.

—¿Bonjour? —dije.

—Podemos hablar en tu idioma, Evelyn. —La voz de Max, con tanto acento francés, reverberaba en el teléfono—. Te llamo para ver si estarías libre para participar en una película que estoy rodando. La semana después de la próxima.

—¿Dentro de dos semanas?

—Ni siquiera eso, en realidad. Estamos grabando a seis horas de París. ¿Lo harás?

—¿Qué papel sería? ¿Y cuánto tiempo de grabación?

—La película se llama *Boute-en-train.* Al menos, así se llama por ahora. Grabaremos durante dos semanas en Lac d'Annecy. Para el resto de la filmación, no será necesario que estés allí.

—¿Qué significa *Boute-en-train?*

Intenté pronunciarlo tal como lo decía él, pero me salió exagerado y me juré no volver a intentarlo. Nunca hagas algo para lo que no estés preparada.

—Significa «el alma de la fiesta». Esa eres tú.

—¿Una fiestera?

—Alguien que es el corazón de la vida.

—¿Y mi personaje?

—Es la clase de mujer de la que todo hombre se enamora. Originalmente se escribió para una francesa, pero esta noche acabo de decidir que, si aceptas hacerlo, la despediré.

—Qué mal.

—Ella no es tú.

Sonreí, sorprendida por su encanto y su ansiedad.

—Trata de dos ladrones de poca monta que huyen a Suiza, y durante su fuga los distrae una mujer increíble a la que conocen por el camino. Los tres van a las montañas en busca de aventuras. Llevo un rato aquí sentado, con el guion, intentando decidir si esta mujer puede ser estadounidense. Y creo que sí. Me parece más interesante. Es un golpe de suerte haberte conocido en este momento. Así que ¿aceptas?

—Déjame consultarlo con la almohada —respondí.

Yo sabía que iba a aceptar ese papel. Era el único que podía conseguir. Pero nunca hay que mostrarse muy dispuesta, si se quiere llegar a algo.

—Sí —dijo Max—. Por supuesto. Has hecho desnudos antes, ¿verdad?

—No —respondí.

—Creo que deberías aparecer con el torso desnudo. En la película.

Si alguien me iba a pedir que mostrara los pechos, tenía que ser para una película francesa. Y si los franceses iban a pedírselo a alguien, ¿no debería ser a mí? Yo sabía qué era lo que me había hecho famosa en mis comienzos. Y sabía que podía volver a suceder una segunda vez.

—¿Por qué no lo hablamos mañana? —sugerí.

—Hablemos mañana *por la mañana* —corrigió—. Porque esta otra actriz que tengo está dispuesta a mostrar los pechos, Evelyn.

—Es tarde, Max. Te llamaré por la mañana.

Y colgué el teléfono.

Cerré los ojos e inhalé profundamente, pensando en que esta oportunidad estaba muy por debajo de mí y, a la vez, que había sido una gran suerte que me la dieran. Es duro tener que conciliar la verdad de antes con la actual. Por suerte, no tuve que hacerlo mucho tiempo.

Dos semanas después, me encontré otra vez en un plató. Y esta vez, no estaba sujeta a todo ese aire de chica inocente y recatada con la que me había asociado Sunset. Esta vez, podía hacer lo que quisiera.

Durante toda la grabación, resultó evidente que Max no quería otra cosa que poseerme él mismo. Me di cuenta, por sus miradas furtivas, de que parte de la atracción que yo ejercía sobre Max, el director, era la atracción que sentía por mí como hombre.

Cuando Max vino a mi camerino el penúltimo día de grabación, me dijo: «*Ma belle, aujuord'hui tu seras sans haut*». Yo había aprendido suficiente francés como para saber que estaba diciéndome que quería grabar la escena en la que yo salía del lago. Cuando eres una estrella de cine estadounidense de pechos grandes en una película francesa, aprendes pronto que, cuando los franceses dicen *sans haut*, están diciendo que te quieren con el torso descubierto.

Yo estaba absolutamente dispuesta a quitarme la blusa y mostrar mi mercancía, si eso era lo necesario para volver a poner mi nombre en las marquesinas. Pero a esas alturas, me había enamorado locamente de una mujer. Había llegado a desearla con cada fibra de mi ser. Conocía el placer de hallar deleite en el cuerpo desnudo de una mujer.

Entonces le dije a Max que la grabaría como él quisiera, pero que tenía una sugerencia que tal vez hiciera que la película fuera un éxito mayor.

Sabía que mi idea era buena, porque sabía lo que se sentía al querer arrancarle la blusa a una mujer.

Y, cuando Max me escuchó, él también supo que era una buena idea, porque sabía lo que se sentía al querer arrancarme la blusa *a mí*.

En la sala de edición, Max pasó la escena de mi salida del lago a velocidad mínima, y luego la cortó un milisegundo antes de que se llegaran a ver mis senos completos. Simplemente hizo un corte a negro, como si alguien hubiera alterado la película, como si, tal vez, la copia estuviera mal.

Había una enorme expectativa que nunca se cumplía, por más veces que se la mirara, por más precisión que se pusiera al detener la cinta.

Y esta es la razón por la que dio resultado: a todo el mundo, hombre o mujer, gay, bisexual, lo que sea, a todos nos gusta que nos provoquen.

Seis meses después de que termináramos de grabar *Boute-en-train,* yo era una sensación internacional.

Photo Moment

15 de septiembre de 1961

EL CANTANTE MICK RIVA, CON LA MIRA PUESTA EN EVELYN HUGO

Mick Riva, que se presentó anoche en el Trocadero, se detuvo unos minutos para responder a nuestras preguntas. Armado con un *Old-fashioned* que no parecía ser el primero que bebía, Mick estuvo sumamente comunicativo...

Reveló que está feliz de divorciarse de la sirena Veronica Lowe porque, según dijo, «yo no merecía a una dama como ella, y ella no merecía a un hombre como yo».

Y cuando le preguntamos si está con alguien, admitió que ha estado quedando con algunas mujeres, pero que renunciaría a todas por una sola noche con Evelyn Hugo.

Últimamente, la exmujer de Adler está muy demandada. Su aparición en la última película del director francés Max Girard, *Boute-en-train,* ha sido un éxito de taquilla en toda Europa durante este verano, y ahora está arrasando en los Estados Unidos.

«Ya vi *Boute-en-train* tres veces», nos dijo Mick. «Y pienso verla por cuarta vez. No me canso de verla salir de ese lago».

Entonces, ¿le gustaría tener una cita con Evelyn?

«Lo que me gustaría es casarme con ella».

¿Oyes eso, Evelyn?

Hollywood Digest

2 de octubre de 1961

EVELYN HUGO SERÁ ANNA KARENINA

Evelyn Hugo, de quien está hablando toda la ciudad, acaba de firmar un contrato para interpretar a la protagonista en la película épica de Fox *Anna Karenina.* Además, ha firmado para producir la película junto a Harry Cameron, anteriormente de los Estudios Sunset.

Hugo y Cameron trabajaron juntos en Sunset, en éxitos como *Father and Daughter* y *Mujercitas.* Este será el primer proyecto que compartan fuera de Sunset.

Se comenta que Cameron, que se hizo conocido en el ambiente por su excelente gusto y su olfato empresarial aún mejor, se retiró de Sunset por diferencias nada menos que con su presidente, Ari Sullivan. Pero parece ser que en Fox están deseosos de trabajar con Hugo y Cameron, ya que han desembolsado una suma considerable y una participación en las ganancias.

Todos están pendientes de cuál será el próximo proyecto de Evelyn Hugo. *Anna Karenina* es una elección interesante. Hay algo que es seguro: si en la película Evelyn muestra aunque sea un hombro desnudo, el público no se la perderá.

Sub Rosa

23 de octubre de 1961

DON ADLER Y RUBY REILLY, ¿COMPROMETIDOS?

El sábado, Mary y Roger Adler dieron una fiesta que, según se rumorea, se descontroló un poco. Los invitados que asistieron se llevaron una sorpresa al enterarse de que, para Don Adler, no era una fiesta como cualquier otra...

¡Era para anunciar el compromiso de Don y nada menos que la reina de los Estudios Sunset, Ruby Reilly!

Don y Ruby se hicieron pareja después de que Don se divorció de la despampanante Evelyn Hugo, hace casi dos años. Aparentemente, Don admitió haber puesto los ojos en Ruby cuando ella y Evelyn estaban grabando juntas *Mujercitas.*

Nos alegramos mucho por Don y Ruby, pero no podemos sino preguntarnos qué piensa Don del tremendo éxito de Evelyn. En este momento es la más famosa bajo el sol, y si nosotros la hubiéramos dejado ir, estaríamos arrepintiéndonos a morir.

No obstante, ¡nuestros mejores deseos para Don y Ruby! ¡Ojalá que esta le dure!

Ese otoño, me llegó una invitación para ver una presentación de Mick Riva en el Hollywood Bowl. Decidí ir, no porque me interesara ver a Mick Riva sino porque me parecía una salida divertida. Además, aún tenía que seducir a la prensa amarilla.

Celia, Harry y yo decidimos ir juntos. Yo jamás habría ido sola con Celia, sabiendo que habría tantos ojos sobre nosotras. Pero Harry era justo lo que necesitábamos.

Esa noche, el aire de Los Ángeles estaba más fresco de lo que yo había previsto. Me había puesto unos pantalones Capri y un jersey de manga corta. Acababa de cortarme el flequillo y había empezado a peinármelo hacia el lado. Celia lucía un vestido suelto y zapatos bajos. Harry, elegante como siempre, llevaba unos pantalones de vestir y una camisa informal de manga corta. En la mano llevaba un cárdigan de punto de color camello con botones grandes, listo para cualquiera de nosotras que tuviera frío.

Nos sentamos en la segunda fila, con un par de productores amigos de Harry de Paramount. Al otro lado del pasillo, vi a Ed Baker con una joven que bien podía ser su hija, pero yo sabía que no lo era. Decidí no saludarlo, no solo porque él aún era parte de la maquinaria de Sunset, sino además porque nunca me había caído bien.

Mick Riva salió al escenario, y las mujeres del público empezaron a gritar tanto que Celia se tapó los oídos. Lucía un traje oscuro y la corbata floja. Tenía el pelo negro azabache peinado hacia atrás pero ligeramente despeinado. Si hubiera tenido que adivinar, hubiera dicho que había salido a escena con una o dos copas de más. Pero eso no parecía afectarlo en lo más mínimo.

—No lo entiendo —me dijo Celia al oído—. ¿Qué le ven?

Me encogí de hombros.

—Que es guapo, supongo.

Mick se acercó al micrófono, seguido por el foco. Sujetó el pie del micrófono con pasión y suavidad a la vez, como si fuera una de las tantas chicas que gritaban su nombre.

—Y sabe lo que hace —añadí.

Celia se encogió de hombros.

—Me quedo con Brick Thomas, sin pensarlo.

Negué con la cabeza con una mueca.

—No, Brick Thomas es un sinvergüenza. Créeme. Si lo conocieras, a los cinco segundos te daría ganas de vomitar.

Celia rio.

—A mí me parece mono.

—No, no es cierto —repliqué.

—Bueno, me parece más mono que Mick Riva —insistió—. ¿Tú qué piensas, Harry?

Harry se inclinó desde el otro lado. Respondió en un susurro tan leve que casi no lo oí.

—Me avergüenza admitir que tengo algo en común con todas estas chicas que están gritando —dijo—. Yo no lo echaría de mi cama por comer galletas.

Celia se rio.

—Eres imposible —dije, mientras observaba a Mick caminar de un extremo del escenario al otro, cantando con voz melosa y ardiente—. ¿A dónde vamos a ir a comer después de esto? —les pregunté a los dos—. Esa es la cuestión.

—¿No deberíamos ir a saludarlo a su camerino? —preguntó Celia—. ¿No es lo que corresponde?

Terminó la primera canción de Mick, y todo el mundo empezó a aplaudir y a vitorearlo. Harry se inclinó sobre mí mientras aplaudía, para que Celia pudiera oírlo.

—Acabas de ganar un Oscar, Celia —le dijo—. Puedes hacer lo que te dé la gana.

Ella echó la cabeza hacia atrás y rio, aplaudiendo.

—Bueno, en ese caso, quiero ir a comer un bistec.

—Pues un bistec será —dije.

No sé si fue por las risas, los gritos o los aplausos. Había mucho ruido alrededor, mucho caos con tanta gente. Pero por un instante fugaz, se me olvidó todo. Olvidé dónde me encontraba. Olvidé quién era yo. Olvidé con quién estaba.

Y sujeté la mano de Celia y la sostuve un momento.

Ella bajó la mirada, sorprendida. Sentí también los ojos de Harry en nuestras manos.

Retiré la mano, y justo en ese instante, vi a una mujer que estaba más allá en la fila, mirándome. De treinta y tantos años, rostro aristocrático, pequeños ojos azules y pintalabios perfectamente aplicado. Al verme, sus labios se curvaron hacia abajo.

Me había visto.

Me había visto de la mano con Celia.

Y me había visto retirar la mano.

Sabía lo que había hecho y también que no había esperado que me viera.

Siguió mirándome, y sus pequeños ojos azules se entornaron con suspicacia.

Y cualquier esperanza que hubiera podido tener de que no me hubiera reconocido se esfumó cuando se volvió hacia el hombre que estaba a su lado, probablemente su marido, y le susurró al oído. Lo vi girar la cabeza desde Mick Riva hacia mí.

En sus ojos había un desagrado sutil, como si no estuviera seguro de si lo que sospechaba era verdad, pero la sola idea le daba asco y la culpa era mía por ponérsela en la cabeza.

Tuve ganas de abofetearlos a los dos y decirles que lo que yo hiciera no era de su incumbencia. Pero sabía que no podía hacer eso. No era prudente hacerlo. No lo era para mí. No lo era para nosotras.

Al llegar a una parte instrumental de la canción, Mick caminó hacia el borde del escenario y se puso a hablar con el público. Por reflejo, me puse de pie y lo aplaudí. Me puse a saltar. Grité más que nadie. No estaba pensando con claridad. Solo quería que esas dos personas dejaran de hablar, entre sí y con nadie más. Quería que el juego del teléfono roto que había empezado con esa mujer terminara con ese hombre. Quería que todo acabara. Quería estar haciendo *otra cosa.* Por eso grité con todas mis fuerzas. Grité como las adolescentes que estaban atrás. Grité como si de ello dependiera mi vida, porque era probable que así fuera.

—¿Será que mis ojos me engañan? —preguntó Mick desde el escenario, protegiéndose los ojos de los focos. Estaba mirándome directamente—. ¿O allí delante está la mujer de mis sueños?

Sub Rosa

1 de noviembre de 1961

EVELYN HUGO Y CELIA ST. JAMES ¿AMIGAS DEMASIADO ÍNTIMAS?

¿Cuál es el límite?

Hace tiempo que Celia St. James, la chica común y corriente que ganó un Oscar y sigue cosechando éxitos, es amiga de la bomba rubia Evelyn Hugo. Pero últimamente empezamos a preguntarnos si no se traerán algo más entre manos.

Hay quienes dicen que son muy buenas… tespianas.

Claro que muchas amigas van juntas de compras o a tomar una copa o dos. Pero el coche de Celia está estacionado frente a la casa de Evelyn, la que compartía nada menos que con Don Adler, todas las noches. Toda la noche.

Así que ¿qué pasa entre esas paredes?

Sea lo que sea, no parece nada muy decente.

—Voy a tener una cita con Mick Riva.

—Ni lo sueñes.

Cuando Celia se enfadaba, se le enrojecían las mejillas y el pecho. Esta vez, se le enrojecieron más rápidamente que nunca.

Estábamos en la cocina exterior de su casa de fin de semana en Palm Springs. Ella estaba cocinando hamburguesas para la cena.

Desde la publicación de ese artículo, yo no había querido que me vieran con ella en Los Ángeles. La prensa amarilla aún no estaba al tanto de esa casa en Palm Springs. Entonces pasábamos los finales de semana allí juntas, y durante la semana estábamos separadas en Los Ángeles.

Celia aceptó el plan como una esposa contrariada. Ella accedía a hacer lo que yo quisiera porque era más fácil que discutir conmigo, pero ahora, con la sugerencia de tener una cita, me había extralimitado.

Yo sabía que me había extralimitado. Aunque, en cierto modo, esa era la idea.

—Tienes que escucharme —le dije.

—No, tú tienes que escucharme a mí. —Bajó de un golpe la tapa de la parrilla y me señaló con unas pinzas plateadas—. Puedo tolerar todas las artimañas que quieras, pero no voy a aceptar que ninguna de las dos salga con otros.

—No tenemos otra opción.

—Tenemos muchas opciones.

—No, si quieres conservar tu trabajo. Si quieres conservar esta casa. Si quieres conservar a tus amigos. Y ni hablar de que podría perseguirnos la policía.

—Estás paranoica.

—No, Celia. Y eso es lo que me asusta. Pero te digo que lo saben.

—Un solo artículo en un periodicucho *cree* que lo sabe. No es lo mismo.

—Tienes razón. Todavía estamos a tiempo de evitar que pase a mayores.

—O podemos esperar que se les pase.

—Celia, tienes dos películas que se estrenan el año que viene, y la mía es la comidilla de toda la ciudad.

—Exacto. Como siempre dice Harry, eso significa que podemos hacer lo que nos dé la gana.

—No, lo que significa es que tenemos mucho que perder.

Celia, furiosa, agarró mi paquete de cigarrillos y encendió uno.

—¿Así que eso es lo que quieres hacer? ¿Quieres que pasemos cada segundo de nuestra vida intentando esconder lo que hacemos y quiénes somos?

—Es lo que hacen todos en esta ciudad, todos los días.

—Pues yo no quiero.

—Bueno, entonces no deberías haberte hecho famosa.

Celia siguió mirándome mientras daba caladas al cigarrillo. Su pintalabios rosa manchaba el filtro.

—Eres pesimista, Evelyn. Hasta la médula.

—¿Qué harías tú, Celia? ¿Quieres que llame yo misma a *Sub Rosa?* ¿Que llame directamente al FBI? Puedo darles una cita textual: «¡Sí, Celia St. James y yo somos unas pervertidas!».

—No somos unas pervertidas.

—Eso lo sabemos tú y yo, Celia. Pero nadie más lo sabe.

—Tal vez lo sabrían, si hicieran el intento.

—No lo harán. ¿Lo entiendes? Nadie quiere entender a las personas como nosotras.

—Pero deberían.

—Todos deberíamos hacer muchas cosas, cariño. Pero el mundo no funciona así.

—Odio esta conversación. Me estás haciendo sentir muy mal.

—Lo sé, y lo siento. Pero que sea horrible no significa que no sea verdad. Si no quieres perder tu trabajo, no puedes dejar que la gente crea que tú y yo somos más que amigas.

—¿Y si no me importa perder mi trabajo?

—Sí te importa.

—No, te importa a ti. Y me lo estás adjudicando.

—Por supuesto que me importa.

—Yo renunciaría a todo, ¿sabes? A todo. Al dinero, al trabajo y a la fama. Renunciaría a todo con tal de estar contigo, de tener una vida normal contigo.

—No tienes idea de lo que estás diciendo, Celia. Lo siento, pero es así.

—Lo que pasa en realidad es que *tú* no estás dispuesta a renunciar a todo por *mí.*

—No, lo que pasa es que eres una ingenua que cree que si esto de la actuación se acaba, puede volver a Savannah a vivir a costa de sus padres.

—¿Y tú quién eres para hablarme de dinero? Estás forrada.

—Sí, así es. Porque me deslomé trabajando y me casé con un cabrón que me golpeaba. Y lo hice para llegar a ser famosa. Para poder tener la vida que tenemos. Y si crees que no voy a proteger eso, estás loca.

—Al menos reconoces que esto es por ti.

Meneé la cabeza y me pellizqué el puente de la nariz.

—Celia, escúchame. ¿Te gusta ese Oscar? ¿Eso que tienes en tu mesita de noche y tocas antes de irte a dormir?

—No me…

—La gente dice que, dado que lo ganaste tan joven, eres la clase de actriz que podría ganarlo más de una vez. Yo quiero eso para ti. ¿Tú no?

—Claro que sí.

—¿Y vas a dejar que te lo quiten solo porque me has conocido?

—Pues no, pero…

—Escúchame, Celia. Yo te quiero. Y no puedo permitir que arrojes a la basura todo lo que has construido, y todo ese increíble talento que tienes, por defender una causa en la que nadie nos va a apoyar.

—Pero si no lo intentamos…

—Nadie va a respaldarnos, Celia. Yo sé lo que es quedar fuera de esta ciudad. Apenas estoy consiguiendo volver a entrar, por fin. Sé que probablemente estás imaginando un mundo en el que podemos enfrentarnos a Goliat y vencerlo. Pero eso no va a suceder. Si contamos la verdad sobre nuestra vida, nos enterrarán. Podríamos ir a parar a la cárcel, o a un hospital psiquiátrico. ¿Entiendes? Podrían internarnos. No es tan descabellado. Esas cosas ocurren. Y puedes estar segura de que nadie contestaría nuestras llamadas. Ni siquiera Harry.

—Harry sí que lo haría. Harry es… como nosotras.

—Precisamente por eso jamás podría dejar que lo sorprendieran hablando con nosotras otra vez. ¿No lo entiendes? Para él, es aún más peligroso. Hay hombres que serían capaces de matarlo, si lo supieran. Así es el mundo en el que vivimos. Cualquiera que tuviera algo que ver con nosotras quedaría bajo escrutinio. Harry no podría resistir eso. Y yo jamás podría ponerlo en esa situación. ¿Para que perdiera todo aquello por lo que ha trabajado? ¿Para que arriesgara su vida? No. No, estaríamos solas. Seríamos dos parias.

—Pero nos tendríamos la una a la otra. Y a mí, eso me basta.

Ya estaba llorando; las lágrimas caían por su rostro y le corrían el rímel. La abracé y le enjugué la mejilla con el pulgar.

—Te quiero mucho, cariño. Muchísimo. Y, en parte, es por cosas así. Eres idealista y romántica, y tienes un alma bella. Y ojalá el mundo estuviera dispuesto a ser como tú lo ves. Ojalá las demás personas del mundo fueran capaces de satisfacer tus expectativas. Pero no es así. El mundo es feo, y nadie quiere darle a nadie el beneficio de la duda. Cuando perdamos el trabajo y la reputación, cuando perdamos a nuestros amigos y, a la larga, el dinero que tenemos, nos quedaremos en la calle. Yo ya pasé por eso. Y no puedo permitir que te ocurra a ti. Haré todo lo que pueda para evitar que tengas que vivir así. ¿Me oyes? Te quiero demasiado para permitir que vivas solo para mí.

Se apoyó contra mi cuerpo, cada vez con más lágrimas. Por un momento, pensé que podría inundar el patio.

—Te quiero —dijo.

—Yo también te quiero —le susurré al oído—. Te quiero más que a nada en todo el mundo.

—No está mal —dijo Celia—. No debería estar mal que te quiera. ¿Cómo puede estar mal?

—No está mal, querida —respondí—. Lo que está mal son *ellos*.

Asintió contra mi hombro y me abrazó con más fuerza. Le acaricié la espalda. Olí su pelo.

—Pero no podemos hacer mucho al respecto —añadí.

Cuando se calmó, se apartó de mí y volvió a abrir la parrilla. Sin mirarme, se concentró de nuevo en las hamburguesas.

—Entonces, ¿cuál es tu plan? —preguntó.

—Voy a hacer que Mick Riva se case conmigo en secreto.

Sus ojos, que ya estaban enrojecidos por el llanto, empezaron a desbordarse otra vez. Se enjugó una lágrima, sin apartar la mirada de la parrilla.

—Y eso, ¿qué significa para nosotras?

Me acerqué y la abracé desde atrás.

—No significa lo que tú crees. Veré si puedo hacer que se case conmigo, y después pediré la anulación.

—¿Y te parece que con eso dejarán de vigilarte?

—No, sé que significa que van a espiarme más. Pero estarán buscando otras cosas. Dirán que soy una cualquiera o una tonta. Dirán que tengo un gusto terrible para los hombres. Dirán que soy mala esposa, que soy demasiado impulsiva. Pero para eso, tendrán que dejar de decir que estoy contigo. Ya no encajará en la historia que quieren vender.

—Entiendo —dijo. Sostuvo un plato y retiró las hamburguesas de la parrilla.

—Bien, entonces —dije.

—Haz lo que tengas que hacer. Pero no quiero oír hablar más del asunto. Y quiero que todo termine lo antes posible.

—De acuerdo.

—Y cuando termine, quiero que nos vayamos a vivir juntas.

—Celia, no podemos hacer eso.

—Acabas de decir que sería tan efectivo que dejarían de hablar de nosotras.

La cuestión es que yo también quería que viviéramos juntas. Lo deseaba.

—Está bien —dije—. Cuando todo termine, hablaremos de ir a vivir juntas.

—De acuerdo —dijo—. Entonces está decidido.

Extendí la mano para estrechar la suya, pero ella no la sujetó. No quería estrechar mi mano por algo tan triste y vulgar.

—¿Y si lo de Mick Riva no sale bien? —preguntó.

—Va a salir bien.

Celia me miró por fin, con una media sonrisa.

—¿Te crees tan preciosa que piensas que nadie puede resistirse a tus encantos?

—De hecho, sí.

—Está bien —dijo, y se alzó ligeramente de puntillas para darme un beso—. Supongo que es cierto.

Me puse un vestido de cóctel de color crema, muy escotado y con muchos bordados con cuentas. Me recogí el largo pelo rubio en una cola de caballo alta. Me puse pendientes de diamantes.

Brillaba.

Lo primero que debes hacer para que un hombre se fugue contigo es desafiarlo a ir a Las Vegas.

Para eso, vas a un club nocturno de Los Ángeles y bebes algunas copas con él. Tratas de no poner cara de exasperación al verlo tan deseoso de que le tomen una foto contigo. Reconoces que todos usan a todos. Es justo que él te use al mismo tiempo que tú estás usándolo a él. Aceptas eso porque te das cuenta de que las cosas que cada uno quiere del otro son complementarias.

Tú quieres un escándalo.

Él quiere que todo el mundo sepa que te echó un polvo.

Las dos cosas son lo mismo.

Piensas en decírselo de frente, en explicarle lo que quieres y lo que estás dispuesta a darle. Pero hace tiempo que eres famosa y ya has aprendido que nunca debes decirle a nadie más de lo necesario.

Por eso, en lugar de decirle: *Quiero que aparezcamos en los periódicos de mañana,* le dices:

—Mick, ¿alguna vez has estado en Las Vegas?

Cuando él lance una risotada, como si no pudiera creer que estés preguntándole nada menos que a él si *alguna vez* ha estado en Las Vegas, sabes que será más fácil de lo que creías.

—A veces me vienen ganas de tirar unos dados, ¿sabes? —le dices.

Las insinuaciones sexuales son mejores cuando son graduales, cuando van aumentando con el tiempo, como una bola de nieve.

—¿Quieres tirar unos dados, nena? —pregunta, y tú asientes.

—Aunque tal vez ya es tarde —agregas—. Y ya estamos aquí. Y aquí estamos bien, supongo. Me lo estoy pasando bien.

—Mis hombres pueden llamar un avión y llevarnos allá así de rápido —replica, y chasquea los dedos.

—No —le dices—. Es demasiado.

—Para ti, no. Nada es demasiado para ti.

Sabes que, en realidad, lo que quiere decir es que nada es demasiado para *mí*.

—¿De verdad podrías hacer eso? —le preguntas.

Y media hora más tarde, estáis a bordo de un avión.

Bebéis algunas copas, te sientas en su falda, dejas que su mano deambule un poco y luego se la apartas. Tiene que morirse de ganas de tenerte, y tiene que creer que hay una sola manera de lograrlo. Si no te desea lo suficiente, si cree que puede conseguirte de otra manera, se acabó. Has perdido.

Cuando el avión aterriza y él te pregunta si quieres que reserve una habitación en el Sands, debes oponerte. Debes escandalizarte. Debes decirle, con una voz que lo deje bien claro que diste por sentado que él sabía que no tienes relaciones fuera del matrimonio.

Debes mostrarte firme pero dolida a la vez. Él tiene que pensar: *Me desea. Y la única manera de que podamos hacerlo es casarnos.*

Por un momento, piensas que lo que estás haciendo es desconsiderado. Pero luego recuerdas que ese hombre se acostará contigo y luego se divorciará de ti cuando haya conseguido lo que quería. Así que ninguno de los dos es un santo.

Tú vas a darle lo que él quiere. Así que es un intercambio justo.

Vas a la mesa de dados y juegas un par de vueltas. Al principio pierdes, y él también, y te preocupa que eso os fastidie el humor. Sabes que la clave de la impulsividad reside en creer que eres invencible. Nadie anda por ahí arrojando la cautela al viento a menos que el viento sople a su favor.

Bebes champán, porque crea un ambiente de celebración. Hace que la noche parezca un acontecimiento importante.

Cuando la gente os reconoce, accedes alegremente a dejar que os hagan una foto. Cada vez que eso pasa, te cuelgas del brazo de él. Estás diciéndole, sin disimulo: *Así sería la vida si yo fuera tuya.*

Tienes una buena racha en la mesa de la ruleta. Lo celebras con tanta alegría que te pones a dar saltos. Lo haces porque sabes adónde van a ir los ojos de él. Le dejas ver que lo descubres.

Dejas que lleve la mano a tu trasero mientras la rueda vuelve a girar.

Dejas que se incline hacia ti y susurre:

—¿Quieres que salgamos de aquí?

Respondes:

—No me parece buena idea. No confío en mí si estás cerca.

No puedes mencionar el matrimonio. Ya lo mencionaste antes. Tienes que esperar que sea él quien diga la palabra. Lo dijo para la prensa. Y volverá a decirlo. Pero tienes que esperar. No puedes precipitarte.

Él bebe otra copa.

Los dos ganáis tres veces más.

Dejas que la mano de él te roce el muslo, y luego se la apartas. Son las dos de la mañana y estás cansada. Echas de menos al amor de tu vida. Quieres irte a casa. Preferirías estar con ella, en la cama, oyéndola roncar suavemente, observándola dormir, en lugar de estar allí. Allí no hay nada que ames.

Salvo lo que conseguirás.

Imaginas un mundo en el que las dos podéis salir a cenar un sábado sin que a nadie le llame la atención. Te dan ganas de llorar que sea algo tan simple, tan pequeño. Has trabajado mucho para tener una vida grandiosa. Y ahora lo único que quieres son las pequeñas libertades. La paz cotidiana de amar sin esconderte.

Esa noche te parece un precio pequeño pero alto a la vez, a cambio de esa vida.

—Nena, no aguanto más —dice él—. Tengo que estar contigo. Tengo que verte. Tengo que amarte.

Esa es tu oportunidad. Ha picado un pez, y tienes que traerlo con suavidad para que no escape.

—Oh, Mick —respondes—. No podemos. No podemos.

—Creo que te quiero, nena —dice. Tiene lágrimas en los ojos, y te das cuenta de que tal vez es un hombre más complejo de lo que creías.

Y tú también eres más compleja de lo que él creía.

—¿Lo dices en serio? —le preguntas, como si ansiaras que fuera verdad.

—Creo que sí, nena. Sí. Amo todo de ti. Acabamos de conocernos, pero siento que no puedo vivir sin ti.

Lo que quiere decir es que cree que no puede vivir sin echarte un polvo. Y eso sí lo crees.

—Oh, Mick —dices, y luego callas. El silencio es tu mejor amigo.

Hunde la cara en tu cuello. Es desagradable, como si te lamiera un perro Terranova. Pero finges que te encanta. Los dos estáis bajo las luces brillantes de un casino en Las Vegas. La gente te ve, y tienes que hacer como si no te dieras cuenta. Así mañana, cuando hablen con los periódicos, dirán que los dos estabais acaramelados como un par de adolescentes.

Esperas que Celia no compre ningún periódico que tenga tu foto. Piensas que es lista y no lo hará. Piensas que sabe protegerse. Pero no estás segura. Lo primero que harás cuando llegues a casa, cuando todo esto termine, es asegurarte de que ella sepa lo importante que es, lo bella que es, y que tu vida no sería nada sin ella.

—Casémonos, nena —te susurra al oído.

Allí está.

Al alcance de tu mano.

Pero no puedes mostrarte demasiado anhelante.

—Mick, ¿estás loco?

—Tú me vuelves loco.

—¡No podemos casarnos! —exclamas, y cuando él no responde enseguida, te preocupa haber ido demasiado lejos—. ¿O sí? —preguntas—. ¡Bueno, supongo que podemos!

—Por supuesto que podemos —dice—. Estamos en la cima. Podemos hacer lo que queramos.

Lo abrazas y te adhieres a él, para demostrarle cuánto te entusiasma, cuánto te sorprende esa idea, y para recordarle para qué lo hace. Sabes cuánto vales para él. Sería una tontería desperdiciar una oportunidad de recordárselo.

Te levanta en sus brazos y te saca de allí. Chillas y gritas para que todo el mundo os mire. Mañana dirán a los periódicos que él te llevó en brazos. No lo olvidarán.

Cuarenta minutos más tarde, los dos estáis borrachos y de pie ante un altar.

Te promete amarte para siempre.

Tú prometes obedecerlo.

Te lleva en brazos para cruzar el umbral de la mejor habitación del Tropicana. Ríes con fingida sorpresa cuando te arroja sobre la cama.

Y ahora viene lo segundo más importante.

No puedes ser buena en la cama. Debes decepcionarlo.

Si le gusta, querrá hacerlo de nuevo. Y tú no puedes hacer eso. No puedes hacerlo más de una vez. Te romperá el corazón.

Cuando intente arrancarte el vestido, tienes que decir:

—Basta, Mick, por Dios. Contrólate.

Después de quitarte el vestido lentamente, debes dejar que mire tus pechos todo el tiempo que quiera. Tiene que verlos al detalle. Hace mucho tiempo que está esperando ver por fin el final de aquella toma de *Boute-en-train.*

Tienes que quitarle todo el misterio, toda la intriga.

Lo haces jugar con tus pechos tanto tiempo que llega a aburrirse.

Y entonces abres las piernas.

Y te quedas allí, dura como una tabla, debajo de él.

Y aquí viene la parte que no te gusta del todo pero que tampoco puedes evitar. Él no usará preservativo. Y aunque las mujeres que conoces ya toman píldoras anticonceptivas, tú no las tienes, porque no las necesitaste hasta hace unos días, cuando pergeñaste este plan.

Cruzas los dedos detrás de la espalda.

Cierras los ojos.

Sientes que su cuerpo se desploma, pesado, sobre ti, y sabes que se ha acabado.

Quieres llorar, porque recuerdas lo que significaba el sexo para ti antes. Antes de que te dieras cuenta de que podías disfrutarlo, antes de que descubrieras lo que te gustaba. Pero tratas de no pensar en ello. Tratas de no pensar en nada.

Después, Mick no dice nada.

Y tú tampoco.

Te duermes, después de ponerte su camiseta interior en la oscuridad porque no querías dormir desnuda.

Por la mañana, cuando entra el sol por la ventana y hace que te duelan los ojos, te cubres la cara con el brazo.

Tienes una jaqueca feroz. Te duele el corazón.

Pero casi estás en la línea de llegada.

Él te mira. Sonríe. Te sujeta.

Tú lo apartas y dices:

—No me gusta el sexo por la mañana.

—¿Y eso qué significa? —pregunta.

Te encoges de hombros.

—Lo siento.

—Vamos, nena —insiste, y se sube sobre ti.

No sabes si te haría caso si le dijeras otra vez que no. Y no estás segura de querer averiguarlo. No estás segura de poder soportarlo.

—Bueno, está bien, si es necesario —dices.

Y cuando se aparta y te mira a los ojos, te das cuenta de que conseguiste lo que querías. Para él, le has quitado toda la gracia.

Niega con la cabeza. Se levanta. Dice:

—¿Sabes? No eres en absoluto como te imaginaba.

No importa lo bella que sea una mujer; para Mick Riva, siempre es menos atractiva después de haberse acostado con ella. Tú lo sabes. Y lo permites. No te arreglas el pelo. Te quitas con el dedo un poco de rímel corrido.

Ves que Mick entra al baño. Lo oyes abrir la ducha.

Cuando sale, se sienta a tu lado en la cama.

Él está limpio. Tú no te has bañado.

Él huele a jabón. Tú hueles a alcohol.

Él está sentado. Tú, acostada.

Esto también está calculado.

Tiene que sentir que tiene todo el poder.

—Cariño, me lo pasé muy bien —dice.

Tú asientes.

—Pero estábamos muy borrachos —prosigue, como si le hablara a un niño—. Los dos. No teníamos idea de lo que hacíamos.

—Lo sé —respondes—. Fue una locura.

—No soy un buen partido, nena. Tú no te mereces a un tipo como yo. Y yo no me merezco a una chica como tú.

Es tan poco original y tan cómicamente transparente que te dice lo mismo que dijo a los periódicos sobre su última esposa.

—¿Qué estás diciendo? —le preguntas. Le das un ligero giro al momento. Hablas como si estuvieras a punto de llorar. Tienes que hacerlo, porque es lo que haría la mayoría de las mujeres. Y él tiene que verte como ve a la mayoría de las mujeres. Tiene que creer que es más listo que tú.

—Creo que deberíamos llamar a nuestra gente, nena. Creo que deberíamos pedir la anulación.

—Pero, Mick...

Te interrumpe, y eso te irrita profundamente, porque la verdad es que tenías algo más que decir.

—Así es mejor, cariño. Temo que no puedo aceptar un no por respuesta.

Te preguntas cómo será ser un hombre, sentirse tan seguro de tener la última palabra.

Cuando se levanta y toma su chaqueta, te das cuenta de que allí hay un elemento que no habías tenido en cuenta. A él *le gusta* rechazar. *Le gusta* ser condescendiente. Anoche, cuando estaba calculando sus movimientos, también estaba pensando en este momento, el momento en el que te abandona.

Entonces haces algo que no habías ensayado en tu mente.

Cuando llega a la puerta, se vuelve hacia ti y dice: «Lamento que lo nuestro no haya resultado, nena. Pero te deseo lo mejor», tomas el teléfono que está en la mesita de luz y se lo arrojas.

Lo haces porque sabes que le gustará. Porque te dio todo lo que fuiste a buscar. Y tú deberías darle todo lo que él fue a buscar.

Lo esquiva y te mira con el ceño fruncido, como si fueras un cervatillo que tiene que dejar en el bosque.

Te pones a llorar.

Y entonces se va.

Y tú paras.

Y piensas: *Ojalá dieran el Oscar por esta mierda.*

Photo Moment

4 de diciembre de 1961

RIVA Y HUGO PIERDEN LA CABEZA

¿Habéis oído hablar de una boda exprés? ¿Y de un matrimonio exprés? Pues bien, ¡este es el colmo!

La bomba Evelyn Hugo fue vista nada menos que con su fan número uno, Mick Riva, el viernes por la noche en el centro de Las Vegas. Los dos ofrecieron todo un espectáculo a quienes estaban jugando a los naipes y a los dados. Se besaron muy acaramelados y se bebieron todo, y de la mesa de dados salieron a la calle y fueron a parar a... ¡UNA CAPILLA!

¡Así es! ¡Evelyn Hugo y Mick Riva se casaron!

Y lo más loco es que enseguida pidieron la anulación.

Parece que la bebida se les subió a la cabeza... y a la luz del día, recuperaron la cordura.

Con tantos matrimonios fallidos entre los dos, ¿qué más da uno más?

Sub Rosa

12 de diciembre de 1961

EVELYN HUGO, DESILUSIONADA

No os creáis todo lo que escuchéis sobre las juergas alcoholizadas de Evelyn y Mick. Puede que Mick se entusiasme un poco con la bebida, pero dicen los que saben que aquella noche Evelyn sabía muy bien lo que hacía. Y que estaba desesperada por casarse.

A la pobre Evelyn le cuesta mucho encontrar el amor desde que Don la dejó; no es de extrañar que se arroje a los brazos del primer hombre apuesto que se le aparece.

Y dicen que, desde que la dejó, está inconsolable.

Parece que, para Mick, Evelyn solo fue diversión de una noche, pero ella realmente creyó que tenían un futuro en común.

Esperamos que Evelyn pronto encuentre lo que busca.

Durante dos meses, viví en una dicha casi absoluta. Celia y yo nunca hablábamos de Mick, porque no necesitábamos hacerlo. Podíamos ir adonde quisiéramos y hacer lo que quisiéramos.

Celia compró un segundo coche, un aburrido sedán marrón, y lo dejaba aparcado en la entrada de mi casa todas las noches sin que nadie hiciera preguntas. Dormíamos abrazadas, y apagábamos la luz una hora antes de dormir para poder hablar a oscuras. Por las mañanas, yo recorría las líneas de su mano con las puntas de mis dedos para despertarla. Para mi cumpleaños, me llevó al Polo Lounge. Estábamos escondiéndonos a la vista de todos.

Por suerte, para los periódicos era más rentable mostrarme como una mujer incapaz de retener a un marido, que revelar mi secreto. No digo que los columnistas imprimieran una mentira a sabiendas. Simplemente digo que se contentaban con creer la mentira que yo les vendía. Y esa, por supuesto, es la manera más fácil de mentir: cuando sabes que el otro está desesperado por que sea verdad.

Lo único que tenía que hacer era asegurarme de que mis escándalos amorosos parecieran dignos de los titulares. Mientras hiciera eso, sabía que las columnas de chismes nunca pondrían a Celia bajo la lupa.

Y todo estaba saliendo de maravilla.

Hasta que descubrí que estaba embarazada.

—No puede ser —me dijo Celia. Estaba de pie en mi piscina, con un bikini a lunares y gafas de sol.

—Sí —insistí—. Estoy embarazada.

Yo acababa de traerle un vaso de té helado de la cocina. Estaba justo frente a ella, de pie en el borde de la piscina, con un pareo azul y sandalias. Hacía dos semanas que sospechaba que estaba embarazada. Lo había confirmado el día anterior, cuando había ido a Burbank a ver a un médico discreto que me había recomendado Harry.

Entonces se lo conté, cuando ella estaba en el agua y yo, con un vaso de té helado con una rodaja de limón en la mano, porque ya no podía contenerme.

Soy y siempre he sido una gran mentirosa. Pero para mí, Celia era sagrada, y nunca quise mentirle.

Yo tenía muy claro cuánto nos había costado a Celia y a mí estar juntas, y sabía que seguiría costándonos más. Era como un impuesto a la felicidad. El mundo iba a quedarse con el cincuenta por ciento de mi felicidad. Pero yo podía conservar el otro cincuenta por ciento.

Y ese otro cincuenta por ciento era ella. Y esa vida que teníamos.

Pero me parecía mal ocultarle algo así. Y no podía hacerlo.

Sumergí los pies en la piscina a su lado e intenté tocarla, reconfortarla. Sabía que la noticia la alteraría, pero no había esperado que arrojara el té helado al otro lado de la piscina, que el vaso se rompiera contra el borde y los fragmentos se esparcieran en el agua.

Tampoco había esperado que ella se sumergiera y gritara debajo del agua. Las actrices son muy dramáticas.

Cuando salió a la superficie, estaba mojada y despeinada, con el pelo sobre la cara y el rímel corrido. Y no quería hablar conmigo.

La sujeté del brazo, pero se apartó. Cuando pude verle el rostro y vi sus ojos llenos de dolor, me di cuenta de que Celia y yo nunca habíamos tenido en mente lo mismo cuando habíamos hablado de lo que haría con Mick Riva.

—¿Te acostaste con él? —preguntó.

—Creí que eso estaba entendido —respondí.

—Pues no, no lo estaba.

Celia salió de la piscina y ni siquiera se molestó en secarse. La observé alejarse mientras sus huellas mojadas cambiaban el color del cemento que rodeaba la piscina, dejaban charquitos en el suelo de madera y luego humedecían la alfombra de la escalera.

Cuando levanté la mirada hacia la ventana del dormitorio trasero, la vi caminando de un lado al otro. Parecía estar haciendo la maleta.

—¡Celia! Basta —dije, mientras subía la escalera a toda velocidad—. Esto no cambia nada.

Cuando llegué a la puerta de mi dormitorio, estaba cerrada con llave.

Golpeé la puerta.

—Cariño, por favor.

—Déjame en paz.

—Por favor —insistí—. Hablémoslo.

—No.

—No puedes hacer esto, Celia. Hablemos.

Me apoyé en la puerta y acerqué la cara a la diminuta hendidura entre esta y el marco, con la esperanza de que mi voz pudiera llegarle mejor, de que Celia pudiera entender más rápidamente.

—Esto no es vida, Evelyn —dijo.

Abrió la puerta y pasó a mi lado. Casi me caí, por haber estado tan apoyada en la puerta que ella acababa de abrir de pronto. Pero me sostuve y la seguí a la planta baja.

—Sí lo es —repliqué—. Es nuestra vida. Y hemos hecho muchos sacrificios por tenerla, no puedes renunciar ahora.

—Sí puedo —repuso—. Ya no quiero hacer esto. No quiero vivir así. No quiero venir a tu casa en un horrible coche marrón para que nadie sepa que estoy aquí. No quiero fingir que vivo sola en Hollywood cuando la verdad es que vivo aquí, contigo, en esta casa. Y no quiero amar a una mujer que es capaz de echarle un polvo a cualquier cantante con tal de que el mundo no sospeche que me ama.

—Estás tergiversando la verdad.

—Eres una cobarde, y no sé cómo alguna vez pensé otra cosa.

—¡Hice esto por ti! —grité.

Ahora estábamos al pie de la escalera. Celia tenía una mano en la puerta, y en la otra tenía su maleta. Aún estaba con su bikini y tenía el pelo mojado.

—No hiciste una mierda por mí —dijo; el pecho se le iba enrojeciendo por partes, y le ardían las mejillas—. Lo hiciste por ti. Lo hiciste porque no soportas no ser la mujer más famosa del planeta. Lo hiciste para protegerte a ti misma y a tus preciosos admiradores, que van al cine una y otra vez para ver si llegan a ver medio cuadro más de tus pechos. Por eso lo hiciste.

—Fue por ti, Celia. ¿Crees que tu familia te apoyaría si se enterara de la verdad?

Se puso furiosa cuando le dije eso, y la vi girar el pomo de la puerta.

—Si la gente se entera de lo que eres, lo perderás todo —le advertí.

—Lo que *somos* —me corrigió, volviéndose hacia mí—. No finjas que no eres como yo.

—No lo soy —repliqué—. Y tú lo sabes.

—Mentira.

—Puedo querer a un hombre, Celia. Puedo casarme con el hombre que quiera, tener hijos y ser feliz. Y las dos sabemos que a ti eso no te resultaría fácil.

Celia me miró con suspicacia, frunciendo los labios.

—¿Te crees mejor que yo? ¿Es eso? ¿Piensas que soy una enferma, y que para ti solo es un juego?

La sujeté; de inmediato quise borrar mis palabras. No era eso lo que había querido decir.

Pero ella apartó su brazo y dijo:

—No vuelvas a tocarme nunca más.

La solté.

—Si se enteran de lo nuestro, Celia, a mí van a perdonarme. Me casaré con otro sujeto como Don, y se olvidarán de que alguna vez te conocí. Yo puedo sobrevivir a esto. Pero no estoy segura de que tú puedas. Porque tendrías que enamorarte de un hombre o casarte con uno sin amor. Y no creo que seas capaz de hacer ninguna de esas dos cosas. Me preocupas, Celia. Más de lo que me preocupo por mí. No sé si podrías recuperar tu carrera, tu vida, si yo no hiciera *algo*. Por eso hice lo único que sabía hacer. *Y dio resultado.*

—No dio resultado, Evelyn. Estás embarazada.

—Yo me ocuparé de eso.

Celia miró el suelo y se rio de mí.

—Tú sí que sabes manejar cualquier situación, ¿verdad?

—Sí —respondí, sin saber muy bien por qué debía tomarlo como un insulto—. Así es.

—Sin embargo, cuando se trata de ser humana, parece que no tienes idea de por dónde empezar.

—No lo dices en serio.

—Eres una puta, Evelyn. Te dejas echar un polvo con tal de tener fama. Y por eso te dejo.

Abrió la puerta sin siquiera mirarme. La vi salir a la escalera de entrada, bajarla y caminar hasta su coche. La seguí y me quedé, paralizada, en el camino de entrada.

Arrojó su bolso sobre el asiento del acompañante. Luego abrió la puerta del lado del conductor y se quedó allí un momento.

—Te amé tanto que creía que eras lo que daba significado a mi vida —dijo Celia, llorando—. Creía que la gente venía a este mundo a encontrarse con otras personas, y que era mi destino encontrarte a ti. Encontrarte, tocar tu piel, oler tu aliento y oír todos tus pensamientos. Pero creo que ya no es así. —Se enjugó los ojos—. Porque no quiero que sea mi destino estar con alguien como tú.

El dolor lacerante que sentí en el pecho fue como si tuviera agua hirviendo en el corazón.

—¿Sabes qué? —repliqué por fin—. Tienes razón. No es tu destino estar con alguien como yo. Porque yo estoy dispuesta a hacer lo que sea para que tengamos un mundo, y tú eres demasiado cobarde. No eres capaz de tomar las decisiones difíciles; no estás dispuesta a ensuciarte las manos. Y yo siempre lo he sabido. Pero creía que al menos tendrías la decencia de admitir que necesitas a alguien como yo. Necesitas a alguien que sí esté dispuesta a ensuciarse las manos para protegerte. Tú siempre quieres fingir que eres lo mejor de este mundo. Pues bien, intenta hacer eso sin alguien que te proteja desde las trincheras.

El rostro de Celia estaba impasible, congelado. No estaba segura de que hubiera oído una sola palabra de lo que le había dicho.

—Supongo que no somos la una para la otra como creíamos —respondió, y subió a su coche.

Solo en ese momento, cuando la vi con la mano en el volante, tomé conciencia de que aquello estaba ocurriendo realmente, que no se trataba de una pelea más. Era *la* pelea que pondría fin a nuestra relación. Todo iba muy bien, y se había dado vuelta tan súbitamente, como una curva cerrada en la carretera.

—Supongo que no —fue todo lo que atiné a decir. Me salió como un graznido, y las vocales se me rompieron.

Celia arrancó el motor y dio marcha atrás.

—Adiós, Evelyn —dijo, en el último momento. Luego retrocedió hasta llegar a la calle y se perdió de vista.

Entré a mi casa y me puse a limpiar los charcos de agua que había dejado. Llamé a un servicio para que vinieran a vaciar la piscina y limpiaran los restos del vaso de té helado.

Y después llamé a Harry.

Tres días más tarde, me acompañó a Tijuana, donde nadie haría ninguna pregunta. Fueron momentos para los que intenté no estar presente mentalmente, para no tener que hacer nunca el esfuerzo de olvidarlos. Al volver al coche después de la intervención, fue un alivio para mí haber aprendido tan bien a compartimentar y disociar. Que conste que jamás me arrepentí, ni por un minuto, de haber puesto fin a ese embarazo. Fue la decisión correcta. Nunca lo dudé.

Pero, aun así, lloré durante todo el viaje de regreso, mientras Harry conducía atravesando San Diego y recorriendo la costa de California. Lloré por todo lo que había perdido y por todas las decisiones que había tomado. Lloré porque el lunes debía comenzar *Anna Karenina* y no me importaba nada la actuación ni los premios. En primer lugar, deseaba no haber tenido nunca un motivo para ir a México. Y ansiaba con desesperación que Celia me llamara, llorando, y me dijera cuánto se había equivocado. Quería que llegara a mi puerta y me rogara que la dejara volver. Quería... la quería a ella. Quería que volviera.

Mientras salíamos de la autopista de San Diego, planteé a Harry la pregunta que me daba vueltas en la cabeza desde hacía días.

—¿Crees que soy una puta?

Harry se detuvo al lado del camino y se volvió hacia mí.

—Creo que eres brillante. Creo que eres fuerte. Y creo que la palabra *puta* es algo que dice la gente ignorante cuando no tiene otra cosa que decir.

Le presté atención y luego miré por la ventanilla.

—¿No te parece sumamente práctico —añadió Harry— que cuando los hombres hacen las reglas, lo que más menosprecian es justamente lo que supondría la mayor amenaza para ellos? Imagínate si todas las mujeres solteras del mundo quisieran algo a cambio de ceder su cuerpo. Todas vosotras estaríais al mando. Como una revolución popular. Los únicos que podrían resistirse serían los hombres como yo. Y eso es lo último que quieren esos cabrones: un mundo gobernado por gente como tú y yo.

Reí, con los ojos aún hinchados y cansados de llorar.

—Entonces, ¿soy una puta o no?

—¿Quién sabe? —dijo—. Todos lo somos, en realidad, de un modo u otro. Al menos, en Hollywood. Mira, por algo ella es Celia *Saint* James. Hace años que viene haciendo ese papel de chica buena. Los demás no somos tan puros. Pero a mí me gustas así. Me gustas impura, brava y temible. Me gusta la Evelyn Hugo que ve el mundo tal como es y sale a arrancarle lo que quiere de él. Así que, llámalo como quieras, pero no cambies. Esa sería la verdadera tragedia.

Cuando llegamos a mi casa, Harry me llevó a acostarme y luego bajó a prepararme la cena.

Esa noche durmió a mi lado en la cama, y cuando desperté, estaba abriendo las persianas.

—Arriba, dormilona —dijo.

Después de eso, pasaron cinco años sin que hablara con Celia. Nunca me llamó. Nunca me escribió. Y yo no me resignaba a hacerlo.

Sabía cómo estaba solo por lo que decían los periódicos y por los cotilleos que recorrían la ciudad. Pero esa primera mañana, cuando me dio el sol en la cara y aún estaba exhausta por el viaje a México, me sentí bien.

Porque tenía a Harry. Por primera vez en mucho tiempo, sentí que tenía una familia.

No sabes cuánto has estado corriendo, lo mucho que has estado trabajando y lo agotada que estás, hasta que alguien se para detrás de ti y te dice: «Tranquila, ahora puedes caerte. Yo te sostengo».

Así que me caí.

Y Harry me sostuvo.

—¿No hubo ningún contacto entre Celia y tú? —le pregunto.

Evelyn menea la cabeza. Se pone de pie, camina hasta la ventana y la entreabre. Entra una brisa agradable. Cuando vuelve a sentarse, me mira, lista para pasar a otro tema. Pero yo estoy demasiado perpleja.

—¿Cuánto tiempo llevabais juntas en ese entonces?

—¿Tres años? —responde Evelyn—. Más o menos.

—¿Y se fue así como así? ¿Sin una palabra más?

Evelyn asiente.

—¿Intentaste llamarla?

Niega con la cabeza.

—Yo era... Aún no sabía que está bien arrastrarse por algo que se quiere de verdad. Pensaba que, si ella no quería estar conmigo, si no entendía por qué había hecho lo que había hecho, entonces yo no la necesitaba.

—¿Y estabas bien?

—No, me sentía muy mal. No pude dejar de pensar en ella durante años. Por supuesto que me divertía, no me malentiendas. Pero Celia no aparecía. De hecho, yo solía leer *Sub Rosa* porque allí aparecía su foto, analizaba a las personas que estaban con ella en las fotos, me preguntaba qué relación tendrían con ella, de dónde las conocía. Ahora sé que ella estaba tan desconsolada como yo. Que, en alguna parte de su cabeza, estaba esperando que yo la llamara y le pidiera perdón. Pero al mismo tiempo, yo sufría en soledad.

—¿Te arrepientes de no haberla llamado? —le pregunto—. ¿De haber perdido ese tiempo?

Evelyn me mira como si yo fuera estúpida.

—Ella ya no está —responde—. El amor de mi vida ya no está, y no puedo llamarla y decirle que lo siento y que quiero que vuelva. Se fue para siempre. Así que sí, Monique, eso es algo de lo que sí me arrepiento. Me arrepiento de cada segundo que no pasé con ella. Me arrepiento de cada tontería que hice y que le provocó siquiera una pizca de dolor. Debería haber corrido por la calle tras ella el día que me dejó. Debería haberle rogado que se quedara. Debería haberle pedido perdón, enviado rosas, o haberme subido al cartel de Hollywood y gritado: «¡Estoy enamorada de Celia St. James!» aunque me crucificaran por ello. Eso es lo que debería haber hecho. Y ahora que no la tengo, y que tengo más dinero del que podría llegar a gastar en esta vida, y que mi nombre está grabado en la historia de Hollywood, y que sé lo hueca que es, me arrepiento de cada segundo que elegí eso en vez de amarla con orgullo. Pero eso es un lujo. Eso es algo que puedes hacer cuando eres rica y famosa. Puedes decidir que el dinero y la fama no valen nada, cuando los tienes. En aquel entonces, yo aún creía que tenía todo el tiempo que necesitaba para hacer todo lo que quería. Que, si jugaba bien mis cartas, podía tenerlo todo.

—Pensabas que ella volvería contigo —observo.

—*Sabía* que volvería conmigo —aclara Evelyn—. Y ella también lo sabía. Las dos sabíamos que no se había terminado.

Oigo claramente el sonido de mi teléfono. Pero no es el tono de siempre, el de un mensaje de texto. Es el tono que adjudiqué a David el año pasado, cuando compré el teléfono, justo después de casarnos, cuando nunca se me había ocurrido que dejaría de enviarme mensajes.

Bajo la mirada brevemente y veo su nombre. Y debajo: *Creo que deberíamos hablar. Esto es demasiado importante, M. Está sucediendo demasiado rápido. Tenemos que hablar.* Dejo de prestarle atención de inmediato.

—Así que sabías que volvería contigo, pero de todos modos te casaste con Rex North —comento, concentrada otra vez.

Evelyn baja la cabeza un momento mientras se prepara para explicarse.

—*Anna Karenina* estaba muy excedida del presupuesto. Llevábamos semanas de retraso. Rex era el Conde Vronsky. Cuando llegó el corte del director, supimos que había que reeditar toda la película, y teníamos que conseguir a alguien más para salvarla.

—Y tú participabas de las ganancias.

—Harry y yo, los dos. Era su primera película después de su alejamiento de Sunset. Si fracasaba, le costaría mucho conseguir otra reunión en la ciudad.

—Y a ti, ¿qué te habría ocurrido si fracasaba?

—Me preocupaba que, si no le iba bien a mi primer proyecto después de *Boute-en-train,* mi regreso pudiera ser flor de un día. A esas alturas, yo ya había resurgido de mis cenizas más de una vez. Pero no quería tener que volver a hacerlo. Entonces hice lo que sabía que haría que la gente se desesperara por ir a ver la película. Me casé con el Conde Vronsky.

Astuto Rex North

Hay cierta libertad en el hecho de casarte con un hombre cuando no tienes que esconder nada.

Celia se había ido. Yo no estaba en un momento de mi vida en el que pudiera enamorarme de nadie, y Rex no parecía la clase de hombre capaz de enamorarse. Tal vez, si nos hubiéramos conocido en otra etapa de nuestra vida, podríamos haber tenido algo mutuo. Pero tal como estaban las cosas, la relación entre Rex y yo se basaba exclusivamente en las ventas de taquilla.

Fue de mal gusto, una falsedad y una manipulación.

Pero fue el comienzo de mi fortuna.

Y también fue así cómo conseguí que Celia volviera conmigo.

Y fue uno de los tratos más honestos que haya hecho.

Siempre querré un poquito a Rex North por todo eso.

—¿Entonces nunca vas a acostarte conmigo? —preguntó Rex.

Estaba sentado en mi sala de estar con una pierna tranquilamente cruzada sobre la otra, bebiendo un Manhattan. Tenía un traje negro con corbata angosta y el pelo rubio peinado hacia atrás. Con el rostro despejado, se destacaban aún más sus ojos azules.

Rex era la clase de hombre que, de tan hermoso, casi aburría. Hasta que sonreía, y entonces todas las chicas presentes se desmayaban. Dientes perfectos, dos hoyuelos leves, una ceja ligeramente arqueada, y nadie podía resistirse.

Igual que yo, Rex era un producto de los estudios de cine. Nacido en Islandia con el nombre de Karl Olvirsson, voló a Hollywood en cuanto pudo, se cambió el nombre, perfeccionó su acento y se acostó con quienes fuera necesario para conseguir lo que quería. Era un ídolo de la matiné con cierto resentimiento y la necesidad de demostrar que sabía actuar. Porque realmente *sabía* actuar. Se sentía subestimado porque lo subestimaban. *Anna Karenina* era su oportunidad de que lo tomaran en serio. Él necesitaba tanto como yo que fuera un gran éxito. Y por eso estaba dispuesto a hacer exactamente lo mismo que yo: contraer matrimonio por la publicidad.

Rex era pragmático y nada remilgado. Se adelantaba a los acontecimientos, pero nunca dejaba entrever lo que estaba pensando. En ese aspecto, éramos muy afines.

Me senté a su lado en mi sofá y apoyé el brazo detrás de él.

—No puedo asegurarte que nunca me acostaré contigo —dije. Era la verdad—. Eres atractivo. No sería imposible que me conquistaras una o dos veces con tu numerito.

Rex rio. Siempre tenía un aire de desapego, como si uno pudiera hacerle lo que quisiera sin que se irritara. Era intocable, en ese sentido.

—¿Tú puedes asegurar que jamás te enamorarías de mí? —le pregunté—. ¿Y si llega un momento en que quieres que esto sea un matrimonio de verdad? Eso sería incómodo para todos.

—¿Sabes? Si alguna mujer lo consiguiera, sería lógico que fuera Evelyn Hugo. Supongo que siempre cabe la posibilidad.

—Eso mismo siento yo con respecto a acostarme contigo —expliqué—. Siempre cabe la posibilidad.

Recogí mi Manhattan de la mesa de centro y bebí un sorbo.

Rex rio.

—Dime, entonces, ¿dónde viviremos?

—Buena pregunta.

—Mi casa está en Bird Streets, con ventanales del suelo al techo. Es un fastidio salir. Pero desde mi piscina se ve todo el cañón.

—Está bien —dije—. No me molesta mudarme a tu casa por un tiempo. En uno o dos meses más estaré filmando otra película en Columbia, así que allí estaré más cerca. Mi única exigencia es que me dejes llevar a Luisa.

Después de que Celia se fuera, pude volver a contratar una criada. Al fin y al cabo, ya no había nadie escondiéndose en mi dormitorio. Luisa era de El Salvador y era apenas unos años menor que yo. El primer día que vino a trabajar para mí, ella estaba hablando por teléfono con su madre durante su hora de almuerzo. Estaba hablando en español, en mi propia cara.

—La señora es muy bonita, pero está loca.

Me volví y la miré, y le dije, en español:

—¿Disculpa? Yo te puedo entender.

Luisa abrió mucho los ojos, le colgó el teléfono a su madre y me dijo:

—Lo siento. No sabía que usted hablaba español.

Seguí en inglés, porque ya no quería hablar en español; no me gustaba lo extraño que se me hacía, saliendo de mi propia boca.

—Soy cubana —le expliqué—. Hablo español desde siempre.

Aunque eso no era cierto; hacía años que no lo hablaba.

Me miró como si yo fuera un cuadro que estuviera analizando, y luego dijo, a modo de disculpa:

—No parece cubana.

—Pues lo soy —repuse en español, con gesto altivo.

Luisa asintió, recogió su almuerzo y se fue a cambiar las sábanas. Me quedé sentada en esa mesa por lo menos media hora más, aturdida. No dejaba de pensar: *¿Cómo se atreve a intentar despojarme de mi propia identidad?*

Pero luego observé el interior de mi casa y no vi una sola foto de mi familia, ni un solo libro latinoamericano; en mi cepillo había algunos cabellos rubios, y en mi despensa, ni siquiera un frasquito de comino. Entonces me di cuenta de que no era Luisa quien me había hecho eso. Me lo había hecho yo misma. Yo había elegido diferenciarme de quién era en realidad.

En Cuba, Fidel Castro tenía el poder. A esas alturas, Eisenhower ya había impuesto el embargo económico. Lo de Bahía Cochinos había sido un desastre. Ser cubano-estadounidense era complicado. Y en lugar de intentar abrirme camino en el mundo como cubana, simplemente abandoné mis raíces. En cierto modo, eso me ayudó a cortar los lazos que me quedaban con mi padre. Pero a la vez, me alejó más de mi madre. Mi madre, por quien había hecho todo al principio.

La culpa no era de nadie más que mía. Todo era el resultado de mis propias decisiones. Luisa no era culpable de nada. Por eso me di cuenta de que yo no tenía derecho a sentarme a la mesa de mi cocina y culparla.

Esa noche, cuando se fue, me di cuenta de que aún se sentía incómoda conmigo. Por eso me aseguré de despedirme con una sonrisa sincera y decirle que la esperaba al día siguiente.

Desde aquel día, nunca volví a hablarle en español. Me daba demasiada vergüenza, me sentía demasiado insegura por mi deslealtad. Pero ella lo hablaba de vez en cuando, y yo sonreía cuando la oía bromear con su madre. Le demostraba que la entendía. Y pronto llegué a tomarle mucho afecto. La envidiaba al verla tan segura de sí. Ella no temía ser quien era. Estaba orgullosa de ser Luisa Jiménez.

Fue la primera empleada que llegué a valorar tanto. No iba a mudarme sin ella.

—Seguro que es estupenda —respondió Rex—. Tráela. Ahora, vayamos a lo práctico: ¿dormiremos en la misma cama?

—Dudo que sea necesario. Luisa será discreta. Ya he aprendido esa lección. Y de vez en cuando daremos alguna fiesta y haremos creer a la gente que compartimos la misma habitación.

—¿Y yo puedo seguir… haciendo lo que hago?

—Puedes seguir acostándote con todas las mujeres del planeta, sí.

—Con todas las mujeres, menos con mi esposa —acotó Rex, con una sonrisa, y bebió otro sorbo de su copa.

—Pero no puedes dejar que te vean.

Rex hizo un gesto como para que no me preocupara por eso.

—Hablo en serio, Rex. Engañarme a mí es un escándalo. No puedo aceptar eso.

—No te preocupes —dijo Rex. En eso fue más sincero que con respecto a todo lo demás que le había pedido, quizá más que con cualquier escena de *Anna Karenina*—. Yo jamás haría nada que te hiciera quedar como una tonta. Estamos juntos en esto.

—Gracias —respondí—. Eso significa mucho para mí. Y yo te ofrezco lo mismo. No tendrás que preocuparte por lo que yo haga. Te lo prometo.

Rex extendió la mano, y se la estreché.

—Bueno, debo irme —dijo, al ver la hora—. Tengo una cita con una joven muy ansiosa, y no quisiera hacerla esperar. —Se abotonó la chaqueta mientras yo me ponía de pie—. ¿Cuándo nos daremos el sí? —preguntó.

—Creo que deberían vernos por la ciudad varias veces la próxima semana. Y mantenerlo por un tiempo. Quizá podríamos comprometernos en noviembre. Harry sugirió que el gran día podría ser unas dos semanas antes de que se estrenera la película.

—Para sorprender a todos.

—Y que hablen de la película.

—El hecho de que yo sea Vronsky y tú, Anna…

—Hace que todo resulte sórdido pero nuestro matrimonio lo legitimará.

—Es sucio y limpio a la vez —observó Rex.

—Precisamente.

—Es tu especialidad —señaló.

—También la tuya.

—Tonterías —dijo Rex—. Yo soy sucio. Sin términos medios.

Lo acompañé a la puerta y le di un abrazo de despedida. Con la puerta abierta, preguntó:

—¿Viste la última edición? ¿Es buena?

—Es fantástica —respondí—. Pero dura casi tres horas. Si queremos que la gente vaya a verla…

—Tenemos que dar un espectáculo —concluyó.

—Exacto.

—Pero ¿estamos bien en la película? ¿Tú y yo?

—Somos dinamita, no lo dudes.

PhotoMoment

26 de noviembre de 1962

¡EVELYN HUGO Y REX NORTH, CASADOS!

Evelyn Hugo vuelve a la carga. Y esta vez, creemos que se ha superado. Evelyn y Rex North se dieron el sí el fin de semana pasado en la propiedad de North, en Hollywood Hills.

Los dos se conocieron durante la grabación de *Ana Karenina,* que se estrenará próximamente, y se dice que se enamoraron casi al instante, pues se mostraban muy acaramelados incluso durante los ensayos. Esta pareja rubia sin duda va a calentar los cines en las próximas semanas, en sus papeles de Anna y el Conde Vronsky.

Es la primera boda de Rex, aunque Evelyn tiene ya un par de matrimonios fallidos a sus espaldas. Este año, su famoso ex, Don Adler, se enfrenta a su segundo divorcio, de la estrella de *Hat Trick,* Ruby Reilly.

Con una nueva película, una boda estelar y dos mansiones entre ambos, estamos seguros de que Evelyn y Rex están pasándoselo mejor que nunca.

PhotoMoment

10 de diciembre de 1962

CELIA ST. JAMES, COMPROMETIDA CON EL FUTBOLISTA JOHN BRAVERMAN

La superestrella Celia St. James está atravesando una buena racha en lo que a cine se refiere, con su película dramática de época *Royal Wedding* y su deslumbrante actuación en el musical *Celebration.*

Y ahora tiene algo más para celebrar. Porque ha encontrado el amor con el *quarterback* de los New York Giants, John Braverman.

Se los ha visto juntos en Los Ángeles y en Manhattan, cenando fuera y disfrutando mutuamente de su compañía.

Esperamos que Celia resulte ser un amuleto de buena suerte para Braverman. ¡Y estamos seguros de que, a ella, ese enorme diamante que tiene en el dedo debe parecerle un amuleto de buena suerte!

HOLLYWOOD DIGEST

17 de diciembre de 1962

ANNA KARENINA ES UN ÉXITO DE TAQUILLA

La tan esperada *Anna Karenina* llegó a los cines este viernes y arrasó el fin de semana.

Con elogios de la crítica tanto para Evelyn Hugo como para Rex North, no es de extrañar la gran afluencia de público. Entre las excelentes actuaciones y la química que se aprecia entre ambos tanto en la pantalla como fuera de ella, la película ha despertado un entusiasmo febril.

Hay quienes dicen que un par de Oscars podrían ser el regalo de boda perfecto para los recién casados.

Evelyn, que también es productora de la película, puede tener ganancias excepcionales con este éxito.

¡Bravo por Hugo!

La noche de la entrega de los premios de la Academia, Rex y yo nos sentamos juntos, con las manos unidas, para que todos vieran el matrimonio romántico que estábamos vendiendo.

Sonreímos amablemente cuando perdimos y aplaudimos a los ganadores. Para mí fue una decepción, pero no una sorpresa. Me parecía demasiado buena para ser verdad la idea de que dos personas como Rex y yo, bellas estrellas de cine que intentaban demostrar que tenían sustancia, ganaran el Oscar. Yo tenía la clara impresión de que mucha gente quería que no nos saliéramos de nuestro camino. Entonces lo tomamos con calma y nos fuimos de fiesta, y bebimos y bailamos hasta la madrugada.

Ese año Celia no estuvo en la entrega, y a pesar de que la busqué en cada fiesta a la que fuimos, no la vi. Entonces Rex y yo reventamos la noche.

En la fiesta de William Morris, me encontré con Harry y lo llevé a un rincón tranquilo, donde bebimos champán y conversamos sobre lo ricos que íbamos a ser.

Hay algo que debes saber sobre los ricos: siempre quieren ser más ricos. Nunca se aburren de ganar más dinero.

Cuando yo era pequeña y buscaba en la cocina algo para comer que no fuera lo de siempre, arroz con frijoles secos, pensaba que sería feliz solo con tener algo rico para cenar todas las noches.

Cuando estaba en los Estudios Sunset, pensaba que lo único que quería era una mansión.

Cuando tuve la mansión, pensaba que solo quería dos casas y personal de servicio.

Y allí estaba yo, con veinticinco años recién cumplidos, y ya me daba cuenta de que nunca nada sería suficiente.

Rex y yo volvimos a casa como a las cinco de la mañana, los dos absolutamente borrachos. Mientras nuestro coche se alejaba, busqué en mi bolso las llaves de la casa, y Rex estaba a mi lado, respirando con su aliento alcohólico junto a mi cuello.

—¡Mi esposa no encuentra las llaves! —exclamó Rex, tambaleándose ligeramente—. Busca y busca, pero no las encuentra.

—¿Quieres callarte? —le dije—. Vas a despertar a los vecinos.

—¿Y qué van a hacer? —replicó Rex, en voz más alta que antes—. ¿Echarnos de la ciudad? ¿Eso harán, mi preciosa Evelyn? ¿Nos dirán que ya no podemos vivir en Blue Jay Way? ¿Nos harán mudarnos a Robin Drive? ¿O a Oriole Lane?

Encontré las llaves, las puse en la puerta y giré el picaporte. Los dos entramos, casi cayéndonos. Le di las buenas noches a Rex y me fui a mi cuarto.

Me desvestí sola, sin nadie que me bajara el cierre del vestido. En ese momento, la soledad de mi matrimonio me golpeó más que nunca.

Me miré al espejo, y vi que, sin ninguna duda, era hermosa. Pero eso no significaba que alguien me amara.

Me quedé allí, vestida solo con mi combinación, observando mi cabello rubio dorado, mis ojos pardos oscuros y mis cejas gruesas y rectas. Y eché de menos a la mujer que debería haber sido mi esposa. Eché de menos a Celia.

No podía dejar de pensar que tal vez, en ese preciso momento, ella estaba con John Braverman. Sabía que nada de eso era cierto. Pero también tenía miedo de no conocerla tanto como creía. ¿Acaso lo quería? ¿Se había olvidado de mí? Se me llenaron los ojos de lágrimas al pensar en su pelo rojizo extendido sobre mis almohadas.

—Ya, tranquila —dijo Rex detrás de mí. Me di la vuelta y lo vi en la puerta.

Se había quitado la chaqueta del esmoquin y los gemelos. Tenía la camisa a medio desabotonar, la pajarita suelta a los lados del cuello. Era exactamente la imagen por la cual millones de mujeres de todo el país habrían sido capaces de matar.

—Creí que te habías acostado —dije—. De haber sabido que seguías levantado, te habría pedido que me ayudaras a quitarme el vestido.

—Eso me habría gustado.

No le hice caso.

—¿Qué estás haciendo? ¿No puedes dormir?

—No lo he intentado.

Entró más a la habitación, más cerca de mí.

—Pues inténtalo, entonces. Es tarde. A este paso, vamos a dormir todo el día.

—Piénsalo, Evelyn —dijo. Las luces que entraban por la ventana iluminaban su pelo rubio. Sus hoyuelos brillaban.

—¿Que piense qué?

—Piensa en cómo sería.

Se me acercó más y me rodeó la cintura con un brazo. Estaba detrás de mí, y otra vez respiraba contra mi cuello. Me gustó que me tocara.

Así somos las estrellas de cine. Todas nos apagamos con el tiempo, sí. Somos humanas y tenemos defectos, como cualquiera. Pero somos las elegidas porque somos extraordinarias.

Y nada le gusta más a una persona extraordinaria que otra persona extraordinaria.

—Rex.

—Evelyn —me susurró al oído—. Una sola vez. ¿No deberíamos?

—No, no deberíamos—respondí. Pero no estaba del todo convencida de mi respuesta, y por ende, Rex tampoco—. Deberías volver a tu cuarto antes de que hagamos algo de lo que mañana nos arrepentiremos.

—¿Estás segura? —preguntó—. Tus deseos son órdenes para mí, pero me gustaría mucho que cambiaras este deseo.

—No lo cambiaré —repuse.

—Pero piénsalo —insistió. Subió las manos un poco más por mi torso. Lo único que nos separaba era la seda de mi combinación—. Piensa cómo te sentirías conmigo encima de ti.

Reí.

—No voy a pensar en eso. Si lo pienso, nos hundimos los dos.

—Piensa en cómo nos moveríamos juntos. Despacio al principio, y después perderíamos el control.

—¿Esto te da resultado con otras mujeres?

—Con otras mujeres nunca he tenido que trabajar tanto —respondió, besándome el cuello.

Podría haberme apartado de él. Podría haberlo abofeteado, y él no se habría alterado y me habría dejado en paz. Pero yo no estaba lista para que esa parte terminara. Me gustaba que me tentaran. Me gustaba saber que tal vez iba a tomar la decisión equivocada.

Y, sin ninguna duda, habría sido la decisión equivocada. Porque en cuanto me levantara de esa cama, a Rex se le olvidaría lo mucho que había trabajado para conseguirme. Tan solo recordaría que me había conseguido.

Y el nuestro no era un matrimonio típico. Había demasiado dinero en juego.

Dejé que me bajara un tirante de la combinación. Lo dejé acariciarme el escote.

—Qué bueno sería perderme en ti —dijo—. Estar acostado y observar cómo te retuerces sobre mí.

Casi lo hice. Estuve a punto de arrancarme yo misma la combinación y arrojar a Rex sobre la cama.

Pero entonces dijo:

—Vamos, nena, sabes que lo deseas.

Y me quedó perfectamente claro cuántas veces Rex había intentado eso con innumerables mujeres.

Nunca dejes que nadie te haga sentir común y corriente.

—Sal de aquí —le dije, aunque no de mal modo.

—Pero...

—Sin peros. A dormir.

—Evelyn...

—Rex, estás borracho, y estás confundiéndome con una de tus muchas chicas, pero soy tu esposa —dije, con obvia ironía.

—¿Ni una vez? —insistió. De pronto parecía sobrio, como si sus ojos velados hubieran sido parte de la actuación. Con él, nunca estaba del todo segura. Con Rex North, una nunca sabía dónde estaba situada.

—No vuelvas a intentarlo, Rex. No va a suceder.

Puso cara de exasperación y luego me besó en la mejilla.

—Buenas noches, Evelyn —dijo, y salió tal como había entrado.

Al día siguiente, me despertó el teléfono. Tenía una fuerte resaca y estaba ligeramente confundida respecto a dónde me encontraba.

—¿Hola?

—Arriba, dormilona.

—Harry, ¿qué diablos...?

El sol me quemaba los ojos.

—Anoche, después de que te fueras de la fiesta de la Fox, tuve una conversación muy interesante con Sam Pool.

—¿Qué hacía un ejecutivo de la Paramount en una fiesta de la Fox?

—Nos buscaba a ti y a mí —respondió Harry—. Bueno, y a Rex.

—¿Para qué?

—Para sugerir que la Paramount os contrate a ti y a Rex para hacer tres películas.

—¿Qué?

—Quieren tres películas, producidas por nosotros, protagonizadas por ti y por Rex. Sam quiere que pongamos el precio.

—¿Que pongamos el precio? —Siempre que bebía demasiado, al día siguiente me sentía como si estuviera bajo el agua. Todo parecía apagado, borroso. Necesitaba asegurarme de que estaba entendiendo—. ¿Cómo que pongamos el precio?

—¿Quieres un millón de dólares por una película? Me enteré de que eso es lo que le están pagando a Don por *The Time Before*. Podríamos conseguir esa suma para ti también.

¿Quería ganar tanto como Don? Por supuesto que sí. Quería recibir el cheque y enviarle a Don una copia con la foto de mi dedo corazón. Pero, más que nada, quería la libertad de hacer lo que quisiera.

—No —respondí—. No. No voy a firmar un contrato en el que me digan qué películas debo hacer. Tú y yo decidiremos qué películas voy a hacer. Y punto.

—No estás poniendo atención.

—Te escucho con toda atención —repliqué, mientras me apoyaba en un hombro y cambiaba el teléfono de mano. Pensé: *Hoy voy a ir a nadar. Avisaré a Luisa que caliente la piscina.*

—Nosotros elegimos las películas —aclaró Harry—. Es un trato a ciegas. Cualquier película que os guste a ti y a Rex, Paramount la quiere comprar. Por el precio que queramos.

—¿Y todo por *Anna Karenina?*

—Hemos demostrado que tu nombre lleva gente al cine. Y si entiendo esto completamente, creo que Sam Pool quiere joder a Ari Sullivan. Creo que quiere llevarse lo que Ari Sullivan descartó y convertirlo en oro.

—Así que yo vengo a ser un peón.

—Todos lo somos. No empieces a tomarte las cosas a pecho, nunca lo has hecho.

—¿Cualquier película que queramos?

—Cualquiera que queramos.

—¿Se lo has dicho a Rex?

—¿En serio crees que le propondría algo a ese sinvergüenza sin consultarte primero a ti?

—Oye, no es un sinvergüenza.

—Si hubieras hablado con Joy Nathan después de que él le rompiera el corazón, no dirías eso.

—Harry, es mi esposo.

—No, Evelyn, no lo es.

—¿No hay *nada* que te guste de él?

—Sí, muchas cosas. Me *encanta* el dinero que nos ha hecho ganar, y cuánto más nos *hará* ganar.

—Bueno, conmigo siempre se ha portado bien.

Le dije que no, y salió de la habitación. No todos los hombres harían eso. No todos lo habían hecho.

—Porque los dos queréis lo mismo. Tú, precisamente, deberías saber que no se puede conocer el verdadero carácter de una persona cuando los dos quieren lo mismo. Es como si un perro y un gato se llevaran bien porque los dos quieren matar al ratón.

—Pues a mí me cae bien. Y quiero que a ti también te guste. Especialmente porque si firmamos este contrato, Rex y yo tendremos que seguir casados bastante tiempo más de lo que habíamos pensado originalmente. Lo cual lo convierte en mi familia. Y tú eres mi familia. Así que los dos lo sois.

—A mucha gente no le gusta su familia.

—Oh, cállate —le dije.

—Convenzamos a Rex y firmemos esto, ¿de acuerdo? Que los agentes de los dos se reúnan a cerrar el trato. Pidamos la luna.

—De acuerdo —respondí.

—¿Evelyn? —agregó Harry, antes de cortar.

—¿Sí?

—Sabes lo que esto significa, ¿verdad?

—¿Qué?

—Estás a punto de convertirte en la actriz mejor pagada de Hollywood.

Durante los siguientes dos años y medio, Rex y yo seguimos casados, viviendo en una casa en las colinas, desarrollando y grabando películas en Paramount.

A esas alturas, ya contábamos con todo un equipo: un par de agentes, un publicista, abogados y un administrador para cada uno de nosotros, además de dos asistentes en el plató y nuestro personal doméstico, incluida Luisa.

Cada día despertábamos en camas separadas y nos preparábamos en sectores opuestos de la casa; luego subíamos al mismo coche y llegábamos juntos al plató, y nos agarrábamos de la mano apenas entrábamos. Trabajábamos todo el día y después volvíamos juntos a casa. Entonces volvíamos a separarnos para nuestros respectivos planes nocturnos.

Los míos solían ser con Harry o con algunas estrellas de la Paramount que me caían bien. O tenía alguna cita con alguien en quien podía confiar para que guardara el secreto.

Durante mi matrimonio con Rex, nunca conocí a nadie que me desesperara volver a ver. Tuve algunas aventuras, sí. Algunas con otros actores, una con un cantante de rock, varias con hombres casados: los que era más probable que mantuvieran en secreto el hecho de que se habían acostado con una estrella de cine. Pero ninguno significó nada para mí.

Suponía que Rex también tenía sus aventuras sin importancia. Y, en general, así era. Hasta que, de pronto, dejó de serlo.

Un sábado, entró a la cocina mientras Luisa estaba preparándome unas tostadas. Yo estaba bebiendo una taza de café y fumando un cigarrillo, mientras esperaba que Harry pasara a recogerme para ir a jugar al tenis.

Rex fue a la nevera y se sirvió un vaso de zumo de naranja. Después se sentó a mi lado en la mesa.

Luisa puso las tostadas frente a mí y luego colocó la mantequilla en el centro de la mesa.

—¿Le preparo algo, señor North? —le preguntó.

Rex meneó la cabeza.

—Gracias, Luisa.

Y entonces los tres lo percibimos; ella tenía que excusarse. Algo estaba a punto de suceder.

—Empezaré con la ropa —dijo Luisa, y salió de la cocina.

—Estoy enamorado —confesó Rex cuando al fin nos quedamos solos.

Fue, quizás, lo último que pensé que me diría.

—¿Enamorado? —le pregunté.

Rio al verme tan sorprendida.

—No tiene sentido. Créeme, lo sé.

—¿De quién?

—De Joy.

—¿Joy Nathan?

—Sí. Hace años que nos vemos de vez en cuando. Ya sabes cómo es esto.

—Sé cómo es para ti, claro. Pero lo último que sabía era que la habías dejado.

—Sí, bueno, no te sorprenderá saber que, en el pasado, he sido un poco… digamos, desalmado.

—Sí, claro que podemos decir eso.

Rex rio.

—Pero empecé a sentir que podría ser agradable tener una mujer en mi cama cuando despierto por la mañana.

—Eso sí que es una novedad.

—Y cuando pensé en qué mujer me gustaría que fuera, pensé en Joy. Así que hemos estado viéndonos. Con discreción, claro. Y, bueno, ahora no puedo dejar de pensar en ella. Quiero estar con ella todo el tiempo.

—Rex, es maravilloso —dije.

—Esperaba que dijeras eso.

—Entonces, ¿qué hacemos?

—Bueno —respondió, inhalando profundamente—, Joy y yo querríamos casarnos.

—De acuerdo —dije. Mi cerebro ya estaba acelerándose, calculando el momento perfecto para anunciar nuestro divorcio. Ya habíamos estrenado dos películas; una había tenido relativamente buena acogida, y la otra había sido un éxito rotundo. La tercera, *Carolina Sunset,* sobre una pareja joven que pierde un hijo y se muda a una granja en Carolina del Norte para intentar superarlo, y los dos terminan teniendo romances con personas del pueblo, se estrenaba en unos meses más.

Rex había participado sin muchas ganas, pero yo sabía que la película podía llegar a ser muy importante para mí.

—Diremos que el estrés de filmar *Carolina Sunset,* de estar en el plató y vernos besar a otras personas, destrozó nuestra pareja. Todos se sentirán mal por nosotros, pero no demasiado. A la gente le encantan las historias de arrogancia. Dimos por sentado lo que teníamos, y ahora estamos sufriendo las consecuencias. Esperarás un poco. Plantaremos una historia de que yo te presenté a Joy porque quería que fueras feliz.

—Eso está muy bien, Evelyn, de verdad —dijo Rex—. Salvo que Joy está embarazada. Vamos a tener un bebé.

Cerré los ojos, frustrada.

—Vale —dije—. De acuerdo, déjame pensar.

—¿Y si decimos simplemente que hace un tiempo que no somos felices? ¿Que estamos llevando vidas separadas?

—En ese caso, lo que estaríamos diciendo es que la química que había entre nosotros se perdió. Y entonces ¿quién va a ir a ver *Carolina Sunset?*

Ese era el momento sobre el que Harry me había prevenido. A Rex no le importaba *Carolina Sunset*, sin duda no tanto como a mí. Él sabía que su papel no era nada especial, y aunque lo fuera, estaba demasiado absorto en su nuevo amor y en el bebé que venía en camino.

Miró por la ventana y luego nuevamente a mí.

—De acuerdo —dijo—. Tienes razón. Empezamos esto juntos y lo terminaremos juntos. ¿Qué sugieres? Le dije a Joy que estaríamos casados cuando llegara el bebé.

Rex North siempre fue un tipo más íntegro de lo que la gente creía.

—Obviamente —dije—. Por supuesto.

Sonó el timbre, y un momento después entró Harry a la cocina.

Se me ocurrió una idea.

No era perfecta.

Casi ninguna idea lo es.

—Tú y yo estamos teniendo amoríos con otras personas —propuse.

—¿Qué? —preguntó Rex.

—Buenos días —saludó Harry, y advirtió que se había perdido gran parte de la conversación.

—Mientras rodábamos una película en la cual los dos teníamos aventuras con otros, empezamos a hacerlo en realidad. Tú, con Joy, y yo, con Harry.

—¿Qué? —dijo Harry.

—La gente sabe que trabajamos juntos, Harry —le expliqué—. Nos han visto juntos. Apareces en el fondo de cientos de fotos mías. Lo creerán. —Me volví hacia Rex—. Nos divorciaremos inmediatamente después de plantar las historias. Y si alguien te culpa por engañarme con Joy, lo cual no podemos negar por razones obvias, se dará cuenta de que es un delito sin víctimas. Porque yo también estaba engañándote a ti.

—De hecho, no es una idea terrible —observó Rex.

—Bueno, los dos quedamos mal parados.

—Seguro —dijo Rex.

—Pero la gente irá al cine —señaló Harry.

Rex sonrió. Me miró a los ojos, extendió la mano y estrechó la mía.

—Nadie va a creerlo —dijo Harry más tarde, mientras íbamos camino al club de tenis—. Al menos aquí, en la ciudad.

—¿El qué?

—Tú y yo. Hay muchos que no lo creerán jamás.

—¿Por qué?

—Porque saben lo que soy. Alguna vez pensé en hacer algo así, incluso en casarme algún día. Dios sabe que haría muy feliz a mi madre. Sigue sentada allá, en Champaign, Illinois, preguntándose con desesperación cuándo voy a encontrar una buena chica y tener una familia. A mí me encantaría tener una familia. Pero demasiada gente sabría la verdad. —Me miró brevemente mientras conducía—. Por eso temo que demasiada gente sabrá que esto sería una mentira.

Miré por la ventanilla; las hojas de las palmeras se mecían al viento.

—Pues hagamos que sea innegable —propuse.

Lo que me gustaba de Harry era que nunca iba un paso detrás de mí.

—Fotos —dijo—. De nosotros dos.

—Sí. Instantáneas, como si nos hubieran sorprendido in fraganti.

—¿No es más fácil que elijas a otro? —preguntó.

—No quiero tener que conocer a otro —respondí—. Estoy harta de fingir que soy feliz. Al menos contigo, estaría fingiendo querer a alguien a quien quiero de verdad.

Harry estuvo callado un momento.

—Creo que deberías saber algo —dijo por fin.

—De acuerdo.

—Algo que hace tiempo que quiero decirte.

—Anda, dime.

—Estoy viendo a John Braverman.

Mi corazón empezó a acelerarse.

—¿El marido de Celia?

Harry asintió.

—¿Cuánto hace que estás con él?

—Unas semanas.

—¿Y cuándo pensabas contármelo?

—No sabía si debía.

—Así que su matrimonio es…

—Falso —concluyó Harry.

—¿Y ella no lo quiere? —le pregunté.

—Duermen en camas separadas.

—¿La has visto?

Harry no respondió de inmediato. Parecía estar eligiendo las palabras con cuidado. Pero yo no tenía paciencia para esperar las palabras perfectas.

—Harry, ¿la has visto?

—Sí.

—¿Cómo está? —Luego se me ocurrió una pregunta mejor, más urgente—. ¿Te preguntó por mí?

Si bien no me había resultado fácil vivir sin Celia, sí se me hacía más fácil cuando podía fingir que ella era parte de otro mundo. Pero esto, que existiera en mi órbita, hizo que resurgiera todo lo que había estado reprimiendo.

—No —respondió Harry—. Pero sospecho que es porque no quiso preguntar, no porque no quisiera saber de ti.

—¿Pero no lo quiere?

Harry negó con la cabeza.

—No, no lo quiere.

Giré la cabeza y miré otra vez por la ventanilla. Me imaginé diciéndole a Harry que me llevara a casa de ella. La imaginé corriendo a abrir la puerta. Me imaginé cayendo de rodillas y diciéndole la verdad, que la vida sin ella era algo solitario y vacío y que no tenía sentido.

En lugar de eso, dije:

—¿Cuándo hacemos la foto?

—¿Qué?

—La foto de nosotros dos. Para que parezca que nos descubrieron en un romance ilícito.

—Podemos hacerla mañana por la noche —sugirió Harry—. Podemos aparcar el coche. Tal vez en lo alto de las colinas, donde los fotógrafos puedan encontrarnos, pero parezca un lugar aislado. Llamaré a Rich Rice. Necesita dinero.

Negué con la cabeza.

—No pueden enterarse por nosotros. Estos cotillas ya no trabajan en equipo. Cada uno hace la suya. Necesitamos que les avise alguien más. Alguien que ellos crean que *quiere* que me descubran.

—¿Quién?

Meneo la cabeza apenas se me ocurre la idea. Y tan pronto como me doy cuenta de que tengo que hacerlo, ya no quiero.

Me senté junto al teléfono en mi estudio. Me aseguré de que la puerta estuviera cerrada. Y marqué su número.

—Ruby, soy Evelyn, y necesito un favor —dije en cuanto descolgó.

—Cuenta conmigo —respondió de inmediato.

—Necesito que des un aviso a algunos fotógrafos. Diles que me has visto muy acaramelada en un coche, por la zona de Trousdale Estates.

—¿Qué? —dijo Ruby, riendo—. Evelyn, ¿qué te traes entre manos?

—No te preocupes por eso. Tú ya tienes suficiente.

—¿Significa que Rex se quedará soltero otra vez? —preguntó.

—¿No te has cansado de mis sobras?

—Querida, Don me buscó a mí.

—Seguro que sí.

—Lo menos que podrías haber hecho era prevenirme —me recriminó.

—Tú sabías lo que estaba haciendo a espaldas mías —le recordé—. ¿Por qué pensaste que contigo sería diferente?

—No me refiero a los engaños, Ev.

Entonces comprendí que a ella también la había golpeado.

Me quedé momentáneamente sin palabras.

—¿Ahora estás bien? —le pregunté al cabo de un momento—. ¿Pudiste salir?

—Nuestro divorcio es definitivo. Me mudaré a la playa, acabo de comprar una casa en Santa Mónica.

—¿No crees que intentará perjudicarte?

—Lo intentó —respondió Ruby—. Pero no lo conseguirá. Sus últimas tres películas apenas cubrieron los gastos. No lo nominaron por *The Night Hunter* como todos pensaban. Está en decadencia. Pronto será tan inofensivo como un gato sin garras.

Sentí pena por él, en cierto modo, mientras enroscaba el cable del teléfono con la mano. Pero ella me daba mucha más pena.

—¿Te hizo mucho daño, Ruby?

—Nada que no pudiera disimular con maquillaje y manga larga.

El modo en que lo dijo, el orgullo en su voz, como si el hecho de admitir que le dolía fuera una vulnerabilidad que no estaba dispuesta a aceptar, me entristeció. Por ella, y porque yo había hecho lo mismo muchos años atrás.

—Tienes que venir a cenar uno de estos días —le dije.

—No, no hagamos eso, Evelyn —respondió—. Pasamos juntas por demasiadas cosas como para que seamos falsas ahora.

Me reí.

—Está bien.

—¿Quieres que mañana llame a alguien en particular? ¿O a cualquiera que esté abierto a recibir avisos?

—Llama a cualquiera que sea poderoso. Cualquiera que esté deseando ganar dinero con mi ruina.

—Bueno, eso los define a todos —acotó Ruby—. Sin ánimo de ofender.

—No me ofendes.

—Eres demasiado famosa —dijo—. Demasiados éxitos, demasiados maridos apuestos. Todos queremos bajarte ya de un tiro.

—Lo sé, querida, lo sé. Y cuando terminen conmigo, irán a por ti.

—No eres realmente famosa si aún le caes bien a alguien —comentó Ruby—. Mañana los llamaré. Suerte con lo que sea que estés haciendo.

—Gracias —respondí—. Me has salvado la vida.

Y cuando cortamos, pensé: *Si yo hubiera denunciado lo que él me hacía, tal vez no habría tenido la oportunidad de hacérselo a ella.*

No me interesaba mucho guardar un registro de mis decisiones, pero sí se me ocurrió que, de ser así, tendría que incluir a Ruby Reilly en la lista.

Me puse un vestido provocativo con un escote que mostraba mucho, y fui con Harry en su coche a Hillcrest Road.

Aparcó a un lado, y me acerqué a él. Había optado por un pintalabios de color natural, pues sabía que uno rojo sería demasiado. Tomé la precaución de controlar los elementos, pero no demasiado, para que no estuviera perfecto. No quería que la foto *pareciera* preparada. Aunque no tenía por qué preocuparme. Las fotografías son muy elocuentes. Por lo general, es muy difícil que no creamos en lo que vemos con nuestros propios ojos.

—Bien, ¿cómo quieres hacer esto? —preguntó Harry.

—¿Estás nervioso? —le pregunté—. ¿Alguna vez has besado a una mujer?

Harry me miró como si yo fuera idiota.

—Claro que sí.

—¿Alguna vez hiciste el amor con una mujer?

—Una vez.

—¿Y te gustó?

Harry lo pensó.

—Eso es más difícil de responder.

—Entonces, finge que soy un hombre —sugerí—. Imagina que *necesitas* tenerme.

—Puedo besarte sin que me des instrucciones, Evelyn. No necesito que me digas qué hacer.

—Tenemos que empezar un rato antes de que lleguen, así no se darán cuenta de que acabamos de llegar.

Harry se revolvió el cabello y se aflojó el cuello de la camisa. Reí y me despeiné yo también, y luego me descubrí un hombro.

—Vaya —dijo Harry—. Esto se está poniendo picante.

Lo empujé, riendo. Oímos que se acercaba un coche detrás de nosotros, con los faros encendidos.

Harry se puso nervioso, me tomó por ambos brazos y me besó. Presionó sus labios con fuerza contra los míos, y justo en el momento en que pasaba el otro auto, me acarició el pelo.

—Creo que solo era un vecino —dije, viendo alejarse las luces traseras por el cañón.

Harry me tomó de la mano.

—Podríamos hacerlo, ¿sabes?

—¿El qué?

—Podríamos casarnos. Lo que quiero decir es que, si vamos a fingirlo, podríamos hacerlo de verdad. No es tan loco. Al fin y al cabo, yo te quiero. Tal vez no como un marido debe querer a su esposa, pero sí lo suficiente, creo.

—Harry.

—Y… lo que dije ayer, que quería una esposa. He estado pensando, y si esto da resultado, si la gente se lo cree… tal vez podríamos formar una familia juntos. ¿No quieres tener una familia?

—Sí —respondí—. Creo que sí, más adelante.

—Podríamos estar muy bien juntos. Y no nos rendiremos cuando pase el entusiasmo inicial, porque ya nos conocemos mucho.

—Harry, no sé si hablas en serio.

—Muy en serio. Al menos, eso creo.

—¿Quieres casarte conmigo?

—Quiero estar con alguien a quien quiera. Quiero tener una pareja. Y me gustaría poder presentar a alguien a mi familia. Ya no quiero vivir solo. Y quiero tener un hijo o una hija. Podríamos tener eso juntos. No puedo darte todo, eso lo sé. Pero sí quiero tener una familia, y me encantaría tenerla contigo.

—Harry, soy cínica y mandona, y casi todo el mundo me consideraría vagamente inmoral.

—Eres fuerte, resiliente y llena de talento. Eres excepcional por donde se te mire.

Era obvio que había pensado mucho en eso.

—¿Y tú? ¿Y tus… inclinaciones? ¿Cómo funcionaría eso?

—Del mismo modo que contigo y Rex. Yo haría mi vida. Con discreción, por supuesto. Y tú harías la tuya.

—Pero no quiero pasarme toda la vida teniendo romances pasajeros. Quiero estar con alguien de quien esté enamorada. Alguien que se enamore de mí.

—Bueno, con eso no puedo ayudarte —admitió Harry—. Para eso, tienes que llamarla.

Bajé la mirada y la fijé en las uñas de mis manos.

¿Me aceptaría ella?

Ella y John. Harry y yo.

De hecho, podía funcionar. Podía funcionar de maravilla.

Y si no podía tenerla, ¿quería otra persona en mi vida? Estaba segura de que, si no podía tenerla a ella, lo único que quería era una vida con Harry.

—De acuerdo —dije—. Hagámoslo.

Se acercó otro vehículo detrás de nosotros, y Harry volvió a sujetarme. Esta vez me besó lentamente y con pasión. Cuando del otro coche bajó un hombre con una cámara, Harry simuló, solo por una fracción de segundo, que no lo había visto y deslizó una mano por debajo de mi escote.

La imagen que salió en los periódicos la semana siguiente era sórdida, escandalosa. Se nos veía con los rostros hinchados y llenos de culpa, y la mano de Harry estaba claramente en mi pecho.

Al día siguiente, todo el mundo estaba imprimiendo titulares que anunciaban el embarazo de Joy Nathan.

Los cuatro éramos la comidilla de todo el país.

Pecadores sin escrúpulos, infieles y lujuriosos.

Carolina Sunset batió el récord de permanencia en carteleras. Y para celebrar nuestro divorcio, Rex y yo compartimos un par de *dirty martinis*.

—Por nuestra unión llena de éxito —brindó Rex. Luego chocamos las copas y bebimos.

Cuando llego a casa, son las tres de la mañana. Evelyn había tomado cuatro tazas de café y aparentemente se sentía con energía para seguir hablando.

Podría haberme retirado en cualquier momento, pero creo que, en cierto modo, aproveché la excusa para demorar un poco el regreso a mi vida. Mientras esté inmersa en la historia de Evelyn, no tengo que existir en la mía.

De todas formas, no me corresponde hacer las reglas. Yo elegí mi batalla y gané. El resto depende de ella.

Por eso, cuando llego, me voy a la cama y me concentro en dormirme rápidamente. Mi último pensamiento antes de hacerlo es que me alivia tener una excusa válida para no haber respondido aún el mensaje de texto de David.

Me despierta el sonido de mi móvil, y miro la hora. Son casi las nueve. Es sábado. Tenía la esperanza de dormir hasta más tarde.

El teléfono me muestra el rostro sonriente de mi madre. Aún no son las seis para ella.

—¿Mamá? ¿Todo bien?

—Claro que sí —responde, como si estuviera llamando a mediodía—. Solo quería saludarte antes de que salieras.

—Ni siquiera son las seis donde estás —señalo—. Y es fin de semana. Más que nada, pensaba dormir y transcribir algunas horas de las grabaciones de Evelyn.

—Hace media hora tuvimos un pequeño terremoto, y ahora no puedo volver a dormirme. ¿Cómo va todo con Evelyn? Me siento rara al llamarla Evelyn. Como si la conociera.

Le cuento que he conseguido que Frankie me diera un ascenso, y que he logrado que Evelyn aceptara una entrevista de portada.

—¿Estás diciéndome que, en tan solo veinticuatro horas, te opusiste a la jefa de redacción de *Vivant* y a Evelyn Hugo? ¿Y que de las dos conseguiste lo que querías?

Río, sorprendida porque parece toda una hazaña.

—Sí —respondo—. Creo que sí.

Mi madre suelta una carcajada que parece un cacareo.

—¡Esa es mi hija! —exclama—. Uf, si tu padre estuviera aquí, estaría radiante de felicidad. Inflado de orgullo. Él siempre supo que serías de armas tomar.

Me pregunto si eso es cierto, no porque mi madre me haya mentido alguna vez, sino porque me cuesta mucho imaginarlo. Puedo aceptar que mi padre pensara que yo llegaría a ser buena o inteligente; eso me parece lógico. Pero jamás me consideré alguien de armas tomar. Quizá debería *empezar* a verme así; quizá lo merezco.

—Parece que sí, ¿verdad? Cuidado conmigo, mundo. Voy a buscar lo que me corresponde.

—Así se habla, querida. Así es.

Mientras le digo a mi madre que la quiero y corto la llamada, me siento orgullosa de mí misma, incluso ufana.

No tengo idea de que, en menos de una semana, Evelyn Hugo terminará su historia, y yo descubriré de qué se trataba todo esto, y la odiaré tanto que realmente tendré miedo de llegar a matarla.

Brillante, bondadoso,
torturado Harry Cameron

Me nominaron como mejor actriz por *Carolina Sunset*. El único problema fue que ese año también nominaron a Celia.

Llegué a la alfombra roja con Harry. Estábamos comprometidos. Él me había regalado un anillo de diamantes y esmeraldas. Resaltaba con el vestido negro bordado con pedrería que me puse esa noche. A los lados de la falda tenía dos rajas que me llegaban hasta la mitad de los muslos. Me encantaba ese vestido.

A todo el mundo le encantaba. He observado que, cuando hacen artículos retrospectivos sobre mi trayectoria, siempre ponen fotos mías con ese vestido. Me aseguré de que lo incluyeran en la subasta. Creo que podría generar mucho dinero.

Me alegra que a la gente le guste ese vestido tanto como a mí. Perdí un Oscar, pero resultó ser una de las mejores noches de mi vida.

Celia llegó justo antes de que empezara el espectáculo. Tenía puesto un vestido celeste sin tirantes con escote corazón. El color de su cabello resaltaba con el del vestido. Cuando la vi, por primera vez en cinco años, me quedé sin aliento.

Había ido a ver cada una de las películas de Celia, aunque detestaba admitirlo. O sea que sí la había visto.

Pero ningún medio puede captar lo que es estar en presencia de alguien, y mucho menos, de alguien como ella. Alguien que te hace sentir importante tan solo por elegir mirarte.

A sus veintiocho años, tenía algo señorial. Se la veía madura y distinguida. Parecía la clase de persona que sabía con exactitud quién era.

Se adelantó y tomó el brazo de John Braverman. John, con un esmoquin que parecía tirante a la altura de sus hombros anchos, era la imagen misma de lo estadounidense. Hacían una pareja estupenda. Por falsa que fuera.

—Ev, no los mires tanto —dijo Harry, mientras me empujaba hacia la entrada del teatro.

—Lo siento —respondí—. Gracias.

Al llegar a nuestras butacas, sonreímos y saludamos a todos los que nos rodeaban. Joy y Rex estaban algunas filas más atrás, y los saludé con gesto amable, consciente de que la gente nos observaba y que, si me acercaba a darles un abrazo, podía crear confusión.

Cuando nos sentamos, Harry dijo:

—Si ganas, ¿hablarás con ella?

Reí.

—¿Para restregárselo en la cara?

—No, pero te daría la ventaja que tanto pareces querer.

—Ella me dejó.

—Tú te acostaste con otro.

—Por ella.

Harry me miró con el ceño fruncido como si yo no lo entendiera.

—Está bien, si gano, hablaré con ella.

—Gracias.

—¿Por qué me das las gracias?

—Porque quiero que seas feliz, y parece que tengo que recompensarte por hacer lo que te favorece.

—Bueno, pero si gana *ella,* no pienso dirigirle la palabra.

—Si gana ella —dijo Harry con delicadeza—, lo que no es muy probable, y se acerca a hablarte, no voy a dejar que te levantes y voy a obligarte a escucharla y a responderle.

No podía mirarlo directamente. Me sentía a la defensiva.

—De todas formas, es debatible —repuse—. Todos saben que se lo van a dar a Ruby, porque se sienten mal porque no lo ganó el año pasado por *The Dangerous Flight.*

—Puede que no —replicó Harry.

—Sí, sí —le dije—. Y si quieres, puedo venderte el puente de Brooklyn.

Pero cuando se atenuaron las luces y apareció el maestro de ceremonias, yo no estaba pensando en lo escasas que eran mis probabilidades. Solo me engañaba pensando que tal vez la Academia me diera por fin un maldito Oscar.

Cuando anunciaron a las nominadas a mejor actriz, recorrí el público con la mirada en busca de Celia. La divisé en el mismo instante en que ella me vio. Nos miramos. Y entonces el presentador no dijo ni «Evelyn» ni «Celia». Dijo «Ruby».

Se me cayó el alma al suelo, pesada y dolida, y me puse furiosa conmigo misma por haber creído que podía ganar. Y luego me pregunté si Celia estaría bien.

Harry me tomó la mano y me dio un apretón afectuoso. Deseé que John estuviera haciendo lo mismo con Celia. Me excusé y fui al baño.

Cuando entré, estaba Bonnie Lakeland lavándose las manos. Me sonrió y salió. Y quedé sola. Me senté en un cubículo y cerré la puerta. Y me permití llorar.

—¿Evelyn?

Cuando pasas años deseando oír una voz en particular, no la desconoces cuando al fin aparece.

—¿Celia? —pregunté. Yo estaba de espaldas a la puerta del cubículo. Me enjugué los ojos.

—Te vi entrar aquí —explicó—. Me pareció que podía ser una señal de que no estabas… de que estabas mal.

—Intento alegrarme por Ruby —respondí, riendo un poquito, mientras me secaba los ojos cuidadosamente con un poco de papel higiénico—. Pero no es precisamente mi estilo.

—Tampoco es el mío —dijo.

Abrí la puerta. Y allí estaba. Vestido celeste, cabello rojizo, menuda y con una presencia que llenaba todo el recinto. Y cuando puso los ojos en mí, supe que aún me quería. Lo vi en el modo en que sus pupilas se dilataron y suavizaron.

—Estás deslumbrante, como siempre —observó, mientras se recostaba contra el lavabo, apoyando su peso en sus brazos por detrás. Siempre había algo embriagador en el modo en que Celia me miraba. Me sentí como un bistec apenas cocido delante de un tigre.

—Tú tampoco estás nada mal —respondí.

—Probablemente no deberíamos dejar que nos encuentren aquí juntas —dijo Celia.

—¿Por qué no? —le pregunté.

—Porque sospecho que unos cuantos de los que están allá sentados saben lo que hicimos una vez —respondió—. Y sé que no querrás que piensen que estamos haciéndolo otra vez.

Era una prueba.

Yo lo sabía. Ella lo sabía.

Si le daba la respuesta correcta, si le decía que no me importaba lo que pensara la gente, si le decía que era capaz de hacerle el amor en medio del escenario frente a todo el mundo, tal vez podría recuperarla.

Me permití pensarlo un momento. Me permití pensar en despertar mañana junto a su aliento de cigarrillos y café.

Pero quería que admitiera que la culpa no había sido solo mía. Que ella también había tenido que ver en nuestra separación.

—¿O no será que no quieres que te vean con una… cuál fue la palabra que usaste… una *puta?*

Celia rio, bajó los ojos al suelo y luego volvió a mirarme.

—¿Qué quieres que te diga? ¿Que me equivoqué? Pues me equivoqué. Quería hacerte tanto daño como tú me habías hecho.

—Pero yo nunca quise hacerte daño —repliqué—. Jamás habría hecho nada para lastimarte a propósito.

—Te daba vergüenza quererme.

—En absoluto —dije—. Eso no es verdad.

—Pues lo disimulabas muy bien.

—Hice lo que había que hacer para protegernos a las dos.

—Eso es discutible.

—Entonces discútelo conmigo —pedí—. En lugar de irte otra vez.

—No me fui muy lejos, Evelyn. Habrías podido alcanzarme, si hubieras querido.

—No me gusta que me usen, Celia. Te lo dije la primera vez que salimos a tomar un batido.

Se encogió de hombros.

—Tú usas a todo el mundo.

—Nunca he dicho que no fuera una hipócrita.

—¿Cómo lo haces? —preguntó Celia.

—¿El qué?

—Hablar con tanto desenfado de cosas que son sagradas para los demás.

—Porque los demás no tienen nada que ver conmigo.

Celia lanzó una suave risotada burlona y se miró las manos.

—Salvo tú —agregué.

Me recompensó verla levantar la vista hacia mí.

—Tú sí me importas —dije.

—Te *importaba.*

Negué con la cabeza.

—No, no me equivoqué.

—Bueno, no esperaste mucho para casarte con Rex North.

La miré con el ceño fruncido.

—Celia, me extraña que me digas eso.

—Así que era falso.

—Absolutamente.

—¿Has estado con alguien más? ¿Algún hombre? —preguntó. Siempre tenía celos de los hombres; le preocupaba no poder competir con ellos. A mí me ponían celosa las mujeres, pues me preocupaba no estar a su altura.

—Me lo he pasado bien —respondí—. Y estoy segura de que tú también.

—John no es...

—No me refiero a John. Pero estoy segura de que no te has mantenido pura y casta.

Intentaba descubrir la información que me rompería el corazón, un defecto de la condición humana.

—No —admitió—. En eso tienes razón.

—¿Hombres? —pregunté, con la esperanza de que la respuesta fuera «sí». Si había habido algún hombre, yo sabía que no había significado nada para ella.

Negó con la cabeza, y se me rompió un poquito más el corazón, como un desgarro que se ensancha con la tensión.

—¿Alguien a quien conozca?

—Ninguna era famosa —respondió—. Ninguna significó nada para mí. Las tocaba y pensaba en lo que sentía al tocarte a ti.

Al oír eso, me dolió el corazón, pero a la vez me llenó de emoción.

—No deberías haberme dejado, Celia.

—No deberías haberme dejado marchar.

Y al oír eso, no pude seguir discutiendo. Mi corazón gritó la verdad por mi garganta.

—Lo sé. Sé que no. Lo sé.

A veces las cosas suceden con tanta rapidez que una no está segura de cuándo se dio cuenta de que iban a empezar. Ella estaba apoyada contra el lavabo, y un segundo después sus manos estaban en mi rostro, su cuerpo contra el mío, sus labios entre los míos. Sabía a la cremosidad almizclada del pintalabios, con un dejo picante de ron.

Me perdí en ella, en sentirla otra vez contra mí, en la pura alegría de tener su atención, en la gloria de saber que me amaba.

Entonces se abrió la puerta, y entraron las esposas de dos productores. Nos separamos. Celia hizo como si hubiera estado lavándose las manos, y yo me acerqué a uno de los espejos para corregirme el maquillaje. Las dos mujeres venían muy absortas en su conversación y casi no repararon en nosotras.

Entraron a dos cubículos, y miré a Celia. Ella me miró. La observé cerrar el grifo y utilizar una toalla. Me preocupaba que saliera del baño, pero no lo hizo.

Una de las esposas se retiró, y luego la otra. Volvimos a quedarnos solas. Aguzamos los oídos y nos dimos cuenta de que había vuelto a empezar el espectáculo tras una pauta publicitaria.

Sujeté a Celia y la besé. La empujé contra la puerta. No me llenaba de ella. La necesitaba. Era como una droga para mí.

Sin tan siquiera detenerme a pensar en el peligro, le levanté la falda y subí la mano por su muslo. La sostuve contra la puerta, la besé, y con una mano la toqué como sabía que a ella le gustaba.

Gimió ligeramente y se cubrió la boca con la mano. Le besé el cuello. Y las dos, con nuestros cuerpos fuertemente apretados entre sí, nos estremecimos contra la puerta.

Habrían podido descubrirnos en cualquier momento. Si a una sola mujer de todo el auditorio se le hubiera ocurrido ir al baño durante esos siete minutos, habríamos perdido todo lo que tanto nos había costado.

Así fue cómo Celia y yo nos perdonamos.

Y cómo supimos que no podíamos vivir separadas.

Porque ahora sabíamos lo que estábamos dispuestas a arriesgar, con tal de estar juntas.

PhotoMoment

14 de agosto de 1967

EVELYN HUGO, CASADA CON EL PRODUCTOR HARRY CAMERON

¿Será que la quinta es la vencida? Evelyn Hugo y el productor Harry Cameron se casaron el sábado, durante una ceremonia en las playas de Capri.

Evelyn tenía un vestido de seda de color blanco crudo, y su largo cabello rubio suelto y peinado con raya al medio. Harry, conocido por ser uno de los personajes mejor vestidos de Hollywood, llevaba un traje de lino de color crema.

Celia St. James, la Novia de América, fue la dama de honor, y su fabuloso marido, John Braverman, fue el padrino del novio.

Harry y Evelyn trabajan juntos desde los años cincuenta, cuando Evelyn llegó a la fama con éxitos como *Father and Daughter* y *Mujercitas*. El año pasado admitieron que tenían una aventura cuando los descubrieron in fraganti mientras Evelyn aún estaba casada con Rex North.

Rex ahora está casado con Joy Nathan y es el orgulloso papá de su hijita, Violet North.

¡Nos alegramos de que Evelyn y Harry hayan decidido al fin hacerlo oficial! Tras un comienzo tan sorpresivo de su relación y un largo compromiso, lo único que podemos decir es: ¡ya era hora!

Celia sufrió horrores durante la ceremonia. Le costaba mucho no sentir celos, aunque sabía que todo era falso. Su propio marido estaba junto a Harry, por todos los cielos. Y todos sabíamos lo que éramos.

Dos hombres que dormían juntos. Casados con dos mujeres que dormían juntas. Éramos cuatro encubridores.

Y lo que pensé mientras daba el sí fue: *Ahora empieza todo. La verdadera vida, nuestra vida. Por fin seremos una familia.*

Harry y John estaban enamorados. Celia y yo no podíamos estar más felices.

Cuando volvimos de Italia, vendí mi mansión de Beverly Hills. Harry vendió la suya. Compramos este apartamento en Manhattan, en el Upper East Side, muy cerca del de Celia y John.

Antes de acceder a mudarme, pedí a Harry que verificara si mi padre seguía vivo. No estaba segura de poder vivir en la misma ciudad que él; no sabía si soportaría la idea de toparme con él.

Pero cuando la asistente de Harry lo buscó, me enteré de que mi padre había fallecido en 1959 de un ataque al corazón. Lo poco que tenía lo absorbió el estado, pues nadie se presentó a reclamarlo.

Lo primero que pensé cuando supe de su muerte fue: *Así que por eso nunca intentó pedirme dinero.* Y lo segundo fue: *Qué triste estar segura de que solo por eso me buscaría.*

Dejé de pensar en ello, firmé los papeles del apartamento y celebré la compra con Harry. Era libre de ir donde quisiera. Y lo que quería era mudarme al Upper East Side de Manhattan. Y convencí a Luisa de que nos acompañara.

Este apartamento estaba a poca distancia, pero me sentía a un millón de kilómetros de Hell's Kitchen. Mi padre estaba muerto. Y yo era mundialmente famosa, estaba casada, enamorada, y era tan rica que a veces me daba asco.

Un mes después de mudarnos a la ciudad, Celia y yo nos subimos a un taxi y llegamos hasta Hell's Kitchen, después recorrimos el vecindario. Estaba muy diferente a cuando me había marchado. La llevé a la acera de mi antiguo edificio y le señalé la que había sido mi ventana.

—Aquella —le dije—. En el quinto piso.

Celia me miró, con compasión por todo lo que yo había pasado cuando vivía allí, por todo lo que había hecho por mí misma desde aquel momento. Y entonces, con calma y seguridad, me agarró de la mano.

Me puse nerviosa, insegura de si estaba bien que nos tocáramos en público, asustada por lo que haría la gente. Pero los que pasaban por la calle siguieron caminando, viviendo su vida, casi sin reparar ni demostrar interés en las dos mujeres famosas que estaban en la acera, de la mano.

Celia y yo pasábamos nuestras noches juntas en este apartamento. Harry pasaba sus noches con John en casa de ellos. Salíamos a cenar en público, los cuatro, como dos pares de heterosexuales, cuando no había en el grupo un solo heterosexual.

La prensa amarilla decía que éramos los preferidos del país y registraban nuestras citas dobles. Incluso oí rumores de que los cuatro éramos *swingers*, lo cual no era tan descabellado en aquella época. Da que pensar, ¿verdad? Que la gente creyera con tanta facilidad que intercambiábamos parejas, pero se habría escandalizado de saber que éramos monógamos y homosexuales.

Nunca olvidaré la mañana siguiente a los disturbios de Stonewall. Harry estaba absorto, viendo las noticias. John se pasó el día al teléfono, hablando con unos amigos suyos que vivían en el centro.

Celia caminaba de un lado al otro de la sala, con el corazón acelerado. Estaba convencida de que todo cambiaría después de esa noche. Creía que por el hecho de que los gays se habían anunciado, habían tenido el orgullo de admitir quiénes eran y la fuerza de ponerse de pie, las actitudes iban a cambiar.

Recuerdo que yo estaba sentada en nuestra terraza, mirando hacia el sur, y me di cuenta de que Celia, Harry, John y yo no estábamos solos. Ahora parece una tontería, pero yo estaba tan... concentrada en mí misma, tan orientada a lo singular, que rara vez pensaba en la gente que era como yo.

Con esto no quiero decir que no fuera consciente de cómo estaba cambiando el país. Harry y yo participamos en la campaña de Bobby Kennedy. Celia posó para la portada de *Effect* con los manifestantes que protestaban contra la guerra de Vietnam. John defendía abiertamente el movimiento por los derechos civiles, y yo había apoyado en forma muy pública el trabajo del doctor Martin Luther King, Jr. Pero esto era diferente.

Esta vez eran los *nuestros*.

Y allí estaban, rebelándose contra la policía, defendiendo su derecho de ser ellos mismos. Mientras yo estaba sentada en una prisión de oro que yo misma había creado.

Estaba en mi terraza, al sol, la tarde siguiente a los primeros disturbios, con unos vaqueros de talle alto y una blusa negra sin mangas, bebiendo un gibson. Y me puse a llorar cuando tomé conciencia de que aquellos hombres estaban dispuestos a luchar por un sueño que yo nunca me había permitido imaginar. Un mundo en el que pudiéramos ser nosotros mismos, sin miedo y sin vergüenza. Aquellos hombres eran más valientes y útiles que yo. No cabían otras palabras.

—Piensan volver a manifestarse esta noche —anunció John, cuando salió a la terraza.

Tenía una presencia física intimidante. Medía cerca de un metro noventa, pesaba cien kilos y tenía el pelo rapado. Tenía el aspecto de alguien con quien no convenía buscarse problemas. Pero los que lo conocíamos, y especialmente los que lo queríamos, sabíamos que era el *primero* con quien uno *podía* buscarse problemas.

Podía ser todo un guerrero en el campo de fútbol, pero era el más amoroso de nuestro cuarteto. Era el que te preguntaba cómo habías dormido, el que siempre recordaba hasta el menor detalle que le habías contado tres semanas antes. Y estaba empeñado en proteger a Celia y a Harry, y por extensión, a mí. John y yo queríamos a las mismas personas, y por ende nos queríamos. Además, nos encantaba jugar al gin rummy. No puedo decirte cuántas noches me quedé despierta hasta tarde para terminar una partida de cartas con John; los dos éramos competitivos a muerte, por ver quién sería el ganador ufano y quién, el perdedor dolido.

—Deberíamos ir con ellos —opinó Celia al llegar junto a nosotros. John se sentó en una silla que estaba en el rincón; Celia, en el apoyabrazos de la mía—. Deberíamos apoyarlos. Deberíamos ser parte de esto.

Oí que Harry llamaba a John desde la cocina.

—¡Estamos aquí afuera! —grité, en el mismo momento en que John le dijo: «Estoy en la terraza».

Pronto Harry apareció en la puerta.

—Harry, ¿no crees que deberíamos ir? —le preguntó Celia. Encendió un cigarrillo, le dio una calada y me lo pasó.

Yo ya estaba negando con la cabeza. John le dijo directamente que no.

—¿Cómo que no? —protestó Celia.

—Que no vas a ir —repitió John—. No puedes. Ninguno de nosotros puede ir.

—Claro que puedo —insistió ella, y me miró en busca de apoyo.

—Lo siento —dije, mientras le devolvía el cigarrillo—. Estoy de acuerdo con John.

—¿Harry? —preguntó, en un último intento de conseguir apoyo.

Harry negó con la cabeza.

—Si vamos, lo único que haremos será llamar la atención hacia nosotros y restarla a la causa. Pasarán a hablar de si nosotros somos homosexuales, no de los *derechos* de los homosexuales.

Celia se llevó el cigarrillo a los labios e inhaló. Con expresión agria, exhaló el humo.

—¿Qué hacemos, entonces? No podemos quedarnos sentados, sin hacer nada. No podemos dejar que peleen por nosotros.

—Les damos lo que nosotros tenemos y ellos no —propuso Harry.

—Dinero —dije, captando a lo que se refería.

John asintió.

—Llamaré a Peter. Él sabrá cómo podemos financiarlos. Sabrá quién necesita recursos.

—Deberíamos haberlo hecho antes —lamentó Harry—. Hagámoslo a partir de ahora, entonces. No importa lo que pase esta noche. No importa qué rumbo tome esta lucha. Decidamos aquí y ahora que nuestra participación será monetaria.

—Cuenta conmigo —dije.

—Sí. —John asintió—. Por supuesto.

—Está bien —dijo Celia—. Si estás seguro de que así podremos ayudar más.

—Sí —respondió Harry—. Estoy seguro.

Ese día empezamos a darles dinero en forma privada, y he seguido haciéndolo durante toda mi vida.

Creo que, cuando se trata de una gran causa, la gente puede ser útil de diversas maneras. Yo siempre pensé que mi manera consistía en ganar mucho dinero y luego canalizarlo hacia los grupos que lo necesitaran. Es una lógica un tanto egoísta, lo sé. Pero por ser yo quien era, por los sacrificios que hice para ocultar ciertas partes de mí, pude dar más dinero que el que la mayoría de la gente llega a ver en toda su vida. Estoy orgullosa de eso.

Pero no quiere decir que no tuviera conflictos internos. Y por supuesto, muchas veces esa indecisión era incluso más personal que política.

Yo sabía que era imperativo que me escondiera, y a la vez no me parecía justo tener que hacerlo. Pero aceptar que algo es cierto no es lo mismo que creerlo justo.

Celia ganó su segundo Oscar en 1970, por su papel de una mujer que se hace pasar por hombre para pelear en la Primera Guerra Mundial, en la película *Our Men.*

Yo no pude estar con ella esa noche en Los Ángeles, porque estaba grabando *Jade Diamond* en Miami. Hacía de una prostituta que vivía en el mismo apartamento que un alcohólico. Pero tanto Celia como yo sabíamos que, aunque hubiera estado libre, no podía acompañarla a la entrega de premios.

Esa noche, Celia me llamó cuando volvió de la ceremonia y de todas las fiestas.

Le grité al teléfono. Estaba muy feliz por ella.

—Lo has conseguido —le dije—. ¡Lo has conseguido ya dos veces!

—¿Te lo puedes creer? —respondió—. Ya van dos.

—Te los mereces. En mi opinión, todo el mundo debería darte un Oscar todos los días.

—Ojalá estuvieras aquí —dijo, en tono caprichoso. Me di cuenta de que había estado bebiendo. Yo también habría bebido, de haber estado en su lugar. Pero me irritaba que tuviera que hacer las cosas tan difíciles. Yo *quería* estar allá. ¿Es que no lo sabía? ¿No sabía que yo *no podía* ir? ¿Y que eso me mataba? ¿Por qué siempre tenía que fijarse en lo que *ella* sentía?

—Yo también querría eso —le dije—. Pero es mejor así. Ya lo sabes.

—Ah, sí. Para que la gente no sepa que eres *lesbiana.*

Yo detestaba que me llamara lesbiana. No porque me pareciera mal amar a una mujer, claro; eso lo había aceptado hacía ya mucho tiempo. Pero Celia solo veía las cosas en blanco y negro. Le gustaban las mujeres y solo las mujeres. Y a mí me gustaba ella. Por eso Celia solía negar el resto de mí.

Le gustaba ignorar que una vez yo había estado realmente enamorada de Don Adler. Le gustaba ignorar que había hecho el amor con hombres y lo había disfrutado. Le gustaba ignorarlo hasta que decidía sentirse amenazada por ello. Siempre era así. Cuando ella me quería, yo era lesbiana, y cuando me odiaba, era heterosexual.

La gente apenas empezaba a hablar de la idea de bisexualidad, pero no sé si en aquel momento yo entendía que la palabra se refería a mí. No me interesaba encontrar un rótulo para lo que ya sabía. Me gustaban los hombres. Me gustaba Celia. Yo aceptaba eso.

—Basta, Celia. Estoy harta de esta conversación. Estás portándote como una criatura caprichosa.

Rio con frialdad.

—Eres la misma Evelyn de todos estos años. No has cambiado nada. Tienes miedo de lo que eres, y todavía no tienes un Oscar. Eres lo mismo que has sido siempre: un buen par de tetas.

Dejé que el silencio se prolongara un momento. Lo único que oíamos era el zumbido del teléfono.

Entonces Celia se puso a llorar.

—Lo siento mucho —dijo—. No debería haber dicho eso. Ni siquiera es lo que pienso. Perdóname. He bebido demasiado, y te echo de menos, y siento mucho haberte dicho algo tan terrible.

—Está bien —respondí—. Debo irme. Aquí es tarde, ya lo sabes. Felicidades otra vez, cariño.

Colgué antes de que pudiera responderme.

Así eran las cosas con Celia. Cuando le negabas lo que quería, cuando le hacías daño, se aseguraba de lastimarte también a ti.

—¿Alguna vez se lo planteaste? —pregunto a Evelyn.

Oigo el sonido apagado de mi teléfono, que suena en mi bolso, y sé por el tono de llamada que es David. No respondí su mensaje de texto durante el fin de semana porque no sabía bien qué responderle. Y después, cuando llegué otra vez aquí esta mañana, no pensé más en ello.

Extiendo la mano y apago el sonido.

—Cuando Celia se ponía así, no tenía sentido pelear con ella —explica Evelyn—. Si las cosas llegaban a estar demasiado tensas, yo solía retirarme antes de que empeoraran más. Le decía que la quería y que no podía vivir sin ella; después me quitaba la blusa, y por lo general allí terminaba la conversación. A pesar de su actitud, había una cosa que Celia tenía en común con casi todos los hombres heterosexuales del país: lo que más quería era ponerme las manos en el pecho.

—Pero ¿te afectaron esas palabras?

—Por supuesto que sí. Mira, cuando era joven, yo habría sido la primera en decir que no era más que un buen par de pechos. La única moneda de intercambio con la que contaba era mi sexualidad, y la usaba como dinero. No estaba bien educada cuando llegué a Hollywood; no era culta, no era poderosa, no estaba capacitada como actriz. ¿Qué otro atributo tenía que la belleza? Y estar orgullosa de tu belleza es contraproducente. Porque te permites creer que lo único destacable de ti es algo que no dura mucho.

Prosigue.

—Cuando Celia me dijo eso, yo ya tenía más de treinta años. Sinceramente, no estaba segura de que me quedaran muchos años buenos. Pensé, claro, que Celia seguiría teniendo trabajo porque a ella la contrataban por su talento. Pero a mí, no sabía si seguirían contratándome cuando tuviera arrugas, cuando mi metabolismo fuera más lento. Así que sí, me dolió mucho.

—Pero seguramente sabías que tenías talento —le digo—. Te habían nominado tres veces para un Oscar.

—Estás apelando a la razón —responde Evelyn, sonriendo—. Eso no siempre da resultado.

En 1974, cuando cumplí treinta y seis años, Harry, Celia, John y yo fuimos al Palace. Supuestamente era el restaurante más caro del mundo, por entonces. Y yo era de esas personas a las que les gusta ser extravagantes y absurdas.

Ahora lo recuerdo y me pregunto qué tenía en la cabeza, tirando el dinero como si nada, como si el hecho de ganarlo tan fácilmente me eximiera de toda responsabilidad de valorarlo. Ahora me mortifica un poco. El caviar, los aviones privados, y tanto personal que se habría podido hacer un equipo de béisbol con ellos.

Pero fuimos al Palace.

Posamos para las fotos, sabiendo que terminarían publicadas en la prensa. Celia nos compró una botella de Dom Pérignon. Harry pidió cuatro manhattans. Y cuando llegó el postre con una velita encendida en el centro, los tres me cantaron mientras la gente miraba.

Harry fue el único que probó el pastel. Celia y yo estábamos cuidando la silueta, y John seguía una dieta estricta que le permitía comer poco más que proteínas.

—Prueba al menos un bocado, Ev —dijo John con tono afable, mientras le quitaba el plato a Harry y lo empujaba hacia mí—. ¡Es tu cumpleaños, caramba!

Alcé una ceja, tomé un tenedor y raspé un poco de la cobertura de chocolate.

—Cuando tienes razón, tienes razón —le dije.

—En realidad, no cree que deba comerlo *yo* —señaló Harry.

John rio.

—Dos pájaros de un tiro.

Celia dio unos golpecitos con el tenedor contra la copa.

—Bueno, bueno —dijo—. Llegó el momento del discurso.

Ella debía empezar a grabar en Montana la semana siguiente. Había postergado la fecha de inicio para poder estar conmigo esa noche.

—Por Evelyn —dijo, alzando su copa—, que ilumina cada habitación a la que entra. Y que, día tras día, nos hace sentir que vivimos en un sueño.

Más tarde, mientras Celia y John salían a buscar un taxi, Harry me ayudó a ponerme el abrigo.

—¿Te das cuenta de que este es el matrimonio más largo que has tenido? —preguntó.

A esas alturas, llevábamos casi siete años de casados.

—Y también el mejor —agregué—. Sin duda.

—He estado pensando…

Yo ya sabía lo que él estaba pensando. O, al menos, lo sospechaba. Porque yo también había estado pensándolo.

Yo tenía treinta y seis años. Si íbamos a tener un hijo, no podía seguir postergándolo.

Había mujeres que tenían hijos a mayor edad, claro, pero no era muy común, y yo había pasado los últimos años mirando embelesada los bebés que pasaban en sus carritos, sin poder mirar otra cosa cuando había alguno cerca.

Alzaba a los bebés de nuestros amigos y los abrazaba con fuerza hasta que sus madres pedían que se los devolviera. Pensaba en cómo podría ser un hijo mío. Pensaba en lo que se sentiría al traer una vida al mundo, darnos a los cuatro otro ser en el que concentrarnos.

Pero si iba a hacerlo, tenía que empezar ya.

Y, en realidad, nuestra decisión de tener un hijo no era un diálogo de dos personas, sino de cuatro.

—Anda —pedí, mientras nos dirigíamos a la salida—. Dilo.

—Un bebé —dijo Harry—. Tuyo y mío.

—¿Se lo has dicho a John? —le pregunté.

—No específicamente —respondió—. ¿Y tú, lo has hablado con Celia?

—No.

—Pero ¿estás lista?

Iba a afectar mi carrera, eso era inevitable. Pasaría de ser mujer a ser madre, y en Hollywood, esas cosas parecían excluirse mutuamente. Mi cuerpo cambiaría. Tendría que pasar meses sin trabajar. No tenía ningún sentido decir que sí.

—Sí —respondí—. Estoy lista.

Harry asintió.

—Yo también.

—Bien —dije, pensando en los pasos que habría que seguir—. Entonces hablaremos con John y con Celia.

—Sí —dijo Harry—. Supongo que sí.

—¿Y si están de acuerdo? —pregunté, y me detuve antes de salir a la acera.

—Pues empezaremos —respondió Harry, que se detuvo conmigo.

—Sé que la solución más obvia es la adopción —dije—, pero...

—Crees que deberíamos tener un hijo biológico.

—Sí —admití—. No quiero que nadie diga que adoptamos porque teníamos algo que esconder.

Harry asintió.

—Entiendo —dijo—. Yo también quiero un hijo biológico. Alguien que sea mitad tú, mitad yo. Estoy de acuerdo contigo.

Alcé las cejas.

—Sabes cómo se hacen los bebés, ¿verdad? —le pregunté.

Harry sonrió; luego se inclinó hacia mí y susurró:

—Hay una parte muy pequeña de mí que quiere acostarse contigo desde que te conocí, Evelyn Hugo.

Reí y lo golpeé en el brazo.

—No te creo.

—Una parte pequeñita —aclaró Harry, en su defensa—. Va en contra de todos mis instintos predominantes. Pero allí está.

Sonreí.

—Bueno —dije—, esa partecita quedará entre nosotros.

Harry rio y extendió la mano. Se la estreché.

—Una vez más, Evelyn, trato hecho.

—¿Y lo criaréis los dos? —preguntó Celia.

Estábamos en la cama, desnudas. Yo tenía la espalda cubierta de sudor, y también la línea de nacimiento del cabello. Me giré hasta quedar boca abajo y apoyé una mano en el pecho de Celia.

Para la película que iba a hacer, ella debía tener el cabello castaño. Yo no podía quitar los ojos de su pelo rojo dorado; me desesperaba saber si volverían a teñírselo bien, si volvería a mí con su aspecto de siempre.

—Sí —respondí—, claro. Sería nuestro. Lo criaríamos juntos.

—¿Y dónde encajaría yo en todo esto? ¿Y John?

—Donde queráis.

—No sé qué significa eso.

—Significa que lo resolveríamos sobre la marcha.

Celia pensó en mis palabras, mirando el techo.

—¿Esto es algo que quieres? —preguntó por fin.

—Sí —le dije—. Mucho.

—¿Para ti es un problema que yo nunca haya... querido eso?

—¿Que no quieras tener hijos?

—Sí.

—No, supongo que no —respondí.

—¿Para ti es un problema que yo no... que no pueda darte eso?

Su voz empezaba a quebrarse, y sus labios, a temblar. Cuando Celia estaba actuando y necesitaba llorar, se ponía bizca y se cubría la cara. Pero eran lágrimas falsas, nacidas de nada y por nada.

Cuando lloraba de verdad, su rostro se mantenía dolorosamente inmóvil salvo por las comisuras de sus labios y las lágrimas que desbordaban sus ojos y se le adherían a las pestañas.

—Querida —le dije, al tiempo que la atraía hacia mí—. Por supuesto que no.

—Pero... quiero darte todo lo que quieras, y quieres eso, y yo no puedo dártelo.

—Celia, no —dije—. No es así, en absoluto.

—¿No?

—Tú me has dado más de lo que jamás pensé que podía tener en una sola vida.

—Estás segura.

—Segurísima.

Sonrió.

—¿Me quieres? —preguntó.

—Dios mío, eso es poco decir —le respondí.

—¿Me quieres tanto que no sabes ni lo que dices?

—Te quiero tanto que a veces, cuando veo toda la correspondencia que recibes de tus admiradores, pienso: *Pues claro, es lógico. Yo también quiero coleccionar sus pestañas.*

Celia rio y me acarició el brazo, sin dejar de mirar el techo.

—Quiero que seas feliz —dijo, cuando al fin me miró.

—Debes saber que Harry y yo tendremos que...

—¿No hay otra manera? —preguntó—. Hoy en día hay mujeres que se embarazan solo con el esperma...

Asentí.

—Creo que hay otras maneras —admití—. Pero no confío mucho en la seguridad de la situación. O, mejor dicho, no sé cómo asegurarme de que nadie se entere de que lo hicimos así.

—Estás diciendo que vas a tener que hacer el amor con Harry —concluyó Celia.

—Tú eres la persona que quiero. Contigo hago el amor. Harry y yo simplemente haríamos un bebé.

Celia me miró, escrutando mi rostro.

—¿Estás segura?

—Absolutamente.

Volvió a mirar el techo. Durante un rato, no habló. La observé mientras sus ojos se movían de aquí para allá. La observé respirar más lentamente. Y por fin se volvió hacia mí.

—Si es lo que quieres… si quieres un bebé, pues… ten un bebé. Yo… ya veremos qué hacemos. Yo me acomodaré. Puedo ser tía. Tía Celia. Y encontraré la manera de aceptar todo eso.

—Y yo te ayudaré —le dije.

Se rio.

—¿Y cómo crees que vas a hacer eso?

—Se me ocurre una manera de hacer que todo te resulte más aceptable —dije, y le besé el cuello. A ella le gustaba que la besara justo debajo y detrás de la oreja, donde el lóbulo se unía al cuello.

—Ay, ¿qué voy a hacer contigo? —dijo.

Pero no dijo nada más. No me detuvo cuando le acaricié los pechos, el vientre, entre las piernas. Gimió y me atrajo más hacia ella, y a su vez, ella también acarició mi cuerpo. Me tocó mientras yo la tocaba, al principio con suavidad, y luego con más fuerza y rapidez.

—Te quiero —dijo, sin aliento.

—Te quiero —le respondí.

Me miró a los ojos y me hizo sentir éxtasis, y esa noche, al entregarse, me dio un hijo.

PhotoMoment

23 de mayo de 1975

¡EVELYN HUGO Y HARRY CAMERON SON PADRES DE UNA NIÑA!

¡Evelyn Hugo es madre por fin! A los 37 años, la bomba deslumbrante ya puede agregar «madre» a su currículum. Connor Margot Cameron nació el martes por la noche en el Hospital Mount Sinai, con tres kilos doscientos cincuenta.

Dicen que su papá, Harry Cameron, está «loco de contento» con la pequeñina.

Con una cantidad de éxitos en su haber, Evelyn y Harry seguramente dirán que la pequeña Cameron es su coproducción más exitosa.

Me enamoré de Connor desde el instante en que me miró. Con todo su pelo y sus redondos ojos azules, por un momento pensé que era igual a Celia.

Connor siempre tenía hambre y odiaba estar sola. Nada le gustaba más que dormir tranquilamente en mis brazos. Y adoraba a Harry.

Durante esos primeros meses, Celia grabó dos películas seguidas, las dos fuera de la ciudad. Una de ellas, *The Buyer,* era una película que yo sabía que la apasionaba. Pero la segunda, una sobre la mafia, era justo de las que ella detestaba. Además de ser violenta y oscura, se rodó durante ocho semanas, cuatro en Los Ángeles y cuatro en Sicilia. Cuando llegó la oferta, supuse que la rechazaría. Pero aceptó el papel, y John decidió ir con ella.

Mientras estaban ausentes, Harry y yo vivíamos casi como un matrimonio tradicional. Harry me preparaba huevos con tocino para el desayuno y me preparaba la bañera. Yo amamantaba a la bebé y la cambiaba casi cada hora.

Teníamos ayuda, claro. Luisa se ocupaba de la casa. Cambiaba las sábanas, lavaba la ropa y hacía la limpieza general. En sus días libres, era Harry quien se ocupaba.

Era Harry quien me decía que estaba hermosa, aunque los dos sabíamos que había tenido días mejores. Era Harry quien leía un guion tras otro, buscando el proyecto perfecto que yo pudiera hacer cuando Connor creciera un poco. Era Harry quien dormía a mi lado todas las noches, quien sujetaba mi mano para dormir, quien me abrazaba cuando yo estaba segura de que era una pésima madre porque había arañado la mejilla de Connor mientras la bañaba.

Harry y yo siempre habíamos sido muy amigos, ya hacía mucho tiempo que éramos familia, pero durante esos meses, realmente me sentí una esposa. Sentí que tenía un marido. Y llegué a quererlo aún más. Connor, y ese tiempo que pasamos con ella, hizo que Harry y yo nos uniéramos como nunca habría podido imaginar. Él estaba presente para celebrar los buenos momentos y apoyarme en los malos.

Fue más o menos por ese entonces que empecé a creer que quizá las amistades estaban predestinadas. «Si hay toda clase de almas gemelas», dije a Harry una tarde en que estábamos sentados en la terraza con Connor, «tú eres una de las mías».

Harry estaba en pantalones cortos y sin camisa. Connor estaba acostada sobre su pecho. Esa mañana no se había afeitado, y tenía una barba incipiente con apenas un toque de gris bajo el mentón. Al observarlo con ella, me di cuenta de lo mucho que se parecían. Las mismas pestañas largas, los mismos labios bien formados.

Harry sostenía a Connor contra su pecho con una mano, y con la otra, tomaba la mía.

—Estoy absolutamente seguro de que te necesito más de lo que jamás necesité a otro ser vivo —dijo—. Con la única excepción de…

—Connor —concluí. Los dos sonreímos.

Durante el resto de nuestra vida, seguiríamos diciendo eso. Para todo, la única excepción siempre era Connor.

Cuando Celia y John regresaron, volvimos a la normalidad. Celia vivía conmigo. Harry vivía con John. Connor se quedaba en mi casa, y dábamos por sentado que Harry vendría de día y de noche para estar con nosotras, para cuidarnos.

Pero aquella primera mañana, más o menos a la hora que llegaría Harry para el desayuno, Celia se puso su bata y fue a la cocina. Empezó a preparar gachas de avena.

Yo acababa de bajar y aún estaba en pijama. Estaba sentada junto a la isla, amamantando a Connor, cuando entró Harry.

—Ah —dijo, al ver a Celia y a la cacerola. Luisa estaba lavando platos—. Yo venía a preparar huevos con tocino.

—Ya he empezado yo —respondió Celia—. Un buen tazón de gachas calientes para todos. Alcanza para ti también, si tienes hambre.

Harry me miró, sin saber bien qué hacer. Yo también lo miré, igualmente insegura.

Celia siguió revolviendo. Luego tomó tres tazones y los colocó sobre la mesa. Dejó la cacerola en el fregadero para que la lavara Luisa.

Entonces se me ocurrió lo extraño que era aquel sistema. Harry y yo pagábamos el sueldo de Luisa, pero Harry ni siquiera vivía allí. Celia y John pagaban la hipoteca del apartamento en el que vivía Harry.

Harry se sentó y tomó la cuchara que estaba frente a él. Los dos empezamos a comer al mismo tiempo. Cuando Celia nos dio la espalda, nos miramos e hicimos una mueca. Harry articuló algunas palabras sin pronunciarlas, y aunque apenas pude leerle los labios, entendí lo que me decía, porque era exactamente lo mismo que yo estaba pensando.

Qué insípido.

Celia se volvió hacia nosotros y nos ofreció unas pasas de uva. Los dos aceptamos. Y los tres nos quedamos sentados en la cocina, comiendo nuestras gachas en silencio, todos conscientes de que Celia había hecho valer su derecho. Yo era suya. Ella me prepararía el desayuno. Harry era una visita.

Connor empezó a llorar, así que Harry la levantó y la cambió. Luisa bajó a poner la ropa a lavar. Y cuando nos quedamos solas, Celia anunció:

—Max Girard va a hacer una película para la Paramount; se llama *Three A.M.* Supuestamente será un verdadero cine de arte, y creo que deberías hacerla.

Yo seguía en contacto con Max, de vez en cuando, desde que me había dirigido en *Boute-en-train.* Nunca olvidé que con él pude volver a poner mi nombre en la cima. Pero sabía que Celia no lo soportaba. Max demostraba su interés en mí de una forma demasiado abierta y procaz. En broma, Celia solía llamarlo Pepe Le Pew.

—¿Crees que debería hacer una película con Max?

Celia asintió.

—Me lo ofrecieron a mí, pero sería más lógico que lo hicieras tú. A pesar de que lo considero un Neanderthal, admito que hace buenas películas. Y este papel es justo para ti.

—¿Por qué lo dices?

Celia se puso de pie y retiró mi tazón junto con el suyo y los enjuagó. Luego se volvió hacia mí y se recostó contra el fregadero.

—Es un papel sexy. Necesitan a una verdadera bomba.

Negué con la cabeza.

—Ahora soy madre. Todo el mundo lo sabe.

Celia hizo un movimiento negativo con la cabeza.

—Justamente por eso *tienes* que hacerlo.

—¿Por qué?

—Porque eres una mujer sexual, Evelyn. Eres sensual, bella y deseable. No dejes que te quiten eso. No te dejes desexualizar. No dejes que ellos decidan sobre tu carrera. ¿Qué quieres hacer? ¿Quieres hacer de madre en todas las películas que hagas de ahora en adelante? ¿Quieres hacer solo papeles de maestras y monjas?

—No —respondí—. Claro que no. Quiero hacer de todo.

—Pues entonces hazlo. Sé audaz. Haz lo que nadie espera que hagas.

—La gente dirá que es inapropiado.

—La Evelyn a la que quiero no se preocupa por eso.

Cerré los ojos, la escuché y asentí. Ella quería que lo hiciera por mí. Estoy convencida de eso. Sabía que yo no sería feliz dejando que me limitaran, que me relegaran. Sabía que quería seguir dando que hablar a la gente, cautivándola, sorprendiéndola. Pero lo que no mencionaba, lo que ni siquiera sé si ella entendía del todo, era que además quería que lo hiciera porque no quería que cambiara.

Quería estar con una bomba.

Siempre me ha fascinado el hecho de que las cosas puedan ser verdaderas y falsas a la vez, que alguien pueda ser bueno y malo, que pueda amarte con un altruismo bellísimo y, al mismo tiempo, buscar implacablemente su propia conveniencia.

Por eso quería a Celia. Era una mujer muy complicada, que siempre me tenía en ascuas. Y ese día volvió a sorprenderme.

Me había dicho: *Anda, ten un bebé.* Pero había omitido añadir: *Pero no te portes como una madre.*

Por suerte y por desgracia para ella, yo no tenía la menor intención de que me dijeran qué hacer ni de dejarme manipular.

Entonces leí el guion y me tomé unos días para pensarlo. Pregunté a Harry qué le parecía. Y una mañana desperté y pensé: *Quiero ese papel. Lo quiero porque quiero demostrar que nadie me maneja.*

Llamé a Max Girard y le dije que me interesaba el papel, si él estaba de acuerdo. Y lo estaba.

—Pero me sorprende que quieras hacer esto —dijo Max—. ¿Estás cien por cien segura?

—¿Hay escenas de desnudos? —le pregunté—. No tengo problemas con eso. De verdad. Estoy fantástica, Max.

No era cierto: no me veía ni me sentía fantástica. Sí era un problema. Pero era un problema que tenía solución, y los problemas que tienen solución en realidad no son problemas, ¿verdad?

—No —respondió Max, riendo—. Evelyn, podrías tener noventa y siete años, y todo el mundo seguiría haciendo cola para verte los pechos.

—Entonces, ¿por qué lo preguntas?

—Don —dijo.

—¿Qué Don?

—Tu papel —respondió—. Toda la película. Entera.

—¿Qué?

—Tu coprotagonista es Don Adler.

—¿Por qué aceptaste hacerlo? —le pregunto—. ¿Por qué no dijiste que querías que lo apartaran de la película?

—Bueno, en primer lugar, porque una no anda por ahí haciéndose valer a menos que esté segura de ganar —responde Evelyn—. Y yo estaba segura apenas en un ochenta por ciento de que, si me encaprichaba, Max lo despediría. Y, en segundo lugar, porque me parecía un poco cruel, para serte sincera. A Don no le estaba yendo bien. Hacía años que no tenía un éxito, y el público joven casi no lo conocía. Estaba divorciado de Ruby, no había vuelto a casarse y se corría la voz de que tenía problemas con el alcohol.

—¿Así que te sentías mal por él, por tu abusador?

—Las relaciones son complejas —explica Evelyn—. Las personas son caóticas, y el amor puede volverse muy desagradable. Siempre prefiero errar hacia el lado de la compasión.

—¿Dices que tuviste compasión por lo que le estaba ocurriendo a él?

—Digo que tú deberías tener un poco de compasión por lo complicado que debió ser para mí.

Me ha puesto en mi lugar. Bajo los ojos al suelo, incapaz de mirarla.

—Lo siento —digo—. Es que nunca me he encontrado en esa situación, y pensé… No sé lo que pensé para juzgarte así. Te pido disculpas.

Evelyn acepta mis disculpas con una sonrisa leve.

—No puedo hablar por todas las personas que han sido golpeadas por un ser querido, pero lo que sí puedo decirte es que el perdón no es absolución. Don ya no era una amenaza para mí. No le tenía miedo. Me sentía poderosa y libre. Por eso le dije a Max que me reuniría con él. Cuando Celia se enteró de que Don era parte del elenco, me apoyó, pero a la vez vaciló. Harry, aunque cauto, confió en mi capacidad de manejar la situación. Entonces mis representantes llamaron a la gente de Don, y concertamos fecha y lugar para la próxima vez que yo estuviera en Los Ángeles. Yo había sugerido el bar del Beverly Hills Hotel, pero en el último momento el equipo de Don lo cambió por el Canter's Deli. Y fue así como terminé reuniéndome con mi exmarido por primera vez en casi quince años, con un par de bocadillos Reuben de por medio.

—Lo siento, Evelyn —dijo Don cuando se sentó. Yo ya había pedido un té helado y me había comido medio pepinillo en vinagre. Pensé que se disculpaba por llegar tarde.

—Son solo la una y cinco —respondí—. No es tarde.

—No —insistió, meneando la cabeza.

Estaba pálido, pero también un poco más delgado que en algunas de sus fotos más recientes. Los años que habíamos pasado separados no lo habían tratado bien. Tenía el rostro hinchado y la cintura más ancha. Pero seguía siendo mucho más apuesto que nadie en ese lugar. Don era la clase de hombre que siempre iba a ser guapo, le pasara lo que le pasase. Así de fiel era su buena apariencia.

—Lo siento —repitió, y entendí el énfasis, el significado de la frase.

Me tomó desprevenida. Llegó la camarera y le preguntó qué iba a beber. No pidió un martini ni una cerveza. Pidió una Coca-Cola. Cuando ella se retiró, me quedé sin saber muy bien qué decirle.

—Estoy sobrio —prosiguió—. Desde hace doscientos cincuenta y seis días.

—Tantos, ¿eh? —dije, mientras bebía un sorbo de mi té helado.

—Era un borracho, Evelyn. Ahora lo sé.

—También eras infiel, y un cerdo —acoté.

Don asintió.

—Eso también lo sé. Y lo siento profundamente.

Yo había volado hasta allá para ver si podía hacer una película con él. No había ido para que me pidiera disculpas. Nunca se me había ocurrido esa idea. Simplemente di por sentado que esta vez yo lo usaría como él me había usado antes; su nombre cerca del mío daría a la gente de qué hablar.

Pero aquel hombre arrepentido que estaba frente a mí me sorprendía y me abrumaba.

—¿Qué esperas que haga? —le pregunté—. Estás arrepentido. ¿Qué debería significar eso para mí?

La camarera se acercó y tomó nuestros pedidos.

—Un Reuben, por favor —pedí, y devolví el menú. Si íbamos a tener una conversación de verdad sobre eso, yo necesitaba una buena comida.

—Para mí, lo mismo —dijo Don.

La camarera sabía quiénes éramos; me di cuenta porque sus labios estaban siempre intentando contener una sonrisa.

Cuando se retiró, Don se inclinó hacia mí.

—Sé que esto no compensa lo que te hice —dijo.

—Me alegro de que lo sepas —respondí—. Porque no lo compensa.

—Pero espero que te sientas un poquito mejor —prosiguió— sabiendo que sé que estuve mal. Sé que merecías otra cosa, y estoy esforzándome cada día por ser un hombre mejor.

—Bueno, es muy tarde para eso —repliqué—. Que seas un mejor hombre no me afecta.

—No lastimaré a nadie como entonces —dijo Don—. Como a ti, o a Ruby.

Mi corazón de hielo se derritió un poco, y admito que sí, me sentí mejor.

—Aun así —dije—, no se puede tratar a la gente como si fuera una mierda y esperar borrarlo con una simple disculpa.

Don negó con la cabeza con aire humilde.

—Claro que no —admitió—. No, eso lo sé.

—Y si tus películas no hubieran sido un fracaso y Ari Sullivan no te hubiera dejado de lado como hiciste que me dejara de lado a mí, probablemente seguirías viviendo a cuerpo de rey, borracho como una cuba.

Don asintió.

—Probablemente. Siento decir que tienes razón en eso.

Yo quería más. ¿Quería que se arrastrara? ¿Que llorara? No estaba segura. Solo sabía que me faltaba algo.

—Déjame decirte algo —dijo Don—. Te quise desde el momento en que te vi. Te amé con locura. Y lo destrocé todo porque me convertí en un hombre del que no estoy orgulloso. Y porque fastidié así las cosas, porque nunca supe tratarte como tú merecías que te tratara, te pido disculpas. A veces pienso en volver al día de nuestra boda y quiero hacerlo todo de nuevo, corregir mis errores para que nunca tengas que pasar por lo que yo te hice pasar. Sé que eso es imposible, pero lo que sí puedo hacer es mirarte a los ojos y decirte, con todo mi corazón, que sé lo increíble que eres, que sé lo felices que habríamos podido ser juntos, y sé que todo lo perdimos por mi culpa, y estoy empeñado en no volver jamás a comportarme así, y lo siento mucho, de verdad.

En todos mis años después de Don, todas mis películas, todos mis matrimonios, ni una vez había deseado poder retroceder en el tiempo con la esperanza de que Don y yo pudiéramos enmendar las cosas. Después de Don, mi vida había sido obra mía, caótica y feliz por decisiones propias, y una serie de experiencias que me habían dado todo lo que había deseado jamás.

Estaba bien. Me sentía a salvo. Tenía una hija preciosa, un marido leal y el amor de una buena mujer. Tenía fama y dinero. Tenía un hogar increíble en una ciudad que había recuperado. ¿Qué podía quitarme Don Adler?

Si mi propósito al ir a verlo había sido decidir si podía tolerarlo, descubrí que sí. No le temía en lo más mínimo.

Y entonces caí en la cuenta: si eso era verdad, ¿qué tenía que perder?

No le dije a Don Adler las palabras *te perdono.* Simplemente saqué mi billetera de mi bolso y dije:

—¿Quieres ver una foto de Connor?

Don sonrió y asintió, y cuando le mostré la foto, rio.

—Es igual que tú —observó.

—Lo tomaré como un cumplido.

—No creo que haya otra manera de tomarlo. Creo que no hay en este país una mujer que no quiera parecerse a Evelyn Hugo.

Eché la cabeza hacia atrás y me reí. Cuando la camarera retiró nuestros Reubens a medio comer, le dije que haría la película.

—Qué bien —dijo—. Me alegro mucho. Creo que tú y yo realmente podríamos... Creo que realmente podemos darles un buen espectáculo.

—No somos amigos, Don —respondí—. Quiero que eso quede claro.

Don asintió.

—Está bien —dijo—. Entiendo.

—Pero sí creo que podemos ser *amigables.*

Don sonrió.

—Sería un honor para mí.

Justo antes de que empezara el rodaje, Harry cumplió cuarenta y cinco años. Dijo que no quería una gran salida por la noche ni ningún tipo de planes formales. Que solo quería pasar un bonito día con todos nosotros.

Entonces John, Celia y yo planeamos un pícnic en el parque. Luisa nos guardó el almuerzo. Celia preparó sangría. John fue a la tienda de artículos deportivos y consiguió una sombrilla extra grande para protegernos no solo del sol, sino además de la gente que pasara por allí. Camino a casa, tuvo la brillante idea de comprar también pelucas y gafas de sol.

Esa tarde, los tres le dijimos a Harry que teníamos una sorpresa para él, y lo llevamos al parque. Connor iba sobre su espalda. Le encantaba ir sujeta a él; reía cuando él la mecía al caminar.

Lo sujeté de la mano y lo llevé con nosotros.

—¿A dónde vamos? —preguntó—. Dadme una pista, al menos.

—Yo te daré una pequeña —dijo Celia, mientras cruzábamos la Quinta Avenida.

—No —intervino John, negando con la cabeza—. Nada de pistas. Él las adivina enseguida. Se pierde toda la diversión.

—Connor, ¿a dónde están llevando a papi? —preguntó Harry. Connor rio al oír su nombre.

Cuando Celia entró en el parque, que estaba a menos de una calle de nuestro apartamento, Harry divisó la manta ya extendida con la sombrilla y las cestas de comida, y sonrió.

—¿Un pícnic? —dijo.

—Un simple pícnic en familia. Solo nosotros cinco —respondí.

Harry sonrió. Cerró los ojos un momento, como si hubiera llegado al cielo.

—Absolutamente perfecto —dijo.

—Yo hice la sangría —comentó Celia—. Y Luisa preparó la comida, obviamente.

—Obviamente —repitió Harry, riendo.

—Y John compró la sombrilla.

John se inclinó y tomó las pelucas.

—Y esto.

Me entregó una negra con rizos y a Celia le dio una corta y rubia. Harry eligió una pelirroja, y John se puso la castaña larga que le daba aspecto de hippie.

Todos reímos al mirarnos, pero me sorprendió ver lo realistas que podían ser. Y cuando me puse las gafas de sol, me sentí un poco más libre.

—Si tú has comprado las pelucas y Celia ha preparado la sangría, ¿qué ha hecho Evelyn? —preguntó Harry, al tiempo que bajaba a Connor de su espalda y la apoyaba sobre la manta. Yo la ayudé a sentarse.

—Buena pregunta —dijo John, sonriendo—. Tendrías que preguntárselo a ella.

—Bueno, yo ayudé —dije.

—Eso, dinos, Evelyn, ¿qué has hecho tú?

Levanté la vista y vi que los tres me miraban divertidos.

—Yo... —Señalé vagamente la cesta con la comida—. Bueno, ya sabéis...

—No —replicó Harry, riendo—. No sé.

—Mirad, he estado muy ocupada —me defendí.

—Ajá —dijo Celia.

—Bueno, está bien. —Alcé a Connor, que empezaba a fruncir el ceño. Yo sabía que eso significaba que estaba a punto de llorar—. No he hecho nada de nada.

Los tres se rieron de mí, y hasta Connor empezó a reír.

John abrió la cesta. Celia sirvió vino. Harry se inclinó y besó a Connor en la frente.

Fue una de las últimas veces que estuvimos todos juntos, riendo, sonriendo, felices. Una familia.

Porque después de eso, lo eché a perder.

Don y yo estábamos en medio del rodaje de *Three A.M.* en Nueva York. Luisa, Celia y Harry se turnaban para cuidar a Connor mientras yo trabajaba. Los días de grabación eran más largos de lo que yo había previsto.

Yo hacía el papel de Patricia, una mujer enamorada de un drogadicto, Mark, que era el papel de Don. Y todos los días, me daba cuenta de que no era el Don de antes, el que yo conocía, que llegaba al plató y decía algunas líneas con aire seductor. Esto era superlativo, actuación pura. Estaba usando elementos de su vida y llevándolos a la película.

En el plató, uno espera que todo llegue a formar un conjunto mágico tras la lente de la cámara. Pero nunca se puede estar seguro.

Incluso cuando Harry y yo estábamos produciendo juntos —cuando mirábamos las tomas diarias con tanta frecuencia que se me secaban los ojos y yo empezaba a perder la noción de lo que era realidad y lo que era película— nunca estábamos cien por cien seguros de que todas las partes iban ensamblándose a la perfección hasta que veíamos el primer corte.

Pero en el plató de *Three A.M.*, sencillamente lo supe. Supe que era una película que haría que la gente me viera de otro modo, y también a Don. Me pareció que era tan buena que podía llegar a cambiar vidas, a llevar a los adictos a recuperarse. Hasta podía llegar a cambiar la manera de hacer películas.

Entonces me sacrificaba.

Cuando Max quería más días, yo postergaba mi tiempo con Connor para estar allí. Cuando Max quería más noches, renunciaba a cenas y veladas con Celia. Creo que llamé a Celia casi todos los días para disculparme por algo. Para disculparme por no poder ir al restaurante a la hora acordada. Para disculparme porque necesitaba que se quedara en casa a cuidar a Connor por mí.

Me di cuenta de que una parte de ella se arrepentía de haberme empujado a hacer la película. No creo que le gustara que estuviera trabajando todos los días con mi exmarido. No creo que le gustara que estuviera trabajando todos los días con Max Girard. No creo que le gustara que fueran tantas horas de trabajo. Y me dio la impresión de que, si bien quería a mi hija, quedarse a cuidarla no era precisamente su idea de pasarlo bien.

Pero no dijo nada y me apoyó. Cuando la llamaba por millonésima vez para avisarle que llegaría tarde, me decía: «Todo bien, cariño, no te preocupes. Deslúmbralos». En ese sentido, era una excelente compañera; siempre me ponía primero a mí y a mi trabajo.

Hasta que un día, hacia el final del rodaje, tras un largo día de trabajo con escenas muy emotivas, yo estaba en mi camerino preparándome para ir a casa cuando Max llamó a mi puerta.

—Hola —lo saludé—. ¿Qué tienes en mente?

Me miró, pensativo, y se sentó. Yo me quedé de pie, decidida a retirarme.

—Creo, Evelyn, que tenemos algo en qué pensar.

—¿Sí?

—La semana próxima es la escena de amor.

—Lo sé.

—Esta película está casi lista.

—Sí.

—Y me parece que le falta algo.

—¿Como qué?

—Creo que es necesario que el espectador entienda el puro magnetismo de la atracción que hay entre Patricia y Mark.

—Estoy de acuerdo. Por eso acepté mostrar de verdad mis pechos. Conseguiste lo que ningún otro cineasta, tú incluido, había conseguido de mí. Deberías estar encantado.

—Sí, claro que lo estoy, pero creo que necesitamos demostrar que Patricia es una mujer que toma lo que quiere, que se deleita en los pecados de la carne. Hasta ahora, es una mártir. Es una santa: ayuda a Mark durante toda la película, se queda a su lado.

—Así es, *justamente* por lo mucho que lo quiere.

—Sí, pero también necesitamos ver *por qué* lo quiere. ¿Qué le da él? ¿Qué obtiene Patricia de él?

—¿A dónde quieres llegar?

—Quiero que grabemos algo que casi nadie hace.

—¿El qué?

—Quiero mostrarte teniendo sexo porque te encanta. —Max tenía los ojos dilatados de entusiasmo. Estaba en un embeleso creativo. Siempre supe que Max era un poco lascivo, pero esto era diferente. Esto era un acto de rebelión—. Piénsalo. Las escenas de sexo tienen que ver con el amor. O con el poder.

—Claro. Y el objeto de la escena de amor que grabaremos la próxima semana es mostrar cuánto ama Patricia a Mark. Cuánto cree en él. Lo fuerte que es la conexión que hay entre ellos.

Max menea la cabeza.

—Quiero que demuestre al público que, en parte, Patricia ama a Mark porque la lleva al orgasmo.

Sentí que me echaba hacia atrás, intentando asimilarlo todo. No debería haberme resultado tan escandaloso, pero lo era, absolutamente. Las mujeres tienen sexo por la intimidad. Los hombres lo hacen por placer. Eso es lo que nos dice nuestra cultura.

La idea de que se me mostrara disfrutando mi cuerpo, de que deseara la forma masculina con la misma intensidad con que yo era deseada, de mostrar a una mujer dando prioridad a su propio placer físico… me pareció audaz.

De lo que Max hablaba era de mostrar gráficamente el deseo femenino. Y mi instinto visceral me dijo que me encantaba la idea. Es decir, la perspectiva de grabar una escena de sexo explícito con Don me excitaba tanto como un tazón de salvado. Pero quería romper esquemas. Quería mostrar a una mujer gozando. Me gustaba la idea de mostrar a una mujer teniendo relaciones porque quería que la complacieran y no por estar desesperada por complacer. Entonces, en un arranque de entusiasmo, me puse de pie, tomé mi abrigo, extendí la mano y dije:

—Cuenta conmigo.

Max rio y se levantó de un salto, tomó mi mano y la estrechó.

—¡*Fantastique, ma belle!*

Lo que debería haberle respondido es que tenía que pensarlo. Lo que debería haber hecho era contárselo a Celia en cuanto llegué a casa. Lo que debería haber hecho era permitirle opinar.

Debería haberle dado la oportunidad de expresar cualquier duda. Debería haber respetado el hecho de que, aunque a ella no le correspondía decirme lo que podía o no hacer con mi cuerpo, yo tenía la responsabilidad de preguntarle cómo podían afectarla mis actos. Debería haberla llevado a cenar y haberle explicado lo que quería hacer y por qué quería hacerlo. Debería haberle hecho el amor esa noche, para demostrarle que el único cuerpo del que me interesaba obtener placer era el suyo.

Son cosas que se hacen. Son gentilezas que prodigas a la persona a quien quieres cuando sabes que tu trabajo implica mostrar al mundo imágenes tuyas teniendo relaciones con otra persona.

Yo no hice nada de eso por Celia.

En lugar de hacerlo, la evité.

Fui a casa y pasé a ver a Connor. Bajé a la cocina y comí una ensalada de pollo que había dejado Luisa en la nevera.

Celia entró y me dio un abrazo.

—¿Qué tal la grabación?

—Bien —respondí—. Todo bien.

Y como ella no preguntó *¿Qué tal tu día?* ni *¿Pasó algo interesante con Max?*, ni siquiera *¿Cómo va a ser la semana que viene?*, yo no toqué el tema.

Bebí dos medidas de whisky antes de que Max gritara «¡Acción!». El plató se cerró. Solo quedamos yo, Don, Max, el director de fotografía y un par de asistentes que se ocupaban de la iluminación y del sonido.

Cerré los ojos y me ordené recordar lo bien que me hacía sentir, tantos años atrás, desear a Don. Pensé en lo sublime que era despertar mi propio deseo, darme cuenta de que me gustaba el sexo, de que no se trataba solamente de lo que quisieran los hombres, sino también yo. Pensé en que quería sembrar ese pensamiento en la mente de otras mujeres. Pensé en que tal vez había otras mujeres asustadas de su propio placer, de su propio poder. Pensé en lo que significaría que tan solo una de ellas fuera a su casa y le dijera a su marido: «Dame lo que él le dio a ella».

Me puse en ese lugar de anhelo desesperado, en el dolor de necesitar algo que solo puede darte otra persona. Yo había tenido eso con Don. Y ahora lo tenía con Celia. así que cerré los ojos, me concentré en mí misma y lo hice.

Más tarde, la gente decía que Don y yo realmente habíamos tenido relaciones en la película. Había toda clase de rumores de que no era sexo fingido sino de verdad. Pero esos rumores eran absolutamente falsos.

La gente solo creía ver sexo de verdad porque había una energía abrasadora, porque en ese momento me convencí de que era una mujer que lo necesitaba con urgencia, y porque Don pudo recordar lo que sentía al desearme antes de poder tenerme.

Ese día, en el plató, me solté de verdad. Estuve presente, salvaje y desenfrenada. Más de lo que había estado jamás en una película, más de lo que he estado desde entonces. Fue un momento de euforia puramente imaginaria.

Cuando Max gritó «¡Corten!», salí del trance. Me puse de pie y me apresuré a cubrirme con la bata. Me sonrojé. Yo. Evelyn Hugo. Me sonrojé.

Don me preguntó si me encontraba bien, y me aparté de él; no quería que me tocara.

—Estoy bien —le dije. Fui a mi camerino, cerré la puerta y lloré a mares.

No estaba avergonzada de lo que había hecho. No estaba nerviosa pensando en el público que lo vería. Las lágrimas que caían por mi rostro eran porque había tomado conciencia de lo que le había hecho a Celia.

Yo había sido una persona convencida de que se guiaba por cierto código. Quizá no fuera un código que los demás aprobaran, pero para mí tenía sentido. Y una parte de ese código era ser sincera con Celia, tratarla bien.

Y esto no era bueno para ella.

Hacer lo que acababa de hacer, sin su bendición, no era bueno para la mujer a la que amaba.

Cuando terminamos por el día, en lugar de tomar un taxi, caminé las cincuenta calles hasta llegar a casa. Necesitaba ese tiempo para mí.

De camino, me detuve a comprar unas flores. Llamé a Harry desde un teléfono público y le pedí que se llevara a Connor por esa noche.

Cuando llegué a casa, Celia estaba en el dormitorio, secándose el pelo.

—Te he traído flores —le dije, y le entregué el ramo de lirios blancos. No mencioné que, según el florista, los lirios blancos significan *Mi amor es puro.*

—Dios mío —exclamó—. Son preciosas. Gracias.

Olió las flores y luego eligió un vaso, lo llenó con agua del grifo y puso las flores en él.

—Solo por un momento —aclaró—. Hasta que pueda elegir un jarrón.

—Quería preguntarte algo —le dije.

—Cielos —dijo—. ¿Estas flores son para ablandarme?

Negué con la cabeza.

—No. Las flores son porque te quiero. Porque quiero que sepas lo mucho que pienso en ti, lo importante que eres para mí. No te lo digo tanto como debería. Por eso quise decírtelo así, con esas flores.

La culpa es un sentimiento con el que nunca me he llevado bien. Me sucede que, cuando llega, trae consigo un ejército. Cuando me siento culpable por una cosa, empiezo a ver todas las otras cosas por las que debería sentir culpa.

Me senté a los pies de nuestra cama.

—Yo quería… contarte que Max y yo estuvimos hablando, y creo que la escena de amor en la película va a ser más explícita de lo que tú y yo creíamos.

—¿Cuánto más?

—Algo un poco más intenso. Algo que refleje la desesperación de Patricia por obtener placer.

Estaba mintiendo descaradamente para ocultar una mentira por omisión. Estaba inventando un nuevo relato, en el cual Celia creería que le había pedido su bendición *antes* de hacer lo que ya había hecho.

—¿Su desesperación por obtener placer?

—Necesitamos ver qué es lo que obtiene Patricia de su relación con Mark. No es solo amor. Tiene que ser más que eso.

—Tiene lógica —dijo Celia—. Dices que responde la pregunta *¿Por qué se queda con él?*

—Sí —respondí, entusiasmada al ver que tal vez entendería, que tal vez yo podría arreglar aquello en forma retroactiva—.

Exacto. Así que vamos a grabar una escena explícita entre Don y yo. Yo estaré mayormente desnuda. Para que se capte de verdad la esencia de la película, necesitamos ver a los dos personajes juntos en un estado realmente vulnerable, conectándose... sexualmente.

Celia me escuchó hablar, tomándose su tiempo para asimilar mis palabras. La vi analizar lo que yo iba diciendo, intentar aceptarlo.

—Quiero que hagas la película como quieras hacerla —dijo.

—Gracias.

—Pero ... —Bajó la mirada y empezó a negar con la cabeza—. Me siento muy... No lo sé. No estoy segura de poder hacer esto. Saber que estás todo el día con Don, estas largas noches, y nunca te veo y... sexo. El sexo es sagrado entre nosotras. No sé si podré soportar ver eso.

—No tienes por qué verlo.

—Pero sabré que ocurrió. Sabré que existe. Y que todo el mundo lo verá. Quiero aceptar esto, de verdad.

—Entonces acéptalo.

—Voy a intentarlo.

—Gracias.

—De verdad voy a intentarlo.

—Excelente.

—Pero, Evelyn, no creo que pueda. Tan solo con saberlo... Cuando te acostaste con Mick, me sentí mal durante años, pensando en los dos juntos.

—Lo sé.

—Y te acostaste con Harry, quién sabe cuántas veces —añadió.

—Lo sé, querida, lo sé. Pero no voy a acostarme con Don.

—Pero lo hiciste antes. Ya lo hiciste. Y cuando la gente vea a los dos en la pantalla, estará mirando algo que ya hicisteis.

—No es real —señalé.

—Lo sé, pero lo que estás diciéndome es que estás dispuesta a hacer que parezca real. Estás diciendo que vas a hacer que parezca más real que cualquier otra cosa que hayamos hecho hasta ahora.

—Sí, supongo que eso es lo que estoy diciendo.

Se puso a llorar. Se tomó la cabeza entre las manos.

—Siento que estoy fallándote —dijo Celia—. Pero no puedo. No puedo. Me conozco, y sé que esto es demasiado para mí. Me afectará demasiado. Me enfermaré pensando en ti con él. —Negó con la cabeza, decidida—. Lo siento. No puedo hacer esto. No puedo soportarlo. Quiero ser más fuerte por ti, de verdad. Sé que, si la situación fuera al revés, tú sabrías manejarlo. Siento que estoy decepcionándote. Y lo siento mucho, Evelyn. Trabajaré toda mi vida para compensártelo. Te ayudaré a conseguir el papel que quieras. Por toda la vida. Y me esforzaré por cambiar, para poder ser más fuerte la próxima vez que esto suceda. Pero... por favor, Evelyn, no puedo soportar que te acuestes con otro hombre. Aunque esta vez solo *parezca* real. No puedo. Por favor. Por favor, no lo hagas.

Se me fue el alma al suelo. Estuve a punto de vomitar.

Bajé la mirada. Observé cómo se unían dos tablas justo bajo mis pies, y cómo los clavos estaban apenas hundidos.

Luego la miré y dije:

—Ya lo he hecho.

Sollocé.

Y le rogué.

Y me arrastré, con desesperación, de rodillas, pues había aprendido hacía ya mucho tiempo que hay que arrojarse a merced de las cosas que uno quiere de verdad.

Pero antes de que terminara, Celia dijo:

—Lo único que siempre quise fue que fueras verdaderamente mía. Pero nunca has sido mía de verdad. Siempre he tenido que conformarme con una parte de ti, mientras el mundo recibe la otra mitad. No te culpo. Esto no hace que deje de quererte. Pero no puedo hacer esto. No puedo, Evelyn. No puedo vivir siempre con el corazón medio roto.

Y salió por la puerta y me dejó.

Al cabo de una semana, Celia había guardado todas sus cosas, tanto en mi apartamento como en el suyo, y se mudó a Los Ángeles.

Cuando la llamaba, no descolgaba el teléfono. No podía comunicarme con ella.

Algunas semanas después de marcharse, le pidió el divorcio a John. Cuando él recibió los papeles, juro que fue como si me los hubiera enviado directamente a mí. Estaba claro, sin lugar a duda, que al divorciarse de él estaba divorciándose de mí.

Pedí a John que llamara al agente de Celia, a su representante. Averiguó que estaba alojándose en el Beverly Wiltshire. Volé a Los Ángeles y llamé a su puerta.

Tenía puesto mi vestido favorito de Diane von Furstenberg, porque Celia había dicho una vez que me hacía irresistible. Un hombre y una mujer salían de otra habitación, y mientras se acercaban por el pasillo, no podían dejar de mirarme. Sabían quién era yo. Pero me negué a esconderme. Seguí golpeando la puerta.

Cuando Celia la abrió por fin, la miré a los ojos y no dije nada. Ella me miró en silencio. Y luego, con lágrimas en los ojos, dije, simplemente:

—Por favor.

Apartó la mirada.

—Cometí un error —dije—. No volveré a hacerlo nunca más.

La última vez que habíamos peleado así, yo me había negado a pedirle disculpas. Y realmente creí que esta vez, si admitía cuánto me había equivocado, si cedía, con toda sinceridad y de todo corazón, ella me perdonaría.

Pero no fue así.

—Ya no puedo hacer esto —dijo, meneando la cabeza.

Llevaba unos vaqueros de talle alto y una camiseta de Coca-Cola. Tenía el pelo largo, por debajo de los hombros. Con treinta y siete años, aparentaba menos de treinta. Ella siempre había tenido un aire juvenil, a diferencia de mí. Yo tenía treinta y ocho, y se me empezaba a notar.

Cuando respondió eso, me puse de rodillas en el pasillo del hotel y lloré a más no poder.

Me hizo pasar.

—Déjame volver contigo, Celia —le rogué—. Acéptame, y renunciaré a todo lo demás. Renunciaré a todo menos a Connor. No actuaré nunca más. Le hablaré al mundo de nosotras. Y estoy dispuesta a entregarme por completo. Por favor.

Celia escuchó. Pero luego se sentó con toda calma en la silla que estaba junto a la cama y dijo:

—Evelyn, no eres capaz de renunciar a todo. Y nunca lo serás. Y la tragedia de mi vida será que no puedo quererte lo suficiente para hacerte mía. Que no te alcanza el amor para ser de nadie.

Me quedé allí un momento, esperando que dijera algo más. Pero no lo hizo. No tenía nada más que decir. Y no había nada que yo pudiera decir para hacerla cambiar de parecer.

Enfrenté la realidad, me serené, contuve las lágrimas, le di un beso en la sien y me retiré.

Tomé el avión de regreso a Nueva York, ocultando mi dolor. Solo me solté cuando llegué a mi apartamento. Lloré como si Celia hubiera muerto.

Así de definitivo lo sentía.

Había cruzado su límite. Y todo había terminado.

—¿Fue realmente el fin? —le pregunto.

—Ella no quiso tener nada más conmigo —responde Evelyn.

—¿Y la película?

—¿Estás preguntándome si valió la pena?

—Supongo que sí.

—La película fue un gran éxito. Pero no valió la pena.

—Don Adler ganó un Oscar por ese papel, ¿no es así?

Evelyn me mira con exasperación.

—Ese cabrón ganó un Oscar, y a mí ni siquiera me nominaron.

—¿Por qué no? Yo la vi. Al menos, algunas partes. Estás estupenda. Realmente excepcional.

—¿Y crees que no lo sé?

—Entonces, ¿por qué no te nominaron?

—¡Porque no! —exclama Evelyn con frustración—. Porque no estaba permitido que me aplaudieran por eso. Fue calificada como pornográfica. Yo era responsable por las cartas de lectores que empezaron a llegar a todos los periódicos del país. Era demasiado escandalosa, demasiado explícita. Los espectadores se excitaban, y cuando se sentían así, tenían que culpar a alguien, y me culpaban a mí. ¿Qué más podían hacer? ¿Echarle la culpa al director francés? Los franceses son así. Y tampoco iban a culpar al recién redimido Don Adler. Culparon a la bomba sexual que habían creado y de quien ahora podían decir que era una cualquiera. No iban a darme un Oscar por eso. Iban a verla a solas en un cine oscuro para después flagelarme en público.

—Pero no afectó tu carrera —señalo—. El año siguiente hiciste dos películas más.

—Yo hacía ganar dinero a la gente. Nadie rechaza el dinero. Todos estaban muy contentos de tenerme en sus películas, y después hablaban de mí a mis espaldas.

—En pocos años, conseguiste la que se considera una de las actuaciones más nobles de la década.

—Sí, pero no debería haber enredado tanto las cosas. No hice nada malo.

—Bueno, ahora lo sabemos. Ya a mediados de los 80, la gente os elogiaba, a ti y a la película.

—Todo está muy bien en retrospectiva —dice Evelyn—. Pero yo pasé años con el mote de adúltera, mientras hombres y mujeres de todo el país se devanaban los sesos pensando qué significaba la película. A la gente le chocaba que se mostrara a una mujer deseosa de que se la tiraran. Y aunque soy consciente de mi lenguaje grosero, realmente no hay otra manera de decirlo. Patricia no era una mujer que quería hacer el amor. Quería que la follaran. Y nosotros lo mostramos. Y los espectadores odiaban que le gustara tanto.

Aún está enfadada. Me doy cuenta por la forma en que se le tensa la mandíbula.

—Poco después de eso, ganaste un Oscar.

—Por esa película, perdí a Celia —dice—. Por esa película, mi vida, que tanto me encantaba, se puso del revés. Por supuesto, entiendo que la culpa fue mía. Fui yo quien grabó una escena de sexo explícito con mi exmarido sin consultarle primero. No intento culpar a otros por los errores que yo misma cometí en mi relación. Pero aun así...

Evelyn se calla, y se pierde por un momento en sus pensamientos.

—Quiero preguntarte algo, porque me parece importante que hables directamente sobre eso —digo.

—Está bien...

—¿El hecho de ser bisexual afectó tu relación?

Quiero asegurarme de reflejar su sexualidad con todos sus matices, en toda su complejidad.

—¿A qué te refieres? —pregunta, con cierta tensión en la voz.

—Perdiste a la mujer que querías debido a tus relaciones sexuales con hombres. Me parece que atañe a tu identidad general.

Evelyn me escucha y piensa en mis palabras. Luego niega con la cabeza.

—No, yo perdí a la mujer que amaba porque el hecho de ser famosa era, para mí, tan importante como ella. No tuvo nada que ver con mi sexualidad.

—Pero usabas tu sexualidad para obtener de los hombres cosas que Celia no podía darte.

Evelyn menea la cabeza con más énfasis.

—Hay una diferencia entre sexualidad y sexo. Yo usé el sexo para conseguir lo que quería. El sexo no es más que un acto. La sexualidad es una expresión sincera de deseo y placer. Eso siempre lo reservaba para Celia.

—Nunca lo había pensado así —admito.

—Que fuera bisexual no significaba que fuera desleal —explica Evelyn—. Una cosa no tiene nada que ver con la otra. Y tampoco significaba que Celia solo pudiera satisfacer la mitad de mis necesidades.

La interrumpo.

—No quise...

—Sé que no es eso lo que dices —aclara Evelyn—. Pero quiero que lo tengas en mis palabras. Cuando Celia dijo que no podía tenerme por completo, fue porque yo era egoísta y porque tenía miedo de perderlo todo. No porque yo tuviera dos lados que una sola persona nunca llegara a complacer. Destrocé el corazón de Celia porque pasaba la mitad de mi tiempo amándola, y la otra mitad, ocultando lo mucho que la amaba. Jamás la engañé con nadie. Si definimos el hecho de engañar como desear a otra persona y hacer el amor con ella. Nunca hice eso, ni una vez. Cuando estaba con Celia, estaba con Celia. Así como cualquier mujer que está casada con un hombre está con ese hombre. ¿Miraba a otras personas? Claro que sí. Como cualquiera que esté en pareja. Pero amaba a Celia, y solo con ella compartía mi verdadero ser.

»El problema era que yo usaba mi cuerpo para conseguir otras cosas que quería. Y no dejé de hacerlo, ni siquiera por ella. Esa es *mi* tragedia. Que usé mi cuerpo cuando era lo único que tenía, y después seguí usándolo a pesar de tener otras opciones. Seguí usándolo a pesar de saber que haría daño a la mujer a la que amaba. Y lo que es más, la hice cómplice. La puse en la situación de tener que aprobar continuamente mis elecciones a su propia costa. Celia me dejó en un arranque de furia, sí, pero fue una muerte por miles de heridas. Día tras día, fui hiriéndola con estos pequeños arañazos. Y después me sorprendí cuando la herida llegó a ser demasiado grande para sanarse.

»Me acosté con Mick porque quería proteger nuestras carreras, la mía y la de ella. Y eso me importaba más que la santidad de nuestra relación. Y me acosté con Harry porque quería un hijo, y creía que la gente sospecharía si adoptábamos uno. Porque temía llamar la atención por la falta de sexo en nuestro matrimonio. Y elegí eso por encima de la santidad de nuestra relación. Y cuando Max Girard tuvo una buena idea sobre una decisión creativa para una película, quise hacerlo. Y estuve dispuesta a hacerlo a costa de la santidad de nuestra relación.

—Te juzgas con demasiada dureza, me parece —le digo—. Celia no era perfecta. También podía ser cruel.

Evelyn se encoge ligeramente de hombros.

—Ella nunca dejaba de compensar lo malo con muchas cosas buenas. Y yo... bueno, no hice lo mismo por ella. Hice que fuera mitad y mitad. Que es una de las peores cosas que puedes hacerle a alguien a quien quieres: darle apenas lo suficiente para que se quede contigo a pesar de tantos malos momentos. Claro que, de esto, me di cuenta cuando me dejó. Y traté de arreglarlo. Pero era demasiado tarde. Como dijo ella, ya no podía seguir haciéndolo. Porque tardé demasiado en darme cuenta de lo que era importante para mí. Y *no* por mi sexualidad. Confío en que vas a expresar bien esto.

—Sí —respondo—. Te lo prometo.

—Sé que lo harás. Y ya que estamos hablando de cómo me gustaría que me pintaras, hay otra cosa que necesito que escribas con exactitud. Porque cuando ya no esté, no podré aclarar nada. Quiero que sepas ahora, que estés absolutamente segura, de que vas a transmitir con precisión lo que estoy diciéndote.

—De acuerdo —digo—. ¿Qué es?

Evelyn se ensombrece un poco.

—No soy una buena persona, Monique. Quiero que, en el libro, lo dejes bien claro. Que no estoy afirmando ser buena. Que hice muchas cosas que hicieron daño a muchas personas, y si fuera necesario, volvería a hacerlas.

—No lo sé —comento—. A mí no me pareces tan mala, Evelyn.

—Tú serás la primera en cambiar esa opinión —replica—. Muy pronto.

Y lo único que puedo pensar es: *¿Qué mierda habrá hecho?*

John murió de un ataque al corazón en 1980, poco antes de cumplir cincuenta años. Fue algo que nadie esperaba. Era el más atlético del grupo, el que estaba en mejor estado, el que no fumaba, el que hacía ejercicio todos los días; no debería habérsele detenido el corazón justamente a él. Pero las cosas no tienen lógica. Y cuando nos dejó, quedó en nuestra vida un hueco gigantesco.

Connor tenía cinco años. Fue difícil explicarle adónde se había ido el tío John. Y más difícil fue explicarle por qué su padre estaba tan triste. Durante semanas, Harry apenas pudo levantarse de la cama. Cuando lo hacía, era para beber whisky. Rara vez estaba sobrio; siempre con ánimo sombrío, y a menudo respondía mal.

Vi una foto de Celia llorando, con los ojos enrojecidos, entrando a su caravana en Arizona, donde estaba grabando. Quería abrazarla. Quería que todos nos acompañáramos en el dolor. Pero sabía que eso no sucedería.

Pero sí podía ayudar a Harry, así que Connor y yo nos quedábamos en su apartamento todos los días. Ella dormía en su cuarto; yo, en el sofá del dormitorio de Harry. Me aseguraba de que comiera. De que se bañara. De que jugara con su hija.

Una mañana, cuando desperté, encontré a Harry y a Connor en la cocina. Connor estaba sirviéndose cereales en un tazón mientras Harry miraba por la ventana, vestido solo con los pantalones de su pijama.

Tenía un vaso vacío en la mano. Cuando se apartó de la ventana y se volvió hacia Connor, lo saludé.

—Buenos días.

Y Connor preguntó:

—Papi, ¿por qué tienes los ojos mojados?

Yo no sabía si había estado llorando o si ya llevaba varias copas, aun a esa hora tan temprana.

Para el funeral, me puse un vestido *vintage* de Halston. Harry se puso un traje negro con camisa negra, corbata negra, cinturón y calcetines negros. El dolor nunca se borró de su rostro.

Su dolor profundo, gutural, no reflejaba la historia que habíamos vendido a la prensa: que Harry y John eran amigos, que Harry y yo estábamos enamorados. Tampoco la reflejaba el hecho de que John dejara la casa a Harry. Pero, a pesar de mi instinto, no insté a Harry a ocultar sus sentimientos ni a rechazar la casa. Me quedaba muy poca energía para intentar esconder lo que éramos. Había aprendido demasiado bien que a veces el dolor era más fuerte que la necesidad de guardar las apariencias.

Celia estuvo presente, con un vestido mini negro de mangas largas. No me saludó. Apenas me miró. La miré, muriéndome por acercarme y sujetar su mano. Pero no di un solo paso hacia ella.

No iba a aprovechar la pérdida de Harry para aliviar la mía. No iba a obligarla a hablarme. Así, no.

Harry contuvo las lágrimas mientras bajaban el ataúd de John a su tumba. Celia se alejó. Connor me vio mirándola y preguntó:

—Mamá, ¿quién es esa señora? Creo que la conozco.

—Sí, cariño —le respondí—. La conociste.

Y entonces Connor, mi niña adorable, dijo:

—Es la que se muere en tu película.

Y me di cuenta de que, en realidad, no recordaba a Celia. La reconoció por *Mujercitas.*

—Es la buena. La que quiere que todos sean felices —añadió Connor.

Entonces supe que la familia que había construido se había desintegrado de verdad.

Now This

3 de julio de 1980

CELIA ST. JAMES Y JOAN MARKER SE HAN HECHO MUY AMIGAS

Celia St. James y la recién llegada a Hollywood, Joan Marker, últimamente están dando mucho que hablar a la ciudad. Marker, más conocida por su papel estelar en la película *Promise Me,* del año pasado, está convirtiéndose rápidamente en la chica de la temporada. ¿Y quién mejor que la Novia de América para enseñarle los pormenores del lugar? Se las vio juntas de compras por Santa Mónica y almorzando en Beverly Hills; parece que no se cansan de estar juntas.

Esperamos que estén planeando también hacer juntas una película; ¡eso sí que sería un *tour de force* actoral!

Yo sabía que la única manera de que Harry retomara nuevamente su vida era ocuparlo con Connor y con trabajo. Lo de Connor era fácil: la niña quería a su padre. Quería que le prestara atención cada segundo del día. Cada vez se parecía más a él; había heredado sus ojos celestes y su complexión alta y robusta. Y cuando estaba con ella, Harry dejaba de beber. Le importaba ser buen padre, y sabía que tenía la responsabilidad de estar sobrio para ella.

Pero cada noche, cuando volvía a su casa —algo que aún era un secreto para el mundo exterior—, yo sabía que bebía hasta quedarse dormido. Y los días que no pasaba con nosotras, sabía que ni siquiera se levantaba de la cama.

Por lo tanto, mi única opción era el trabajo. Tenía que encontrar un proyecto que a él le encantara. Tenía que ser un guion que lo apasionara y que tuviera un papel estupendo para mí. No solo porque quería hacer un papel estupendo, sino porque además Harry no haría nada por sí solo. Pero sí lo haría si creía que yo lo necesitaba.

Entonces me puse a leer guiones. Durante varios meses, leí cientos de guiones. Hasta que Max Girard me envió uno que le estaba costando que los estudios aceptaran. Se llamaba *All for Us*.

Era sobre una madre soltera de tres hijos que se muda a Nueva York para intentar mantener a sus hijos y realizar sus sueños. Hablaba de ganarse la vida en la ciudad fría y dura, pero también de esperanza y de atreverse a creer que uno merece más. Yo sabía que esas dos cosas atraerían a Harry. Y el papel de Renee, la madre, era honesto, recto y fuerte.

Se lo pasé a Harry y le rogué que lo leyera. Cuando intentó evitarlo le dije: «Creo que este es el papel que me dará por fin el Oscar». Eso lo convenció de leerlo.

Me encantó grabar *All for Us.* Y no porque, por esa película, conseguí al fin la maldita estatuilla ni porque mi relación con Max Girard se estrechó aún más en el plató. Me encantó grabarla porque, aunque no logró que Harry dejara de beber, al menos lo sacó de la cama.

Cuatro meses después del estreno de la película, Harry y yo fuimos juntos a la entrega de los Oscars. Max Girard fue con una modelo llamada Bridget Manners, pero desde hacía semanas venía bromeando, diciendo que lo único que quería era asistir conmigo, que yo llegara del brazo con él. Incluso llegó a decir que, dada la cantidad de hombres con los que había estado casada, estaba sumamente frustrado porque nunca me había casado con él. Tuve que admitir que me sentía cada vez más cerca de Max. Así que, aunque técnicamente él estaba con otra, cuando estuvimos sentados todos juntos en la primera fila, sentí que yo estaba allí con los dos hombres más importantes para mí.

Connor estaba en el hotel, viendo la ceremonia por televisión con Luisa. Ese día, antes, nos había dado a cada uno un dibujo que había hecho. El mío era una estrella dorada. El de Harry, un rayo. Dijo que eran para que nos dieran suerte. Guardé el mío en mi cartera. Harry puso el suyo en el bolsillo de su esmoquin.

Cuando anunciaron a las nominadas para mejor actriz, me di cuenta de que, en realidad, nunca había creído que pudiera ganar. Con el Oscar, llegarían ciertas cosas que siempre había deseado:

credibilidad, seriedad. Y me di cuenta de que, si hacía una buena introspección, yo no *creía* tener credibilidad ni seriedad.

Harry me apretó la mano mientras Brick Thomas abría el sobre.

Y entonces, a pesar de todo lo que yo misma me había dicho, anunció mi nombre.

Me quedé con la mirada fija adelante, el pecho agitado, sin poder procesar lo que acababa de oír. Entonces Harry me miró y dijo:

—Lo conseguiste.

Me puse de pie y lo abracé. Caminé hasta el escenario, acepté el Oscar que me entregaba Brick y me llevé la mano al pecho como para que mi corazón latiera más despacio.

Cuando menguaron los aplausos, me acerqué al micrófono y pronuncié un discurso que fue premeditado e improvisado a la vez. Intenté recordar lo que había preparado todas las otras veces en que había pensado que podría ganar.

—Gracias —dije, contemplando un mar de rostros conocidos y hermosos—. Gracias, no solo por este premio, que atesoraré siempre, sino también por permitirme trabajar en esto. No siempre ha sido fácil, y Dios sabe que mi camino tuvo muchos altibajos, pero me siento increíblemente afortunada de poder vivir esta vida. Así que gracias, no solo a todos los productores con los que he trabajado desde mediados de los años 50 (Dios mío, estoy revelando mi edad al decir esto), sino también específicamente a mi productor preferido: Harry Cameron. Te quiero. Quiero a nuestra hija. Hola, Connor. Vete a dormir ya, querida, que es muy tarde. Y a todos los otros actores y actrices con los que he trabajado, a todos los directores que me ayudaron a crecer como actriz, especialmente a Max Girard, gracias. A propósito, Max, creo que esto cuenta como un *home run*. Y hay una persona más, en quien pienso cada día.

Diez años antes, habría tenido demasiado miedo de decir algo más. Probablemente incluso me habría asustado decir eso. Pero tenía que decírselo. A pesar de que hacía años que no hablaba con ella. Tenía que demostrarle que seguía amándola. Que siempre la amaría.

—Sé que ella está viéndome en este momento. Y espero que sepa lo importante que es para mí. Gracias a todos. Gracias.

Temblando, me retiré del escenario y me repuse. Hablé con los periodistas. Acepté felicitaciones. Y volví a mi asiento justo a tiempo para ver a Max ganar el premio a mejor director, y a Harry, el premio a la mejor película. Después, los tres posamos para una foto tras otra, sonriendo de oreja a oreja.

Habíamos escalado hasta la cima de la montaña, y esa noche clavamos nuestras banderas en la cumbre.

A eso de la una de la madrugada, después de que Harry volviera al hotel para ver cómo estaba Connor, Max y yo estábamos en el patio de una mansión, propiedad del presidente de la Paramount. Había una fuente circular que rociaba agua hacia el cielo nocturno. Max y yo estábamos sentados, maravillados de lo que habíamos conseguido juntos. Llegó su limusina.

—¿Quieres que te lleve a tu hotel? —me preguntó.

—¿Y tu acompañante?

Max se encogió de hombros.

—Creo que solo le interesaba entrar al espectáculo.

Reí.

—Pobre Max.

—Pobre Max, no —replicó, meneando la cabeza—. Pasé la velada con la mujer más hermosa del mundo.

Negué con la cabeza.

—Exageras.

—Parece que tienes hambre. Ven, subamos al coche. Comeremos hamburguesas.

—¿Hamburguesas?

—Seguramente hasta Evelyn Hugo come una hamburguesa de vez en cuando.

Max abrió la puerta de la limusina y esperó que subiera.

—Tu carroza —dijo.

Yo quería ir a casa a ver a Connor. Quería ver su boca entreabierta mientras dormía. Pero, de hecho, no me parecía tan mala idea comer una hamburguesa con Max Girard.

Minutos más tarde, el chofer de la limusina intentaba maniobrar para entrar al área de pedidos de un local de Jack in the Box, y Max y yo decidimos que sería más fácil bajar del coche y entrar.

Los dos nos pusimos en la fila: yo, con mi vestido de seda azul marino, y él, con su esmoquin, detrás de dos chicos que estaban pidiendo patatas fritas. Cuando llegó nuestro turno, la cajera gritó como si acabara de ver un ratón.

—¡Ay, Dios mío! —exclamó—. Es Evelyn Hugo.

Me reí.

—No tengo idea de lo que hablas —respondí. Después de veinticinco años, esa respuesta seguía dando resultado.

—Es ella. Evelyn Hugo.

—Tonterías.

—Este es el mejor día de mi vida —dijo, y llamó a alguien que estaba en el fondo—. Norm, tienes que venir a ver esto. Evelyn Hugo está aquí. Con vestido de fiesta.

Max reía mientras más y más personas se volvían a mirarnos. Empecé a sentirme como un animal enjaulado. No es algo a lo que uno se acostumbre, eso de que te miren tanto en los lugares pequeños. Algunos empleados salieron de la cocina para mirarme.

—¿Podemos pedir dos hamburguesas? —preguntó Max—. La mía, con ración extra de queso, por favor.

Todos lo ignoraron.

—¿Me daría su autógrafo? —preguntó la mujer que atendía el mostrador.

—Claro —respondí, con amabilidad.

Esperaba que todo terminara pronto, que pudiéramos recibir la comida y marcharnos. Empecé a firmar menús de papel y gorros de papel. Firmé un par de recibos.

—Realmente debemos irnos —dije—. Es tarde.

Pero nadie se detuvo. Todos siguieron dándome cosas para firmar.

—Ha ganado un Oscar —dijo una mujer mayor—. Hace unas horas. La vi. Yo la vi.

—Así es, sí —respondí. Señalé a Max con el bolígrafo que tenía en la mano—. Y él, también.

Max saludó.

Firmé algunas cosas más, estreché algunas manos más.

—Bueno, realmente debo irme —dije.

Pero seguía juntándose cada vez más gente.

—De acuerdo —intervino Max—. Dejen respirar a la dama. —Miré en la dirección desde donde provenía su voz y lo vi acercarse, abriéndose paso entre la gente. Me entregó las hamburguesas, me alzó, me echó sobre su hombro y así salimos del restaurante y subimos a la limusina.

—Guau —dije, cuando me bajó.

Max subió a mi lado. Tomó la bolsa.

—Evelyn —dijo.

—¿Qué?

—Te quiero.

—¿Como que me quieres?

Se inclinó hacia mí, aplastó las hamburguesas y me besó.

Fue como si alguien hubiera conectado la electricidad en un edificio abandonado desde hacía mucho tiempo. No me habían besado así desde que Celia se había ido. Desde que el amor de mi vida me había dejado, no me habían besado con deseo, con la clase de deseo que enciende más deseo.

Y allí estaba Max, con dos hamburguesas deformadas entre nosotros y sus labios tibios sobre los míos.

—A eso me refiero —dijo, cuando se apartó de mí—. Haz con ello lo que te plazca.

A la mañana siguiente, desperté ganadora de un Oscar, y una preciosa niña de siete años estaba desayunando en mi cama.

Alguien llamó a la puerta. Me puse la bata. Abrí la puerta. Ante mí había dos docenas de rosas rojas con una nota que decía: «Te quiero desde que te conocí. He intentado dejar de amarte. Pero no puedo. Abandónalo, *ma belle.* Cásate conmigo. Por favor. Besos, M».

—Mejor paramos aquí —sugiere Evelyn.

Tiene razón. Se hace tarde, y sospecho que tengo una cantidad de llamadas perdidas y de emails que responder, incluso lo que sé que será un correo de voz de David.

—Está bien —respondo; cierro mi cuaderno y detengo la grabación.

Evelyn recoge algunos de los papeles y las tazas de café que se han acumulado durante el día.

Reviso mi teléfono. Dos llamadas perdidas de David. Una de Frankie. Una de mi madre.

Me despido de Evelyn y salgo a la calle.

El aire está más templado de lo que suponía, así que me quito la chaqueta. Saco mi teléfono del bolsillo. Escucho primero el correo de voz de mi madre. Porque no estoy segura de estar lista para saber lo que quiere decirme David. No sé qué *quiero* que me diga, y por eso no sé qué cosa va a decepcionarme cuando no la diga.

«Hola, querida», dice mi madre. «¡Solo llamo para recordarte que pronto estaré allí! Mi vuelo llega el viernes por la noche. Y sé que vas a insistir en ir a esperarme al aeropuerto, por esa vez que me perdí en el metro, pero no te preocupes. De verdad. Puedo arreglármelas para llegar al apartamento de mi hija desde JFK. O LaGuardia. Ay, Dios, no habré reservado el vuelo a Newark sin querer, ¿o sí? No, no es así. Estoy deseando verte, mi albondiguita. Te quiero».

Ya estoy riendo antes de que termine el mensaje. Mi madre se perdió en Nueva York varias veces, no una sola. Y siempre, porque se niega a tomar un taxi. Insiste en que controla el transporte público, a pesar de que es nacida y criada en Los Ángeles y, por ende, no tiene sentido de cómo se combinan dos medios de transporte.

Además, siempre he detestado que me llame albondiguita. Más que nada, porque las dos sabemos que es una referencia a lo gordita que era yo cuando niña; redonda como una albóndiga.

Cuando termino de escuchar su mensaje y de responderle: «¡Tengo muchas ganas de verte! Iré a esperarte al aeropuerto. Solo dime a cuál», llego a la estación del metro.

Podría convencerme fácilmente de escuchar el mensaje de David cuando llegue a Brooklyn. Y casi lo hago. Estoy a punto de hacerlo. Pero me quedo en la entrada del metro y lo reproduzco.

«Hola», me saluda, con su voz ronca tan familiar. «Te escribí. Pero no me respondiste. Eh... Estoy en Nueva York. Estoy en casa. Digo, estoy en el apartamento. Nuestro apartamento. O... tu apartamento. Bueno, como sea. Aquí estoy. Esperándote. Sé que debería haberte avisado antes. Pero ¿no crees que deberíamos hablar? ¿No te parece que hay más cosas que decir? Ya no sé lo que digo, así que voy a cortar. Pero espero verte pronto».

Cuando termina el mensaje, bajo corriendo la escalera, paso mi tarjeta y subo al tren justo cuando arranca. Me adentro en el vagón repleto e intento serenarme mientras pasamos por una parada tras otra.

¿Qué mierda está haciendo en casa?

Bajo del tren y salgo a la calle. Me pongo la chaqueta al sentir el aire fresco. Esta noche, parece que en Brooklyn hace más frío que en Manhattan.

Intento no correr hasta mi apartamento. Intento conservar la calma, la compostura. *No es necesario que corras,* me digo. Además, no quiero llegar sin aliento, y realmente no quiero despeinarme.

Entro al edificio y subo la escalera hasta mi apartamento.

Introduzco la llave en la puerta.

Y allí está.

David.

En mi cocina, lavando platos como si viviera aquí.

—Hola —lo saludo, mirándolo fijamente.

Está exactamente igual. Ojos azules, pestañas espesas, pelo corto. Tiene unos vaqueros grises oscuros y una camiseta moteada de color granate.

Cuando lo conocí y fuimos enamorándonos, recuerdo que pensé que el hecho de que él fuera blanco facilitaba las cosas, porque sabía que nunca me diría que no era suficientemente negra. Recuerdo a Evelyn, la primera vez que oyó a su criada hablando en español.

Recuerdo que pensé que, al no ser un lector tan asiduo, nunca me consideraría una mala escritora. Y recuerdo a Celia diciendo a Evelyn que no era buena actriz.

Recuerdo haber pensado que, de los dos, yo era claramente la más atractiva y eso me hacía sentir mejor, porque creía que eso significaba que él nunca me abandonaría. Pienso en cómo Don trató a Evelyn a pesar de que bien podía decirse que era la mujer más hermosa del mundo.

Evelyn hizo frente a todos esos desafíos.

Pero ahora, al mirar a David, me doy cuenta de que yo me escondí de ellos.

Quizá toda mi vida.

—Hola —responde.

No puedo evitarlo: vomito las palabras. No tengo tiempo, energía ni templanza para elegirlas bien o suavizarlas.

—¿Qué haces aquí? —le pregunto.

David guarda en el armario el bol que tiene en la mano y luego se vuelve hacia mí.

—Vine a limar algunas asperezas —responde.

—¿Y yo soy algo que tienes que limar?

Apoyo mi bolso en el rincón. Me quito los zapatos.

—Eres algo que necesito corregir —dice—. Me equivoqué. Creo que los dos nos equivocamos.

¿Por qué, hasta este momento, nunca me di cuenta de que esto tiene que ver con mi propia inseguridad? ¿Que la raíz de la mayoría de mis problemas es que necesito sentirme suficientemente segura de la persona que soy para poder mandar a la mierda a quien no le guste? ¿Por qué me he pasado tanto tiempo conformándome con menos cuando sé muy bien que el mundo espera más?

—Yo no me equivoqué —replico. Y me sorprende tanto como a él, si no más.

—Monique, los dos nos apresuramos. Yo me enfadé porque no quisiste mudarte a San Francisco. Porque sentía que me había ganado el derecho de pedirte que te sacrificaras por mí, por mi carrera.

Empiezo a formular una respuesta, pero David sigue hablando.

—Y a ti te molestó que te pidiera eso, porque sé lo importante que es la vida que tienes aquí. Pero... hay otras maneras de resolver esto. Podemos seguir nuestra relación a distancia, y después de un tiempo yo puedo mudarme otra vez aquí, o tú puedes mudarte a San Francisco en algún momento. Tenemos opciones. Eso es todo lo que digo. No es necesario que nos divorciemos. No tenemos por qué renunciar a esto.

Me siento en el sofá, jugueteando con los dedos mientras pienso. Ahora que él lo dice, me doy cuenta de lo que me ha entristecido tanto estas últimas semanas, lo que me ha torturado y me ha hecho sentir tan mal conmigo misma.

No es el rechazo.

Y no es el dolor.

Es la derrota.

Yo no sentí ese dolor cuando Don me dejó. Tan solo sentí que mi matrimonio había fracasado. Y son cosas muy diferentes.

Evelyn había dicho eso apenas la semana pasada.

Y ahora entiendo por qué me afectó tanto.

Estaba dolida porque fracasé. Porque elegí a un hombre que no era para mí. Porque me casé con quien no debía. Porque la verdad es que, a los treinta y cinco años, aún no he amado tanto a nadie como para sacrificarme por esa pareja. Aún no he abierto mi corazón al punto de dejar entrar tanto a alguien.

Hay matrimonios que no son muy buenos. Hay amores que no lo abarcan todo. A veces las personas se separan simplemente porque no estaban bien en esa pareja.

A veces el divorcio no es una pérdida que sacude los cimientos de todo. A veces, simplemente, son dos personas que despiertan de un estupor.

—No creo… Creo que deberías volver a San Francisco —le digo por fin.

David se acerca y se sienta conmigo en el sofá.

—Y creo que yo debería quedarme aquí —prosigo—. Y no creo que un matrimonio a distancia sea lo correcto. Creo… creo que lo correcto es el divorcio.

—Monique…

—Lo siento —digo mientras me agarra la mano—. Ojalá no fuera así. Pero sospecho que, en el fondo, tú también lo piensas. Porque no has venido aquí a decirme lo mucho que me echas de menos. Ni lo difícil que ha sido vivir sin mí. Has dicho que no querías darte por vencido. Y fíjate, yo tampoco quiero darme por vencida. No quiero fracasar en esto. Pero esa no es una buena razón para seguir juntos. Deberíamos tener *razones* para no querer darnos por vencidos. Y yo no… no las tengo. —No sé muy bien cómo suavizar lo que quiero decirle, así que lo digo y ya—. Nunca he sentido que fueras mi otra mitad.

Solo cuando David se pone de pie, me doy cuenta de que yo había dado por sentado que estaríamos allí hablando durante un rato largo. Y cuando se pone la chaqueta, me doy cuenta de que probablemente él había dado por sentado que pasaría la noche allí.

Pero cuando apoya la mano en la puerta, entiendo que he puesto en marcha el fin de una vida opaca en aras de encontrar una mucho mejor.

—Espero que algún día encuentres a alguien a quien sí sientas como tu otra mitad, supongo —dice David.

Como Celia.

—Gracias —respondo—. Espero que tú también.

David sonríe con una expresión que es más bien una mirada con el ceño fruncido. Y luego se marcha.

Cuando uno pone fin a un matrimonio, se supone que pierde el sueño por ello, ¿verdad?

Pero yo no. Yo duermo libre.

A la mañana siguiente, justo cuando estoy sentándome en casa de Evelyn, recibo una llamada de Frankie. Primero pienso en dejar que salte el contestador, pero ya tengo demasiadas cosas dándome vueltas en la mente. Si a ellas sumara «llamar a Frankie», tal vez acabaría de volverme loca. Era mejor atenderla. Una cosa menos que hacer después.

—Hola, Frankie —la saludo.

—Hola —dice, con voz ligera, casi alegre—. Tenemos que concertar la cita con los fotógrafos. Supongo que Evelyn querrá que vayan a su apartamento, ¿verdad?

—Ah, es una buena pregunta —respondo—. Un segundo. —Silencio el teléfono y me vuelvo hacia Evelyn—. Preguntan cuándo y dónde quieres hacer la sesión de fotos.

—Aquí está bien —dice Evelyn—. Apuntemos al viernes.

—Eso es dentro de tres días.

—Sí, creo que el viernes viene después del jueves. ¿O me equivoco?

Sonrío y meneo la cabeza; luego saco a Frankie del silencio.

—Dice Evelyn que aquí, en el apartamento, el viernes.

—Por la mañana, no muy temprano —acota Evelyn—. A las once.

—A las once, ¿está bien? —le digo a Frankie.

Frankie está de acuerdo.

—¡Absolutamente fantástico!

Corto y miro a Evelyn.

—¿Quieres hacer una sesión de fotos dentro de tres días?

—No, *tú* quieres que haga una sesión de fotos, ¿te acuerdas?

—Pero ¿estás segura del viernes?

—Para entonces, ya habremos terminado —responde Evelyn—. Tendrás que trabajar hasta más tarde que de costumbre. Le diré a Grace que tenga esos muffins que tanto te gustan, y el café de Peet's que sé que prefieres.

—Está bien —digo—. Está bien, pero aún nos falta mucho.

—No te preocupes. Terminaremos para el viernes.

Cuando la miro con escepticismo, añade:

—Deberías estar contenta, Monique. Vas a tener tus respuestas.

Cuando Harry leyó la nota que me había enviado Max, se quedó en silencio, como pasmado. Al principio, pensé que había herido sus sentimientos al mostrársela. Pero después me di cuenta de que estaba pensando.

Habíamos llevado a Connor a un área de juegos de Coldwater Canyon, en Beverly Hills. Nuestro vuelo de regreso a Nueva York partía en unas horas. Connor estaba jugando en los columpios mientras Harry y yo la observábamos.

—Entre nosotros no cambiaría nada —dijo—, si nos divorciáramos.

—Pero, Harry…

—John ya no está. Celia ya no está. Ya no es necesario que nos escondamos con citas dobles. No cambiaría nada.

—*Nosotros* cambiaríamos —repliqué, observando cómo Connor se impulsaba más con las piernas y se columpiaba más alto.

Harry la miraba a través de sus gafas de sol y le sonreía. La saludó de lejos.

—¡Así se hace, cariño! —le gritó—. Recuerda sujetarte bien a las cadenas, si vas a llegar tan alto.

Había empezado a controlarse un poco con la bebida. Había aprendido a elegir sus momentos de entregarse a ella. Y nunca dejaba que nada perjudicara su trabajo ni a su hija. Pero, aun así, me preocupaba lo que pudiera hacer si se quedaba más solo.

Se volvió hacia mí.

—Nosotros no cambiaríamos, Ev. Te lo prometo. Yo viviría en mi casa, como ahora. Tú vivirías en la tuya. Yo pasaría por allí todos los días. Connor podría dormir en mi casa cuantas veces quisiera. En todo caso, en lo que respecta a las apariencias, quizá sería más lógico. Pronto la gente empezará a preguntar por qué tenemos dos casas.

—Harry...

—Tú haz lo que quieras. Si no quieres estar con Max, pues no estés con él. Solo digo que hay razones muy válidas para que nos divorciemos. Y no muchas desventajas, salvo que ya no podré decir que eres mi esposa, algo que siempre ha sido un orgullo para mí. Pero seguiremos siendo lo mismo. Una familia. Y... creo que sería bueno que te enamoraras de alguien. Tú mereces que te amen así.

—Tú también.

Harry sonrió con tristeza.

—Yo tuve mi amor. Y ya no está. Pero para ti, creo que es hora. Puede que sea Max, puede que no. Pero tal vez debería ser alguien.

—No me gusta la idea de divorciarme de ti —dije—. Aunque en realidad no signifique mucho.

—¡Mira, papá! —exclamó Connor mientras levantaba las piernas en el aire, y cuando el columpio llegaba arriba, saltó y aterrizó de pie. Casi me dio un infarto.

Harry rio.

—¡Excelente! —le dijo, y luego se volvió hacia mí—. Lo siento. Creo que yo le he enseñado eso.

—Lo he adivinado.

Connor volvió a subir al columpio. Harry se inclinó hacia mí y me rodeó los hombros con un brazo.

—Sé que no te gusta la idea de divorciarte de mí —dijo—. Pero creo que sí te gusta la idea de casarte con Max. Si no, no creo que te hubieras molestado en mostrarme esa nota.

—¿Estás hablando en serio? —pregunté.

Max y yo estábamos en Nueva York, en su apartamento. Hacía tres semanas que me había declarado su amor.

—Muy en serio —respondió Max—. ¿Cómo dicen por aquí? ¿Más serio que burro en canoa?

—Perro.

—Bueno. Más serio que perro en canoa.

—Apenas nos conocemos —señalé.

—Nos conocemos desde 1960, *ma belle*. Tú no te das cuenta de cuánto tiempo ha pasado. Hace más de veinte años.

Yo tenía ya más de cuarenta años. Max era algunos años mayor. Con una hija y un falso marido, yo pensaba que era imposible que volviera a enamorarme. No creía que pudiera volver a suceder.

Y allí estaba aquel hombre, un hombre apuesto, alguien que me gustaba mucho, con quien tenía experiencias en común y que decía amarme.

—¿Y me sugieres que abandone a Harry? ¿Así como así? ¿Por lo que creemos que puede haber entre nosotros?

Max me miró con el ceño fruncido.

—No soy tan estúpido como tú crees —dijo.

—Yo no creo que seas estúpido.

—Harry es homosexual —señaló.

Sentí que mi cuerpo se retraía, se apartaba lo más posible de él.

—No tengo ni idea de lo que dices.

Max rio.

—Eso no funcionó cuando estábamos comprando hamburguesas, y tampoco ahora.

—Max…

—¿Te gusta estar conmigo?

—Claro que sí.

—¿Y no estás de acuerdo en que nos entendemos, en lo creativo?

—Por supuesto.

—¿Acaso no te he dirigido en las películas más importantes de tu carrera?

—Sí.

—¿Y crees que eso es casualidad?

Lo pensé.

—No. No lo es.

—No, no lo es —dijo—. Es porque te *veo*. Es porque ansío tenerte. Es porque, desde la primera vez que te vi, mi cuerpo ardió de deseos por ti. Es porque llevo décadas enamorándome de ti. La cámara te ve como te veo yo. Y cuando eso sucede, tú vuelas.

—Eres un director con talento.

—Sí, claro que sí —dijo—. Pero solo porque me inspiras. Tú, mi Evelyn Hugo, eres el talento que da fuerza a cada una de tus películas. Eres mi musa. Y yo soy tu director. Soy la persona que extrae de ti tus mejores trabajos.

Inhalé profundamente, pensando en lo que él decía.

—Tienes razón —concluí—. Tienes toda la razón.

—No se me ocurre nada más erótico que eso —prosiguió—. Que el hecho de ser el uno la inspiración del otro. —Se inclinó más hacia mí. Sentí su calor en mi piel—. Y no se me ocurre nada más significativo que el modo en que nos entendemos. Debes dejar a Harry. Él estará bien. Nadie sabe lo que es, y si lo saben, nadie lo dice. Ya no necesita que lo protejas. *Yo* te necesito, Evelyn. Te necesito tanto... —me susurró al oído. El calor de su aliento, el roce de su barba incipiente en mi mejilla me excitó.

Lo sujeté. Lo besé. Me quité la blusa. Le arranqué la camisa. Le desabroché el cinturón y lo arrojé a un lado. De un tirón, desabotoné mis vaqueros. Me arrimé a él.

El modo en que me sujetó, en que se movió, demostró claramente que estaba ansioso por tenerme, que no podía creer en la suerte de estar tocándome. Cuando me bajé los tirantes del sujetador y dejé mis pechos al descubierto, me miró a los ojos y luego apoyó las manos en mi pecho como si acabara de descubrir un tesoro escondido.

Me hizo sentir muy bien que me tocara así. Poder liberar mi propio deseo. Max se acostó en el sofá y me senté sobre él, y me moví como yo quería, tomando de él lo que necesitaba, sintiendo placer por primera vez en años.

Fue como encontrar agua en el desierto.

Cuando todo terminó, no quería apartarme de él. No quería separarme jamás de su lado.

—Serías padrastro —dije—. ¿Lo entiendes?

—Me encanta Connor —respondió Max—. Me encantan los niños. Así que, para mí, eso es un beneficio.

—Y Harry siempre estará cerca. Nunca se irá. Es una constante.

—No me molesta. Harry siempre me ha caído bien.

—Yo querría quedarme en mi casa —añadí—. No aquí. No quiero desarraigar a Connor.

—Muy bien —respondió.

Me quedé en silencio. No sabía con exactitud lo que quería. Salvo que quería más de él. Quería otra vez la experiencia de él. Lo besé. Gemí. Lo atraje encima de mí. Cerré los ojos, y por primera vez en años, cuando los cerré, no vi a Celia.

—Sí —le dije, mientras me hacía el amor—. Me casaré contigo.

Decepcionante Max Girard

Now This

11 de junio de 1982

EVELYN HUGO SE DIVORCIA DE HARRY CAMERON PARA CASARSE CON EL DIRECTOR MAX GIRARD

¡Otro matrimonio para Evelyn Hugo! Tras 15 años de casados, ella y el productor Harry Cameron van a divorciarse. Los dos acaban de tener una buena racha que este año les valió los Oscars por su película *All for Us.*

Pero se comenta que Evelyn y Harry llevan ya un tiempo separados. En los últimos años, su matrimonio pasó a ser poco más que una amistad. Hay quienes afirman que Harry está viviendo en la casa de quien fuera amigo de ambos, John Braverman, muy cerca de donde vive Evelyn.

Mientras tanto, parece que Evelyn aprovechó ese tiempo para acercarse a Max Girard, su director en *All for Us.* Los dos han anunciado que planean casarse. Solo el tiempo dirá si Max será el número de la suerte para la felicidad de Evelyn. Pero lo que sí sabemos es que será su sexto marido.

Max y yo nos casamos en Joshua Tree, con Connor, Harry y Luc, el hermano de Max. Originalmente, Max había sugerido Saint-Tropez o Barcelona para la boda y la luna de miel. Pero los dos acabábamos de grabar en Los Ángeles, y me gustó la idea de que fuéramos solo un grupo pequeño en el desierto.

Omití el blanco; ya hacía tiempo que había dejado de fingir inocencia. Elegí, en cambio, un vestido largo de color azul océano, y el cabello rubio ligeramente rebajado. Tenía cuarenta y cuatro años.

Connor tenía una flor en el pelo. Harry estaba a su lado con pantalones y camisa de vestir.

Max se vistió de lino blanco. En broma, decíamos que, como era su primera boda, era él quien debía vestirse de blanco.

Esa noche, Harry y Connor regresaron a Nueva York. Luc volvió a su casa en Lyon. Max y yo nos alojamos en una cabaña para pasar una noche a solas, algo poco frecuente.

Hicimos el amor en la cama, en el escritorio y, en mitad de la noche, en el porche, bajo las estrellas.

Por la mañana, comimos naranjas y jugamos a las cartas. Vimos la televisión. Reímos. Hablamos sobre las películas que nos gustaban, las que habíamos grabado y las que queríamos hacer.

Max dijo que tenía una idea para una película de acción conmigo como protagonista. Le dije que no estaba segura de poder ser la heroína de un filme de acción.

—Tengo más de cuarenta años, Max —le recordé.

Estábamos caminando en el desierto y el sol era fuerte. Yo había olvidado el agua en la cabaña.

—Tú no tienes edad —repuso, mientras caminaba levantando arena—. Puedes hacer lo que sea. Eres Evelyn Hugo.

—Soy Evelyn —respondí. Me detuve. Lo tomé de la mano—. No necesitas llamarme siempre Evelyn Hugo.

—Pero eso eres —replicó—. Eres *la* Evelyn Hugo. Eres extraordinaria.

Sonreí y lo besé. Era un gran alivio sentirme amada, sentir amor. Para mí, era vivificante querer estar con alguien otra vez. Creía que Celia nunca volvería conmigo. Pero Max estaba allí. Era mío.

Cuando volvimos a la cabaña, los dos estábamos quemados por el sol y sedientos. Preparé unos sándwiches de mantequilla de cacahuete y miel para la cena, y nos sentamos en la cama a ver las noticias. Me sentía en paz. Nada que demostrar, nada que esconder.

Nos dormimos con Max acunándome. Sentía los latidos de su corazón contra mi espalda.

Pero a la mañana siguiente, cuando desperté despeinada y con mal aliento, lo miré, esperando ver una sonrisa en su rostro. Pero lo vi con expresión estoica, como si llevara horas mirando el techo.

—¿En qué piensas? —le pregunté.

—En nada.

El vello de su pecho estaba encaneciendo. Me parecía que le daba un aspecto majestuoso.

—¿Qué ocurre? —insistí—. Puedes decírmelo.

Se volvió y me miró. Me acomodé el cabello, un poco avergonzada de mi aspecto desaliñado. Volvió a mirar el techo.

—Esto no es lo que había imaginado.

—¿Qué habías imaginado?

—A ti —respondió—. Había imaginado la gloria de vivir contigo.

—¿Y ahora no?

—No, no es eso —dijo, negando con la cabeza—. ¿Puedo serte franco? Creo que odio el desierto. Hay demasiado sol y no hay comida buena, y ¿por qué estamos aquí? Somos gente de ciudad, mi amor. Deberíamos volver a casa.

Reí, aliviada de que no se tratara de otra cosa.

—Aún nos quedan tres días aquí —le recordé.

—Sí, sí, lo sé, *ma belle*, pero por favor, vámonos a casa.

—¿Antes de tiempo?

—Podemos quedarnos en una habitación en el Waldorf por unos días. Pero no aquí.

—Está bien —dije—. Si estás seguro.

—Estoy seguro —respondió. Se levantó y fue a ducharse.

Más tarde, en el aeropuerto, mientras esperábamos para abordar nuestro avión, Max fue a comprar algo para leer durante el vuelo. Volvió con una revista *People* y me mostró la nota sobre nuestra boda.

Me llamaban la «bomba audaz», y a Max, mi «caballero blanco».

—Qué bien, ¿no? —dijo—. Parecemos de la realeza. Estás preciosa en esta foto. Pero ¿cómo no ibas a estarlo? Eres así.

Sonreí, pero lo único en que podía pensar era en la famosa frase de Rita Hayworth: *Los hombres se acuestan con Gilda, pero despiertan conmigo.*

—Creo que yo debería bajar unos kilos —observó, palmeándose el abdomen—. Quiero estar guapo para ti.

—*Eres* guapo —le aseguré—. Siempre lo has sido.

—No —insistió, negando con la cabeza—. Mira esta foto que han puesto de mí. Parece que tengo tres mentones.

—Solo es una mala foto. En persona estás de maravilla. Yo no te cambiaría nada, en serio.

Pero Max no me prestaba atención.

—Creo que dejaré de comer cosas fritas. Me he vuelto demasiado estadounidense con la comida, ¿no crees? Quiero estar en forma para ti.

Pero lo que quería decir no era estar en forma para *mí*, sino estarlo para las fotos en las que aparecería *conmigo*.

Se me rompió un poquito el corazón mientras subíamos al avión. Y un poco más mientras lo observaba leer la revista durante el vuelo.

Justo antes de aterrizar, un hombre que volaba en clase económica vino a la primera clase para usar el baño y se sorprendió al verme. Cuando se fue, Max se volvió hacia mí, sonriendo, y dijo:

—¿Crees que todas esas personas van a ir a casa a contarles a todos que estuvieron en el mismo vuelo que Evelyn Hugo?

En cuanto terminó de decirlo, mi corazón acabó de romperse en dos.

Tardé unos cuatro meses en comprender que Max no tenía intenciones de hacer siquiera el *intento* de amarme, que tan solo era capaz de amar la *idea* de mí. Y después, parece una tontería decirlo, pero no quería dejarlo, porque no quería divorciarme.

Solo una vez me había casado con un hombre por amor. Esta era solo la segunda vez en mi vida que me había casado con el convencimiento de que podía durar. Y al fin y al cabo, yo no había dejado a Don. Don me había dejado a mí.

Con Max, creía que algo podía cambiar, que podía ocurrir algo que le hiciera verme como era en realidad y quererme tal como era. Creía que, tal vez, yo podía amarlo tal como era, lo suficiente como para que él empezara a amarme tal como era yo.

Creía que al fin podría tener un matrimonio serio con alguien.

Pero eso nunca ocurrió.

En lugar de eso, Max me paseaba por la ciudad como el trofeo que era para él. Todos deseaban a Evelyn Hugo, y Evelyn Hugo lo deseaba a él.

La chica de *Boute-en-train* cautivaba a todos. Incluso al hombre que la había creado. Y yo no sabía cómo decirle que a mí también me encantaba esa chica. Pero que yo no era ella.

En 1988, Celia aceptó el papel de Lady Macbeth en una adaptación al cine. Habría podido postularse para mejor actriz. En esa película, no había otra mujer que tuviera un papel más importante que el de ella. Pero seguramente se postuló para mejor actriz de reparto, porque llegado el momento, fue esa su nominación. En cuanto la vi, supe que tenía que haber sido decisión de ella. Era así de inteligente.

Naturalmente, voté por ella.

Cuando ganó, yo estaba en Nueva York con Connor y Harry. Ese año, Max había asistido solo a la entrega de premios. Tuvimos una pelea por eso. Él quería que lo acompañara, pero yo quería pasar la velada con mi familia, no enfundada en una combinación modeladora y con tacones de quince centímetros.

Además, para ser absolutamente franca, yo tenía cincuenta años. Había toda una nueva generación de actrices con las que competir. Todas eran bellísimas, sin una sola arruga y de cabello brillante. Cuando te conocen por tu belleza, no imaginas un destino peor que estar al lado de alguien y perder en la comparación.

No importaba lo hermosa que hubiera sido. El tiempo pasaba, y todos lo notaban.

Empezaron a escasear los papeles que podía hacer. Los que me ofrecían eran los de las madres de los excelentes roles protagonistas, que se ofrecían a mujeres que tenían literalmente la mitad de mi edad. En Hollywood, la vida es como una curva de campana, y yo había prolongado mi tiempo en la cumbre tanto como había podido. Había durado más que la mayoría. Pero ya había doblado la esquina, y prácticamente estaban jubilándome.

Así que no, no quería ir a la entrega de los Oscars. En lugar de volar a Los Ángeles, pasar el día en una silla de maquillaje, y luego esconder la barriga y estar de pie muy derecha ante cientos de cámaras y millones de ojos, pasé el día con mi hija.

Luisa estaba de vacaciones, y no habíamos encontrado a nadie que nos gustara para reemplazarla, así que Connor y yo pasamos el día jugando a limpiar la casa. Preparamos la cena juntas. Después, hicimos palomitas de maíz y nos sentamos con Harry a ver ganar a Celia.

Celia tenía puesto un vestido de seda amarillo con volantes en el dobladillo. Su cabello rojo, ahora más corto, estaba recogido en un *chignon*. Estaba mayor, sin duda, pero nunca más deslumbrante. Cuando anunciaron su nombre, subió al escenario y aceptó el premio con la gracia y la sinceridad por las que el público siempre la había conocido. Y justo antes de apartarse del micrófono, dijo: «Y si esta noche a alguien le da por besar el televisor, que lo haga con cuidado, no se vaya a romper un diente».

—Mamá, ¿por qué lloras? —me preguntó Connor.

Me llevé la mano a la cara y me di cuenta de que la tenía húmeda de lágrimas. Harry sonrió y me acarició la espalda.

—Deberías llamarla —sugirió—. Nunca es mala idea olvidar los viejos rencores.

En lugar de llamarla, le escribí una carta.

Mi querida Celia:

¡Felicidades! Muy merecido. No cabe duda de que eres la actriz con más talento de tu generación.

Te deseo la felicidad más completa. Esta vez no besé el televisor, pero sí celebré el premio con tanto entusiasmo como las otras veces.

Con todo mi amor,
~~Edward~~
Evelyn

La envié con la paz de quien envía un mensaje en una botella. Es decir, no esperaba respuesta. Pero una semana más tarde, la recibí. Un sobre pequeño, cuadrado, de color crema, dirigido a mí.

Mi querida Evelyn:

Leer tu carta fue como una bocanada de aire después de estar atrapada bajo el agua. Espero que me perdones por ser tan directa, pero ¿cómo destrozamos tanto? ¿Y qué significa que no nos hayamos hablado en una década y, sin embargo, siga oyendo tu voz en mi cabeza todos los días?

Besos,
Celia

Mi querida Celia:

Me hago cargo de todos nuestros tropiezos. Fui egoísta y no supe ver las cosas. Solo espero que hayas encontrado la dicha con alguien más. Mereces ser muy feliz. Y siento no haber podido darte eso.

Con amor,
Evelyn

Mi querida Evelyn:

Lo que dices es revisionismo histórico. Yo era insegura, mezquina e ingenua. Te culpaba por las cosas que hacías para guardar nuestros secretos. Pero lo cierto es que, cada vez que evitabas que el mundo se entrometiera en nuestra vida, yo sentía un inmenso alivio. Y todos mis momentos más felices fueron gracias a ti. Nunca te lo reconocí lo suficiente. La culpa fue de las dos. Pero tú fuiste la única que pidió disculpas. Permíteme ahora rectificar eso: lo siento, Evelyn.

Con amor,
Celia

P.D. Hace unos meses vi Three A.M. Es una película audaz e importante. Habría sido un error de mi parte interponerme. Siempre has tenido mucho más talento del que te he reconocido.

Mi querida Celia:

¿Crees que podría haber una amistad después del amor? Detesto pensar que podemos desperdiciar los años que nos quedan en esta vida sin hablarnos.

Con amor,
Evelyn

Mi querida Evelyn:

¿Max es como Harry? ¿Como Rex?

Con amor,
Celia

Mi querida Celia:

Lamento decirte que no, no lo es. Es diferente. Pero estoy desesperada por verte. ¿Podemos vernos?

Con amor,
Evelyn

Mi querida Evelyn:

Sinceramente, esa noticia me destroza. No sé si soportaría verte, dadas las circunstancias.

Con amor,
Celia

Mi querida Celia:

Te llamé muchas veces la semana pasada, pero no devolviste mis llamadas. Seguiré intentándolo. Por favor, Celia. Por favor.

Con amor,
Evelyn

—¿Hola?

Su voz era exactamente la misma de antes. Dulce, pero con cierta firmeza.

—Soy yo —dije.

—Hola.

La calidez que adoptó en ese momento me dio esperanzas de poder reconstruir mi vida, como siempre debió haber sido.

—Lo quise —dije—. A Max. Pero ya no.

Silencio en la línea. Luego preguntó:

—¿Qué estás diciendo?

—Digo que me gustaría verte.

—No puedo verte, Evelyn.

—Sí puedes.

—¿Qué quieres que hagamos? ¿Que volvamos a destruirnos?

—¿Aún me quieres? —le pregunté.

Silencio.

—Yo aún te quiero, Celia. Te lo juro.

—No… no creo que debamos hablar de esto, si…

—¿Si qué?

—Si nada ha cambiado.

—Todo ha cambiado.

—Aún no podemos revelar lo que somos.

—Elton John salió del armario —señalé—. Hace años.

—Elton John no tiene un hijo ni una carrera basada en que el público crea que es heterosexual.

—¿Dices que perderemos nuestro trabajo?

—No puedo creer que tenga que decirte esto —dijo.

—Bueno, déjame decirte algo que sí ha cambiado —repliqué—. Ya no me importa. Estoy dispuesta a renunciar a todo.

—No lo dices en serio.

—Lo digo muy en serio.

—Evelyn, hace años que ni siquiera nos vemos.

—Sé que pudiste olvidarme —digo—. Sé que estuviste con Joan. Y seguramente habrás estado con otras. —Esperé, con la esperanza de que me corrigiera, de que me dijera que no había habido nadie más. Pero no lo hizo. Entonces proseguí—. Pero ¿puedes decir con sinceridad que dejaste de quererme?

—Por supuesto que no.

—Yo tampoco puedo decirlo. No hubo un día en que no te quisiera.

—Te casaste con otro.

—Me casé con él porque me ayudaba a olvidarte —respondí—. No porque hubiera dejado de amarte.

Oí que Celia inhalaba profundamente.

—Iré a Los Ángeles —dije—. Y tú y yo cenaremos juntas. ¿De acuerdo?

—¿Una cena?

—Solo cena. Tenemos cosas de que hablar. Creo que al menos nos debemos una larga charla. ¿Qué te parece la semana que viene? Harry puede cuidar a Connor. Puedo quedarme unos días.

Celia se volvió a quedar callada. Me di cuenta de que estaba pensando. Tuve la impresión de que era un momento decisivo para mi futuro, nuestro futuro.

—De acuerdo —dijo—. Una cena.

El día en que yo iría al aeropuerto, Max no se levantó temprano. Debía ir al plató por la tarde para hacer una grabación nocturna, de modo que le apreté la mano para despedirme y luego saqué mis cosas del armario.

No lograba decidir si quería llevar las cartas de Celia conmigo o no. Las había guardado todas, con sus sobres, en una caja en el fondo de mi armario. En los últimos días, mientras preparaba lo que llevaría, las guardé y volví a sacarlas, indecisa.

Las había releído cada día desde que Celia y yo habíamos vuelto a hablar. No quería separarme de ellas. Me gustaba pasar los dedos por encima de las palabras, palpar las marcas del bolígrafo en el papel. Me gustaba oír su voz en mi mente. Pero iba a verla. Entonces decidí que no las necesitaba.

Me puse las botas y tomé mi chaqueta; luego abrí mi bolso de viaje y saqué las cartas. Las escondí detrás de mis pieles.

Dejé una nota a Max: «Vuelvo el miércoles, Maximilian. Con cariño, Evelyn».

Connor estaba en la cocina, comiendo pasteles antes de ir a casa de Harry, donde se quedaría durante mi ausencia.

—¿Tu papá no tiene pasteles? —le pregunté.

—No de los que tienen azúcar moreno. Él compra los de fresa, y yo los odio.

La abracé y le di un beso en la mejilla.

—Adiós. Pórtate bien mientras no estoy —le recomendé.

Me miró con impaciencia, y no supe si fue por el beso o por la recomendación. Acababa de cumplir trece años y empezaba su ascenso hacia la adolescencia, y yo ya sufría por ello.

—Sí, sí —respondió—. Ya nos veremos.

Bajé a la calle y mi limusina ya estaba esperándome. Entregué mi bolso al chófer y, en el último momento, se me ocurrió que, tras mi cena con Celia, quizás ella me diría que no quería volver a verme. O que no quería que volviéramos a hablar. En ese caso, yo estaría en el vuelo de vuelta, echándola de menos más que nunca. Decidí que quería llevar las cartas. Quería tenerlas conmigo. Las necesitaba.

—Espere un momento —le pedí al chófer, y volví a entrar a la casa a toda prisa. Al entrar, me crucé con Connor, que salía del ascensor.

—¿Ya has vuelto? —preguntó, con la mochila a la espalda.

—He olvidado algo. Que te diviertas este fin de semana, cariño. Dile a tu padre que volveré en unos días.

—Sí, está bien. A propósito, Max ya se ha despertado.

—Te quiero —le dije, al tiempo que pulsaba el botón del elevador.

—Y yo a ti —respondió Connor. Alzó la mano a modo de despedida y salió a la calle.

Subí al apartamento y entré al dormitorio. Y allí, en mi armario, estaba Max.

Las cartas de Celia, que yo había guardado en forma tan prístina, estaban desperdigadas por la habitación, en su mayoría arrancadas de sus sobres como si no fueran más que correo basura.

—¿Qué estás haciendo? —le pregunté.

Max tenía una camiseta negra y pantalones deportivos.

—¿A mí me lo preguntas? —dijo—. Eso es demasiado. Que entres y me preguntes *a mí* qué estoy haciendo.

—Son mías.

—Ah, ya lo veo, *ma belle.*

Me incliné e intenté quitárselas. Él las apartó.

—¿Estás engañándome? —preguntó, sonriendo—. Estás hecha toda una francesa.

—Max, basta.

—Un poco de infidelidad no me importa, querida. Siempre y cuando se haga con respeto. Y no se dejen pruebas.

Por el modo en que lo dijo, me di cuenta de que él se había acostado con otras durante nuestro matrimonio, y me pregunté si alguna mujer podía estar realmente a salvo de hombres como Max y Don. Pensé en cuántas mujeres pensarían que, si tan solo fueran tan atractivas como Evelyn Hugo, podrían evitar que sus maridos las engañaran. Pero eso nunca impidió que me engañara ningún hombre al que amé.

—No estoy engañándote, Max. ¿Quieres dejarlo?

—Puede que no —dijo—. Supongo que puedo creerte. Pero lo que no puedo creer es que seas una maldita desviada.

Cerré los ojos, con una furia tan ardiente que necesité retirarme del mundo por un momento y recogerme dentro de mi cuerpo.

—No soy una desviada —respondí.

—Estas cartas dicen otra cosa.

—Esas cartas no son asunto tuyo.

—Puede ser —dijo Max—. Si estas cartas son solo de Celia St. James hablándote de lo que sintió por ti en el pasado, entonces estoy equivocado. Y las devolveré de inmediato y te pediré disculpas.

—Bien.

—He dicho *si.* —Se puso de pie y se acercó a mí—. Pero es un *si* muy importante. Si estas cartas que te envió te llevaron a decidir tu viaje a Los Ángeles, entonces estoy muy enfadado, porque estás tomándome por estúpido.

Estoy convencida de que, si le hubiera dicho que no tenía ninguna intención de ver a Celia en Los Ángeles, si se lo hubiera vendido muy bien, él habría desistido. Incluso podría haberme pedido disculpas y haberme llevado él mismo al aeropuerto.

Y esa fue mi primera reacción: mentir, esconder, encubrir lo que estaba haciendo y lo que yo era. Pero cuando abrí la boca para mentirle, me salió otra cosa.

—Iba a verla, sí. Tienes razón.

—¿Ibas a engañarme?

—Iba a dejarte —le dije—. Creo que ya lo sabes. Creo que hace ya un tiempo que lo sabes. Voy a dejarte. Si no es por ella, por mí.

—¿Por ella? —repitió.

—La quiero. Siempre la he querido.

Max quedó pasmado, como si hubiera estado presionándome, dando por sentado que me rendiría. Meneó la cabeza con incredulidad.

—Caray —dijo—. Increíble. Me casé con una lesbiana.

—Deja de decir eso.

—Evelyn, si te acuestas con mujeres, eres lesbiana. No te odies por serlo. Eso no... no te sienta bien.

—No me importa lo que creas que me sienta bien. Yo no odio a las lesbianas. Estoy enamorada de una. Pero a ti también te quise.

—Oh, por favor —dijo—. No trates de hacerme quedar aún más como un estúpido. Hace años que te quiero, y ahora descubro que no era nada para ti.

—No me quisiste ni un solo día —replico—. Te gustaba ir por ahí del brazo de una estrella del cine. Te gustaba ser tú quien dormía en mi cama. Pero eso no es amor. Es posesión.

—No tengo idea de lo que dices —repuso.

—Por supuesto que no. Porque no eres capaz de diferenciar las dos cosas.

—¿Alguna vez me amaste?

—Sí. Cuando me hacías el amor, me hacías sentir deseo, te ocupabas bien de mi hija, y yo creía que veías en mí algo que nadie más veía. Cuando creía que tenías una comprensión y un talento que nadie más tenía. Te quise mucho.

—Entonces no eres lesbiana —concluyó.

—No quiero hablar de esto contigo.

—Pues vas a hacerlo. Tienes que hacerlo.

—No —repliqué, mientras recogía las cartas y me las guardaba en los bolsillos—. No tengo que hacerlo.

—Sí —insistió, y bloqueó la puerta—. Tienes que hacerlo.

—Max, quítate de mi camino. Me voy.

—No vas a verla a ella. No puedes.

—Claro que puedo.

Empezó a sonar el teléfono, pero yo estaba demasiado lejos para atenderlo. Sabía que era el chófer. Sabía que, si no salía, podía perder el vuelo. Habría otros vuelos, pero yo quería subirme a ese. Quería llegar a Celia lo antes posible.

—Evelyn, basta —dijo Max—. Piénsalo. No tiene sentido. No puedes dejarme. Me bastaría hacer una sola llamada para destruirte. Podría contárselo a alguien, a cualquiera, y tu vida no volvería a ser la misma.

No estaba amenazándome. Simplemente estaba explicándome lo que era tan evidente. Era como si estuviera diciéndome: *Querida, no estás pensando con claridad. Esto no terminará bien para ti.*

—Eres un buen hombre, Max —dije—. Entiendo que estés enfadado y trates de hacerme daño. Pero te conozco, y sé que al menos *intentarás* hacer lo correcto.

—¿Y si esta vez no lo hago? —preguntó. Y allí, finalmente, estaba la amenaza.

—Voy a dejarte, Max. O lo hago ahora o lo haré más adelante, pero lo haré tarde o temprano. Si decides que eso justifica que intentes destruirme, pues supongo que eso tendrás que hacer.

Al ver que no se movía, lo empujé a un lado y salí.

Me esperaba el amor de mi vida, e iría a recuperarla.

Cuando llegué a Spago, Celia ya estaba en la mesa. Tenía unos pantalones negros y una blusa sin mangas de gasa de color crema. En el exterior había una temperatura agradable, unos veinticinco grados, pero en el restaurante el aire acondicionado estaba fuerte, y se veía que Celia tenía un poco de frío. Tenía erizada la piel de los brazos.

Su cabello rojo aún deslumbraba, pero ahora se notaba que estaba teñido. Los reflejos dorados que tenía antes, resultado del sol y la naturaleza, ahora se veían ligeramente saturados y cobrizos. Sus ojos azules estaban tan atractivos como siempre, pero ahora la piel que los rodeaba estaba más fláccida.

Yo había visitado a un cirujano plástico varias veces en los últimos años, y sospeché que ella también. Me había puesto un vestido negro con escote en V profundo y cinturón a la cintura. Mi cabello rubio, ahora más corto y un poco más claro por las canas que habían ido naciendo, estaba suelto.

Cuando me vio, se puso de pie.

—Evelyn —dijo.

La abracé.

—Celia.

—Estás estupenda —observó—. Como siempre.

—Y tú estás igual que la última vez que te vi —respondí.

—Nunca nos hemos mentido —dijo, sonriendo—. No empecemos ahora.

—Estás fantástica —le aseguré.

—Lo mismo digo.

Pedí una copa de vino blanco. Ella pidió agua con gas y lima.

—Ya no bebo —explicó—. Ya no me sienta como antes.

—No hay problema. Si quieres, puedo arrojar mi vino por la ventana en cuanto me lo traigan.

—No —respondió, riendo—. ¿Por qué debería ser problema tuyo mi poca tolerancia al alcohol?

—Quiero que todo lo que tenga que ver contigo sea mi problema —repuse.

—¿Te das cuenta de lo que estás diciendo? —susurró, mientras se inclinaba hacia mí sobre la mesa. El escote de su blusa se abrió y se hundió en la panera. Me preocupó que llegara a rozar la mantequilla, pero no fue así.

—Por supuesto que me doy cuenta.

—Me destruiste —dijo—. Dos veces ya, en nuestra vida. He pasado años intentando olvidarte.

—¿Y lo conseguiste? ¿Alguna de las dos veces?

—No del todo.

—Creo que eso significa algo.

—¿Por qué ahora? —preguntó—. ¿Por qué no me llamaste hace años?

—Te llamé miles de veces después de que me dejaste. Prácticamente tiré tu puerta abajo —le recordé—. Creí que me odiabas.

—Te odiaba, sí —admitió. Se echó un poco hacia atrás—. Aún te odio, creo. Al menos, un poquito.

—¿Y crees que yo no te odio? —Intenté no levantar la voz, simular que era una simple charla entre dos viejas amigas—. ¿Ni un poquito?

Celia sonrió.

—No, supongo que sería lógico que me odiaras.

—Pero no voy a dejarme disuadir por eso —dije.

Celia suspiró y miró su menú. Me acerqué a ella, con aire conspirador.

—Antes no creía tener ninguna posibilidad —le confié—. Después de que me dejaste, pensé que la puerta se había cerrado. Pero ahora se entreabrió, y quiero abrirla de par en par y entrar.

—¿Qué te hace pensar que la puerta está abierta? —preguntó, mirando el lado izquierdo del menú.

—Estamos cenando, ¿o no?

—Como amigas —aclaró.

—Tú y yo nunca hemos sido amigas.

Cerró el menú y lo dejó sobre la mesa.

—Necesito gafas para leer —dijo—. ¿Puedes creerlo? Gafas.

—Bienvenida al club.

—Puedo ser muy mala a veces, cuando estoy dolida —me recordó.

—No estás diciéndome nada que no sepa ya.

—Te hice sentir que no tenías talento —recordó—. Intenté hacerte creer que me necesitabas porque yo te daba legitimidad.

—Lo sé.

—Pero tú siempre la tuviste.

—Ahora también lo sé —le dije.

—Pensé que me llamarías cuando ganaste el Oscar. Pensé que querrías demostrármelo, restregármelo por la cara.

—¿No escuchaste mi discurso?

—Claro que sí —respondió.

—Fue una señal para ti.

Alcé un trozo de pan y lo unté con mantequilla, pero lo dejé de inmediato sin darle un solo bocado.

—No estaba segura —dijo Celia—. Es decir, no estaba segura de que te referías a mí.

—Faltó que dijera tu nombre.

—Dijiste «ella».

—Precisamente.

—Pensé que tal vez tenías otra *ella.*

Yo había mirado a otras mujeres además de Celia. Me había imaginado con otras mujeres. Pero a todas, durante lo que me había parecido toda mi vida, las había catalogado como «Celia» o «no Celia». Era como si todas las otras mujeres con las que había pensado entablar una conversación tuvieran en la frente un sello que decía «no Celia». Si iba a arriesgar mi carrera y todo lo que amaba por una mujer, tendría que ser ella.

—No hay ninguna más que tú —le aseguré.

Celia me escuchó y cerró los ojos. Y después habló. Fue como si hubiera intentado no hacerlo, pero no hubiera podido evitarlo.

—Pero sí hubo otros hombres.

—Es la misma historia de siempre —respondí, intentando no demostrar impaciencia—. Estuve con Max. Obviamente, tú estuviste con Joan. ¿Acaso Joan me hacía sombra?

—No —admitió Celia.

—Y Max tampoco a ti.

—Pero sigues casada con él.

—Voy a pedirle el divorcio. Él se va. Terminamos.

—Qué repentino.

—En realidad, no. Debería haberlo hecho antes. El caso es que encontró tus cartas —dije.

—¿Y va a dejarte?

—No, amenaza con delatarme si no me quedo con él.

—¿Qué?

—Yo voy a dejarlo. Y que haga lo que le venga en gana. Porque tengo cincuenta años, y ya no tengo energía para controlar cada cosa que se dice de mí hasta que me muera de vieja. Los papeles que me ofrecen son una mierda. Tengo el Oscar en mi sala de estar. Tengo una hija espectacular. Tengo a Harry. Soy famosa. Durante años seguirán escribiendo sobre mis películas. ¿Qué más quiero? ¿Una estatua de oro en mi honor?

Celia rio.

—Precisamente eso es un Oscar —dijo.

Yo también reí.

—¡Exacto! Bien dicho. En ese caso, también tengo eso. No hay nada más, Celia. No quedan más montañas que escalar. Me he pasado la vida escondiéndome para que nadie me derribara de la montaña. Pues bien, ¿sabes qué? Ya no quiero esconderme. Que vengan a buscarme. Por mí, que me arrojen a un pozo. Tengo contrato con Fox para una última película este año, y después se acabó.

—No lo dices en serio.

—Sí. Es otra manera de pensar… así te perdí. No quiero volver a perder.

—No se trata solo de nuestras carreras —señaló—. Las consecuencias son imprevisibles. ¿Y si te quitan a Connor?

—¿Por estar enamorada de una mujer?

—Porque piensan que sus dos padres son «invertidos».

Bebí un sorbo de mi vino.

—Contigo siempre pierdo —digo por fin—. Si quiero esconderme, me dices que soy cobarde. Si me canso de esconderme, me dices que me quitarán a mi hija.

—Lo siento —dice Celia. No parecía sentir tanto lo que había dicho como el hecho de que nos hubiera tocado vivir en ese mundo—. ¿Lo dices en serio? —preguntó—. ¿Realmente renunciarías a todo?

—Sí —respondí—. Lo haría.

—¿Estás completamente segura? —preguntó, justo cuando el camarero depositaba su bistec frente a ella y mi ensalada delante de mí—. ¿Pero completamente segura?

—Sí.

Celia calló un momento. Se quedó mirando su plato. Parecía estar sopesándolo todo en ese momento, y cuanto más tardaba en hablar, más me inclinaba yo hacia ella, intentando acercarme.

—Tengo enfermedad pulmonar obstructiva crónica —dijo por fin—. Es probable que no viva mucho más allá de los sesenta años.

La miré fijamente.

—No es cierto —dije.

—Sí lo es.

—No. No puede ser verdad.

—Es verdad.

—No, no lo es —insistí.

—Sí —dijo. Recogió su tenedor. Bebió un sorbo del agua que tenía frente a ella.

Mi mente estaba aturdida; mis pensamientos me daban vueltas, y se me aceleró el corazón.

Entonces Celia volvió a hablar, y la única razón por la que pude concentrarme en sus palabras fue que sabía que eran importantes. Sabía que importaban.

—Creo que debes hacer tu película —dijo—. Termina fuerte. Y después… y después, creo que deberíamos mudarnos a la costa de España.

—¿Qué?

—Siempre me gustó la idea de pasar los últimos años de mi vida en una hermosa playa. Con el amor de una buena mujer.

—¿Dices que… vas a morir?

—Mientras estés grabando, puedo estudiar algunos lugares en España. Buscaré un lugar donde Connor pueda tener una excelente educación. Venderé mi casa de aquí. Compraré algo que tenga espacio suficiente también para Harry. Y para Robert.

—¿Tu hermano Robert?

Celia asintió.

—Vino a vivir aquí por trabajo hace unos años. Nos hemos unido mucho. Él… sabe quién soy. Me apoya.

—¿Qué es la enfermedad pulmonar…?

—Enfisema, más o menos —respondió—. Es por haber fumado. ¿Tú sigues fumando? Déjalo. Ahora mismo.

Negué con la cabeza, pues hacía mucho que había dejado de fumar.

—Hay tratamientos para que el proceso sea más lento. Puedo tener una vida normal, al menos por un tiempo.

—¿Y después, qué?

—Y después, llegará un momento en que será difícil estar activa, que me costará respirar. Cuando eso suceda, no me quedará mucho tiempo. Considerándolo todo, me quedarán unos diez años, más o menos, si tengo suerte.

—¿Diez años? Pero apenas tienes cuarenta y nueve.

—Lo sé.

Me puse a llorar. No pude evitarlo.

—Estás haciendo una escena —dijo—. Tienes que parar.

—No puedo —respondí.

—Está bien —dijo—. Está bien.

Tomó su bolso y puso un billete de cien dólares en la mesa. Me levantó de mi silla y caminamos hacia el guardacoches. Celia le dio su ticket. Me puso en el asiento delantero de su coche. Fuimos a su casa. Me sentó en el sofá.

—¿Puedes con esto? —me preguntó.

—¿Cómo que si puedo? Por supuesto que no puedo.

—Si *puedes* con esto —dijo—, entonces podemos hacerlo. Podemos estar juntas. Creo que podemos... pasar el resto de nuestra vida juntas, Evelyn. Si puedes soportarlo. Pero, sinceramente, yo no puedo hacerte esto si no crees poder resistirlo.

—¿Resistir qué, exactamente?

—Perderme otra vez. No quiero dejar que me quieras si no crees poder perderme de nuevo. Por última vez.

—No puedo. Claro que no puedo. Pero quiero hacerlo de todos modos. Voy a hacerlo. Sí —dije por fin—. Puedo resistirlo. Prefiero resistirlo que no sentirlo jamás.

—¿Estás segura? —preguntó.

—Sí —respondí—. Sí, estoy segura. Nunca estuve más segura de nada. Te amo, Celia. Siempre te he amado. Y deberíamos pasar juntas el tiempo que nos quede.

Me sujetó el rostro. Me besó. Y lloré.

Ella empezó a llorar conmigo, y pronto se hizo difícil saber si las lágrimas que sentía en los labios eran suyas o mías. Lo único que sabía era que estaba otra vez en los brazos de la mujer que siempre había estado destinada a amar.

Al cabo de un rato, la blusa de Celia estaba en el suelo y yo tenía el vestido levantado a la altura de la cadera. Sentía sus labios en mi pecho, sus manos en mi vientre. Me quité el vestido. Sus sábanas eran blanquísimas y perfectamente suaves. Ella ya no olía a cigarrillos y alcohol, sino a cítricos.

Por la mañana, desperté con su pelo en mi cara, extendido sobre la almohada. Me puse de costado y curvé mi cuerpo contra su espalda.

—Esto es lo que vamos a hacer —dijo Celia—. Vas a dejar a Max. Yo llamaré a un amigo mío del Congreso. Es representante por Vermont. Necesita un poco de prensa. Vas a dejar que te vean con él. Vamos a hacer correr la voz de que estás a punto de dejar a Max por un hombre más joven.

—¿Cuántos años tiene?

—Veintinueve.

—Jesús, Celia. Es un niño —protesté.

—Eso mismo dirá la gente. Van a escandalizarse al verte salir con él.

—¿Y cuando Max intente difamarme?

—No importará lo que intente afirmar sobre ti. Parecerá que lo dice por despecho.

—¿Y después? —pregunté.

—Y después de un tiempo, te casas con mi hermano.

—¿Por qué voy a casarme con Robert?

—Para que, cuando yo muera, puedas heredar todo lo que poseo. Mi patrimonio quedará bajo tu control. Y puedes quedarte con mi herencia.

—Podrías legármela.

—¿Y que alguien intente quitártela por haber sido mi pareja? No. Así es mejor. Más inteligente.

—Pero ¿casarme con tu hermano? ¿Estás loca?

—Él aceptará —respondió—. Por mí. Y porque es un libertino que quiere acostarse con casi todas las mujeres a las que ve. Favorecerías su reputación. Sería beneficioso para todos.

—¿Y todo esto en lugar de decir la verdad y ya?

Sentí que la caja torácica de Celia se expandía y se contraía debajo de mí.

—No podemos decir la verdad. ¿No viste lo que le hicieron a Rock Hudson? Si hubiera estado muriéndose de cáncer, habrían hecho maratones televisivas.

—La gente no entiende el sida —comenté.

—Lo entienden muy bien —replicó Celia—. Lo que ocurre es que piensan que se lo merece por cómo se contagió.

Apoyé la cabeza en la almohada con el corazón abatido. Celia tenía razón, por supuesto. En los últimos años, había visto a Harry perder a un amigo tras otro, examantes, por el sida. Lo había visto con los ojos enrojecidos de tanto llorar por miedo a enfermarse, a no saber cómo ayudar a sus seres queridos. Y había visto que Ronald Reagan ni siquiera se dignaba a reconocer lo que ocurría delante de nuestras narices.

—Sé que las cosas han cambiado desde los años sesenta —dijo Celia—. Pero no han cambiado hasta ese punto. No hace tanto tiempo que Reagan dijo que los derechos de los homosexuales no eran derechos civiles. No puedes arriesgarte a perder a Connor. Así que llamaré a Jack, mi amigo de la Cámara de Representantes. Plantaremos nuestra versión. Filmarás tu película. Te casarás con mi hermano. Y todos nos mudaremos a España.

—Tendré que hablar con Harry.

—Por supuesto —dijo—. Habla con Harry. Si no quiere ir a España, iremos a Alemania. O a Escandinavia. O a Asia. No me importa. Pero tenemos que ir a algún lugar donde a la gente no le importe quiénes somos, donde nos dejen en paz y Connor pueda tener una niñez normal.

—Vas a necesitar atención médica.

—Volaré hasta donde sea necesario. O podemos llevar a alguien allá.

Lo pensé.

—Es un buen plan.

—¿Sí?

Celia se sentía halagada, me di cuenta.

—La alumna ha superado a la maestra —observé.

Rio, y la besé.

—Estamos en casa —dije.

No era mi casa. Nunca habíamos vivido juntas allí. Pero ella entendió a qué me refería.

—Sí —respondió—. Estamos en casa.

Now This

1 de julio de 1988

EVELYN HUGO Y MAX GIRARD SE DIVORCIAN EN MALOS TÉRMINOS, CON RUMORES DE INFIDELIDAD

Evelyn Hugo está una vez más camino al divorcio. Esta semana presentó la demanda aduciendo «diferencias irreconciliables». Y aunque ya tiene bastante experiencia en esto, parece que esta vez será especial.

Se dice que Max Girard reclama pensión compensatoria, y hay informes de que Girard está hablando mal de Hugo por toda la ciudad.

«Está tan furioso que dice cualquier cosa con tal de vengarse», manifestó alguien muy cercano a la pareja. «Ha dicho de todo. Que es infiel, que es lesbiana, que el Oscar se lo debe a él. Es obvio que está muy dolido».

Hace poco, se vio a Hugo con un hombre *mucho* más joven. Jack Easton, representante demócrata por Vermont, tiene apenas veintinueve años. Es más de *dos décadas* menor que Evelyn. Y a juzgar por las fotos de su cena juntos en Los Ángeles, hay romance en puerta.

Hugo no tiene un historial de lo mejor, pero en este caso, parece que algo está claro: los comentarios de Girard suenan a uvas verdes.

A Harry no lo entusiasmó el plan.

Era lo único que no dependía de mí, la única persona a quien no estaba dispuesta a manipular para que hiciera lo que yo quería. Y Harry no quería dejar todo atrás y marcharse a Europa.

—Estás sugiriendo que me retire —dijo Harry—. Y aún no tengo sesenta años. Dios mío, Evelyn. ¿Qué diablos voy a hacer todo el día? ¿Jugar a las cartas en la playa?

—¿No sería bueno?

—Sería bueno durante una hora y media —respondió. Harry estaba bebiendo lo que parecía zumo de naranja, pero sospeché que era un cóctel—. Y después tendría que buscarme una ocupación para el resto de mi vida.

Estábamos sentados en mi camerino en el plató de *Theresa's Wisdom*. Harry había encontrado el guion y se lo había vendido a la Fox con la condición de que yo hiciera el papel de Theresa, una mujer que deja a su esposo y lucha por mantener unidos a sus hijos.

Era el tercer día de grabación y yo estaba caracterizada, con un traje de pantalón blanco de Chanel y un collar de perlas, a punto de entrar a filmar la escena en la que Theresa y su esposo anuncian, durante la cena de Navidad, que van a divorciarse. Harry estaba apuesto como siempre, con pantalones de vestir de color caqui y camisa oxford. Ya había encanecido casi por completo, y yo lo odiaba por volverse más y más atractivo con la edad, mientras que yo me desvalorizaba día tras día como un limón mohoso.

—Harry, ¿no quieres dejar de vivir esta mentira?

—¿Qué mentira? —preguntó—. Entiendo que para ti sea una mentira. Porque quieres que todo salga bien con Celia. Y sabes que te apoyo en eso, por supuesto. Pero para mí, esta vida no es una mentira.

—Hay hombres —dije, y mi voz delató que empezaba a perder la paciencia, como si Harry me estuviera viendo la cara de tonta—. No quieras hacerme creer que no hay *hombres.*

—Claro que sí, pero ni uno solo con el que pueda tener una conexión importante —respondió Harry—. Porque no amé a nadie más que a John. Y ya no está. Soy famoso solo porque tú eres famosa, Ev. A ellos no les importa quién soy ni lo que hago a menos que tenga algo que ver contigo. A los hombres que hay en mi vida, los veo algunas semanas y después desaparecen. No estoy viviendo una mentira. Solo estoy viviendo mi vida.

Respiré hondo, intentando no alterarme demasiado antes de entrar al plató y representar a una típica estadounidense blanca de clase alta y reprimida.

—¿Y no te importa que yo tenga que esconderme?

—Sí —dijo—. Sabes que sí.

—Entonces…

—Pero ¿por qué tu relación con Celia implica que debemos desarraigar a Connor? ¿Y a mí?

—Es el amor de mi vida —respondí—. Ya lo sabes. Quiero estar con ella. Es hora de que volvamos a estar todos juntos.

—*No podemos* estar —dijo apoyando la mano en la mesa—. No todos.

Y se alejó.

Harry y yo volábamos a casa todos los finales de semana para estar con Connor, y durante la semana, mientras filmábamos, yo estaba con Celia, y él... bueno, yo no sabía dónde estaba. Pero parecía feliz, de modo que no lo cuestionaba. En el fondo, tenía la sospecha de que Harry había conocido a alguien capaz de mantener su interés durante más de unos días.

Por eso, cuando *Theresa's Wisdom* se extendió tres semanas más allá del plazo previsto porque mi coprotagonista, Ben Madley, tuvo que ser internado por agotamiento, me sentí indecisa.

Por un lado, quería volver a estar con mi hija todas las noches.

Por el otro, a Connor le fastidiaba mi compañía. Para ella, su madre englobaba todo lo que le daba vergüenza. El hecho de que yo fuera una estrella de cine mundialmente famosa no hacía mella en su opinión de que era una idiota. Así que a menudo me sentía más feliz en Los Ángeles, con Celia, que en Nueva York, donde mi propia hija me rechazaba constantemente. Pero lo habría dejado todo sin pensarlo dos veces si Connor hubiera querido pasar una velada conmigo.

Un día después de terminar la grabación, estaba guardando algunas de mis cosas y hablando por teléfono con Connor, haciendo planes para el día siguiente.

—Tu padre y yo tomaremos el último vuelo de esta noche, así que estaré allí cuando despiertes por la mañana —le dije.

—De acuerdo —respondió—. Está bien.

—He pensado que podríamos ir a desayunar a Channing's.

—Mamá, ya nadie va a Channing's.

—Detesto darte esta noticia, pero si *yo* voy a Channing's, volverá a estar de moda.

—Justamente a eso me refiero cuando digo que eres imposible.

—Lo único que quiero es llevarte a comer unas tostadas, Connie. Hay cosas peores.

Alguien llamó a la puerta del bungaló que había alquilado en Hollywood Hills. La abrí y era Harry.

—Tengo que irme, mamá —dijo Connor—. Viene Karen. Luisa nos está preparando pan de carne.

—Espera un segundo —pedí—. Ha llegado tu padre. Quiere saludarte. Adiós, cariño. Hasta mañana.

Entregué el teléfono a Harry.

—Hola, bichito... Bueno, en eso tiene razón. Si tu madre va a un lugar, significa que, por definición, se pondrá de moda... Está bien... Muy bien... Mañana iremos los tres a desayunar, y podemos ir a donde sea que esté de moda ahora... ¿Cómo se llama? ¿Wiffles? ¿Qué clase de nombre es ese?... Sí, sí. Está bien. Iremos a Wiffles. Bien, cariño, buenas noches. Te quiero. Hasta mañana.

Harry se sentó en mi cama y me miró.

—Parece que iremos a Wiffles.

—Eres como arcilla en sus manos, Harry —dije.

Se encogió de hombros.

—No me da vergüenza. —Se puso de pie y se sirvió un vaso de agua mientras yo seguía haciendo la maleta—. Escucha, se me ha ocurrido una idea —dijo. Cuando se me acercó, me di cuenta de que olía vagamente a alcohol.

—¿Sobre qué?

—Sobre lo de ir a Europa.

—De acuerdo...

Yo me había resignado a no volver a tocar el tema hasta que Harry y yo estuviéramos otra vez instalados en Nueva York. Suponía que entonces él y yo tendríamos tiempo y paciencia para hablarlo más a fondo.

Me parecía una buena idea para Connor. Nueva York, por más que me encantara, se había vuelto un lugar más bien peligroso para vivir. Había más delitos que nunca, y drogas por todas partes. En el Upper East Side, estábamos bastante protegidos de todo eso, pero aun así me incomodaba que Connor creciera tan cerca de tanto caos. Y, lo que era peor, ya no estaba segura de que esa vida, en la que sus padres dividían su tiempo entre una costa y la otra del país y ella quedaba al cuidado de Luisa, fuera lo mejor para ella.

Estaríamos desarraigándola, sí. Y sabía que ella me odiaría por obligarla a despedirse de sus amigos. Pero también sabía que sería beneficioso para ella vivir en una ciudad pequeña. Estaría mejor con una madre que estuviera más tiempo con ella. Y francamente, ya estaba haciéndose mayor para leer las columnas de chismes y ver los programas sobre el mundo del espectáculo. ¿Realmente era lo mejor para una niña encender el televisor y ver una noticia sobre el sexto divorcio de su madre?

—Creo que ya sé qué hacer —anunció Harry. Me senté en la cama, y él se sentó a mi lado—. Nos mudamos aquí. Volvemos a Los Ángeles.

—Harry…

—Y Celia se casa con un amigo mío.

—¿Un amigo tuyo?

Harry se gira hacia mí.

—He conocido a alguien.

—¿Qué?

—Nos conocimos en el estudio. Está trabajando en otra producción. Pensé que era algo sin importancia. Y creo que él también. Pero me parece que estoy… Es un hombre con el que sí puedo verme.

Me alegré mucho por él en ese momento.

—¿No me dijiste que no te veías con nadie? —dije, sorprendida pero contenta.

—Así era —respondió.

—¿Y qué pasó?

—Que ahora sí puedo.

—Cuánto me alegro, Harry. No tienes ni idea. Pero no estoy segura de que sea un buen plan. Ni siquiera conozco a ese hombre.

—No es necesario que lo conozcas —repuso Harry—. Es decir, yo no elegí a Celia. La elegiste tú. Y… creo que me gustaría elegirlo a él.

—Ya no quiero seguir actuando, Harry —dije.

Durante toda la grabación de esa última película, me sentí agotada. Me impacientaba cuando me pedían que repitiera una escena. Hacer las cosas bien me parecía una maratón que ya había corrido mil veces. Algo tan fácil, tan poco desafiante, tan poco inspirador, que hasta te molesta que te pidan que te ates los cordones del calzado.

Tal vez si me hubieran dado papeles que me entusiasmaran, si hubiera sentido que tenía algo que demostrar, no lo sé, tal vez habría reaccionado de otra manera.

Hay muchas mujeres que siguen haciendo trabajos increíbles hasta entrados los ochenta o noventa años. Celia era así. Ella habría podido seguir brindando una actuación memorable tras otra, porque siempre la consumía el trabajo.

Pero yo ya no lo sentía. Nunca había puesto el corazón en el oficio de actuar, sino en *demostrar.* En demostrar mi capacidad, mi valor, mi talento.

Y ya lo había demostrado todo.

—No hay problema —repuso Harry—. No es necesario que sigas actuando.

—Pero, si no voy a actuar, ¿para qué viviría en Los Ángeles? Yo quiero vivir donde pueda ser libre, donde nadie me preste atención. ¿Te acuerdas de cuando eras pequeño y, ya fuera en tu calle o en la siguiente, siempre había un par de señoras mayores que vivían juntas, y nadie preguntaba nada porque a nadie le importaba? Yo quiero ser una de esas señoras. Y aquí no puedo.

—En ninguna parte puedes hacer eso —replicó Harry—. Es el precio que pagas por ser quien eres.

—Pues no lo acepto. Yo creo que es algo muy posible para mí.

—Bueno, yo no quiero hacer eso. Así que lo que te propongo es que tú y yo volvamos a casarnos. Y que Celia se case con mi amigo.

—Podemos hablar de eso más tarde —dije. Me puse de pie y fui al baño con mi estuche de artículos de tocador.

—Evelyn, no puedes decidir unilateralmente lo que hace esta familia.

—¿Quién habló de algo unilateral? Lo único que digo es que quiero que lo hablemos más tarde. Tenemos muchas opciones. Podemos ir a Europa, podemos mudarnos aquí o podemos quedarnos en Nueva York.

Harry negó con la cabeza.

—Él no puede mudarse a Nueva York.

Suspiré, impacientándome.

—Con más razón, hablémoslo *más tarde.*

Harry se puso de pie, como si estuviera a punto de decirme algo más. Pero luego se calmó.

—Tienes razón —dijo—. Podemos hablarlo más tarde.

Se me acercó mientras yo guardaba mi jabón y mis cosméticos. Me sujetó del brazo y me dio un beso en la sien.

—¿Pasas a recogerme esta noche? —preguntó—. Tendremos todo el viaje al aeropuerto y el vuelo para seguir hablando de esto. Y en el avión podemos beber un par de Bloody Marys.

—Vamos a resolverlo —le aseguré—. Lo sabes, ¿verdad? Nunca voy a hacer nada sin ti. Eres mi mejor amigo. Mi familia.

—Lo sé —respondió—. Y tú, la mía. Nunca pensé que pudiera querer a alguien después de John. Pero este hombre... Evelyn, estoy enamorándome de él. Y saber que *podría* amar, que *puedo*...

—Lo sé —dije, al tiempo que le apretaba el brazo con afecto—. Lo sé. Te prometo que haré todo lo que pueda. Te prometo que vamos a resolverlo.

—Está bien —dijo Harry. Me apretó la mano con cariño y salió—. Lo resolveremos.

Mi chófer, que se presentó como Nick cuando subí al asiento trasero del coche, pasó a recogerme a eso de las nueve de la noche.

—¿Al aeropuerto? —preguntó Nick.

—En realidad, primero vamos a hacer una parada en el Westside —respondí, y le di la dirección de la casa en la que estaba alojándose Harry.

Mientras cruzábamos la ciudad, los barrios bajos de Hollywood, por Sunset Strip, me deprimió ver cómo se había degradado Los Ángeles desde mi partida. En ese sentido, se parecía a Manhattan. Las décadas no la habían tratado bien. Harry hablaba de criar a Connor ahí, pero yo no podía quitarme la sensación de que era necesario irnos para siempre de ambas ciudades.

Cuando nos detuvimos en un semáforo rojo, cerca de la casa que Harry había alquilado, Nick se volvió un instante y me sonrió. Tenía mandíbula cuadrada y el pelo muy corto. Me di cuenta de que probablemente se había acostado con una cantidad de mujeres tan solo gracias a su sonrisa.

—Soy actor —dijo—. Igual que usted.

Le sonreí con amabilidad.

—Bonito trabajo, si lo consigues.

Asintió.

—Esta semana conseguí un agente —dijo, cuando volvimos a arrancar—. Siento que realmente estoy en carrera. Pero, bueno, si llegamos al aeropuerto con un poco de tiempo, me interesaría algún consejo que pueda tener para alguien que está empezando.

—Ajá —dije, mirando por la ventanilla.

Mientras avanzábamos por las calles oscuras y sinuosas del vecindario de Harry, decidí que, si Nick volvía a pedirme consejo al llegar al aeropuerto, le diría que, más que nada, es cuestión de suerte.

Y que hay que estar dispuesto a negar tus orígenes, a ver tu cuerpo como una mercancía, a mentir a personas buenas, a sacrificar a quien quieras por lo que pueda pensar la gente, y a elegir una y otra vez la versión falsa de ti, hasta que te olvidas de quién eras cuando empezaste y por qué decidiste dedicarte a eso.

Pero justo cuando doblamos la esquina y tomamos el camino privado de Harry, todo lo que había pensado hasta ese momento se me borró de la mente.

Me incliné hacia adelante y quedé inmóvil, conmocionada.

Delante de nosotros había un automóvil. Doblado contra un árbol caído.

Parecía que el sedán había chocado de frente contra el tronco del árbol, que con el choque había caído sobre el vehículo.

—Eh, señora Hugo... —dijo Nick.

—Ya lo he visto —respondí; no quería que él confirmara que realmente aquello estaba delante de nosotros, que no era solo una ilusión óptica.

Se detuvo al lado de la calle. Mientras Nick aparcaba, oí el roce de ramas contra el costado del conductor. Me quedé paralizada con la mano en la puerta. Nick bajó de un salto y se acercó corriendo.

Abrí la puerta y apoyé los pies en el suelo. Nick se quedó a un lado, intentando ver si podía abrir una de las puertas del coche accidentado. Pero yo fui directamente hacia el frente, junto al árbol. Miré por el parabrisas.

Y vi lo que había temido, pero no había creído posible.

Harry estaba caído sobre el volante.

Miré más allá y vi a un hombre más joven en el asiento del acompañante.

Todo el mundo da por sentado que, ante una situación de vida o muerte, uno entra en pánico. Pero casi todos los que realmente han tenido una experiencia así dicen que el pánico es un lujo que no pueden permitirse.

En el momento, actúas sin pensar y haces lo que puedes con la información que tienes.

Cuando todo termina, entonces sí gritas. Y lloras. Y te preguntas cómo pudiste salir de eso. Porque lo más probable es que, en caso de un trauma de verdad, tu cerebro no logre guardar muchos recuerdos. Es casi como si la cámara estuviera encendida pero no hubiera nadie grabando. Por eso después, cuando vas a revisar la grabación, casi todo está en blanco.

Esto es lo que recuerdo.

Recuerdo que Nick forzó la puerta del lado de Harry y la abrió.

Recuerdo que lo ayudé a sacar a Harry del coche.

Recuerdo que pensé que no deberíamos moverlo porque podríamos paralizarlo.

Pero también recuerdo que pensé que no podía quedarme sin hacer nada y dejar a Harry caído así sobre el volante.

Recuerdo que sostuve a Harry, ensangrentado, en mis brazos.

Recuerdo el corte profundo en su ceja, cómo la sangre cubría la mitad de su rostro con una gruesa capa rojo óxido.

Recuerdo que vi el corte que le había provocado el cinturón de seguridad en el costado del cuello.

Recuerdo que había dos fragmentos de sus dientes en su regazo.

Recuerdo que lo mecí en mis brazos.

Recuerdo que le dije: «Quédate conmigo, Harry. Quédate conmigo. Quédate, mi amigo del alma».

Recuerdo al otro hombre en la calle, a mi lado. Recuerdo a Nick diciéndome que estaba muerto. Recuerdo que pensé que nadie que tuviera ese aspecto podía estar vivo.

Recuerdo que Harry abrió el ojo derecho. Recuerdo que me llenó de esperanza ver el blanco de su ojo tan blanco contra el rojo oscuro de la sangre. Recuerdo que su aliento y hasta su piel olían a whisky.

Recuerdo cuánto me sorprendió darme cuenta: una vez que supe que Harry podía sobrevivir, supe lo que había que hacer.

El coche no era de él.

Nadie sabía que estaba allí.

Tenía que llevarlo al hospital, y tenía que asegurarme de que nadie se enterara que él había estado conduciendo. No podía dejar que fuera a la cárcel. ¿Y si lo procesaban por homicidio involuntario?

No podía dejar que mi hija descubriera que su padre había estado conduciendo borracho y había matado a alguien. Había matado a su amante. Había matado al hombre que, según me había dicho, estaba demostrándole que podía volver a amar.

Pedí a Nick que me ayudara a subir a Harry a nuestro coche. Hice que me ayudara a poner al otro hombre nuevamente en el sedán destrozado, esta vez en el asiento del conductor.

Y después, rápidamente, saqué de mi bolso un chal y limpié el volante, limpié la sangre, limpié el cinturón de seguridad. Borré todo rastro de Harry.

Y luego llevamos a Harry al hospital.

Una vez allí, manchada de sangre y llorando, llamé a la policía desde un teléfono público y denuncié el accidente.

Cuando colgué el teléfono, me di la vuelta y vi a Nick, sentado en la sala de espera, con sangre en el pecho, en los brazos, y hasta un poco en el cuello.

Me acerqué a él. Se puso de pie.

—Deberías irte a casa —le dije.

Asintió, aún conmocionado.

—¿Puedes conducir? ¿Quieres que te pida un taxi?

—No lo sé —admitió.

—Entonces te pido un taxi. —Tomé mi bolso. Saqué dos billetes de veinte de mi cartera—. Esto debería alcanzarte.

—Está bien —dijo.

—Vas a irte a casa, y vas a olvidarte de todo lo que ocurrió. De todo lo que viste.

—¿Qué hicimos? —preguntó—. ¿Cómo...? ¿Cómo pudimos...?

—Vas a llamarme —proseguí—. Tomaré una habitación en el Beverly Hills Hotel. Llámame allí mañana. A primera hora. Hasta entonces, no vas a hablar con nadie más. ¿Me oyes?

—Sí.

—Ni con tu madre ni con tus amigos, ni siquiera con el chófer del taxi. ¿Tienes novia?

Negó con la cabeza.

—¿Compañero de cuarto?

Asintió.

—Dile que encontraste a un hombre en la calle y lo llevaste al hospital, ¿de acuerdo? Eso es todo lo que le dirás, y solo si te lo pregunta.

—Está bien.

Nick asintió. Le pedí un taxi y esperé con él hasta que llegó. Lo puse en el asiento trasero.

—¿Qué vas a hacer mañana a primera hora? —le pregunté por la ventanilla baja.

—Voy a llamarla.

—Bien —dije—. Si no puedes dormir, piensa. Piensa en lo que necesitas. En lo que necesitas de mí como agradecimiento por lo que hiciste.

Asintió, y el taxi arrancó.

La gente me miraba. Evelyn Hugo, con un traje de pantalón cubierto de sangre. Temí que los paparazzi llegaran en cualquier momento.

Entré. Convencí a alguien de que me prestara un uniforme y me diera una habitación privada en la que esperar. Tiré mi ropa a la basura.

Cuando un hombre del personal del hospital me pidió una declaración sobre lo que le había ocurrido a Harry, le pregunté: «¿Cuánto me costará que no me hagan preguntas?». Fue un alivio cuando la cifra que me pidió era menos de lo que yo tenía en mi bolso.

Apenas pasadas las seis, entró un médico a la habitación y me dijo que Harry tenía seccionada la arteria femoral. Había perdido demasiada sangre.

Por un instante, me pregunté si debía recuperar mi ropa, si podía devolverle algo de su sangre, si eso era posible.

Pero me distrajeron las siguientes palabras del médico.

—No va a sobrevivir.

Empezó a faltarme el aire al comprender que Harry, mi Harry, iba a morir.

—¿Le gustaría despedirse?

Cuando entré, Harry estaba inconsciente en la cama. Se lo veía más pálido que de costumbre, pero lo habían limpiado un poco. Ya no había sangre por doquier. Pude ver su rostro apuesto.

—No le queda mucho tiempo —dijo el médico—. Pero podemos darles un momento.

No podía darme el lujo de perder los nervios.

Entonces me metí en la cama con él. Sostuve su mano, aunque estaba flácida. Tal vez debería haberme puesto furiosa con él por haberse puesto al volante después de haber bebido. Pero nunca pude enfadarme mucho con Harry. Sabía que él siempre hacía lo que podía con el dolor que sentía. Y aquello, por trágico que fuera, era lo mejor que había podido hacer.

Apoyé mi frente en la suya y dije:

—Quiero que te quedes, Harry. Te necesitamos. Connor y yo. —Le aferré más la mano—. Pero si tienes que irte, vete. Si te duele, vete. Si es tu hora, vete. Pero vete sabiendo que fuiste amado, que jamás te olvidaré, que seguirás vivo en todo lo que hagamos Connor y yo. Vete sabiendo que te quiero con pureza, Harry, que fuiste un padre increíble. Vete sabiendo que te conté todos mis secretos. Porque fuiste mi mejor amigo.

Harry murió una hora más tarde.

Y después, pude darme el lujo de sentir un pánico arrollador.

Por la mañana, pocas horas después de registrarme en el hotel, me despertó el teléfono.

Tenía los ojos hinchados por el llanto y me dolía la garganta. La almohada aún estaba húmeda por las lágrimas. Estaba segura de que no había dormido más de una hora, quizá menos.

—¿Hola? —atendí.

—Habla Nick.

—¿Nick?

—Su chófer.

—Ah —dije—. Sí. Hola.

—Ya sé lo que quiero —manifestó.

Habló con seguridad, tanta que me asustó. Me sentí muy débil en ese momento. Pero sabía que esa llamada había sido idea mía. Yo la había causado. Lo que le había dicho, sin decirlo, era *Dime qué quieres a cambio de no hablar.*

—Quiero que me haga famoso —declaró, y cuando lo hizo, perdí el último vestigio que me quedaba de afecto por el estrellato.

—¿Te das cuenta del alcance de lo que estás pidiéndome? —le pregunté—. Si llegas a ser famoso, lo de anoche será peligroso también para ti.

—Eso no es problema —replicó.

Suspiré, decepcionada.

—De acuerdo —dije, resignada—. Puedo conseguirte papeles. Lo demás depende de ti.

—Está bien. Es todo lo que necesito.

Le pedí el nombre de su agente y colgué el teléfono. Hice dos llamadas. Una, a mi propio agente, para que le robara a Nick al otro. La segunda llamada fue a un hombre que tenía la película de acción más taquillera del país. Se trataba de un comisario cercano a los sesenta años que derrota a unos terroristas rusos el día en que debería jubilarse.

—¿Don? —dije, cuando atendió.

—¡Evelyn! ¿Qué puedo hacer por ti?

—Necesito que contrates a un amigo mío para tu próxima película. Para el papel más importante que puedas conseguirle.

—De acuerdo —respondió—. Cuenta con ello.

No me preguntó por qué. No me preguntó si yo estaba bien. Habíamos pasado por muchas cosas juntos y sabía qué hacer y qué no. Simplemente le di el nombre de Nick y corté.

Tras devolver el auricular a su sitio, lloré a gritos. Aferré las sábanas. Echaba de menos al único hombre por el que había tenido un amor perdurable.

Me dolía el corazón al pensar en contárselo a Connor, al pensar en intentar vivir un solo día sin él, al pensar en un mundo sin Harry Cameron.

Fue Harry quien me creó, quien me dio fuerzas, quien me amó incondicionalmente, quien me dio una familia y una hija.

Así que bramé en mi habitación de hotel. Abrí las ventanas y grité al exterior. Dejé que mis lágrimas mojaran todo lo que llegaba a ver.

De haberme encontrado en un mejor estado de ánimo, quizá me habría maravillado el oportunismo de Nick, su actitud decidida.

En mis años de juventud, podría haberme impresionado. Harry, sin duda, habría dicho que tenía agallas. Mucha gente puede lograr cosas solo por estar en el lugar indicado en el momento indicado. Pero de alguna manera, Nick había estado en el peor lugar en el peor momento y eso le había valido una carrera.

Por otra parte, puede que esté adjudicando demasiado mérito a ese momento en la historia de Nick. Se cambió el nombre, se cortó el pelo y llegó a hacer cosas muy pero muy importantes. Y algo me dice que, aun cuando nunca se hubiera topado conmigo, lo habría conseguido por sí solo. Supongo que lo que quiero decir es que no todo es suerte.

Es suerte *y además* ser un hijo de puta.

Harry me enseñó eso.

Now This

28 de febrero de 1989

HA MUERTO EL PRODUCTOR HARRY CAMERON

Harry Cameron, productor prolífico y exmarido de Evelyn Hugo, falleció de un aneurisma este fin de semana en Los Ángeles. Tenía 58 años.

Productor independiente, antes poderoso ejecutivo de los Estudios Sunset, era conocido por su participación en algunas de las más grandes películas de Hollywood, como los clásicos de los años 50 *To Be with You* y *Mujercitas*, y varias de las más exitosas de los 60, 70 y 80, como *All for Us*, de 1981. Acababa de terminar *Theresa's Wisdom*, próxima a estrenarse.

Cameron era conocido por su buen gusto y su actitud amable pero firme. Hollywood llora la pérdida de uno de sus personajes preferidos. «Harry era productor de actores», dijo un colega suyo. «Si él elegía un proyecto, sabías que te convenía participar».

Lo sobrevive la hija adolescente que tuvo con Evelyn Hugo, Connor Cameron.

Now This

4 de septiembre de 1989

UNA CHICA MUY ALOCADA

¿QUIÉN SERÁ?

¿A la hija de qué famosos de Hollywood descubrieron con los pantalones caídos? ¡Literalmente hablando!

Esta hija de quien fuera una primerísima actriz no lo está pasando bien. Y parece que, en lugar de pasar desapercibida, se ha desenfrenado.

Dicen que, a la edad de 14 años, esta Chica Alocada desapareció de su prestigiosa escuela y se la suele ver en uno de los diversos clubes notorios de Nueva York... en los cuales rara vez está, digamos, sobria. Pero no hablamos solamente de alcohol. *Parece que también tiene un poco de polvo bajo la nariz...*

Aparentemente, su madre ha estado intentando dominar la situación, pero las cosas pasaron de castaño oscuro cuando descubrieron a la Chica Alocada con dos compañeros de colegio... ¡en la cama!

Seis meses después de la muerte de Harry, supe que no me quedaba otra opción que sacar a Connor de la ciudad. Lo había intentado todo. Era atenta y cariñosa con ella. Intentaba que hiciera terapia. Hablaba con ella sobre su padre. A diferencia del resto del mundo, ella sabía que había sido un accidente de coche. Y entendía por qué era necesario manejar con cuidado una cosa así. Pero yo sabía que solo empeoraba su estrés. Intentaba hacer que se abriera conmigo. Pero no conseguía que tomara mejores decisiones.

Tenía catorce años y había perdido a su padre con la misma rapidez y el mismo dolor con que yo había perdido a mi madre muchos años atrás. Tenía que ocuparme de mi hija. Tenía que hacer algo.

Mi primera reacción fue alejarla del candelero, de la gente que estaba dispuesta a venderle drogas, a aprovecharse de su dolor. Necesitaba llevarla a algún lugar donde pudiera cuidarla, protegerla.

Ella necesitaba procesar y sanar. Y no podía hacerlo con la vida que yo había creado para nosotras.

—Aldiz —dijo Celia.

Estábamos hablando por teléfono. Hacía meses que no la veía. Pero hablábamos todas las noches. Celia me ayudaba a mantener los pies sobre la tierra, a seguir adelante. Casi siempre, por la noche, mientras estaba en la cama hablando por teléfono con Celia, no podía hablar de otra cosa que del dolor de mi hija. Y cuando podía hablar de algo diferente, hablaba de mi propio dolor. Apenas empezaba a salir adelante, a ver una luz al final del túnel, cuando Celia sugirió Aldiz.

—¿Dónde queda eso? —le pregunté.

—Está en la costa sur de España. Es una ciudad pequeña. Hablé con Robert. Va a llamar a unos amigos suyos de Málaga, que no está muy lejos. Va a preguntarles por algún instituto de lengua inglesa. Es prácticamente un pueblo de pescadores. No creo que nadie vaya a fijarse en nosotros.

—¿Es tranquilo? —pregunté.

—Creo que sí. Me parece que a Connor le resultaría muy difícil meterse en problemas allá.

—Ese parece ser su modus operandi —comenté.

—Te tendrá a ti. Yo estaré cerca. También estará Robert. Nos ocuparemos de que esté bien, de que tenga apoyo, de que tenga con quién hablar. De que no se junte con quien no le conviene.

Yo sabía que, si me mudaba a España, perdería a Luisa. Ella ya se había mudado de Los Ángeles a Nueva York. No querría volver a desarraigarse para ir a España. Pero también sabía que llevaba décadas cuidando de nuestra familia y estaba cansada. Tuve la impresión de que nuestra mudanza sería justamente la excusa que ella necesitaba para seguir con su vida. Me encargaría de darle una buena compensación. Y, de todos modos, yo estaba dispuesta a ocuparme más personalmente de mantener mi casa.

Quería ser la clase de persona que preparara la cena, que limpiara el baño, que estuviera disponible para mi hija en todo momento.

—¿Alguna de tus películas tuvo mucho éxito en España? —pregunté.

—Últimamente no —respondió Celia—. ¿Y las tuyas?

—Solo *Boute-en-train* —dije—. Así que no.

—¿De verdad crees que podrás con esto?

—No —respondí, incluso antes de saber con exactitud de qué hablaba Celia—. ¿A qué te refieres?

—A la insignificancia.

Reí.

—Dios mío —dije—. Sí. Es la única parte para la que estoy lista.

Cuando finalizamos los planes, cuando supe a qué instituto iría Connor, qué casas íbamos a comprar, cómo íbamos a vivir, entré al cuarto de Connor y me senté en su cama.

Ella tenía puesta una camiseta de Duran Duran y unos vaqueros gastados. Tenía el pelo recogido en la coronilla. Aún estaba en penitencia desde que la había sorprendido en un *ménage* à *trois*, de modo que no pudo hacer otra cosa que quedarse allí sentada con cara agria y escucharme hablar.

Le dije que iba a retirarme de la actuación. Le dije que nos mudaríamos a España. Le dije que creía que ella y yo seríamos más felices si vivíamos con buenas personas, lejos de la fama y de las cámaras.

Y después, con mucho cuidado, muy tentativamente, le dije que estaba enamorada de Celia. Le dije que iba a casarme con Robert, y le expliqué por qué, de manera clara y precisa. No la traté como a una criatura. Le hablé como a una adulta. Le di por fin la verdad. Mi verdad.

No le hablé de Harry, de cuánto tiempo había estado yo con Celia ni de nada que no necesitara saber. Todo eso lo sabría a su debido tiempo.

Pero le dije lo que merecía entender.

Y cuando terminé, le dije:

—Estoy dispuesta a escuchar todo lo que tengas para decirme. Estoy dispuesta a responderte cualquier pregunta. Hablemos sobre esto.

Pero lo único que hizo fue encogerse de hombros.

—No me importa, mamá —dijo, sentada en su cama con la espalda contra la pared—. En serio, no me importa. Puedes querer a quien quieras. Casarte con quien quieras. Puedes llevarme a vivir donde quieras, ir a la escuela que decidas. No me importa, ¿de acuerdo? No me importa. Lo único que quiero es que me dejen en paz. Así que… sal de mi cuarto. Por favor. Si puedes hacer eso, lo demás no me importa.

La miré, directa a los ojos, y me dolió su dolor. Con su cabello rubio y su rostro más delgado, yo empezaba a temer que se pareciera más a mí que a Harry. Claro que, convencionalmente hablando, sería más atractiva si se parecía a mí. Pero *debería* parecerse a Harry. El mundo nos debía eso.

—De acuerdo —dije—. Te dejaré en paz por ahora.

Me puse de pie. Le di un poco de espacio.

Guardé nuestras cosas. Contraté una compañía de mudanzas. Hice planes con Celia y con Robert.

Dos días antes de abandonar Nueva York, entré a su dormitorio y dije:

—En Aldiz te daré libertad. Puedes elegir tu cuarto. Intentaré que puedas venir a visitar a algunos de tus amigos. Haré lo que pueda para facilitarte la vida. Pero necesito dos cosas.

—¿Qué cosas? —preguntó. Su voz no reflejó interés, pero estaba mirándome. Estaba hablándome.

—Que cenemos juntas, todas las noches.

—Mamá…

—Estoy dándote mucha libertad. Mucha confianza. Solo te pido dos cosas. Una es la cena todas las noches.

—Pero…

—Eso no es negociable. De todas formas, solo te quedan tres años hasta que te vayas a la universidad. Bien puedes tolerar una comida al día.

Apartó la mirada.

—Está bien. ¿Cuál es la segunda?

—Vas a ver a un psicólogo. Al menos, durante un tiempo. Has sufrido mucho. Todos hemos sufrido. Es necesario que empieces a hablar con alguien.

La vez anterior que había intentado eso, meses antes, me había mostrado muy débil con ella. Permití que me dijera que no. Esta vez no iba a hacer lo mismo. Ahora era más fuerte. Podía ser mejor madre.

Tal vez lo detectó en mi voz, porque no intentó resistirse. Solo respondió:

—Bueno, como quieras.

La abracé y le di un beso en la coronilla, y justo cuando iba a soltarla, ella también me abrazó.

Evelyn tiene los ojos húmedos. Los tiene así desde hace un rato. Se pone de pie y va a buscar un pañuelo de papel al otro lado de la habitación.

Es una mujer espectacular, y me refiero a que ella, en sí misma, es un espectáculo. Pero también es muy profundamente humana. Y se me hace imposible, en este momento, conservar la objetividad. Contra toda la integridad periodística, ella me importa demasiado como para no dejarme conmover por su dolor, por todo lo que ella ha sentido.

—Qué difícil debe de ser… lo que estás haciendo, contar tu historia con tanta franqueza. Quiero que sepas que te admiro por ello.

—No digas eso —responde Evelyn—. ¿De acuerdo? Hazme un favor: no digas nada de eso. Sé quién soy. Y antes de mañana tú también lo sabrás.

—Siempre dices eso, pero todos tenemos defectos. ¿Realmente consideras que no tienes redención?

Me ignora. Mira por la ventana, sin tan siquiera mirarme.

—Evelyn —digo—. ¿Sinceramente…?

Me mira y me interrumpe.

—Aceptaste no presionarme. Pronto habremos terminado. Y no te quedará ninguna duda.

La miro con escepticismo.

—En serio —insiste—. En eso puedes creerme.

Afable Robert Jamison

Now This

8 de enero de 1990

UNA SÉPTIMA BODA PARA EVELYN HUGO

Evelyn Hugo se casó el sábado con el financiero Robert Jamison. Es la séptima vez que ella da el sí, pero para Robert es la primera.

Si el nombre de él les resulta familiar, será porque Evelyn no es el único personaje de la realeza de Hollywood con quien está relacionado. Jamison es el hermano mayor de Celia St. James. Parece ser que se conocieron hace apenas dos meses, en una fiesta de Celia, y que fueron enamorándose desde entonces.

La ceremonia se llevó a cabo en el juzgado de Beverly Hills. Evelyn tenía un traje color crema. Robert estaba muy elegante con un traje a rayas. La hija de Evelyn con el extinto Harry Cameron, Connor Cameron, fue la dama de honor.

Poco después, los tres se fueron de viaje a España. Suponemos que fueron a visitar a Celia, que hace poco compró una propiedad en la costa sur.

En las playas rocosas de Aldiz, Connor volvió a la vida. Fue un proceso lento pero constante, como el brotar de una semilla.

Le gustaba jugar al Scrabble con Celia. Tal como lo había prometido, cenaba conmigo todas las noches, y a veces hasta bajaba temprano a la cocina para ayudarme a preparar tortillas o el caldo gallego de mi madre.

Pero la compañía que más buscaba era la de Robert.

Robert, alto y desgarbado, con una ligera barriga cervecera y cabello gris, al principio no tenía idea de qué hacer con una adolescente. Creo que Connor lo intimidaba. Él no sabía bien qué decir. Entonces le daba su espacio, quizá demasiado.

Era Connor quien lo buscaba, le pedía que le enseñara a jugar al póker o sobre finanzas, le preguntaba si quería ir de pesca.

Robert nunca reemplazó a Harry. Nadie podía ocupar su lugar. Pero sí aliviaba un poco el dolor. Connor le pedía su opinión sobre los chicos. Se tomaba el tiempo para elegir el jersey perfecto para el cumpleaños de él.

Él le pintó el dormitorio. Los finales de semana, le preparaba sus costillitas preferidas a la barbacoa.

Y, poco a poco, Connor empezó a confiar en que el mundo era un lugar razonablemente seguro para abrir su corazón. Yo sabía que la herida que le había provocado la muerte de su padre no sanaría nunca del todo, que durante sus años en el instituto se le fue formando una cicatriz. Pero la vi dejar atrás las fiestas alocadas. La vi empezar a obtener buenas calificaciones. Y más tarde, cuando logró entrar a Stanford, la miré y me di cuenta de que tenía una hija con los pies bien plantados sobre la tierra y la cabeza bien puesta sobre los hombros.

La víspera del día en que ella y yo viajaríamos para llevarla a la universidad, Celia, Robert y yo llevamos a Connor a cenar afuera. Estábamos en un restaurante pequeñito sobre el agua. Robert le había comprado un regalo y lo había envuelto. Era un juego de póker. Le dijo:

—Quítales el dinero a todos, como vienes quitándome el mío con todas esas escaleras.

—Y después tú puedes ayudarme a invertirlo —respondió ella, con una sonrisa pícara.

—Así se habla —dijo Robert.

Robert siempre decía que se había casado conmigo porque era capaz de hacer cualquier cosa por Celia. Pero yo creo que lo hizo, al menos en parte, porque le dio la oportunidad de tener una familia. Él nunca iba a sentar la cabeza con una sola mujer. Y resultó que las españolas estaban tan encantadas con él como lo habían estado las estadounidenses. Pero este sistema, esta familia, era algo de lo que él podía formar parte, y creo que lo sabía cuando aceptó el trato.

O tal vez, simplemente, Robert se topó con algo que le convenía, y no supo bien lo que quería hasta que lo tuvo. Hay gente que tiene esa suerte. Yo, en cambio, siempre me esforcé mucho para conseguir lo que quería. Otros encuentran la felicidad por casualidad. A veces me gustaría ser como esas personas. Y seguramente ellas a veces querrían ser como yo.

Ahora que Connor estaba en los Estados Unidos y venía a casa solo en vacaciones, Celia y yo teníamos más tiempo que nunca para estar juntas. No teníamos que preocuparnos por sesiones de grabación ni por las columnas de chismes. Casi nunca nos reconocían por la calle, y si alguien reconocía a una de las dos, no se acercaba ni corría a contárselo a nadie.

En España, tuve la vida que realmente deseaba. Me sentía en paz, y otra vez despertaba todos los días con el cabello de Celia extendido sobre mi almohada. Atesoraba cada momento que teníamos para nosotras, cada segundo que pasaba abrazándola.

Nuestro dormitorio tenía un balcón inmenso que daba al mar. A menudo, la brisa entraba por las noches. Por las mañanas, nos sentábamos allí sin prisa alguna, a leer juntas el periódico, y nuestros dedos se ponían grises por la tinta.

Incluso empecé a hablar español otra vez. Al principio, lo hice porque era necesario. Había mucha gente con la que teníamos que hablar, y yo era la única que estaba preparada para hacerlo. Pero creo que esa necesidad me hizo bien. Porque no podía preocuparme demasiado por sentirme insegura; tenía que completar la transacción y ya. Luego, con el tiempo, llegué a sentirme orgullosa de la facilidad con que me venía el idioma. El dialecto era diferente —el español cubano de mi juventud no se correspondía a la perfección con el castellano de España— pero los años sin pronunciar las palabras no las habían borrado de mi mente.

A menudo hablaba español incluso en casa, lo que obligaba a Celia y a Robert a apelar a sus limitados conocimientos para entender lo que decía. A mí me encantaba compartir eso con ellos. Me encantaba poder mostrar una parte de mí que había sepultado mucho tiempo atrás. Me hizo feliz descubrir, cuando la desenterré, que esa parte aún estaba allí, esperándome.

Pero, desde luego, aunque los días parecieran perfectos, había un dolor que siempre se cernía sobre nosotros, noche tras noche.

Celia no estaba bien. Su salud se deterioraba. No le quedaba mucho tiempo.

—Sé que no debería —me dijo Celia una noche mientras estábamos juntas en la oscuridad; ninguna de las dos dormía aún—. Pero a veces me pongo furiosa con nosotras por todos los años que perdimos. Por todo el tiempo que desperdiciamos.

Agarré su mano.

—Te entiendo —dije—. Me pasa lo mismo.

—Si uno quiere a alguien lo suficiente, debería poder superar cualquier cosa —arguyó—. Y nosotras siempre nos hemos querido tanto, más de lo que nunca pensé que podía ser querida, más de lo que nunca pensé poder amar. Entonces, ¿por qué... por qué no pudimos superarlo?

—Lo hicimos —repliqué, volviéndome hacia ella—. Estamos aquí.

Negó con la cabeza.

—Pero todos esos *años*... —insistió.

—Somos obstinadas —le dije—. Y no es que nos hayan dado las herramientas para el éxito. Las dos estamos acostumbradas a decidir. Las dos tendemos a pensar que el mundo gira en torno a nosotras...

—Y hemos tenido que esconder el hecho de que somos lesbianas —añadió—. O, mejor dicho, que yo soy lesbiana. Tú eres bisexual.

Sonreí en la oscuridad y le apreté la mano con afecto.

—El mundo no nos lo puso fácil —dijo.

—Creo que las dos queríamos más de lo que era realista esperar. Estoy segura de que habríamos podido vivir bien, las dos, en un pueblo pequeño. Tú podrías haber sido maestra. Yo, enfermera. Podríamos habernos facilitado las cosas así.

Sentí que Celia negaba con la cabeza a mi lado.

—Pero no es lo que somos, nunca lo hemos sido ni podríamos serlo jamás.

Asentí.

—Creo que ser una misma, sin esconder nada, siempre será como nadar a contracorriente.

—Sí —concordó—. Pero si nos basamos en los últimos años contigo, creo que también es como quitarse el sujetador al final del día.

Reí.

—Te quiero —le dije—. Nunca me dejes.

Pero cuando ella respondió: «Yo también te quiero. Nunca te dejaré», las dos supimos que estaba haciendo una promesa que no podría cumplir.

Yo no soportaba la idea de perderla otra vez, de perderla de un modo mucho más profundo que nunca. No soportaba la idea de quedarme sin ella para siempre, sin ningún lazo con ella.

—¿Quieres casarte conmigo? —le pregunté.

Celia rio, y la detuve.

—¡No es broma! Quiero casarme contigo. De una vez por todas. ¿No lo merezco, acaso? Después de siete matrimonios, ¿no debería poder casarme con el amor de mi vida?

—No creo que las cosas funcionen así, cariño —respondió—. Además, estaría robándole la esposa a mi hermano.

—Hablo en serio, Celia.

—Yo también, Evelyn. Es imposible que nos casemos.

—El matrimonio no es más que una promesa.

—Si tú lo dices… Eres la experta.

—Casémonos aquí y ahora. Tú y yo. En esta cama. Ni siquiera es necesario que te pongas un camisón blanco.

—¿De qué hablas?

—Hablo de una promesa espiritual, entre nosotras dos, para el resto de nuestra vida.

Cuando Celia no respondió, supe que estaba pensándolo. Estaba pensando si realmente podía significar algo, las dos en esa cama.

—Esto es lo que haremos —dije, intentando convencerla—. Nos miraremos a los ojos y nos tomaremos de las manos, y diremos lo que hay en nuestros corazones, y prometeremos apoyarnos siempre. No necesitamos ningún documento oficial ni testigos ni aprobación religiosa. No importa que yo ya esté legalmente casada, porque las dos sabemos que cuando me casé con Robert, lo hice para estar contigo. No necesitamos las reglas de nadie más. Solo nos necesitamos la una a la otra.

Celia quedó en silencio. Suspiró. Y por fin dijo:

—Está bien. De acuerdo.

—¿En serio?

Me sorprendió la importancia que estaba cobrando aquel momento.

—Sí —dijo—. Quiero casarme contigo. Siempre he querido casarme contigo. Solo que… nunca se me ocurrió que pudiéramos. Que no necesitáramos la aprobación de nadie.

—No la necesitamos —dije.

—Entonces sí.

Reí y me senté en la cama. Encendí la lámpara de mi mesita de luz. Celia también se sentó. Nos pusimos frente a frente y nos sujetamos de las manos.

—Creo que deberías ser tú quien celebre la ceremonia —opinó.

—Supongo que sí, tengo más experiencia en bodas —bromeé.

Celia rio, y yo reí con ella. Íbamos acercándonos a los sesenta años, y nos embriagaba la idea de hacer por fin lo que deberíamos haber hecho tantos años antes.

—Está bien —dije—. Basta de risas. Vamos a hacerlo.

—De acuerdo —respondió, sonriendo—. Estoy lista.

Tomé aire. La miré. Celia tenía patas de gallo alrededor de los ojos. Tenía arrugas de risa en torno a la boca. Estaba despeinada por la almohada. Tenía puesta una vieja camiseta de los New York Giants que tenía un agujero en el hombro. Al diablo las convenciones, nunca la había visto más hermosa.

—Queridos hermanos —comencé—. Supongo que somos solo nosotras.

—Está bien —dijo Celia—. Te sigo.

—Estamos aquí reunidos para celebrar la unión de… nosotras.

—Genial.

—Dos personas que se unen para pasar juntas el resto de su vida.

—De acuerdo.

—Celia, ¿me aceptas a mí, Evelyn, como esposa? ¿En la salud y en la enfermedad, en la riqueza y en la pobreza, hasta que la muerte nos separe?

Me sonrió.

—Sí, acepto.

—Y yo, Evelyn, ¿te acepto a ti, Celia, como esposa? ¿En la salud y en la enfermedad, y todo lo demás? Sí, acepto. —Entonces me di cuenta de un pequeño detalle—. Un momento, no tenemos anillos.

Celia miró alrededor en busca de algo que sirviera. Sin soltarle las manos, revisé mi mesita de noche.

—Toma —dijo Celia, al tiempo que se quitaba el elástico que le sujetaba el pelo.

Reí y me quité el mío, con el que me había hecho la cola de caballo.

—Está bien —dije—. Celia, repite lo que digo. Evelyn, te entrego este anillo como símbolo de mi amor eterno.

—Evelyn, te entrego este anillo como símbolo de mi amor eterno.

Celia tomó el elástico y lo colocó en mi dedo anular con tres vueltas.

—Ahora di: Con este anillo, yo te desposo.

—Con este anillo, yo te desposo.

—Bien. Ahora yo. Celia, te entrego este anillo como símbolo de mi amor eterno. Con este anillo, te desposo. —Le coloqué mi elástico en el dedo—. Ah, se me han olvidado los votos. ¿Quieres que hagamos votos?

—Podemos —respondió—, si quieres.

—Bien —dije—. Piensa en lo que quieres decir. Yo también lo pensaré.

—No necesito pensar —repuso—. Ya lo sé. Estoy lista.

—Está bien —dije, sorprendida de que mi corazón latiera acelerado, anhelante por oír sus palabras—. Adelante.

—Evelyn, estoy enamorada de ti desde 1958. Tal vez no siempre lo demostré, tal vez dejé que otras cosas se interpusieran, pero quiero que sepas que te quiero desde entonces. Que nunca he dejado de amarte. Y que nunca dejaré de hacerlo.

Cerré los ojos un instante, asimilando sus palabras.

Y luego pronuncié las mías.

—Me he casado siete veces, y nunca lo sentí tan profundamente como ahora. Creo que amarte ha sido lo más verdadero que me ha pasado.

Sonrió tanto que pensé que iba a llorar. Pero no.

Dije:

—Con la autoridad que me ha sido otorgada por… nosotras, nos declaro casadas.

Celia rio.

—Ya puedo besar a la novia —añadí. Le solté las manos, la sujeté de las mejillas y la besé. A mi esposa.

Seis años más tarde, cuando Celia y yo llevábamos más de una década juntas en las playas de España, después de que Connor se graduara de la universidad y consiguiera un empleo en Wall Street, cuando el mundo prácticamente se había olvidado de *Mujercitas* y de *Boute-en-train* y de los tres Oscars de Celia, Cecilia Jamison falleció de insuficiencia respiratoria.

Estaba en mis brazos. En nuestra cama.

Era verano. Las ventanas estaban abiertas para que entrara la brisa. La habitación olía a enfermedad, pero si uno se concentraba mucho, aún se alcanzaba a oler la sal del mar. Sus ojos dejaron de moverse. Llamé a la enfermera, que estaba abajo, en la cocina. Creo que, en esos momentos, mientras me quitaban a Celia, dejé de fabricar recuerdos.

Lo único que recuerdo es estar aferrada a ella, sosteniéndola lo mejor que podía. Lo único que recuerdo es que dije: «No tuvimos suficiente tiempo».

Sentí que, al llevarse su cuerpo, los sanitarios me arrancaban el alma. Y después, cuando se cerró la puerta, cuando todos se fueron, cuando Celia ya no estaba, miré a Robert. Caí al suelo.

Sentí las baldosas frías contra mi piel enrojecida. La dureza de la piedra me dolió en los huesos. Debajo de mí, empezaron a formarse charcos de lágrimas, pero no podía alzar mi cabeza del suelo.

Robert no me ayudó a levantarme.

Se colocó en el suelo, a mi lado. Y lloró.

La había perdido. A mi amor. Mi Celia. Mi alma gemela. La mujer cuyo amor había anhelado durante toda mi vida.

Se había ido.

Irrevocablemente y para siempre.

Y volvió a dominarme el lujo arrollador del pánico.

Now This

5 de julio de 2000

HA MUERTO CELIA ST. JAMES, LA REINA DE LA PANTALLA

Celia St. James, tres veces ganadora del Oscar, falleció la semana pasada por complicaciones de un enfisema. Tenía 61 años.

A comienzos de su carrera, St. James, la actriz pelirroja que provenía de una familia adinerada de Georgia, a menudo fue apodada «el melocotón de Georgia». Pero fue su papel en *Mujercitas* lo que le valió su primer premio de la Academia y la convirtió en una estrella sólida.

St. James fue nominada y ganó otras dos veces en los siguientes 30 años: como mejor actriz en 1970 por *Our Men,* y como mejor actriz de reparto por su interpretación de Lady Macbeth en la adaptación de 1987 de la tragedia de Shakespeare.

Además de su notable talento, se la conocía por su belleza sencilla y por su matrimonio de quince años con el ídolo del fútbol americano John Braverman. Los dos se divorciaron a finales de los años 70 pero siguieron siendo amigos hasta la muerte de Braverman en 1980. Nunca volvió a casarse.

La herencia de St. James queda a cargo de su hermano, Robert Jamison, esposo de la actriz —y ex coestrella de St. James— Evelyn Hugo.

Celia, como Harry, recibió sepultura en Forest Lawn, en Los Ángeles. Robert y yo llevamos a cabo su funeral un jueves por la mañana. Fue algo privado. Pero la gente sabía que estábamos allí. Sabía que estábamos enterrándola.

Cuando la bajaron a la tumba, me quedé con los ojos fijos en el agujero en la tierra. En la madera lustrosa de su ataúd. No pude contenerme. No pude evitar que saliera mi verdadero yo.

—Necesito un minuto —dije a Robert y a Connor, y me aparté.

Caminé. Subí y subí por los senderos ondulantes del cementerio, hasta que encontré lo que buscaba.

A Harry Cameron.

Me senté junto a su tumba y lloré todo lo que tenía dentro. Lloré hasta sentirme agotada. No dije una sola palabra. No tuve ninguna necesidad. Hacía tanto tiempo, tantos años, que hablaba con Harry en mi mente y en mi corazón, que sentía que habíamos trascendido las palabras.

Había sido él quien me había ayudado, apoyado, en todos los momentos de mi vida. Y ahora lo necesitaba más que nunca. Así que acudí a él de la única manera que supe. Dejé que me sanara como solo él podía. Y después me puse de pie, me limpié el polvo de la falda y me di la vuelta.

Allí, entre los árboles, había dos paparazzi tomándome fotos. No me enfadé ni me sentí halagada. Simplemente no me importó. Me costaba mucho cuando algo me importaba. Y no tenía fondos para gastar en ello.

Por eso, opté por alejarme.

Dos semanas más tarde, cuando Robert y yo estábamos de vuelta en Aldiz, Connor me envió una revista que tenía en la cubierta mi foto junto a la tumba de Harry. Ella le había adjuntado una nota que decía, simplemente: «Te quiero».

Aparté la mirada de las palabras y leí el titular: «La leyenda Evelyn Hugo llora ante la tumba de Harry Cameron, años más tarde».

Aunque ya había pasado mi mejor edad, la gente se distraía con facilidad y no veía lo que yo sentía por Celia St. James. Pero esta vez fue diferente. Porque yo no estaba escondiendo nada.

La verdad estaba allí, al alcance de la mano, si tan solo hubieran prestado atención. Yo había mostrado mi verdadero ser, había buscado la ayuda de mi mejor amigo para aliviar el dolor por la muerte de mi pareja.

Pero, por supuesto, lo entendieron mal. Nunca les importó la verdad. Los medios cuentan la versión que quieren. Siempre lo han hecho. Siempre lo harán.

Entonces comprendí que la única posibilidad de que alguien supiera la verdad sobre mi vida era que la contara yo directamente.

En un libro.

Guardé la nota de Connor y tiré la revista a la basura.

Con la muerte de Celia y la ausencia de Harry, me encontré finalmente en un matrimonio que, aunque casto, era estable, y mi vida pasó a estar oficialmente libre de escándalos.

Yo. Evelyn Hugo. Una anciana aburrida.

Robert y yo tuvimos un matrimonio amigable durante los siguientes once años. Nos mudamos otra vez a Manhattan a mediados de la década de 2000 para estar más cerca de Connor. Remodelamos este apartamento. Donamos parte del dinero de Celia a organizaciones LGBTQ+ y a la investigación de la neumopatía.

Cada Navidad, organizábamos un evento benéfico para los programas de jóvenes sin techo de la ciudad de Nueva York. Después de todos esos años en una playa tranquila, fue agradable volver a participar en ciertos aspectos de la sociedad.

Pero en realidad, lo único que me importaba era Connor.

Había logrado ascender en Merrill Lynch, y más tarde, poco después de que Robert y yo nos mudáramos a Nueva York, admitió, hablando con él, que detestaba la cultura de las finanzas. Le dijo que necesitaba dejar ese empleo. Para Robert fue una decepción que no la hiciera feliz aquello que lo había hecho feliz a él. Pero nunca sintió decepción por ella.

Y él fue el primero en felicitarla cuando aceptó un empleo como profesora en Wharton. Connor nunca supo que Robert había hecho algunas llamadas en su nombre. Él no quiso que se enterara. Simplemente quiso ayudarla en todo cuanto pudiera. Y así lo hizo, con amor, hasta que murió a los ochenta y un años.

Connor pronunció el panegírico. Su novio, Greg, fue uno de los portadores del féretro. Después, ella y Greg vinieron a quedarse conmigo por un tiempo.

—Mamá, después de siete maridos, no creo que tengas mucha práctica en vivir sola —dijo Connor, sentada a la mesa de mi comedor, la misma en la que solía sentarse en una sillita alta con Harry, Celia, John y yo.

—Tuve una vida muy plena antes de que nacieras —respondí—. Viví sola una vez, y puedo volver a hacerlo. Tú y Greg deberíais hacer vuestra propia vida. En serio.

Pero en cuanto se fueron, me di cuenta de lo grande, lo silencioso que era este apartamento.

Entonces contraté a Grace.

Yo había heredado unos cuantos millones de Harry, Celia y ahora Robert. Y no tenía a nadie más que a Connor a quien consentir. Entonces consentía también a Grace y su familia. Me hacía feliz hacerlos felices, darles aunque fuera un poquito del lujo que yo había disfrutado casi toda mi vida.

No es tan malo vivir sola, una vez que te acostumbras. Y vivir en un apartamento grande como este… Bueno, lo he conservado porque quería regalárselo a Connor, pero en algunos aspectos me ha gustado. Claro que siempre me gustaba más cuando Connor se quedaba a dormir aquí, especialmente después de su separación de Greg.

Te puedes dar una buena vida organizando cenas de caridad y coleccionando obras de arte. Puedes encontrar un modo de ser feliz con la realidad que te toque en suerte.

Hasta que tu hija muere.

Hace dos años y medio, cuando Connor tenía treinta y nueve, le diagnosticaron cáncer de mama en fase avanzada. Le dieron meses de vida. Yo sabía lo que era darse cuenta de que la persona amada dejaría este mundo mucho antes que uno. Pero nada podría haberme preparado para el dolor de ver sufrir a mi hija.

La sostuve en mis brazos cuando vomitaba por la quimioterapia. La envolví en mantas cuando lloraba de frío. La besé en la frente como si fuera otra vez mi bebé, porque siempre lo sería.

Le dije que cada día de su vida había sido el mejor regalo del mundo para mí, que estaba convencida de que no había venido a la tierra para hacer películas, ponerme vestidos de color verde esmeralda ni saludar a las multitudes, sino para ser su madre.

Me senté junto a su cama en el hospital.

—De todas las cosas que he hecho en mi vida —le dije—, nada me ha dado tanto orgullo como el día que naciste.

—Lo sé —respondió—. Siempre lo he sabido.

Yo me había propuesto decirle siempre la verdad desde la muerte de su padre. Teníamos una relación en la que cada una creía a la otra, creía *en* la otra. Connor se sentía amada. Sabía que me había cambiado la vida, que había cambiado el mundo.

Pasaron dieciocho meses hasta que murió.

Y cuando la enterraron junto a su padre, me rompí como nunca.

Me venció el lujo arrollador del pánico.

Y desde entonces, nunca he dejado de sentirlo.

Así termina mi historia. Con la pérdida de todos aquellos a quienes quise. Conmigo en un apartamento grande y hermoso del Upper East Side, echando de menos a todos los que alguna vez significaron algo para mí.

Cuando escribas el final, Monique, quiero que quede claro que no me encanta este apartamento, que no me importa todo mi dinero, que me importa un bledo si la gente me considera una leyenda, que la adoración de millones de personas nunca me calentó la cama.

Cuando escribas el final, Monique, diles a todos que lo que echo de menos es a las personas. Diles a todos que no lo había entendido. Que la mayoría de las veces he elegido mal.

Cuando escribas el final, Monique, asegúrate de que el lector entienda que lo único que siempre he buscado ha sido una familia. Que quede claro que la encontré. Que sepan que sufro por haberla perdido.

Ponlo con todas las letras, si es necesario.

Diles que a Evelyn Hugo no le importa si todos se olvidan de su nombre. A Evelyn Hugo no le importa si todos se olvidan de que alguna vez vivió.

Mejor aún, recuérdales que Evelyn Hugo nunca existió. Fue una persona que yo inventé para ellos. Para que me quisieran. Diles que, durante mucho tiempo, estuve confundida con respecto a lo que era el amor. Diles que ahora lo entiendo, y que ya no necesito el amor de ellos.

Diles: «Lo único que quiere Evelyn Hugo es irse a casa. Es hora de que se reúna con su hija, con su amante, con su mejor amigo y con su madre».

Diles que Evelyn Hugo les dice adiós.

—¿Cómo que adiós? No te despidas, Evelyn.

Me mira a los ojos y no hace caso de mis palabras.

—Cuando lo pongas todo en una sola narración —prosigue—, quiero que quede claro que, de todas las cosas que hice para proteger a mi familia, volvería a hacer *cada una* de ellas. Y habría hecho más, mis actos habrían sido aún peores, si hubiera creído que podía salvarlos.

—Creo que eso es lo que siente casi todo el mundo —le aseguro—. Respecto de su vida y de sus seres amados.

Evelyn parece decepcionada por mi respuesta. Se pone de pie y se acerca al escritorio. Saca un papel.

Es viejo. Doblado y arrugado, con un tono naranja tostado en uno de sus bordes.

—El hombre que iba en el coche con Harry —dice Evelyn—. El que dejé allí.

Eso es, por supuesto, lo más atroz que hizo. Pero yo no podría asegurar que yo no habría hecho lo mismo por un ser querido. No digo que habría hecho lo mismo. Pero no estoy segura.

—Harry se había enamorado de un hombre de color. Se llamaba James Grant. Murió el 26 de febrero de 1989.

Esto es lo que tiene la furia.

Empieza en el pecho.

Empieza como miedo.

El miedo pronto se transforma en negación. *No, tiene que ser un error. No, no puede ser.*

Y entonces llega la verdad. *Sí, tiene razón. Sí, puede ser.*

Porque te das cuenta: *Sí, es verdad.*

Y entonces puedes elegir. ¿Estás triste o enfadada?

Y, en última instancia, la fina línea que separa ambos sentimientos se reduce a responder una serie de preguntas. La primera: ¿puedes atribuir la culpa?

La pérdida de mi padre, a mis siete años, fue algo por lo cual nunca pude culpar a nadie más que a una sola persona. A mi padre. Mi padre condujo borracho. Nunca había hecho algo así. Pero ocurrió. Y podía odiarlo por ello, o intentar entenderlo. *Tu padre estaba conduciendo en estado de ebriedad y perdió el control del vehículo.*

Pero esto. Saber que mi padre nunca se había puesto al volante de un coche estando borracho, que esta mujer lo dejó muerto al lado de la calle, falsamente incriminado por su propia muerte, con su nombre manchado. El hecho de que crecí creyendo que él había provocado el accidente. La acusación flota en el aire, como en espera de que yo la tome y la adhiera al pecho de Evelyn.

Y el modo en que está sentada frente a mí, con remordimientos, pero no con arrepentimiento, me demuestra con claridad que está dispuesta a ser acusada.

Esta acusación es como una chispa sobre todos mis años de dolor. Y desata el incendio de furia.

Mi cuerpo se pone incandescente. Mis ojos se llenan de lágrimas. Mis puños se cierran, y doy un paso atrás porque me asusta lo que pueda llegar a hacer.

Y entonces, como ese paso atrás me parece demasiado generoso, vuelvo a acercarme a ella, la empujo contra el sofá y le digo:

—Me alegro de que no te quede nadie. Me alegro de que no quede vivo nadie que te quiera.

La suelto, sorprendida de mí misma. Evelyn vuelve a incorporarse. Me observa.

—¿Crees que puedes compensarme entregándome tu historia? —le pregunto—. Todo este tiempo me has tenido aquí sentada, escuchando tu vida, para que pudieras confesarte, ¿y crees que tu *biografía* va a compensarme?

—No —responde—. Creo que a estas alturas ya me conoces lo suficiente para saber que no soy tan ingenua como para creer en la absolución.

—Entonces, ¿qué?

Evelyn se extiende y me muestra el papel que tiene en la mano.

—Encontré esto en el bolsillo del pantalón de Harry. La noche en que murió. Supongo que lo había leído y fue el motivo por el que bebió tanto. Era de tu padre.

—¿Y?

—Y... A mí me dio mucha paz el hecho de que mi hija supiera la verdad sobre mí. Y fue un enorme consuelo conocerla a fondo. Yo quería... Creo que soy la única persona viva que puede darte eso. Que puede dárselo a tu padre. Quiero que sepas quién era él en realidad.

—Yo sé quién fue para mí —replico, pero al mismo tiempo caigo en la cuenta de que eso no es del todo cierto.

—Pensé que querrías conocerlo plenamente. Toma, Monique. Lee esta carta. Si no la quieres, no es necesario que la conserves.

Pero siempre tuve intenciones de enviártela. Siempre pensé que merecías saberlo.

Se la quito; ni siquiera deseo hacerle el favor de tomarla con suavidad. Me siento. La abro. En la parte superior veo lo que no puede ser otra cosa que manchas de sangre. Por un instante, me pregunto si será sangre de mi padre. O de Harry. Decido no pensar en ello.

Antes de leer la primera línea, miro a Evelyn.

—¿Puedes salir? —le pido.

Evelyn asiente y sale de su propia oficina. Cierra la puerta al salir. Bajo la mirada. Tengo mucho que ordenar en mi mente.

Mi padre no hizo nada malo.

Mi padre no causó su propia muerte.

Me he pasado años de mi vida viéndolo desde ese punto de vista, haciendo las paces con él a través de esa óptica.

Y ahora, por primera vez en casi treinta años, tengo nuevas palabras, nuevos pensamientos, de mi padre.

Querido Harry:

Te quiero. Te quiero como nunca creí que fuera posible. Durante gran parte de mi vida, pensé que esta clase de amor era un mito. Y, sin embargo, aquí está, tan real que puedo tocarlo, y entiendo por fin lo que cantaban los Beatles todos estos años.

No quiero que te mudes a Europa. Pero también sé que tal vez lo que yo no quiera puede ser lo mejor para ti. Por eso, a pesar de mis deseos, creo que deberías ir.

Aquí, en Los Ángeles, no puedo ni podré darte la vida con la que sueñas.

No puedo casarme con Celia St. James, aunque coincido contigo en que es una mujer bellísima, y para serte sincero, me enamoré un poquito de ella en Royal Wedding.

Pero el hecho es que, aunque nunca quise a mi esposa como te quiero a ti, nunca la dejaré. Quiero demasiado a mi familia para separarla siquiera un momento. Mi hija, a quien ansío que puedas conocer algún día, es mi razón de vivir. Y sé que ella es más feliz conmigo y con su madre. Sé que solo tendrá una vida mejor si me quedo donde estoy.

Quizás Angela no sea el amor de mi vida. Ahora lo sé, ahora que he sentido verdadera pasión. Pero creo que, en muchos aspectos, ella es para mí lo que Evelyn es para ti. Es mi mejor amiga, mi confidente, mi compañera. Admiro la franqueza con que tú y Evelyn habláis de vuestra sexualidad, de vuestros deseos. Pero Angela y yo no funcionamos así, y no estoy seguro de querer cambiar eso. No tenemos una vida sexual vibrante, pero la quiero como se quiere a una pareja. Yo jamás me perdonaría si le causara dolor. Y si no estuviera con ella, a cada momento estaría desesperado por llamarla, por saber qué piensa, cómo está.

Mi familia es mi corazón. Y no puedo separarnos. Ni siquiera por la clase de amor que he encontrado contigo, mi Harry.

Vete a Europa, si estás convencido de que es lo mejor para tu familia.

Y no olvides que aquí, en Los Ángeles, yo estoy con la mía, pensando en ti.

Por siempre tuyo,
James

Dejo la carta. Me quedo con la mirada fija en el aire. Y entonces, solo entonces, lo comprendo.

Mi padre estaba enamorado de un hombre.

No sé cuánto tiempo me quedo sentada en el sofá, mirando el techo. Pienso en mis recuerdos de mi padre, en cómo me arrojaba al aire en el patio de casa, cómo me dejaba, de vez en cuando, desayunar banana splits.

Esos recuerdos siempre quedaron manchados por la forma en que murió. Siempre me han resultado agridulces, porque creía que era por sus propios errores que me había dejado demasiado pronto.

Y ahora no sé qué pensar de él. No sé cómo pensar en él. Ha desaparecido un rasgo distintivo, y en su lugar hay mucho más... para bien o para mal.

En algún momento, después de que empiezo a repasar las mismas imágenes una y otra vez en mi mente —recuerdos de mi padre con vida, vistas imaginarias de sus últimos momentos y de su muerte—, me doy cuenta de que ya no puedo quedarme allí sentada, sin hacer nada.

Entonces me pongo de pie, salgo al pasillo y busco a Evelyn. La encuentro en la cocina con Grace.

—¿Así que por esto estoy aquí? —digo, levantando la carta.

—Grace, ¿podrías darnos un momento?

Grace se levanta de su taburete.

—Por supuesto —responde, y desaparece por el pasillo.

Cuando Grace se va, Evelyn me mira.

—No es la única razón por la que quería conocerte. Te busqué para darte la carta, obviamente. Y había estado buscando una manera de presentarme a ti que no fuera tan inesperada, que produjera tanta conmoción.

—Obviamente, *Vivant* te ayudó con eso.

—Me dio la excusa, sí. Me resultó más cómodo que te enviara una revista importante en lugar de tener que llamarte por teléfono e intentar explicar de dónde te conocía.

—Y se te ocurrió atraerme con la promesa de un *best seller*.

—No —responde, meneando la cabeza—. Cuando empecé a investigarte, leí la mayor parte de tu obra. Específicamente, leí tu artículo sobre el derecho de morir.

Dejo la carta sobre la mesa. Pienso en sentarme.

—¿Y?

—Me pareció bellamente escrito. Era un texto informado, inteligente, equilibrado y compasivo. Tenía alma. Admiré la destreza con que manejaste un tema emotivo y complicado.

No quiero dejar que me elogie, porque no quiero tener que agradecérselo. Pero mi madre me inculcó una amabilidad que aflora cuando menos lo espero.

—Gracias.

—Cuando lo leí, sospeché que podrías hacer un hermoso libro con mi historia.

—¿Solo por un artículo que escribí?

—Porque tienes talento, y si alguien podía entender las complejidades de quién soy y de lo que he hecho, probablemente eras tú. Y cuanto más he llegado a conocerte, más me convenzo de que estaba en lo cierto. Sea como sea el libro que escribas sobre mí, no tendrá respuestas fáciles. Pero sé que no harás concesiones. Quería darte esa carta, y quería que escribieras mi historia, porque estoy convencida de que eres la mejor para ese trabajo.

—¿Y me hiciste pasar por todo esto con tal de aliviar tu sentimiento de culpa y asegurarte de tener el libro que querías sobre tu vida?

Evelyn niega con la cabeza, dispuesta a corregirme, pero no he terminado.

—Es asombroso, realmente. Lo egocéntrica que puedes ser. Que incluso ahora, aunque parezca que quieres redimirte, todo gira en torno a ti.

Evelyn levanta una mano.

—No hables como si tú no te hubieras beneficiado con esto. Nadie te obligó a participar. Tú querías la entrevista. Aprovechaste la posición en la que te puse, y lo hiciste con destreza y astucia.

—Evelyn, en serio —digo—. Basta de tonterías.

—¿No quieres la entrevista? —me desafía Evelyn—. Si no la quieres, no la aceptes. Deja que mi historia muera conmigo. No hay problema.

Me quedo callada; no sé bien cómo responder, cómo *quiero* responder.

Evelyn extiende la mano, a la espera. No va a dejar que la sugerencia sea solo hipotética. No es solo retórica. Exige una respuesta.

—Adelante —dice—. Recoge tus apuntes y tus grabaciones. Podemos quemarlos todos ahora mismo.

No me muevo, a pesar de que me da tiempo más que suficiente.

—Ya me parecía —dice.

—Es lo menos que merezco —replico, a la defensiva—. Es lo menos que puedes darme, mierda.

—Nadie merece nada —dice Evelyn—. Simplemente es cuestión de quién está dispuesto a salir a conseguir lo que quiere. Y tú, Monique, eres una persona que ha demostrado estar dispuesta a salir a conseguir lo que quieres. Así que sé sincera. No hay víctimas ni vencedores. Todos estamos en algún punto entre esos extremos. La gente que se proyecta como una cosa o la otra no solo se engaña a sí misma, sino que además es dolorosamente poco original.

Me levanto de la mesa y me acerco al fregadero. Me lavo las manos, porque detesto lo frías y húmedas que están. Me las seco. La miro.

—Te odio, ¿sabes?

Evelyn asiente.

—Te felicito. Es un sentimiento tan simple el odio, ¿verdad?

—Sí —respondo—. Así es.

—Todo lo demás en la vida es más complejo. Especialmente tu padre. Por eso me pareció tan importante que leyeras esa carta. Quería que lo *supieras*.

—¿El qué, exactamente? ¿Que era inocente? ¿O que amaba a un hombre?

—Que te amaba *a ti*. Así. Que estaba dispuesto a renunciar a un amor romántico para quedarse a tu lado. ¿Sabes el padre tan increíble que has tenido? ¿Sabes cuánto te quiso? Muchos hombres dicen que nunca dejarían a sus familias, pero a tu padre lo pusieron a prueba y no se lo pensó dos veces. Quería que supieras eso. Si yo hubiera tenido un padre así, me habría gustado saberlo.

Nadie es completamente bueno o malo. Lo sé, por supuesto. Tuve que aprenderlo a una edad temprana. Pero a veces es fácil olvidar lo cierto que es. Eso se aplica a *todos*.

Hasta que estás sentada frente a la mujer que puso el cadáver de tu padre al volante de un automóvil para salvar la reputación de su mejor amigo… y tomas conciencia de que guardó una carta durante casi tres décadas porque quería que supieras cuánto te quería él.

Podría haberme dado la carta antes. También podría haberla tirado. Esa es Evelyn Hugo. Alguien que está entre los dos extremos.

Me siento y me cubro los ojos con las manos, los froto, con la esperanza de que, si los froto lo suficiente, quizá pueda transportarme a una realidad diferente.

Cuando los abro, sigo allí. No tengo otra opción que resignarme.

—¿Cuándo puedo publicar el libro?

—No estaré aquí mucho tiempo más —dice Evelyn, mientras se sienta en un taburete junto a la isla.

—Basta de indefiniciones, Evelyn. ¿Cuándo puedo publicar el libro?

Distraída, Evelyn pliega una servilleta que se ha quedado sobre la encimera. Luego me mira.

—No es ningún secreto que el gen del cáncer de mama puede heredarse —dice—. Aunque, si hubiera justicia en el mundo, la madre moriría mucho antes que la hija.

Observo los detalles del rostro de Evelyn. Observo las comisuras de sus labios, el contorno de sus ojos, la dirección de sus cejas. Reflejan muy poca emoción. Su rostro se mantiene tan impasible como si estuviera leyéndome el periódico.

—¿Tienes cáncer de mama? —le pregunto.

Asiente.

—¿Está muy avanzado?

—Lo suficiente como para necesitar darme prisa para terminar esto.

Cuando me mira, aparto la vista. No sé bien por qué. No lo hago por enfado, de verdad. Sino por vergüenza. Me avergüenzo porque gran parte de mí no se siente mal por ella. Y me siento estúpida por la parte que sí se siente mal.

—Vi a mi hija pasar por esto —prosigue Evelyn—. Sé lo que me espera. Es importante que ordene mis asuntos. Además de hacer la versión final de mi testamento y de asegurarme de que Grace se quede bien provista, entregué mis vestidos más preciados a Christie's. Y esto… esto es lo último. Esa carta. Y este libro. Tú.

—Me voy —digo—. No soporto más por hoy.

Evelyn empieza a decir algo, pero la interrumpo.

—No —digo—. No quiero oír nada más de ti. No digas una sola palabra más, ¿de acuerdo?

No puedo decir que me sorprende que no me haga caso.

—Solo iba a decir que te entiendo y que te veré mañana.

—¿Mañana? —pregunto, y entonces recuerdo que Evelyn y yo no hemos terminado.

—Para la sesión de fotos —dice.

—No sé si estoy lista para volver aquí.

—Bueno —dice Evelyn—, espero que sí.

Cuando llego a casa, instintivamente arrojo mi bolso sobre el sofá. Estoy cansada, y furiosa, y siento los ojos secos y rígidos, como si los hubiera escurrido como ropa mojada.

Me siento, sin molestarme en quitarme la chaqueta ni los zapatos. Respondo el e-mail que me envió mi madre con la información de su vuelo para mañana. Y luego levanto las piernas y apoyo los pies en la mesita de café. Cuando lo hago, noto que hay un sobre apoyado allí.

Y solo entonces me doy cuenta de que tengo una mesa de centro.

David la trajo de vuelta. Y sobre ella, un sobre dirigido a mí.

M:

Nunca debí llevarme la mesa. No la necesito. Es una tontería que esté en el guardamuebles. Fue mezquino de mi parte llevármela.

En este sobre dejo mi llave del apartamento y la tarjeta de mi abogado.

Supongo que no hay mucho más que decir salvo que te doy las gracias porque hiciste lo que yo no pude.

D.

Dejo la carta sobre la mesita. Levanto los pies. Me quito la chaqueta. Me quito los zapatos usando solo los pies. Apoyo la cabeza. Respiro.

No creo que hubiera podido poner fin a mi matrimonio sin Evelyn Hugo.

No creo que hubiera podido hacer frente a Frankie sin Evelyn Hugo.

No creo que hubiera tenido la oportunidad de escribir lo que sería indudablemente un *best seller* sin Evelyn Hugo.

No creo que hubiera llegado a entender la verdadera dimensión de la devoción de mi padre por mí sin Evelyn Hugo.

Así que creo que Evelyn se equivoca en una cosa, por lo menos.

Mi odio no es simple.

Por la mañana, cuando llego al apartamento de Evelyn, no sé muy bien en qué momento tomé la decisión de ir. Simplemente desperté y me encontré en camino. Cuando doblé la esquina, caminando desde el metro hacia su apartamento, me di cuenta de que nunca habría podido *no* ir.

No puedo ni estoy dispuesta a hacer nada que comprometa mi situación en *Vivant*; no luché por ser redactora independiente solo para acobardarme a último momento.

Llego puntualmente, pero por alguna razón soy la última en llegar. Grace me abre la puerta y ya parece que la hubiera pillado un huracán. El pelo se le está soltando de la cola de caballo, y se está esforzando más que de costumbre por sonreír.

—Vinieron casi cuarenta y cinco minutos antes —me cuenta en un susurro—. Evelyn hizo venir a una maquilladora al amanecer para que la preparara antes de que llegara la maquilladora de la revista. Hizo venir a un consultor en iluminación a las ocho y media para que la asesorara sobre qué ambiente de la casa la favorecía más. Resultó ser la terraza, justo lo que no he limpiado tanto últimamente porque sigue haciendo frío. El caso es que he pasado las últimas dos horas fregando la terraza de arriba abajo. —En broma, Grace apoya la cabeza en mi hombro—. Gracias a Dios que pronto me voy de vacaciones.

—¡Monique! —exclama Frankie cuando me ve en el pasillo—. ¿Por qué has tardado tanto?

Miro mi reloj.

—Son las once y seis minutos.

Recuerdo el día que conocí a Evelyn Hugo. Recuerdo lo nerviosa que estaba. Recuerdo que me parecía imponente, mítica. Ahora me parece dolorosamente humana. Pero para Frankie, todo esto es nuevo. No ha visto a la verdadera Evelyn. Ella aún cree que vamos a fotografiar a un icono, más que a una persona.

Salgo a la terraza y veo a Evelyn entre luces, reflectores, cables y cámaras. Está sentada en un taburete, rodeada de gente. Una máquina de viento le levanta el pelo rubio canoso. Está vestida de verde esmeralda, su color distintivo; esta vez, es un vestido de seda de mangas largas. Desde algún altavoz se oye a Billie Holiday. El sol brilla detrás de Evelyn. Parece el centro mismo del universo.

Está a sus anchas.

Sonríe para la cámara, y sus ojos pardos tienen un brillo diferente al que le he visto en persona. En cierto modo, se la ve en paz, mostrándose por completo, y me pregunto si la verdadera Evelyn será esta mujer que veo ante mí ahora, en lugar de aquella con la que estuve hablando las últimas dos semanas. Aun cercana a los ochenta años, impone su presencia de un modo que yo jamás había visto. Una estrella siempre será una estrella.

Evelyn nació para ser famosa. Creo que su cuerpo la ayudó. Creo que su rostro la ayudó. Pero por primera vez, al verla en acción, moviéndose delante de la cámara, tengo la impresión de que hay algo en lo que se subestimó: podría haber nacido con muchas menos bondades físicas y aun así habría triunfado. Sencillamente, tiene lo necesario. Esa cualidad indefinible que hace que todos se detengan y le presten atención.

Me ve de pie detrás de uno de los asistentes de iluminación y deja lo que está haciendo. Me hace señas de que me acerque.

—Oíd todos —dice—. Necesitamos algunas fotos de Monique y yo. Por favor.

—Oh, Evelyn —digo—. No quiero hacer eso.

Ni siquiera quiero estar cerca de ella.

—Por favor —insiste—. Para que tengas algo con lo que recordarme.

Un par de los presentes se ríen, como si Evelyn estuviera haciendo un chiste. Porque, desde luego, nadie podría olvidar a Evelyn Hugo. Pero yo sé que habla en serio.

Entonces, con mis vaqueros y mi *blazer*, me acerco a ella. Me quito las gafas. Siento el calor de las luces, el brillo enceguecedor en los ojos, el viento en la cara.

—Evelyn, sé que no será ninguna novedad para ti —dice el fotógrafo—, pero la cámara te adora.

—Bueno —responde Evelyn, encogiéndose de hombros—. Nunca está de más que me lo digan otra vez.

Su vestido es escotado y revela su pecho aún imponente, y se me ocurre que justamente aquello que la creó será lo que acabe con ella.

Evelyn me mira y sonríe. Es una sonrisa sincera, bondadosa. Hay en ella algo casi maternal, como si me mirara para saber cómo estoy, como si le importara.

Y luego, en un instante, me doy cuenta de que sí le importa.

Evelyn Hugo quiere saber que estoy bien, que a pesar de todo lo ocurrido, estaré bien.

En un momento de vulnerabilidad, apoyo un brazo sobre sus hombros. Un segundo después, me doy cuenta de que quiero retirarlo, que no estoy lista para estar tan cerca de ella.

—¡Me encanta! —exclama el fotógrafo—. Así mismo.

Ya no puedo retirar el brazo. Entonces finjo. Para una sola foto, finjo que no soy un manojo de nervios. Finjo que no estoy furiosa, confundida, dolida, desgarrada, decepcionada, conmocionada e incómoda.

Finjo que, simplemente, estoy cautivada por Evelyn Hugo.

Porque, a pesar de todo, aún lo estoy.

Cuando el fotógrafo se retira, cuando todos han recogido sus cosas, cuando Frankie se va del apartamento, tan feliz que parece que le hubieran brotado alas y pudiera volver volando a la oficina, me preparo para marcharme.

Evelyn está arriba, cambiándose de ropa.

—Grace —digo, cuando la veo en la cocina, recogiendo tazas y platos de papel—. Quería aprovechar un momento para despedirme, ya que Evelyn y yo hemos terminado.

—¿Habéis terminado? —pregunta Grace.

Asiento.

—Ayer terminamos las entrevistas. Hoy, la sesión de fotos. Ahora me queda escribir —respondo, aunque no tengo la menor idea de cómo voy a abordar esto ni de cuál será exactamente mi próximo paso.

—Ah —dice Grace, y se encoge de hombros—. Debo haberle entendido mal. Creí que ibas a estar aquí con Evelyn durante mis vacaciones. Pero, francamente, no podía concentrarme en otra cosa que los dos billetes para Costa Rica que tenía en las manos.

—¡Qué bien! ¿Cuándo te vas?

—Esta noche, en el último vuelo —responde Grace—. Evelyn me los dio ayer. Para mí y mi marido. Con todos los gastos cubiertos. Una semana. Nos alojaremos cerca de Monteverde. Sinceramente, en cuanto oí «vuelo en tirolesa por la selva» me convenció.

—Te lo mereces —dice Evelyn, que aparece al final de la escalera y baja a nuestro encuentro. Se ha puesto vaqueros y una camiseta, pero no se ha quitado el maquillaje ni se ha cambiado el peinado. Está espléndida a la vez que sencilla. Dos cosas que solo Evelyn Hugo puede ser al mismo tiempo.

—¿Seguro que no me necesitas aquí? Creí que estaría Monique para hacerte compañía.

Evelyn niega con la cabeza.

—No, ve tranquila. Has hecho mucho por mí últimamente. Necesitas un tiempo para ti. Si surge algo, siempre puedo llamar a la gente de abajo.

—No necesito…

Evelyn la interrumpe.

—Sí lo necesitas. Es importante que sepas cuánto aprecio todo lo que has hecho aquí. Así que déjame darte las gracias de esta manera.

Grace sonríe con modestia.

—Está bien —dice—. Si insistes.

—Insisto. De hecho, vete ya a tu casa. Te has pasado el día limpiando, y estoy segura de que necesitas más tiempo para preparar las maletas. Así que vete, sal de aquí.

Me sorprende ver que Grace no se resiste. Le da las gracias y recoge sus cosas. Todo parece estar sucediendo sin altibajos, hasta que Evelyn la detiene antes de que salga y le da un abrazo.

Grace parece ligeramente sorprendida, aunque complacida.

—Sabes que nunca habría podido pasar estos últimos años sin ti, ¿verdad? —le dice Evelyn cuando se aparta.

Grace se ruboriza.

—Gracias.

—Que te diviertas en Costa Rica —dice Evelyn—. Pásalo mejor que nunca.

Y una vez que Grace sale, sospecho que empiezo a entender lo que está ocurriendo en realidad.

Evelyn nunca iba a permitir que aquello que la creó fuera lo mismo que la destruyera. Nunca iba a permitir que nada, ni siquiera una parte de su cuerpo, tuviera semejante poder.

Evelyn va a morir cuando ella quiera.

Y ella quiere morir ahora.

—Evelyn —le digo—. ¿Qué estás…?

No consigo decirlo, ni siquiera sugerirlo. Se me hace absurdo tan solo pensarlo. Evelyn Hugo va a quitarse la vida.

Me imagino diciéndolo en voz alta y viendo a Evelyn riéndose de mí, de lo creativa que es mi imaginación, de lo tonta que puedo ser.

Pero también me imagino diciéndolo y a Evelyn respondiendo con una confirmación llana y resignada.

Y no estoy segura de poder soportar ninguna de las dos situaciones.

—¿Mmm? —pregunta Evelyn, mirándome. No parece preocupada, alterada ni nerviosa. Me mira como si fuera un día como cualquiera.

—Nada —respondo.

—Gracias por haber venido hoy —dice—. Sé que no sabías si podrías venir, y… me alegro de que hayas venido.

Odio a Evelyn, pero creo que me cae muy bien.

Deseo que nunca hubiera existido, pero no puedo sino admirarla mucho.

No sé bien qué hacer con eso. No estoy segura de lo que puede significar.

Giro el pomo de la puerta de la calle. Lo único que me sale, con un hilo de voz, es justamente el núcleo de lo que quiero decirle.

—Por favor, cuídate, Evelyn.

Extiende una mano y toma la mía. Me da un apretón afectuoso y luego me suelta.

—Tú también, Monique. Tienes un futuro excepcional por delante. Vas a arrancarle a este mundo lo mejor que tiene. Estoy segura de eso.

Evelyn me mira, y por una fracción de segundo, puedo leer su expresión. Es sutil y fugaz. Pero allí está. Y sé que mis sospechas son correctas.

Evelyn Hugo está despidiéndose.

Cuando entro al túnel del metro y cruzo el torno, no dejo de preguntarme si debería volver.

¿Llamo a su puerta?

¿Llamo al 911?

¿Debo *impedir* que lo haga?

Puedo volver a subir la escalera y salir a la calle. Puedo poner un pie delante del otro hasta llegar otra vez a casa de Evelyn y decirle: «No hagas esto».

Soy capaz de hacer eso.

Solo tengo que decidir si quiero hacerlo. Si debo hacerlo. Si es lo correcto.

Ella no me eligió solo porque se sentía en deuda conmigo. Me eligió por mi artículo sobre el derecho de morir.

Me eligió porque le demostré una comprensión única de la necesidad de tener una muerte digna.

Me eligió porque cree que puedo entender la necesidad de misericordia, aun cuando me cueste digerir lo que esa misericordia implica.

Me eligió porque confía en mí.

Y presiento que ahora mismo confía en mí.

Mi tren llega a la estación con un sonido atronador. Necesito subir e ir al aeropuerto a recibir a mi madre.

Se abren las puertas. Baja una multitud. Sube una multitud. Un chico con mochila me empuja a un lado con el hombro. No subo al vagón.

Suena la campanilla del tren. Las puertas se cierran. La estación se vacía.

Y me quedo allí. Paralizada.

Si crees que alguien está a punto de quitarse la vida, ¿no intentas impedírselo?

¿No llamas a la policía? ¿No derribas las paredes para encontrarla?

La estación empieza a llenarse otra vez, poco a poco. Una madre con su hijo pequeño. Un hombre con una bolsa de provisiones. Tres hipsters con camisas a cuadros y barba. Ahora la gente empieza a juntarse más rápido de lo que alcanzo a verla.

Necesito tomar el siguiente tren para ver a mi madre y dejar atrás a Evelyn.

Necesito dar la vuelta e ir a salvar a Evelyn de sí misma.

Veo las dos luces reflejadas en las vías, anunciando que se aproxima el tren. Oigo el rugido.

Mi madre puede llegar sola a mi apartamento.

Evelyn nunca ha necesitado que nadie la salvara.

El tren llega a la estación. Se abren las puertas. Sale el gentío. Y solo cuando las puertas vuelven a cerrarse, me doy cuenta de que he subido al tren.

Evelyn me confía su historia.

Me confía su muerte.

Y en mi corazón, creo que sería una traición si intentara detenerla.

No importa lo que yo sienta por Evelyn, sé que está en pleno uso de sus facultades. Sé que está bien. Sé que tiene derecho de morir tal como vivió: según sus propias reglas, sin dejar nada librado al destino ni al azar, sino con todo el poder en sus manos.

Me sujeto del pasamano de metal que tengo delante de mí. Me balanceo con la velocidad del vagón. Hago trasbordo. Subo al tren del aeropuerto. Y solo cuando estoy frente a la puerta de «Llegadas» y veo a mi madre saludándome, tomo conciencia de que hace una hora que estoy casi catatónica.

Son demasiadas cosas.

Mi padre, David, el libro, Evelyn.

Y en cuanto mi madre llega al alcance de mis manos, la abrazo y me hundo contra sus hombros. Y lloro.

Siento las lágrimas que salen de mí como si hubieran estado gestándose durante décadas. Es como si una versión antigua de mí estuviera aflorando, soltándose, despidiéndose en el esfuerzo de hacer lugar a una nueva. Una versión más fuerte y, en cierto modo, más cínica respecto de la gente, pero también más optimista respecto de mi lugar en el mundo.

—Oh, querida —dice mi madre, mientras deja caer el bolso que lleva al hombro, sin fijarse dónde cae, sin prestar atención a la gente que necesita pasar. Me abraza con fuerza y me acaricia la espalda con los dos brazos.

No siento presión alguna por dejar de llorar. No siento la necesidad de dar explicaciones. Para una buena madre, no es necesario que estés bien; una buena madre se esfuerza en estar bien por ti. Y mi madre siempre ha sido una buena madre, una madre excelente.

Cuando termino, me aparto. Me enjugo los ojos. La gente pasa por nuestra izquierda y nuestra derecha, ejecutivas con maletines, familias con mochilas. Algunos nos miran. Pero estoy acostumbrada a que la gente nos mire, a mi madre y a mí. Incluso en el crisol de razas que es Manhattan, hay mucha gente que no espera que madre e hija se vean así.

—¿Qué te pasa, cariño? —pregunta mi madre.

—Ni siquiera sé por dónde empezar —le digo.

Me sujeta de la mano.

—¿Qué te parece si, en vez de intentar demostrarte que entiendo el sistema del metro, nos subimos a un taxi?

Río y asiento, secándome las comisuras de los ojos.

Cuando estamos en el asiento trasero de un taxi que huele a cerrado, oyendo las noticias de la mañana que se repiten una y otra vez, ya estoy más compuesta y puedo respirar mejor.

—Dime —me dice—. ¿Qué te preocupa?

¿Le cuento lo que sé?

¿Le cuento que aquello tan doloroso que siempre creímos, que mi padre murió por conducir borracho, no es cierto? ¿Hago el cambio de una transgresión por otra? ¿Que, al morir, tenía un romance con un hombre?

—David y yo vamos a divorciarnos oficialmente —le cuento.

—Cuánto lo siento, querida —me dice—. Sé que habrá sido difícil.

No puedo agobiarla con lo que sospecho sobre Evelyn. No puedo.

—Echo de menos a papá —le digo—. ¿Tú lo echas de menos?

—Dios mío —responde—. Todos los días.

—¿Fue un buen marido para ti?

Parece que la tomo desprevenida.

—Fue un excelente marido, sí —responde—. ¿Por qué lo preguntas?

—No lo sé. Creo que acabo de darme cuenta de que no sé mucho sobre la relación que teníais. ¿Cómo era contigo?

Empieza a sonreír, como si intentara contenerse, pero no pudiera.

—Ah, era muy romántico. Todos los años, sin falta, me regalaba bombones el tres de mayo.

—¿Pero vuestro aniversario no era en septiembre?

—Sí —responde, riendo—. Pero siempre, por alguna razón, también me mimaba el tres de mayo. Decía que no había fechas oficiales suficiente para celebrarme. Decía que necesitaba inventar una solo para mí.

—Qué bonito —comento.

Nuestro taxi sale a la carretera.

—Además, me escribía unas cartas de amor preciosas —recuerda—. Realmente hermosas. Con poemas que decían lo guapa que me consideraba, lo que era una tontería, ya que nunca he sido guapa.

—Claro que sí —replico.

—No —insiste, en tono desapasionado—. No lo era. Pero él me hacía sentir como una reina de belleza.

Río.

—Parece que fue un matrimonio muy apasionado —observo.

Mi madre calla. Luego responde:

—No —y me palmea la mano—. No sé si diría que fue apasionado. Nos *gustábamos* mucho. Cuando lo conocí, fue casi como conocer a mi otra mitad. Alguien que me entendía y me hacía sentir a salvo. No era una relación apasionada, no del todo. Nunca fuimos de arrancarnos mutuamente la ropa. Pero sabíamos que podíamos ser felices juntos. Sabíamos que podíamos criar un hijo. También sabíamos que no sería fácil y que a nuestros padres no les gustaría. Pero en muchos sentidos, eso nos unió mucho más. Como si fuéramos nosotros contra el mundo.

»Sé que esto no suele tomarse bien. Sé que hoy en día todos buscan un matrimonio sexy. Pero yo fui muy feliz con tu padre. Me encantaba tener a alguien que se ocupara de mí y de quien ocuparme. Alguien con quien compartir mis días. Él siempre me resultó fascinante. Todas sus opiniones, su talento. Podíamos hablar sobre casi cualquier cosa. Durante horas. Nos quedábamos hasta tarde, incluso cuando eras pequeña, solo *hablando*... Era mi mejor amigo.

—¿Por eso nunca volviste a casarte?

Mi madre piensa la pregunta.

—Es curioso, ¿sabes? Hablar de pasión. Desde que perdí a tu padre, encontré pasión con otros hombres, de vez en cuando. Pero preferiría perder todo eso si pudiera tener unos días más con él. Una sola charla trasnochada. Nunca me importó demasiado la pasión. Pero esa clase de intimidad que teníamos, eso era lo que yo atesoraba.

Tal vez algún día le cuente lo que sé.

Tal vez no lo haga nunca.

Tal vez lo incluya en la biografía de Evelyn, o quizá cuente la versión de Evelyn sin revelar quién iba en el asiento del acompañante de aquel automóvil.

Tal vez omita por completo esa parte. Creo que estaría dispuesta a mentir sobre la vida de Evelyn para proteger a mi madre. Creo que estaría dispuesta a omitir la verdad al público en general en pro de la felicidad y la paz mental de una persona a quien quiero profundamente.

No sé lo que voy a hacer. Solo sé que me dejaré guiar por lo que considere mejor para mi madre. Y si para ello debo sacrificar un poco de sinceridad, si debo perder un poco de mi integridad, pues lo acepto. Asombrosamente, lo acepto sin remordimientos.

—Creo que tuve mucha suerte al encontrar a un compañero como tu padre —dice mi madre—. Al encontrar semejante alma gemela.

Cuando se busca un poquito por debajo de la superficie, todo el mundo tiene un amor que es original, interesante, lleno de matices y difícil de definir.

Y quizás algún día encuentre a alguien a quien quiera como Evelyn quiso a Celia. O tal vez encuentre a alguien a quien ame como se amaron mis padres. Por ahora, me basta con saber que puedo buscarlo, que hay distintas clases de amor.

Aún hay mucho que no sé sobre mi padre. Quizás era gay. Quizás se veía como un heterosexual, pero se enamoró de un solo hombre. Tal vez era bisexual. O alguna de muchas otras palabras. Pero, en realidad, no importa, y ese es el meollo.

Él me quería.

Y quería a mi madre.

Y nada de lo que pueda enterarme ahora puede cambiar eso. Nada de eso.

El conductor nos deja frente a mi puerta, y sujeto el bolso de mi madre. Las dos entramos al edificio.

Mi madre se ofrece a prepararme su famosa crema de maíz, pero, al ver que no tengo casi nada en la nevera, acepta que es mejor pedir una pizza.

Cuando llega la comida, me pregunta si quiero ver una película de Evelyn Hugo, y casi me echo a reír hasta que veo que habla en serio.

—Desde que me contaste que ibas a entrevistarla, tengo ganas de ver *All for Us* —dice.

—No lo sé —respondo; no quiero tener nada que ver con Evelyn, pero al mismo tiempo espero que mi madre me convenza, porque sé que, en cierto modo, aún no estoy lista para despedirme del todo.

—Vamos —insiste—. Por mí.

Empieza la película, y me maravilla el dinamismo de Evelyn en la pantalla, al punto de que resulta imposible mirar otra cosa cuando está ella.

Al cabo de unos minutos, siento el impulso urgente de levantarme, ponerme los zapatos, derribar su puerta y disuadirla.

Pero me contengo. La dejo en paz. Respeto sus deseos.

Cierro los ojos y me duermo con el sonido de la voz de Evelyn.

No sé con exactitud en qué momento sucede; sospecho que lo comprendí todo mientras soñaba. Lo cierto es que, cuando despierto por la mañana, me doy cuenta de que, aunque aún es demasiado pronto, algún día voy a perdonarla.

NEW YORK TRIBUNE

Ha muerto Evelyn Hugo, la legendaria sirena del cine

POR PRIYA AMRIT 26 DE MARZO DE 2017

Evelyn Hugo ha muerto a la edad de 79 años. Los primeros informes no mencionan la causa de la muerte, pero distintas fuentes afirman que se trató de una sobredosis accidental, ya que parece que en su cuerpo se encontraron medicamentos contraindicados entre sí. No se han podido confirmar las versiones que indican que, al momento de su muerte, la actriz habría estado luchando con las primeras etapas de un cáncer de mama.

La actriz recibirá sepultura en el Cementerio Forest Lawn de Los Ángeles.

Icono de elegancia en los años 50, bomba sexy en los 60 y 70, y ganadora del Oscar en los 80, Hugo se hizo famosa por su figura voluptuosa, sus roles atrevidos en el cine y su agitada vida amorosa. Estuvo casada siete veces y sobrevivió a todos sus maridos.

Tras su retiro de la actuación, Hugo donó mucho tiempo y dinero a organizaciones como refugios para mujeres maltratadas, a comunidades LGBTQ+ y a la investigación del cáncer. Hace poco se anunció que Christie's recibió doce de sus vestidos más famosos, que serán subastados a beneficio de la Fundación Americana contra el Cáncer de Mama. En esa subasta, que sin duda recaudará varios millones, seguramente habrá ofertas altísimas.

No resulta sorprendente que, en su testamento, Hugo haya legado la mayor parte de su patrimonio a obras de caridad, salvo algunos regalos generosos a quienes trabajaban para ella. Parece ser que la mayor parte fue destinada a la Alianza Gay y Lésbica contra la Difamación.

«Es mucho lo que me ha sido dado en esta vida», manifestó Hugo el año pasado en un discurso en la Campaña por los Derechos Humanos. «Pero lo he conseguido luchando con uñas y dientes. Si algún día puedo dejar un mundo un poco más seguro y fácil para quienes vengan después... bueno, tal vez haya valido la pena».

VIVANT

Evelyn y yo

JUNIO DE 2017 POR MONIQUE GRANT

Hace unos meses, cuando falleció Evelyn Hugo, actriz legendaria, productora y filántropa, ella y yo nos encontrábamos escribiendo sus memorias.

Decir que fue un honor pasar con Evelyn las últimas semanas de su vida sería no hacerle justicia, y para ser sincera, también sería un poco engañoso.

Evelyn era una mujer compleja, y el tiempo que pasé con ella fue tan complicado como su imagen, su vida y su leyenda. Hasta el día de hoy, me cuesta definir quién fue Evelyn y el impacto que tuvo en mí. Hay días en los que estoy convencida de que la admiro más que a nadie, y otros días, pienso que fue una mentirosa y embustera.

De hecho, creo que esa descripción habría sido del gusto de Evelyn. Ya no le interesaba la adoración total ni el escándalo jugoso. Lo que más le importaba era la verdad.

Después de repasar cientos de veces las transcripciones de nuestras conversaciones, de rememorar cada momento de los días que pasamos juntas, me parece justo decir que tal vez conozco a Evelyn aún mejor de lo que me conozco a mí misma. Y sé que lo que Evelyn querría revelar en estas páginas, junto a las espléndidas fotografías tomadas apenas horas antes de su muerte, es una cosa muy sorprendente pero hermosamente cierta.

Y es la siguiente: Evelyn Hugo era bisexual y pasó la mayor parte de su vida enamorada locamente de su colega, la actriz Celia St. James.

Ella quería que el público supiera esto porque amaba a Celia de un modo que era a veces arrebatador y a veces doloroso.

Quería que la gente lo supiera porque es posible que su amor por Celia St. James haya sido su mayor acto político.

Quería que lo supieran porque, en el transcurso de su vida, tomó conciencia de su responsabilidad hacia otras personas de la comunidad LGBTQ+, para visibilizarlas, para dejarse ver.

Y al final de su vida, estaba por fin lista para mostrarse tal como era.

Por eso, voy a mostrarles a la verdadera Evelyn.

Lo que verán a continuación es un fragmento de su biografía, *Los siete maridos de Evelyn Hugo,* que publicaré el año que viene.

Me decidí por ese título porque una vez le pregunté si le daba vergüenza haberse casado tantas veces.

Le pregunté: «¿No te molesta que tus maridos hayan salido tanto en las noticias, que se los haya mencionado tan a menudo, casi al punto de eclipsar tu trabajo y a ti misma? ¿Que, cuando la gente habla de ti, solo habla de los siete maridos de Evelyn Hugo?».

Y su respuesta resume a la perfección lo que ella era.

«No», me dijo. «Porque son solo maridos. *Yo* soy Evelyn Hugo. Y, de todas formas, creo que cuando la gente sepa la verdad, le interesará mucho más mi esposa».

AGRADECIMIENTOS

Quiero reconocer la amabilidad, la fe y el aplomo de mi editora, Sarah Cantin, porque cuando le dije que quería hacer algo completamente distinto, basado en hacer creer a los lectores que una mujer había estado casada siete veces, me respondió: «Adelante». Con la seguridad que me dio esa confianza, me sentí libre para crear a Evelyn Hugo. Sarah, con mi más sincero agradecimiento, quiero decirte que para mí es una gran suerte que seas mi editora.

Muchísimas gracias también a Carly Watters por todo lo que ha hecho por mi carrera. Me siento afortunada de seguir trabajando contigo en tantos libros.

A mi incomparable equipo de representantes: Todos son tan buenos en su trabajo y lo hacen con tanta pasión que me siento armada por todos los lados. Theresa Park: gracias por incorporarte al equipo y ponerte en marcha con fuerza y elegancia sin igual. Saber que estás al mando me da una seguridad increíble de que podemos alcanzar nuevas alturas. Brad Mendelsohn: gracias por dirigirlo todo con tanta fe en mí y por manejar con tanta calidez los detalles más complicados de mi neurosis. Sylvie Rabineau: tu inteligencia y tu habilidad lo superan todo, salvo quizás tu compasión.

A Jill Gillett, Ashley Kruythoff, Krista Shipp, Abigail Koons, Andrea Mai, Emily Sweet, Alex Greene, Blair Wilson, Vanessa Martinez, y a todos los demás en WME, Circle of Confusion y Park Literary & Media: sinceramente me conmueve lo bien que se conjuga el aporte de todos para brindar excelencia. Gracias especialmente a Vanessa por ayudarme con el español. Me salvaste la vida.

A Judith, Peter, Tory, Arielle, Alfred, y a todos los demás integrantes de Atria que colaboran para que mis libros se abran camino en el mundo, les agradezco profundamente.

A Crystal, Janay, Robert, y al resto del equipo de BookSparks, sois imparables, unas increíbles máquinas de publicidad y unos seres humanos maravillosos. Mil emojis de manitos rezando por vosotros y todo lo que hacéis.

A todos los amigos que han acudido una y otra vez para escucharme leer, para comprar mis libros, para recomendar mi trabajo a otras personas y para poner mis libros disimuladamente en las estanterías principales, mi agradecimiento eterno. A Kate, Courtney, Julia y a Monique, gracias por ayudarme a escribir sobre otras personas diferentes de mí. Es una tarea grande y difícil que emprendo con humildad, y me ayuda mucho teneros a mi lado.

A los blogueros que escriben, tuitean y hacen fotos para informar a la gente sobre mi trabajo: sois la razón por la cual puedo seguir haciendo lo que hago. Y tengo que reconocer a Natasha Minoso y Vilma Gonzalez por ser tan fuera de serie.

A las familias Reid y Hanes: gracias por apoyarme, por ser mis mayores admiradores y por estar siempre cuando os necesito.

A mi madre, Mindy: gracias por estar orgullosa de este libro y siempre tan ávida por leer todo lo que escribo.

A mi hermano, Jake: gracias por verme como yo quiero, por entender tan profundamente lo que intento hacer y por no dejarme perder la cabeza.

Al incomparable Alex Jenkins Reid: gracias por entender por qué este libro era tan importante para mí y porque te gustó tanto. Pero más importante, gracias por ser la clase de hombre que me alienta a gritar más fuerte, a soñar en grande y a tolerar menos tonterías. Gracias por no hacerme sentir nunca que debo empequeñecerme para que otros se sientan mejor. Me produce un orgullo y una alegría inigualables saber que nuestra hija está criándose con un padre que la apoyará sea ella como sea, que le enseñará cómo deben tratarla dándole el ejemplo. Evelyn no tuvo eso. Yo no tuve eso. Pero ella lo tendrá. Gracias a ti.

Y por último, a mi hijita. Cuando empecé a escribir este libro, eras muy pero muy pequeñita, como de la mitad del tamaño del punto que está al final de esta oración. Y cuando lo terminé, estabas a unos días de hacer tu aparición. Estuviste conmigo en cada momento. Sospecho que, en gran parte, fuiste tú quien me dio fuerzas para escribirlo.

Te prometo que te devolveré el favor queriéndote incondicionalmente y aceptándote siempre, para que te sientas fuerte y segura para hacer lo que sea que quieras. Evelyn querría eso para ti. Te diría: «Lilah, ve allá afuera, sé amable, y toma lo que quieras de este mundo con ambas manos». Bueno, tal vez ella no habría hecho tanto hincapié en ser amable. Pero yo, que soy tu madre, debo insistir en que lo seas.

Lee las primeras páginas de *Atmosphere*,
el nuevo libro de Taylor Jenkins Reid.

Atmosphere

Una historia de amor

Taylor Jenkins Reid

29 de diciembre de 1984

Joan Goodwin llega al Centro Espacial Johnson mucho antes de las nueve, y en Houston ya hace un calor sofocante y húmedo. Joan siente el sudor que se le acumula en el nacimiento del pelo mientras recorre las instalaciones hacia el edificio que alberga el Centro de Control de Misión. Sabe que es por el calor. Pero también sabe que no se debe solo a eso.

La labor que tiene que desempeñar hoy es una de sus favoritas de su trabajo como astronauta. Ella es la CAPCOM del equipo de vuelo Orión para la misión STS-LR9, el tercer vuelo del transbordador *Navigator*.

La CAPCOM es la única persona del Centro de Control de Misión que se comunica directamente con los tripulantes del transbordador, y la suya es una de las numerosas labores que desempeñan los astronautas cuando no están en el espacio.

Es algo que Joan tiene que explicarle a menudo a la gente cuando va a alguna fiesta, aunque no suele asistir a muchas. Que los astronautas entrenan para ir al espacio, sí, pero que también ayudan a diseñar las herramientas y los experimentos, prueban los alimentos, preparan el transbordador, les enseñan a los estudiantes lo que puede hacer la NASA, abogan por los viajes espaciales en Washington y hablan con la prensa, entre otras cosas. La lista es agotadora.

Ser astronauta no implica solo ir al espacio, sino también ser un miembro del equipo que ayuda a los tripulantes a llegar hasta allí.

Además, Joan ya ha estado ahí arriba. En casa, en la mesilla de noche, tiene ese talismán tan difícil de conseguir que todos los astronautas anhelan: el pin dorado. La prueba de que ha sido una de las pocas personas a las que han elegido para salir de este planeta.

Ha visto el azul resplandeciente y espectacular de los siete océanos desde más de trescientos kilómetros. ¿Cerúleo? ¿Cobalto? ¿Azul marino? No había ningún tono lo bastante intenso como para describirlo. El noventa y nueve coma nueve por ciento de los seres humanos que han existido no han visto jamás ese tono de azul. Ella sí.

Pero ahora está en Houston, con ambos pies en tierra firme, y tiene un trabajo que hacer.

De modo que, cuando Joan entra en el Centro de Control de Misión esa mañana con un café solo en la mano, está relajada. No está nerviosa ni aterrada ni devastada.

Todo eso llegará después.

Joan entra en la sala de control a través de la sala de observación. Contempla durante un momento al grupo del turno anterior mientras prepara a dos de los especialistas de la misión para su caminata espacial.

Su jefe, el director del equipo de vuelo Orión, Jack Katowski, ya está allí para que el director de vuelo del turno anterior lo ponga al día.

Jack tiene el pelo rapado, las sienes canosas y fama de ser sumamente estoico, incluso en una organización conocida por su estoicismo.

Aun así, lleva mucho tiempo apoyando a Joan en su labor como CAPCOM, y forman un buen equipo. Es algo de lo que Joan se enorgullece: el hecho de ser una compañera excelente.

Sobre todo con la tripulación de la STS-LR9, que está compuesta casi en su totalidad por astronautas de su promoción.

El comandante Steve Hagen había sido uno de sus profesores, pero el resto de la tripulación (el piloto Hank Redmond y los especialistas de la misión John Griffin, Lydia Danes y Vanessa Ford) son las personas con las que Joan ha llegado hasta allí, con las que se ha formado y con las que ha aprendido a llevar a cabo ese trabajo.

No son solo sus amigos; algunos de ellos son su familia. Y el pasado complicado que comparte con cada uno de ellos es parte del motivo por el que Joan es justo la CAPCOM que necesitan hoy, pero, a su vez, también la convierte en la persona menos indicada para la tarea.

La misión del transbordador es lanzar el Arch-6, un satélite de observación terrestre para la Armada de los Estados Unidos. Sin embargo, ayer, el segundo día de vuelo, cuando el equipo se disponía a desplegar el Arch-6, el mecanismo de sujeción de la carga no respondía.

Esta mañana han estado preparando a Vanessa Ford y a John Griffin para una caminata espacial, para que puedan ir a la bodega de carga y retirar los pernos manualmente.

Joan se une al equipo en el centro de control de vuelo. Le da los buenos días a Ray Stone, el cirujano de vuelo, y saluda con la cabeza a Greg Ullman, el EECOM, el encargado de los sistemas eléctricos, ambiente y consumibles.

El CAPCOM del turno anterior, Isaac Williams, la pone al día y la informa sobre la telemetría y la cronología. Ford y Griff llevan sus trajes espaciales. Completarán el protocolo de prerrespiración en seis minutos.

Isaac se marcha y Joan asume su puesto en la consola.

Jack se une al canal de comunicación de la tripulación, al igual que Joan, Ray, Greg y el resto del equipo de vuelo Orión, formado por veinte miembros, cada uno en su puesto de la sala; en otras salas hay todo un equipo de personas apoyándolos.

Ford y Griff completan el periodo de prerrespiración y entran en la esclusa, donde esperan a que se complete la despresurización para poder estar preparados para operar en el espacio.

La cubierta de vuelo y la cubierta media, donde los astronautas viven y trabajan en el transbordador, están presurizadas para imitar la atmósfera de la superficie terrestre. Pero la bodega de carga, donde se encuentran los satélites hasta que los desplieguen, no lo está, sino que está expuesta al espacio exterior. Lo que significa que, si Ford y Griff fueran a la bodega sin llevar los trajes espaciales, se quedarían sin aire en los pulmones y en el torrente sanguíneo al instante, lo cual haría que se desmayaran en quince segundos y les provocaría la muerte en dos minutos.

El cuerpo humano, por más inteligente que sea, se creó para soportar las condiciones de la atmósfera de la Tierra.

Sería fácil sostener que el ser humano no está preparado para estar en el espacio. «Sea cual sea nuestro origen, no estamos diseñados para esto». Pero Joan opina todo lo contrario.

La inteligencia y la curiosidad humanas, nuestra persistencia, nuestra resiliencia, nuestra capacidad para planificar a largo plazo y nuestra habilidad para colaborar han llevado al ser humano hasta aquí.

Joan no cree que no estemos preparados para estar en el espacio, sino que somos justo quienes deberían estar allí. Somos la única forma de vida inteligente que conocemos en nuestra galaxia que ha tomado conciencia del universo y se ha esforzado por comprenderlo.

Estamos tan decididos a averiguar qué hay más allá de nuestro alcance que hemos aprendido a pilotar un cohete para salir de la atmósfera. Una habilidad apasionante que parece la labor ideal para unos vaqueros pero que la desempeñan mejor las personas como ella. Las empollonas.

En la exploración espacial, se prefiere la preparación a la impulsividad, la calma a la audacia. A pesar de tratarse de un trabajo de lo más arriesgado, puede resultar terriblemente rutinario. Todos los peligros se abordan con sumo cuidado, y no se toman atajos. Aquí, de vaqueros nada.

Así es como la NASA mantiene a todo el mundo a salvo. Con modelos predecibles y preparados para cualquier situación posible.

Cuando se completa la despresurización de la esclusa, Jack le da el visto bueno a Joan, que se conecta al canal de comunicación del transbordador.

Y ahora Joan es consciente hasta de su respiración, de los latidos de su corazón. No porque le dé miedo lo que implica esta misión (aún no hay ninguna razón lógica para tener miedo), sino porque se pone nerviosa cada vez que habla con Vanessa Ford.

—*Navigator*, al habla Houston —dice Joan.

—Houston, te recibimos —contesta Steve Hagen.

—Buenos días, Goodwin —añade Hank Redmond con su voz ronca y grave y su acento tejano.

—Nos espera un día emocionante —añade Lydia Danes.

—Así es —responde Joan—. Y hay mucho por hacer, por lo que me alegra comunicaros, Griff y Ford, que estáis autorizados para comenzar la caminata espacial.

—Recibido —contesta Ford.

—Sí, recibido, Goodwin —dice Griff—. Qué alegría escucharte.

Son los últimos cuarenta y cinco minutos antes de que ocurra.

Vanessa Ford lleva varias horas con sensores biomédicos por todo el cuerpo. Han estado enviando sus constantes vitales al cirujano de vuelo, que controla cada una de sus respiraciones. Pero, incluso mucho antes de que le colocaran los electrodos, Vanessa ya era consciente de que siempre hay alguien vigilando desde tierra.

Los controladores saben todo lo que ocurre en el transbordador: conocen la temperatura de todo, todas las coordinadas, el estado de cada interruptor. Mire a donde mire Vanessa, ahí está Houston, oyendo y percibiendo todo lo que la rodea.

A nadie más parece molestarle tanto como a ella. Pero saber que todo el mundo puede conocer su frecuencia cardíaca, que todo el mundo puede ver cómo reacciona su cuerpo cada vez que habla Houston, hace que se sienta como si no tuviera dónde esconderse.

—Yo también me alegro de escucharte, Griff —contesta Joan—. Hemos empezado bien el día.

Vanessa sabe que Joan está sonriendo. Lo oye en la cadencia de su voz.

Estira los brazos y coloca las manos enguantadas en la escotilla de la esclusa que da a la bodega de carga. Siente una vibración en el pecho. Dado que las puertas de la bodega de carga ya están abiertas, esa escotilla es lo único que la separa del espacio.

La escotilla de la esclusa no envía información de ningún tipo; es una de las pocas partes del transbordador que no manda su propia señal, lo que significa que uno de ellos tiene que informar a Houston de que están a punto de abrirla.

Vanessa mira a Griff. Se alegra de estar allí con él. Siempre le ha caído bien. No solo porque los dos sean de Nueva Inglaterra, aunque eso también ayuda.

—Houston, vamos a abrir la esclusa —anuncia Griff.

Vanessa comienza a abrir la escotilla. Intenta mantener la frecuencia cardíaca estable. Lleva cinco años trabajando para vivir este momento, y toda su vida soñando con él.

El espacio.

Griff y ella inhalan cuando ven lo que hay al otro lado de la escotilla.

Ya lo han visto antes por la ventana, pero nada podría haberlos preparado para las vistas que tienen delante ahora.

Vanessa se queda en blanco. Se ven las luces resplandecientes de la nave, pero, más allá, solo la negrura. No hay horizonte, tan solo el contorno del *Navigator* y después la nada, con los colores vivos de la Tierra a lo lejos.

—Hala —dice Vanessa, y mira a Griff, que también está absorto en las vistas.

Separa la mano de la nave y atraviesa la escotilla para dar su primer paso en el espacio. Se nota las piernas firmes mientras se adentra en la oscuridad. Abre los ojos de par en par ante la intensidad del vacío; no se parece a nada que haya visto jamás.

Levanta la vista para fijarse en la Tierra, más allá de las puertas de la bodega de carga, a lo lejos. Las nubes surcan los desiertos del norte de África. Durante un momento, Vanessa se detiene y contempla el océano Índico.

Le encanta estar por encima de las nubes desde hace mucho tiempo. Pero estar *tan* por encima de ellas la deja sin aliento.

—Madre mía —dice Griff.

Vanessa se gira hacia él. Los dos están atados a la nave, y Griff se aleja.

Vanessa lo sigue; van directos hacia la carga. Las vistas son espectaculares, pero el verdadero motivo por el que está ahí es porque no hay nada que le apetezca más que juguetear con una máquina a trescientos cincuenta kilómetros por encima de la atmósfera terrestre.

Cuando llegan a la carga, cada uno asume su posición. Hay cuatro abrazaderas, dos a cada lado del satélite.

—Con cuidado, Ford —le pide Griff—. Me voy a cabrear mucho si batimos el récord de la caminata espacial más corta de la historia.

—Tampoco vamos a poder alargar esto demasiado —contesta—. Solo tenemos que retirar unos cuantos pernos.

Con una llave de tubo, Vanessa suelta una de las abrazaderas de su lado y luego pasa a la otra. Una vez que ha abierto la segunda, espera un momento a que Griff termine también con la suya. Cuando acaba, suspira.

—Houston, el mecanismo de sujeción ya está retirado, en gran parte gracias a la brillantez y la eficiencia de Vanessa Ford.

—Recibido, *Navigator*. Buen trabajo —les dice, y tras un momento añade—: *Navigator*, a los trajes aún les quedan varias horas, así que será mejor que permanezcáis en la esclusa mientras desplegamos el satélite, por si os volvemos a necesitar.

—Oooh —contesta Griff—. Cómo nos mimáis.

—Bueno —dice Joan—, es que por aquí abajo os tenemos mucho cariño.

—Lo mismo digo, Houston —contesta—. De acuerdo, Ford y yo nos quedaremos en la esclusa.

Regresan flotando a la esclusa. Griff deja pasar a Vanessa primero y luego entra él también. Hace el amago de cerrar la escotilla, pero entonces se detiene y mira a Vanessa.

Según el protocolo, debería cerrarla. Pero, si la dejan abierta, podrán ver cómo despliegan el satélite.

Vanessa no quiere mentir a Houston. Aun así, se le escapa una sonrisilla.

Griff se la devuelve y retira la mano de la escotilla. No la cierra.

—Houston, ya hemos vuelto a la esclusa —anuncia.

Los dos centran la atención en la escotilla abierta. Observan cómo se eleva y se inclina la plataforma hasta conseguir la posición apropiada para liberar el satélite.

—Houston, la inclinación del satélite es correcta —oye Vanessa decir a Steve.

Piensa en su última noche antes de la misión, mientras cumplían la cuarentena en Cabo Cañaveral. Steve se había pasado una hora hablando por teléfono con Helene. Hank estaba molesto porque estaba esperando su turno para poder llamar a Donna. Pero Steve se había quedado ahí plantado, apoyado contra la encimera de la cocina, bromeando con su mujer, con los ojos, de un azul intenso, arrugados de la risa. Puede que Vanessa hubiera escuchado más de lo debido. A Steve parecía resultarle muy fácil ser ambas partes de sí mismo a la vez: el hombre que es en la Tierra y el comandante que ha de ser ahí arriba. A Vanessa nunca le ha resultado tan sencillo compaginar los dos roles.

—¿Tenemos permiso para desplegar el satélite?

—Afirmativo, *Navigator* —contesta Joan—. Adelante.

Lydia está al mando del sistema manipulador remoto. Será ella quien lance el satélite.

—Recibido, Houston —responde Lydia—. Preparados para el despliegue.

—De acuerdo, *Navigator.*

Hay dos cordones detonantes que sujetan el Arch-6 a la bodega de carga. Vanessa y Griff ven cómo estalla uno de ellos, tal y como estaba previsto.

Pero entonces, al momento, el segundo produce una explosión que Vanessa no había visto jamás. No se parece en nada a lo que sucedía en las simulaciones. Las explosiones hacen añicos las anillas metálicas que rodean el satélite. Los residuos salen volando en todas las direcciones.

Vanessa no tiene ni idea de qué ha ocurrido. Lo único que ve es el destello del metal, y luego oye un gruñido de Griff, como si se hubiera quedado sin aire en los pulmones.

Cuando se gira hacia él, le ve una raja por debajo del anillo ventral del traje. En cuestión de segundos, la exposición lo matará. Griff se lleva la mano al traje para cubrir el agujero.

—Estoy bien —le dice a Vanessa.

Ambos saben que, por ahora, con mantener la mano pegada al traje bastará para seguir con vida. Pero le cuesta hablar; susurra como si se hubiera quedado sin aliento.

Y entonces comienza a sonar una alarma, una que Vanessa reconoce pero no es capaz de distinguir. Pero cuando Steve, Hank y

Lydia empiezan a gritar, entiende que se ha producido un segundo impacto.

Mientras suena la alarma, Joan respira hondo, intentando pensar con claridad. Cuando Greg se pone en pie, a Joan se le forma un nudo en el estómago.

—Vuelo, al habla el EECOM. Estamos recibiendo una dP/dT negativa. La presión está disminuyendo muy deprisa.

Jack pregunta:

—¿Qué sucede?

Antes de que Greg pueda responder, llega la voz de Hank a través del canal de comunicación, serena pero incisiva:

—Houston, al habla *Navigator*. Tenemos una fuga en la cabina. Estamos notando la pérdida rápida de la presión.

—Recibido, *Navigator* —dice Joan, que se está obligando a mantener la voz relajada.

Mira a Jack, y Jack se gira hacia ella. Joan le ve la concentración en la mirada.

—Diles que tienen un agujero. A juzgar por la velocidad de despresurización, podría medir algo más de un centímetro. Lo más probable es que se haya perforado el revestimiento en alguna zona de la pared trasera, en la cubierta de vuelo o la cubierta media. ¿Tienen contacto visual?

Joan se lo transmite a la tripulación.

—Negativo, Houston —dice Hank—. No vemos ningún agujero.

—Diles que lo quiten todo de las paredes —añade Jack—, los compartimentos de almacenamiento, los paneles aislantes, todo lo que puedan retirar para dejar al descubierto el revestimiento. ¡Que lo aparten todo!

—Entendido —responde Joan.

Jack continúa:

—Que Ford y Griff permanezcan en la esclusa, pero hay que empezar a presurizar lo antes posible. ¡Diles que necesitan que entre oxígeno y que tienen que abrir los sistemas de nitrógeno 1 y 2 de la cabina para controlar la fuga hasta que encontremos ese agujero!

Joan informa a la tripulación con claridad, concisión y serenidad. *Estamos en la NASA. Tenemos un plan para cuando ocurre algo así.*

—Recibido —responde Hank mientras la tripulación se pone manos a la obra—. Estamos en ello.

—Vuelo —dice Greg—, al habla el EECOM. No vemos un cambio positivo en la tasa de la fuga. La presión sigue descendiendo.

Joan sabe que lo más seguro es que sea Hank quien está haciendo llegar el oxígeno y el nitrógeno mientras Steve y Lydia lo apartan todo (el cableado, los sacos de dormir) de las paredes tan rápido como pueden. Hay montones de cosas que recubren el escaso espacio del orbitador, y lo están arrancando todo en busca del agujero. Cada segundo que pasa la deja más aturdida.

Mira a Jack, pero Jack está mirando a Greg.

—¡No está en la pared posterior de la cubierta de vuelo! —dice Steve.

—¡Voy a retirar los compartimentos de almacenamiento de la cubierta media! —grita Lydia.

Greg alza la vista para mirar a Jack y sacude la cabeza.

Jack golpea la parte superior de la consola con la mano y mira a Sean Gutterson, el encargado de los sistemas mecánicos.

—RMU, ¿qué puedes decirnos? ¿Qué es lo que no están viendo? ¡Necesito algo! ¡Solo tenemos unos segundos!

Todo el mundo se ha levantado de sus asientos. Joan apenas puede oír sus propios pensamientos.

En las simulaciones, ha vivido situaciones similares, con la presión disminuyendo a toda velocidad y sin encontrar la manera de estabilizarla.

Y ese tipo de situaciones llegan a su fin cuando se encuentra la fuga. O cuando muere la tripulación.

Estamos en la NASA. Tenemos un plan para cuando ocurre algo así.

Vanessa ha cerrado la escotilla y la esclusa se está presurizando.

Pero, mientras mira a Griff, se da cuenta de que su compañero está perdiendo el conocimiento. Introduce la mano bajo la de Griff para tratar de cubrir el agujero de su traje mientras aplica presión en la parte baja del vientre de su compañero.

—Griff, Griff —lo llama, pero no responde—. John Griffin, ¿me oyes?

Griff parpadea, pero Vanessa no sabe si es intencionado.

—Estoy tapando el agujero —le dice—. Todo irá bien.

Vanessa no se percata del momento exacto en que Griff se desmaya. Solo nota que al instante deja caer el brazo y ahora su propia mano es lo único que lo está manteniendo con vida hasta que la esclusa vuelva a presurizarse. Comprueba si hay indicios de sangre bajo el traje de Griffin, pero no ve nada.

Oye la agitación y las voces de sus compañeros de tripulación mientras intentan organizarse. La voz de Steve la tranquiliza, pero Lydia habla cada vez en un tono más elevado.

Repara en que lleva al menos treinta segundos sin oír a Hank hablar.

El tiempo sigue pasando. Y Vanessa empieza a angustiarse.

Cuando tenía seis años, su madre le dijo que su padre había muerto. No recuerda qué palabras empleó. Solo recuerda que, antes de que dijera nada, su madre la miró sin poder hablar. Fue un momento fugaz, de no más de un segundo. Pero Vanessa sabía que había ocurrido algo malo. Y no por las palabras que empleó su madre, sino por el silencio que lo había precedido.

Ahora piensa en ese silencio.

Ray se levanta.

—Vuelo, al habla el cirujano. La frecuencia cardíaca de John Griffin está disminuyendo.

Joan lleva un rato tratando de respirar con más calma.

—Hank ha perdido el conocimiento —dice Lydia a través del canal de comunicación, y luego añade—. Y creo que Steve también.

Jack palidece. Mira a Joan.

—No pierdas el contacto con Danes.

—De acuerdo, *Navigator* —dice Joan por el canal, y cada palabra parece pesarle en la boca—. Te recibimos.

—Que Danes siga buscando la fuga. Pero también debe asegurarse de que el N2 esté al máximo. Mantén a Ford y a Griff en la esclusa.

—Entendido —dice Joan, y luego vuelve a comunicarse con el transbordador—: *Navigator,* al habla Houston. Danes, necesitamos que encuentres la fuga lo antes posible. Según vemos, el N2 está llegando, pero no detectamos ningún aumento de la presión en la cabina.

—Creo que…

La voz de Lydia se corta.

—¿*Navigator*? *Navigator,* al habla Houston. ¿Me recibís? —pregunta Joan.

Nada.

—Lydia Danes, ¿me recibes?

No obtiene respuesta alguna. Ahora, a Joan esto le parece inevitable, aunque tan solo un segundo antes habría dicho que era imposible. Perder a los tres tripulantes en la cabina era algo que había que fingir que era un miedo auténtico, pero que sabía que, en realidad, nunca ocurriría.

Joan se inclina hacia delante.

—*Navigator*, al habla Houston, responded.

—Vuelo —dice Ray—, al habla el cirujano. Dado que la frecuencia cardíaca ha seguido disminuyendo, no cabe duda de que Hagen, Redmond y Danes han sufrido el síndrome de descompresión y están inconscientes. Pero, teniendo en cuenta la cantidad de tiempo que han estado expuestos, es posible que estén muertos.

Joan siente la magnitud del momento mientras se apodera de su tronco encefálico, le tensa el cuello y hace que le pese la cabeza.

—Vuelo —dice Greg—, al habla EECOM: la presión en cabina está aumentando.

—¿Aumentando? —pregunta Jack—. Confirma que hayas dicho «aumentando».

—Aumentando, señor. La presión está alcanzando niveles normales.

—Danes ha encontrado el agujero —murmura Jack.

Joan se conecta de nuevo al canal.

—*Navigator*, al habla Houston. ¿Podéis confirmarnos si habéis encontrado el agujero y lo habéis reparado?

—No va a poder responder —interviene Ray.

—Lydia, contesta.

Nada.

Nada.

Nada.

Y, de pronto, la voz de Vanessa:

—Houston —dice—. Creo que soy la única que ha sobrevivido.